刘罗锅
断案传奇

刘墉为官清廉忠耿，断案公正神明，曾巧妙神奇地断过许多惊心动魄、古怪离奇的冤案、奇案、悬案。当时，人们将他与北宋时期的包拯相提并论，有古有包公，今有刘公之说。

邓加荣 金乃祥 著

中国青年出版社

（京）新登字083号

图书在版编目（CIP）数据

刘罗锅断案传奇/邓加荣，金乃祥著. —北京：中国青年出
版社，2013.4
ISBN 978-7-5153-1498-3

Ⅰ.①刘…　Ⅱ.①邓…②金…　Ⅲ.①长篇小说-中国-当代
Ⅳ.①I247.5

中国版本图书馆CIP数据核字（2013）第052332号

责任编辑：范香宁

中国青年出版社出版 发行

社址：北京东四十二条21号　邮政编码：100708
网址：www.cyp.com.cn
编辑部电话：(010)57350320
门市部电话：(010)57350370
三河市华润印刷有限公司印刷　新华书店经销
＊
880×1230　1/32　13.25印张　2插页　320千字
2013年4月北京第1版　2013年4月河北第1次印刷
印数：1-5000册　定价：32.00元
本图书如有印装质量问题，请凭购书发票与质检部联系调换
联系电话：(010)57350337

目　　录

第一部　血溅清风店

苍山落日，古道荒凉。远处山岗上显露出两个黑影，顺着古道缓缓地走过来。影子越来越大，是刘墉与家人张承，骑着两头毛驴嘚嘚笃笃地走着。张承的驴颈上放着褡裢，刘墉穿戴朴素，青布裤褂，戴着一顶瓜皮小帽，扎着裤腿，脚登一双踢死牛的大敹鞋。

张承："天都这个时候了，前面还没有个村镇可以歇歇脚！"

刘墉掐着指头算计说："嗯，按照里程计算，再走十里就该到滁州了。"

迎面尘土飞扬，一阵阵马蹄声响，直奔过来一伙差役，手执棍棒戒尺和枷锁镣铐等物，来到刘墉跟前停下来问："咳，老倌子，前面可曾过去两辆大车？"

刘墉瞪了一下眼睛，慢腾腾地望着差役说："两辆大车，问它做甚？"

差役："别装傻！只问你有没有？两辆大车，拉着布匹，说话山西口音。"

另一差役："是个逃犯，要捉拿回去归案。"

刘墉："你不说做甚，我也不能答你个甚。你既然说出了做甚，我便回答你是甚。方才，是有两辆大车，不过，已经走出十多

1

里路了！"

差役们翻身上马，又飞奔前去。刘墉嘲笑地眼望着这伙差役，随后，主仆二人继续前进。

眼前一座俊秀的峰峦，中间是幽深的谷壑。在峰起谷落之间，有白色雾霭缭绕着。山色清秀淡雅，林泉淙淙有声。刘墉放慢了坐骑，悠闲地欣赏着山光林翳，口中不觉唱道："红树青山日欲斜，长郊草色绿无涯……"

张承看看天色，着急地说："老爷，天都快黑了，还不快赶路！瞧这山高林密的，离村镇一定还很远呢！"

刘墉悠闲地说："不远！不远！"

张承："你怎么知道？"

刘墉："怎么不知道？书上说，山行六七里就到了！"

张承诧异地问："老爷又哄小的，哪个书上会说这话？"

刘墉："张承，这你就不知道了！你看这山，可算清秀吗？"

张承点点头。

刘墉："你知道此山叫什么名字？"

张承："看你老爷问的，小的自幼生长在北方，又没有到过这里，怎会知道这山叫什么名字？"

刘墉："老爷告诉你，这山叫琅玡山。我说的那书叫《醉翁亭记》。书上说：滁州是环滁皆山也。山行六七里，望之蔚然而深秀者，琅玡也。因此我说，再前行六七里，就到了大邑滁州了。"

张承："老爷真是饱读诗书，博学多才。小的服了！"

滁州城楼渐渐可以望得到了。在"乐丰店"客栈门前，主仆二人下了驴。店伙计帮助张承将驴牵到后厩。

店家："客官，可要住上等客房？"

刘墉："上等多少钱？"

店家："上等三百文。"

刘墉摇摇头说："中等的呢?"

店家："中等一百文。"他见刘墉不语,又说："下等五十文!"

刘墉忙说："就下等吧!"

张承服侍老爷在坐椅上歇息,店伙计端过茶来说："客官请用茶,我们店里备有各种酒席宴菜,也分上、中、下三等,客官随意选用。"

刘墉："有茶就足够了,我们自家带着干粮。"

店伙计退下,张承从褡裢里取出几个硬面饽饽,还有芝麻烧饼等摆在桌上。他望望这些东西说："用茶水送下怕是会烧心,我去买两碟小菜来!"

刘墉："有老咸疙瘩就行了!"

刘墉吃过饭,一边摇着扇子,一边慢悠悠地品着茶。张承坐下来吃饭,狠劲地咬着硬面饽饽,说："老爷,别的老爷做官上任,不是骑马就是坐轿。俗话说走马上任,走马上任!哪有像我们这样骑着毛驴一站一站倒的? 这得什么时候到呀? 就是不坐轿子,也该雇一艘官船,从水路上走,那不是又轻便又省力吗?"

刘墉："张承,你知道运河里的那些船都是吃哪一行的? 就是专吃那些去江南走马上任的官的。他们把官粮由南方运来,回去时是空船,若揽上个官客,就可以在船头上挂上官船的旗号,而船尾部分,依然可以招揽货载。结果,因是打着官船的旗号,就免去了河税。咱不能让他们打着咱们的旗号,招摇撞骗,偷漏国税。"

张承："哎呀,我的老爷子,你为朝廷想得那么周到,可朝廷不也就给你一个四品知府吗?"

刘墉："知府也就不小了,那就是从前的太守呀!"

张承说："太守也有骑着毛驴上任的?"

刘墉："有啊! 就说这滁州吧,想当年它的太守欧阳修,就是骑着毛驴上任的!"

张承惊问:"这也是书上说的?"

刘墉:"不,是我说的。"说着,二人哈哈大笑。

院内忽然响起一片嘈杂之声,马嘶人喊,夹杂着棍棒的敲打之声。刘墉吩咐张承:"下去看看是怎么回事!"

张承走到院里,只见院中停着两辆重载的大车,一个戴着镣铐的布商被差役从车上拉了下来。布商不住地高喊:"冤枉啊!冤枉!"

张承走上前问:"你不是适才在路上遇到过的山西客商吗?为何抓你回来?"

布商:"冤枉呀,冤枉! 我是一个规规矩矩的买卖人,官府不分青红皂白,把我半路上抓回来,我还要赶路呢!"

差役一提镣铐,牵着布商向屋内走去:"快走,少啰唆,是青红还是皂白,到大堂上就明白了。"

张承走上去说:"列位差官,这布商究竟犯了什么王法? 他好端端地赶路,为什么又把人家从半路上给截回来?"

差役甲:"我说你是哪府的上差,要你在这里管闲事!"

张承:"不是我要管,是我家老爷……"

差役甲:"你家老爷算老几,要他来咸吃萝卜淡操心!"

差役乙:"噢,我想起来了,他们就是刚才在路上遇见过的那两个骑毛驴的。"

差役甲不住地冷笑,说:"一个骑毛驴的,还想过问官府上的事! 蚂蚁撼大树,可笑不自量。回去告诉你家老爷,我们是省城刑道大衙门里的人,他要有心,就到金陵城里去找我们老爷好了!"说着,几个差役鄙夷地一阵狂笑,提押着布商走进店房内。

金陵城外三里多地的官道旁,耸立着一座八角凉亭,红柱绿瓦,雕梁画栋,正面匾额上写着"接官亭"三个大字。十多个身穿官服的官员坐在凉亭里摇着折扇,引颈遥望前方。有人不耐烦地说:"这位刘大人,真是少见! 邸报下来半个多月了,怎么还不来上任!"

另一官员说:"害得我们天天到这里来等候。"

前一官员:"若是别人有这美差,借两条腿也飞过来了!"

刘墉、张承骑着毛驴走过来,有差人拦住喝道:"你们往哪里走? 这是接官亭! 再往前走,仔细把你们的驴腿打断!"

张承:"你们接的是哪位官人?"

差人:"这你都没听说? 是从京城里新派下来的刘墉刘大人呀!"

张承用手指着刘墉:"你们看,那不就是!"

差人举棍要打,喝道:"胡说,刘大人是朝廷命官,他下来是八面威风,哪有骑毛驴来的? 你们敢冒充官人,不是找打吗?"

江宁府书办何英急忙从亭子里走出来,喝住道:"住手,胆大的奴才,敢打知府大人的上差!"他回头又向亭子里的人喊道:"列位。快过去接迎吧! 真的是刘大人来了!"

官员们呼啦啦都迎上去,跪在道旁:"不知大人驾到,卑职迎候来迟,望大人恕罪!"

刘墉:"列位请起! 请起!"

何英:"请知府大人上轿!"一座四人抬的绿呢子轿停在刘墉面前。刘墉下驴,坐进轿内,轿夫刚要起轿,刘墉挑开轿帘说:"张承,别忘了给赶脚的驴钱!"

张承:"是了,不劳老爷吩咐!"

刘墉打着满堂执照,被前呼后拥地抬着向江宁府衙门走去。路上行人都停下来观望,议论纷纷。

三班衙役一声吆喊,省府刑道大堂的公堂大门启开,差役们手持水火棍在两旁站立,江苏刑道孙朴风迈着方步走出来,一屁股坐上公堂,下令道:"将布商于连贵带上堂来!"

差役:"带布商于连贵!"

两个差役押着布商上堂,布商刚刚跪下便口喊冤枉:"青天大老爷在上,小人实在冤枉!我一路只是经商做买卖,从没做任何犯法之事。现在把小的从半路拘来,真是天大的冤枉!"

孙朴风:"住嘴,好个胆大的贼人!你可是那清白无辜之人,竟敢在这里口口声声地喊冤枉!我问你,前天夜里你可住过清风店?"

布商:"我住店给他店钱,吃饭给他饭钱,犯了哪一条罪?"

孙朴风:"那夜清风店里出了人命案子,闹得满城沸沸扬扬,连抚台大人都动怒了,下令让下官一定查清,你还装什么糊涂!"

布商:"清风店里是出了人命案子,可这与小人有何相干?"

孙朴风:"真是刁猾,可恶至极!还问与你有何相干?那男尸可是你首先发现的?"

布商:"是,是小人首先发现的。"

孙朴风:"我问你,你是怎么发现的?"

布商有些恐惧说:"当时的情形是——"

五更鸡鸣,一钩晓月向西沉没,天色漆黑,一片黎明前的黑暗。清风店店主李有义手提风灯走到店门口,拉开门闩,启开两扇大门,回头招手说:"客官,门已打开,请上路吧!"

两辆大车装满布匹等物,缓缓地从里面赶过来。布商走在最后,行到门口,他向店主道谢说:"多多打扰了,很不过意。"

店主:"说哪里话,走远路的人,赶早不赶晚嘛!"

布商与几个随行的人闹哄哄地离开店门,向远处走去,渐渐隐没在黑暗里。勤俭的店主人在门前归整归整了什器,望望远方漆黑的天色,伸手将大门关上。一盏纸糊的灯笼挂在店门口上,在夜风中孤零零无依地飘摇着,昏暝地照着门框上的横匾"清风店"三个字。门框两边贴着一副对联:"金陵城北一座店,神州千里客来投。"

远处传来几声犬吠,黑暗中,布商于连贵又急匆匆地走了回来,满头大汗地敲打着店门。店主闻声走出来,为他打开店门,问道:"客官,怎么去了又赶回来?"

布商:"临行匆忙,将一个口袋落在客房里了!"

店主:"我领你到客房里去寻找!"

布商住的是上等房,在后院二层楼上。他匆匆地登上楼去,推开自己原住的房间,店主用风灯为他照亮。布商心中着急,伸手将风灯接过,在屋内各个角落里寻找。忽然,他在床底下找到了那个口袋,心里一块石头落了地,于是便高高兴兴往外走。当他行到隔壁一间店房前时,发现房门大开着,他随手将风灯往里一照,不由哎呀地喊叫了一声。

走在他后边的店主连忙接过风灯,也往里面照了一下,只见一具男尸倒在床上,血流了满地。

店主惊吓地说:"这,这……"

布商:"怎么会出这等事,我住在他的隔壁,怎么夜里一点儿动静都没听见?"店主吓得哆哆嗦嗦,不知如何是好,说:"这可怎么办? 这可怎么办?"

布商:"事已发生,怕也没用。快找地保来,天明到县里去报案吧!"

刑道大堂里,刑道孙朴风一拍惊堂木,喝道:"胆大刁民! 我问你,那天夜里,你为何去而复返?"

布商:"小人有个口袋落在店里了。"

孙朴风:"内装何物?"

布商:"一些散碎银两!"

孙朴风:"既然发现男尸,为何又匆匆离去?"

布商:"因小人要急着赶路,两辆大车还在路上等着我呢!"

孙朴风:"全是一派胡言!那人住在你的隔壁,有人杀了他,你能一点儿声音都听不到吗?分明是你杀了人,怕天明后被人发觉,故而趁着天黑逃走!"

布商:"若真是我杀的,我逃走了还返回来干什么?"

孙朴风:"这些雕虫小技还想瞒得过谁去?你这是一箭双雕,想要嫁祸于人呀!你把店主早早唤起,又早早地领他到凶宅去,让他脱不了干系!你说是也不是?"

布商:"冤枉呀!"

孙朴风:"你还冤枉?你布置好的圈套,已经把店主李有义圈进去了。昨天他去上元县报案,已经被胡知县给拘起来,屈打成招,问成死罪了!"

布商:"天呀!真是冤枉,冤枉呀!"

孙朴风:"谁冤枉?"

布商:"李店主是个好人呀!"

孙朴风:"因为有他这场冤枉,整个金陵城里才人声鼎沸的。不是本道出来,险些让你这个真正的凶手逃脱。来人呀!给我重打四十大板,看他招也不招!"

布商被拖下去,只听见一阵噼噼啪啪的响声和令人发指的惨叫声。不久,布商被拖回来,已是全身血肉模糊不成样子了。

孙朴风:"你是因何,又用什么手段杀害了那个男子的?你老老实实地招出来,免得皮肉再受苦。"

布商:"小人真是冤枉!隔壁凶杀案,小人实在是一无所知呀!"

孙朴风："你还敢嘴硬！你可知道，人心是铁，官法是炉吗？今天，老爷就非把你这块铁给烧化了不可。来人呀！"

差役齐声："在！"

孙朴风："给我用夹棍夹！"

布商："大人！青天大人——"

差役拿过刑具，刚把夹棍套在布商手指上要勒紧，这时从后面走出来一位刑道衙门的书办，悄声向孙朴风耳语了几句。孙朴风哼了一声，道："那就暂时把他收到监里，等下次再审！"

庭院深深的巡抚衙门后院官邸里，假山层峦叠翠，清泉之水潺潺地流，高大门墙内的影壁后面，曲径通幽，碎花石铺路。在一片浓荫覆盖的翠竹旁边，亭台楼阁，抱厦回廊，红花满树，落英缤纷。廊上挂有一只绿嘴鹦鹉，不断地呼叫："有客来！有客来！"

仆人走进书房："回老爷，刑道孙大人到！"

巡抚高名远："到前边客厅去见！"

仆人说："是。"转身退下。

客厅里金碧辉煌，镶金嵌玉。条案上摆满了古董文物，墙壁上挂满了名人字画，显得既富丽堂皇又风流儒雅。仆人为坐在太师椅对面的刑道献上茶。孙朴风小心翼翼地躬了一下身子，问道："不知抚台大人急唤卑职有何吩咐？"

高抚台捻着三绺胡须，一语没发，沉吟了良久。孙朴风憋得通身冒汗，不知出了什么大事情，又不敢再问，只有掏出手绢不住地擦着额头上的汗珠。

抚台终于吁了一口长气，说："都是我这几年里忙于朝贡之事而疏于吏治，才使得省里这些府县官员们全都昏庸得一塌糊涂！一塌糊涂！"

刑道一听此言,知道事情与自己没有多大关系,这才悄悄舒缓了一下,接着忙又赔着笑脸说:"大人也不能求之过急,管之过严! 有些府县治理得也还不错,有些政名的也不乏其人!"

抚台:"哼,哪有几个? 我不求他们能创什么政绩,只要他们大面上能够维持下去,别捅出什么娄子,也就求之不得了! 当然,此事当由藩台具体来管,可是我作为一省之长,也是难辞其咎的! 这不,近在身边的上元县,就给我抹了一脸的黑。这个草包县令,他哪里会断什么案子? 简直是抢着镐把上戏台——乱打家伙! 一时间弄得金陵城里沸沸扬扬,传出去就要影响到整个一方的名声呀!"

刑道:"大人的意思是——"

抚台:"赶快想法给他纠正过来,把真正的凶手拿到。"

刑道:"只是这事,须待新任知府来了之后,由他来行使政令呀!"

抚台:"唉,朴风! 我这次急着唤你过来,就是为了这事!"

刑道受宠若惊地答了一声:"噢——"

抚台:"你可知道新任的知府是谁? 就是皇太后的干儿子——刘墉。他这次来,是万岁爷御笔钦点的官儿,品位虽然不高,但皇上给他了一个特殊的恩准,他可以越过本省各宪和朝中六部,直接奏本给当今。你要是等到他来这里过问了此案,不等于是把一个现成的把柄交给了人家? 他若一本禀奏上去,让皇上透过这一点看到了一般,不就是把咱们江苏省的葫芦茄子全都看得清清楚楚了吗?"

刑道:"依大人之见——"

抚台:"限你三天之内把案子勘破。你一旦把真正的凶犯拿到手,我立即把那个糊涂县官给撤了。等到他刘墉来了,就已经是正月十五贴门神——晚了半个月了!"

刑道："卑职明白,卑职明白!"说着站起身,边退边说道:"卑职马上着手去办! 马上去办!"

当晚,在江宁府后衙书房里,一支红烛将满室照得通明。简陋的房间里,除了一张桌案和书架上的一些书籍案卷外,几乎一无所有。

书办何英捧着一摞案卷放在刘墉面前,说:"这是江宁府遗留下来的全部积案。"

刘墉翻看了几卷,问:"前任的王大人,离开这里有多长时间了?"

何英:"一个多月了。"

刘墉:"一个月的时间就留下这么多积案?"

何英:"江宁是金陵首府,位于交通枢纽,人烟又稠密,加上治理欠佳,难免就多出了些案子。而各县令又多是些无才无能之人,能断准案子的很少。这不——"说着,他从那摞案卷里抽出一份说:"三天前,清风店里发生了一件凶杀案,尸首无人认领,找不到原告、被告,知县就糊里糊涂地抓住了店主李有义来抵命!"

刘墉翻看着案卷,最后啪地一声把案卷扔在一旁,愤怒地说:"简直是胡乱施威,草菅人命! 做百姓父母官的,竟不知怜恤子民,护正诛邪,反倒随意孤行,把人命当作儿戏。像这样的县官,要他何用? 简直是个糊涂蛋! 不,不仅仅是个糊涂蛋,如果一味糊涂也还罢了,倒是一个地地道道的害人虫!"

何英:"就因为咱们的这位胡知县有这么一场胡断,惹得金陵满城议论纷纷,连抚台大人都惊动了,让刑道赶紧插手过问此案。"

刘墉:"怎么这么快就惊动了抚台大人?"

何英:"这江宁乃是江苏首府,上元县又是江宁的首郡,都是城圈子里的事。民声一起,可不就立即传到抚台大人的耳朵里去了嘛!当然,高抚台这么做,也有他的一些想法——"

刘墉一听何英话中有话,就立即命令他把上元县胡县令审问店主李有义的经过详细地叙述一遍。

原来,那天店主李有义送走布商于连贵后,就跑到地保家去报案——

李有义和两个地保走到上元县衙大堂的悬鼓前,地保催促说:"拿起鼓槌儿,赶快敲吧!"李有义怯生生地握住鼓槌儿,比量了两次,也没敢去敲。另一个地保也催促说:"敲吧,敲吧!"李有义这才犹犹豫豫地敲响了两下。

衙门大开,李有义随着地保战战兢兢地走到堂上,两排衙役一声吆喝,李有义更加胆怯,头也不敢抬地走到老爷案前跪下,说:"小民李有义,前来向县令老爷报案!"

胡知县坐在堂上,轻蔑地向堂下瞟了一眼,哼了一声道:"有何急事,这么早便来击鼓?"

李有义:"小民店里,夜里发生了一起凶杀人命案,没有被告,没有原告。因是在小民店里发生的,小民特请地保一同前来县衙报案!"

胡知县向地保问:"果真如此!"

二地保:"是,确是如此!"

胡知县又向李有义问:"被杀者何人,凶手是谁?"

李有义:"昨日傍晚,来了一男一女到小店投宿,自称是夫妻,要一上等房间,小人将其安排到后院二楼之上。五更天时,住在他们隔壁的布商于连贵要早行赶路,后来因为落下东西又回来寻找,结果发现隔壁房门大开,用灯笼一照,见有一具男尸卧在床上……"

胡知县："那个女人呢？"

李有义："已经踪影不见了！"

胡知县："这就怪了！一个女人会跑到哪里去？你没有再去寻找？"

李有义："遍寻不见，有地保作证！"

地保："店内外都找遍了，活不见人，死不见尸！"

胡知县："李有义，我来问你，你可认识这一男一女？"

李有义："小人不认识。"

胡知县："那你怎么知道他们是一对夫妻？"

李有义："只是他们自己这么说的，小人不好细问。"

胡知县："这个女人什么模样？"

李有义："小人约略记得是个中等个儿，白净脸庞，二十多岁，生得眉目清秀。"

胡知县："这就是了！这就是了！"说着一阵冷笑。

李有义："大人的意思是……"

胡知县："意思很明显！是你贪图美色，居心不良，夜里要行不轨，被她男人撞见两下里厮打，你就下手将她男人杀死了！"

李有义："大老爷，你看我这把年纪，可有缚鸡之力？还会有贪色之心吗？"

胡知县："混账！你还敢狡辩？给我拉下重打四十！"

二地保："知县大人，李有义确实是一老实厚道的良民，在北关开店几十年了。从未听说他有过什么轻佻不轨之处，更不要说有犯法行为了。"

胡知县："那是他没有遇到过貂蝉之美。今天叫他遇见了，他就一改常规，顿生邪念。这样的事情，老爷是见过的。来人呀，拉下去给我重打！"

　　衙役们将李有义拉下，只听门外传来鞭挞与呼叫声。一会儿，李有义血肉模糊地被抬进来，胡知县望了望冷笑地说："怎么样，李店东，你招还是不招？"

　　李有义："知县大人，小人实在是冤枉呀！此事与小人毫无关系。"

　　胡知县："毫无关系？推得个一干二净！我问你，店门钥匙可是由你把持？"

　　李有义："是小人把持？"

　　胡知县："不是你干的好事，夜里店门紧闭，还有什么人能进得店来杀人？"

　　李有义："小人不知！"

　　胡知县："既然没有别人进来，那就只有你了！你还有何话可说？"

　　李有义："小人实在冤枉，实在是一无所知呀！"

　　胡知县："把夹棍拿来，给我狠狠地夹起来，看也招还是不招！"

　　众衙役将李有义十指夹起，狠命一勒。只听李有义一声惨叫，立即昏倒在堂上。

　　胡知县："用冷水把他泼醒！"

　　众衙役："是！"说着取来凉水，噗地一声将李有义泼醒过来。李有义哀鸣地呼叫："知县大人，知县大人，小的实在是冤枉！冤枉呀！"

　　胡知县："你还叫冤枉？"

　　李有义："小人实在是……"

　　胡知县："招不招？不招，再来一次！来人，再把他……"

　　李有义："慢，慢，且慢动手。小人招供，招供……"说着晕倒在地。

李有义再次被冷水泼醒后,便被迫地胡乱招供起来——

那天晚上,在清风店清雅幽静、陈设古朴简单的后楼客房里,只见一套红木雕花桌椅放在房子中间,桌上摆着几盘应时菜肴,李有义手把酒壶为客官敬酒:"客官,请再饮上一杯,小店没有什么山珍海味,只有几碟应时菜蔬,略表寸心,实在不成敬意!"

客官三十多岁,生得三角眼,鹰钩鼻子,黑沉沉脸膛上稀疏地长着的几绺短须,略带几个浅白麻子。他身穿商人衣裤,一条腿放在另一张椅子上,一边扇动着敞开的衣襟,一边贪婪地望着敬过来的酒杯说:"难为店家这番好意,我们萍水相逢,怎好让你老人家破费!"

李有义:"看你说哪里的话! 我们店小面子窄,难得有像你这样的贵客来光临,真是唯恐敬之不及呢? 客官请,请!"

客官:"店家请,请!"二人频频举杯。

李有义:"客官这是要到哪里去?"

客官:"携内眷到京城里去做买卖。"

李有义:"北京城是天子脚下,在那儿经商可是财源茂盛,利达三江呀! 不过话又说回来,没有雄厚的资本,也难以站住脚呀!"

客官:"实不相瞒,小的舅父就在京城九门提督手下做官。有他老人家在一旁资助,小的才得以在南城金鱼池大街开了个店铺,经销南北货,也还十分得利!"

李有义:"你这次来是……"

客官:"携取家眷。"说着,指了指床上坐着的女子介绍道:"这就是贱内!"

李有义转动两眼,紧盯着床前那女子,咂咂嘴说:"好标致的一位娘子，真是人中的凤凰呀！娘子今年有多大年纪了?"

女子:"贱龄二十三岁!"

李有义:"正在青春妙龄，青春妙龄呀！俗话说:不羡神仙羡少年嘛！哈哈!"说着举杯一饮而尽，并发出一阵邪笑。客官不满地怒视了他一眼，李有义全不在意，仍是毫无顾忌地上下打量女子，并又倒上满满一盅酒，站起来说:"来，来，我们一同干上一杯，干上一杯!"

女子扭过身去，说:"小女子不会喝酒!"

李有义摇头叹息道:"遗憾！遗憾！酒色财气，难得齐全，难得齐全呀!"他叹息一阵，又转过脸来对客官说:"来，咱们干，咱们干!"说着，与客官频频碰杯，"咱们难得有缘相见，今天务必来个一醉方休!"

女子走上来阻拦说:"适可而止，官人不可在外贪杯!"

客官:"你别管，别管！这怎么是在外边呢？这是在店家里面喝……"

李有义:"你又见外了不是！你应该把店字去掉，改成这就是家。在自己家里喝酒，还有何顾忌？来，客官，咱们还是一醉方休!"

客官又连喝了几杯，口里嚷道:"好！好！一醉方休……"说着便醉倒在桌子上。女子赶忙走过来扶他。客官推开女子说:"你不用来扶，我没醉，没醉!"他越说身子越软，直往椅子下出溜。女子连忙过来往床上扶他。他一边仍说着没醉没醉，一边就随女子走到床前。待他一头卧倒在床上时，已经打出如雷的鼾声了。

漆黑的夜色，庭院树影婆娑，临风发出沙沙的声响。阴云缝隙中有几颗星星无力地隐现着。李有义手持牛耳尖刀，用黑布蒙面，悄悄来到刚才饮酒的客房门口，贴耳听了听屋里的声音，然后用尖刀拨开门闩,直扑到床前。女子惊叫一声:"有贼!"男人则半睡半醒地仰起身来说:"哪里有贼!贼在哪里?"说着便从床上走下来,身子还摇摇晃晃地站立不住。李有义将刀向他胸口猛地刺去,客官与其挣扎厮打。女人乘机夺门而出。李有义趁着客官酒醉未醒之际,将他推倒在床上,然后一刀刺进其胸口。

第二天一大早,三班衙役排列在江宁府大堂两旁,刘墉正襟危坐于上,背后高悬横匾"爱民如子"。

刘墉:"朱文、赵武!"

朱文、赵武:"小的在!"

刘墉:"将上元县知县和清风店店东一起带上来!"

朱文、赵武:"是。"二人走下。很快,朱文将上元县胡知县带上。

胡知县:"卑职上元县知县,参见知府大人!"

刘墉:"起来,你先在一边坐下!"赵武带清风店店东李有义上。

李有义:"小人给青天大老爷叩头。小人实在是冤枉!"

刘墉:"李店东,我来问你,那夜你店发生凶杀人命案可是有的?"

李有义:"有!有!是小人亲自到县衙里去报的案。"

刘墉:"被杀人是谁?因何被杀?凶手是谁?你要从实招来,不得有误!"

李有义:"是,是,容小人禀明。那天夜晚,来了一男一女到小店投宿,说是一对夫妻,要一间上等客房。小人将他们安排到后院二楼上。隔壁房间里住的是山西布商,他睡前曾向小人讲,明天要急着赶路,贩运货物返回山西,鸡叫时刻即要启程,到时候为他打开店门。小人谨记在心,第二天五更梆子刚响,小人就到店门前等候。果然,他们一伙早已套好车马,等小人将店门一开就赶车离去。小人刚把店门关闭,正要返身回房,又听到布商在外叩门甚急,小人开门问他何事,他说丢了一个口袋,里面东西甚为重要。小人便领他返回店房,寻到了丢在屋内的口袋。正要下楼时,布商无意中发现隔壁房门大开,用灯笼向里一照,只见一具男尸倒在血泊之中。"

刘墉:"当时屋里只有这具男尸?"

李有义:"是,此外别无所见!"

刘墉:"你不是说同来的还有一女子吗?"

李有义:"是,是有一女子。可这女人却踪影皆无了。"

刘墉:"那个布商呢?"

李有义:"两辆大车等候在路上,不能耽搁,他就匆匆赶路去了!"

刘墉:"你何时到县衙报案的?"

李有义:"小人心慌性急,恨不得立刻就能红日东升,好去县衙了结此案。谁知到了县衙,却被屈打成招,问成了死罪!真是闭门家中坐,大祸天上来!小人连想都没有想到,会有这样的奇冤落到小人头上。请青天大老爷拨乱反正,为小民做主呀!"

刘墉:"胡知县!"

胡知县连忙站起:"卑职在。"

刘墉:"你有何依据将清风店店东李有义定为凶手,问成死罪?胡知县,你是怎么审理此案的?"

胡知县:"卑职的审讯和结案的口供全部在案卷中,请知府大人过目,一看便知。"

刘墉掀开案卷,审阅。过了一会儿。他抬起头来,紧盯着胡知县问道:"胡知县,就依你的判断,这李有义是为贪图美色而动杀机的,那他为何又放走了那个女子?"

胡知县:"他因与客官厮打,女子乘机逃出去了。"

刘墉:"店门紧锁,她如何跑得出去?"

胡知县:"这,这,下官未曾问得!"

刘墉:"那男子被杀,女子被关在店中,李有义如果真有歹意,岂能把她放过? 依理判断,他一定是把那女子藏在店中某处。胡知县,你可曾到店里做过仔细搜查?"

胡知县:"哪有不搜查之理,已经是底朝上地查过两遍了。但都是一无所获,至今连个女人影子都没有见到!"

刘墉:"杀男放女,有哪个愚蠢的凶手会如此作案? 况且又是在他自己店中。"

胡知县:"这,这……"

刘墉:"他既杀死了人,为何不掩藏尸体,反要把店门大敞四开,让过往路人一眼望见。天底下可有这样的傻贼?"

胡知县头上大汗淋漓:"卑职没有想到,没有想到。"

刘墉:"李有义既是凶手,为何又自己前来报案?"

胡知县:"这是贼喊捉贼!"

刘墉:"又是胡编乱造! 再有,那女子若真是逃到外边,听到官府已经拿住凶手,为什么还不出来告状认尸?"

胡知县:"卑职没有想到!"

刘墉:"连案情都没有弄清,怎么就能定成死罪! 你如此草营人命,怎么做百姓的父母官! 如果当事人是你家的兄弟姐妹,你也这么断吗?"

胡知县:"卑职糊涂,卑职糊涂!"

刘墉:"好,下去吧! 此案由本府重新审理!"

巡抚高名远坐在巡抚后衙书房客厅的太师椅上,一手拿着鼻烟壶,不时地喷吸两口。刑道孙朴风毕恭毕敬地坐在对面椅子上,两手捧着茶盏,屏声敛气地听巡抚讲话。

高名远:"这个刘罗锅子果然厉害,一上任,头一天就接手了清风店血案。而且,把个胡知县批得焦头烂额,就差没有奏本朝廷撤他的职了。"

刑道:"这样的雷厉风行真没想到!真没想到!"

高名远:"不单如此,他还趁机把江宁府十个知县的情况都摸了个底!并且已经查明,这十个人中,有八个是花钱捐来的官儿。"

刑道:"这也是朝廷里定下的制度,他能奈何?"

高名远:"虽说朝廷下令援例可以花钱捐官,可江宁乃是江苏首府,十之七八都是捐官,说出去也未免有些太难听了!"

刑道:"人家既然花钱,自然要捐个肥缺,谁不想到这江南鱼米之乡呀?难道还有搭上白花花的银子,买个不毛之地的苦地方去受罪吗?"

高名远:"此理难登大雅之堂!这吏治,可是关系到一省政令的大事呀!早知如此,还是应该及早做些整顿才好。"

刑道:"他刘墉再大不过是一个知府,不管怎么说也是大人您治下的一个官员。我不信,水会漫过桥去!"

高名远:"你这就不知道了!他有个外号,叫作死难缠,是个极较死理的人,连万岁爷都缠不过他,让他给弄得豆腐掉到灰堆里——吹又吹不得,打又打不得!连皇上都是如此,何况我这外省官员了!况且我省比不得外省,虽说不是在皇上脚跟底下,倒是在皇上眼皮底下:一个江宁织造,一个苏州织造,就是皇上的两个耳报神。他们是经常给皇上呈送密折子的,什么吏治民情,什么年成赋税,都是经常不断奏给皇上的。当年康熙爷南巡时,一个江宁知府陈鹏年竟敢与这里的两江总督对抗,拒绝多征地税给皇上建行宫。后来总督抓到了一个把柄将他囚禁起来准备要杀他，又是江宁织造曹寅不断在皇上跟前说好话，到底还是把陈鹏年保下来了。如今，这个刘墉可比那陈鹏年要厉害得多，如果让他抓住了什么，我们大家可都不大好过！"

刑道："不管怎么说，他是新来乍到，人地两生。俗话说得好：强龙压不住地头蛇！何况，他本不是什么强龙，再厉害也还是在大人的治下。"

高名远："话虽这么说，不过总要事事当心，绝对疏忽不得，大意不得呀！"

刑道："大人放心，刑名上的事，卑职定会妥当处理！"

高名远："清风店的案子，我让你抓在前头，不知近日可有什么结果！"

刑道："回禀大人，经过卑职连日来几番穷追猛审，已经取下了口供。布商于连贵已经承认是他贪财害命，杀死了那客人。"说着，孙朴风从袍袖里取出口供呈上。

高巡抚接过供状，反复看了两遍。刑道一直注意着他的脸色，但巡抚却一直没有发话，最后也只是不加可否，轻轻地把供状放到桌上，望着刑道问："全是靠严刑拷打出来的？"

刑道："没有棍棒，哪有供词？"然后，他叙述了于连贵在酷刑逼问下被迫招出来的供词——

清风店里，店东李有义提着灯笼从后院二楼楼梯走过，身后跟着山西布商于连贵。在经过一间客房时，他们听见里面传出来男女二人的说话声。

女："把银子都收拾好了吗？"

男："收拾好了，全都放到床底下那个箱子里了。"

女："我的那些首饰呢？"

男:"同银子放到一起了。这是咱们进京后做买卖的老本,是万万不能有点儿闪失的!"

店东已把布商领到他的客房门前,并打开了门锁,回头见布商还在隔壁窗外缓步,便着急地招手说:"客官,你来,这就是你的房间了,早早歇息吧!"

布商不好意思地走过来,向屋里望了望,满意地说:"就是这个房间?很好!很好!"他走进屋后。两眼犹自向隔壁望了两眼,说:"隔壁住的是什么人?"

店东:"是进京做买卖的,也没有什么人,只是一对夫妻,不会吵扰你的!"

布商:"甚好!甚好!"

店东帮助布商把屋里的东西简单地收拾了一下,说:"你忙了一天,早早歇息吧!"说着提着灯笼就要走出去。

布商眼珠转动了几下,说:"店家,我们明天一早就要赶路,麻烦你记住,明早鸡叫头遍,就帮助把店门打开,千万不要耽误!"

店东:"我们这里的规矩是:主随客便。客官怎么方便,我们就怎么做。客官只管放心好了,明早一定按时把门打开,保证不耽误你们赶路!"

店东下楼去了。布商一人坐了一会儿,便站起身来往窗外望望,然后把耳朵贴在墙壁上,专心致志地想听清隔壁房间里的响动。听了一会儿,见已没有什么动静了,他便坐下来,从囊中取出两支迷魂香。

夜深人静,乌云满天,云隙中透露出几线微弱的星光。夜风吹来,庭院里的古槐树婆娑摇动,发出瑟瑟的响声。

布商从屋内走出,悄悄来到隔壁窗前,用手指捅破窗纸,然后将已点燃的迷魂香伸进屋内,并侧耳细听。屋内开始有几声微弱的呻吟声,后来渐渐趋于平静。周围也是死一般的沉寂。布商从怀中取出尖刀,将门拨开,吱呀一声推门进去。床上男女两人皆已昏迷过去,布商举刀刺死男人,再举刀向女人刺去时,如花一般美貌的女人使他两手颤动,已刺向胸口的刀又缩了回来。他凝思一阵后将刀收起,又弯腰向床下搜去,并从床底下拉出一个箱子,只见里面全是白花花的银子,他用手摸了一下,又从里面找出几件簪环银锁之类的首饰。他看了看,又都放了回去,再将箱子盖上,拿到自己房间。他从囊中掏出一条布口袋,复又走到隔壁屋内,用口袋将那女子套入其中,扎上口袋嘴,将口袋扛到自己屋内,藏入床底下。

五更梆响,远处鸡鸣,店家将大门打开,站到门边迎候。两辆大车相继从院内赶出去,布商坐在后一辆车上,向店家拱一拱手说:"店东,我们自此就上路了。他日再来金陵,还要住到你家!"

东方泛白,乌云后面现出晨光。大车行到荒野之处,布商举目向远近望了望,见四下空旷无人,便忙将车上的苫布揭开,从里面搬出装人的口袋,然后扑通一声,将女子丢到一座小石桥下。

在高名远与孙朴风密谋之时,刘墉也在江宁府后衙的书房里苦苦地思索着案情。他手捧案卷,边读边走。天渐渐暗下来,张承点上蜡烛,收拾好房间,又端出一小竹篮铁蚕豆放到桌案上。刘墉习惯地坐到案前,将案卷放到桌上,一边阅读思考,一边下意识地将手伸到竹篮取出几粒铁蚕豆放到嘴里咀嚼。看了一阵子,他把案卷往桌上一放,啪地一拍桌子说:"简直是胡诌八扯,草菅人命!"

张承端着茶盏走进来,听见大人怒喝,不知所以然地小心翼翼将茶放在桌上，垂手侍立在旁。

刘墉："张承你说，有没有这样的贼，杀了人乘黑逃走之后，还要返回来挑明，让人们都知道这里出了凶杀案，再唆使人去官府报案？"

张承没头没脑地听着，望望桌上的案卷，又望望老爷的脸，琢磨了半天，说："没有，好像没有听说过！"

刘墉："有没有图财害命的人，杀了一个，又放了一个？费了那么大事，拐走了个女子，走到半路上，又轻易地把她推到桥底下？"

张承："老爷！没有，没有……"

刘墉："去把书办何英找来！"张承出去不久，何英进来了。

何英："大人唤我？"

刘墉："刑道对布商的判决毫无根据。如此草菅人命，不是任意践踏朝廷王法吗？你去办个文书，将布商押解过来，由我江宁府大堂重审。"

何英摇了摇头，说："大人，此事这样办恐怕不妥！刑道乃是省里的衙门，既然已经将此案预先提过去审理，大人上任后，他又没主动交解过来，我们怎么到上面去讨？"

刘墉："他刑道怎么可以从中间插手？漫过锅台上炕，难道就算合理了？"

何英："刑道那里自然好说，只是此事碍着抚台大人的面子。刑道他是受巡抚之命来办案的！"

刘墉愤愤地站起身在屋里来回走动，最后停下来说："看来，当下只有尽快拿住真正的凶手，才能使良民免遭冤屈，让奸邪不漏法网。"

何英："大人说得有理！只是……"

刘墉："怎样？"

何英："此事既无原告，又无被告，好似大海捞针，毫无线索，一时恐难以捉到真正的凶手。"

刘墉用手抓起一把铁蚕豆狠狠地捏在手里，在屋里踱了几步后，又走回来将蚕豆狠劲丢下，说："世上无难事，只怕有心人！"

第二天一早，刘墉就乔装打扮起来。他脱去官服，换上道袍、道冠、丝绦、水袜、云鞋，又从书柜里找出一本《百中经》用蓝布包袱皮儿包好，回手拿起两片毛竹板子，向铜镜里张望了一番，觉得没有什么破绽了，便移步向外走去，同时嘱咐张承说："张承，今天老爷出去私访，衙中之事你要好好照应！要是有人来找我，你就说老爷有病，拒不见客。"

张承："是。"

刘墉："你把我从后门送出去，别叫外人看见。"二人说着穿过后院，张承将后门打开，待刘墉走出门后，又将蓝布包递出去："老爷早去早回！"说过将门从里面插上了。

金陵街头店铺鳞次栉比，行人来往络绎不绝，各个小贩摊点上一片叫卖之声。刘墉敲打着毛竹板，沿街逶迤而行，边走边唱道："算卦来，算卦！男算求财问喜，女算月令高低。欲知眼前吉凶祸福，请找山人我一问便知。算卦来，算卦！山人我通晓天地人三界，深勘阴阳五行，能除妖魔邪祟，保君流年大运亨通。有人说：你这老道怎么说得这么准。不准就不叫我刘三生了，前世今生来世，样样都在我手掐口念之中。不信你就来试一试，一问便知吉凶，说得准来要你铜钱百文，说不准倒给你百文挂零！"

临街一座门面敞开的茶馆，门前挂着一个木牌，上写"兴来游"三个字。店内几十张大桌子分三排摆列，座上人丁兴旺，茶博士手提长嘴大茶壶来往走动，为客人续茶添水。

刘墉收拾起毛竹板，走到里面找到中间一个闲座坐下，把蓝布卦包放到桌上，一招手唤过来茶博士说："小二哥，给贫道来一壶西湖龙井。"

茶博士为刘墉送过茶来，他便半睁半闭双眼，一边坐品茗茶，一边闲听四座人们议论。

东面靠墙的一排茶座上，有一个名叫于老七的人咂了一口茶，朝着身边的人说道："瞧咱金陵城这几天闹得这个乱乎！清风店里一桩血案，县里、省里全都出动了人马。只为一具无人认领的男尸，反倒抓住了两名杀人凶手！却不知哪个是真，哪个是假？"

旁边一个胖子接过来说："听我说，于老七！一个也真不了，一个也假不了！"周围的人都为之一惊，齐说："此话怎讲？"

胖子见这话如此耸人听闻，便颇为得意地接下去说："你们想，那开店的李有义，多少年来就住在这金陵城北关，诸位即使有个不认识他的，但多少也都个有个听说耳闻吧：那是个一辈子的大老实人，连树叶掉脑袋上都会吓得半死！如今到这么大岁数了，会突然变成个老来少心、见色勃然起动的人？他在自家店里去强奸人家，还把那个男的杀死？"

周围的人齐声说："这倒是！这倒是！"

另一个人："那李老汉我见过，最是个厚诚的人。"

胖子："再说那个布商，千里迢迢打从北边来到咱这丝绸之地金陵，已经够不容易了，他贩足了两车布匹，却不赶快运回山西去批发零售，反会因为几百两银子去杀人越货，把住在隔壁间的客人害死？"

众人面面相觑，难加可否。胖子自觉语焉不详，望望众人脸色，接着又说："你们想想看，如果他真杀了人，跑还跑不迭呢，怎么还能够有兴致再返回来，给人家挑明了看：说那里有一具尸首，要人家立即去报案？"

众人道："这倒是！这倒是！看起来，两个人都不是真正的凶手！"

于七："那你怎么又说假不了呢？"

胖子："这也是明摆着的事儿呀！官府里的事，从来都是只有错抓的，没有错放的！"

众人道："不错！不错！"

胖子："何况……"说到这里，他看了看众人的脸色，故意把话打住，卖了个关子，才接着又说："一个小小人命官司，又无原告追盯，怎么会由县里一直惊动到省里，双管齐下地出来捉拿凶手？难道他是什么钦犯不成？"

众人连连点头："是！是！"

于七："准是官衙门里面有什么明争暗斗之事，包藏在这里面。"

胖子："这些事，我们这些小民就不得而知了！"

于七："如今来了个新任刘知府，不知道他插在这中间能否上下贯通，真正解开这个连环扣子？"

胖子："听说这位大人倒是能够为民做主、雷厉风行的官儿。"

座中有个脸上有刀伤斑痕的疤拉眼儿说："雷厉风行个啥？直到而今，整个官府里上上下下竟无一人知道，那个男尸姓甚名谁？"

胖子想想也笑道："可也是，张判李判，县判省判，判了半天，被杀者姓甚名谁，哪乡人氏都不知道，就把无辜良民判定了两个。真可笑！可笑！"

于七叱道："笑什么！杀人偿命，自古之理。难道那一对夫妻只因为没有留下名姓，就白白被人杀死吗？"

疤拉眼儿："什么一对夫妻，那小子从来就没娶过亲，哪来的

27

妻子?"

众人一怔,齐转过来问他:"怎么,你晓得他?"

疤拉眼望望周围,压低声音说:"实不相瞒,他是我的邻居。"

众人都围过来问道:"那男的是谁? 女的是谁?"

疤拉眼儿:"验尸时我去看过,男的就是我邻街的尹小六子,从小就是个泼皮无赖,吃喝嫖赌,无所不好,把个家业早就折腾光了,因此上三十来岁,连个媳妇也没寻得上。"

于七:"验尸时我也去了,看他的穿戴不错。不像是你说的那个穷困潦倒的样子。"

疤拉眼儿:"现今他是不那么穷困潦倒了。"

于七:"那为啥? 莫不是撞见了财神爷!"

疤拉眼儿:"说的正是这话呢! 天上的财神爷他没撞见,人间的财神爷倒叫他撞个满怀。原来,这小子在京城里有个亲娘舅,现今在九门提督手下做官,聚了钱财无数,又仗着官衙门的势力,在金鱼池大街开了个大字号买卖,去年就把尹小六子招去,让他协助料理这家买卖。你们想,半官半商,亦官亦商,还有个不发财的?"

胖子:"那是,咱们金陵城里不也是……"

于七:"用不着数了,狼走遍天下吃肉,狗走遍天下吃屎。有权有势再经商,还不是就如同与死人赌钱一样——你的也是我的,我的也是我的。"

疤拉眼儿:"就这么着,一年多的时间,这尹小六子就鲤鱼跳龙门,摇身一变成了个富户了,又买房子又置地。到如今,柴火市那条街,从土地庙往东数,有一半人家已成为他家的佃户了!"

胖子:"这真是时来虎添翼,运去凤如鸡! 倒不知那个女子是什么人?"

疤拉眼儿:"这几天我也在琢磨,这小子在金陵城里无亲无

故,从北京城回来也没见他领回什么人来,哪里有个女人跟他去
旅店投宿呢?"

于七:"莫不是找的烟花妓女?"

胖子:"烟花妓女有必要拐到旅店之中?"

疤拉眼儿:"是呀,我到清风店去问过几个店伙计,那天晚上
来投宿的女子长得什么模样? 有人记得,说是挺清秀的一个人
儿,绝不是妓女的举止打扮!"

于七:"这就怪了,不是他的妻子,谁个良家妇女会心甘情愿
地去充当他的妻子,去跟他夜宿旅店?"

胖子:"是不是有人跟他私奔?"

于七:"如果有人真心跟他私奔,见他被害,会不出来告状?"

胖子:"不是至今死活不明嘛! 按那布商说的,她已经被装
在口袋里丢到桥下了。可官府到那里搜查,连个影都没见到!"

疤拉眼儿:"依我看那个女人还活着。"

众人:"噢,你清楚?"

疤拉眼儿:"我不清楚! 可我心里有个约摸,听店伙计们说
的那个样子,我就琢磨出一个人来……"

众人:"谁?"

疤拉眼儿欲言又止:"好像是我们柴火市……"他忽然打住
话头,吞吞吐吐地说:"这很难说,这很难说!"

听到这儿,刘墉即刻付钱起身出了茶馆。他顺着大街,一直
踅摸到柴火市,又找到位于柴火市中间的土地庙,然后盘起双腿
坐在土地庙前,把蓝布包袱皮打开铺在地上,再摆上一个签筒、
一个罗盘,还有几本卦书,嘴里呢呢喃喃地念念有词。谁也听不
清他说的是什么,只见不一会儿他从怀中扯出一个纸条,念道:
"寻财能指东西方向,"说过把纸条展开铺摆在地上,接着又从怀
中掏出一个纸条说:"寻人能告远近路程,"说过把纸条摆在地

上,又陆续掏出些纸条,说:"求婚能言良辰吉日,求子能排月令高低。"说过就把这些纸条一一摆到地上。

围观的人越来越多,有人说:"这个老道,看来是有些仙功,样子与平常的人不同!"也有人蹲下来问:"嘿,老道! 你算算我求财能否有望?"老道微微睁开眼睛,细细打量眼前的人。只见他二十多岁,一股子愣头青的味儿,于是问道:"你欲向哪方求财? 说得明白卦更灵!"

愣头青用手一指说:"正北方向!"

老道摇了摇头,说:"可惜呀,可惜!"

愣头青:"怎么个意思?"

老道:"可惜是快要到手的钱财又落了空。打个比方说,你可曾从井里提过水?"

愣头青:"提过。"

老道:"水桶已经提到井口,不想井绳咔吧一声断了,连桶带水扑通一声又掉进井里了。"

愣头青站起来一跺脚说:"别说了,老道! 让你猜个正着!原说要领我进京做买卖的那人。前两天嘎吧一声,一命呜呼了!可不就是到手的钱财,又落进井里了吗?"

又一人蹲下说:"说得真灵,老道! 你给我也算算,命中可否有子?"

老道望望眼前之人,身体健壮,犹如一头公牛,问:"结婚已有几年?"

那人:"两年多了!"

老道:"不用问了,不出三年,要连生贵子,连生贵子!"

那人高兴地站起身来,边走边嘻嘻地笑,逢人便说:"这老道真神,说啥啥灵!"他路过一家人家门口,前门敞着,这家人家的主妇、富希成的媳妇白玉莲正向门外泼水。那人兴致正浓,见了忙说:"富家嫂子,土地庙前来了个老道,算啥啥灵!"

白玉莲:"你见到那里都有算啥的?"

那人:"老道说,寻财能指东西方向,寻人能告远近路程,求婚能言良辰吉日,求子能排月令高低。算了几个人,果然是求啥啥应,问啥啥准,你何不去算一卦?"

白玉莲走进院内,站到房门口前唤道:"铃儿,铃儿!"房门呱哒一响,从屋里走出一个十一二岁的姑娘,生得臃肿丑陋,傻乎乎的,像似短个心眼的人,与站在跟前的白氏成为一个鲜明的对比。她翻着两眼问道:"姐姐,唤我做什么?"

白玉莲:"铃儿,自打你姐夫走后,我一直提心吊胆,心神不定,今天更是眼皮直跳,很怕他出了什么事情。你去到土地庙前看看,等没人时把那个老道请到家里来!"

铃儿:"行!"说着,迈动两只鲶鱼脚,叽里呱哒地跑到土地庙前。她站了不一会儿,围着老道的人已逐渐散去。

铃儿:"喂,老道,我家姐姐说了,请你到我家里去给算一卦!"

老道抬头望了望眼前的铃儿,忍不住笑道:"丑大姐,你家住在什么地方? 离这远吗?"

铃儿听说,不高兴地噘起嘴来,还嘴说:"哧,老道! 你还好意思唤我丑大姐,你没瞧你的样子该有多丑!"

老道:"贫道这个样子有何不可?"

铃儿:"你出门准保饿不着,有钱没钱都能弄到饭吃,你背后背着一口现成的锅呢?"

老道哈哈大笑:"丑大姐,这一着算是叫你说对了,贫道出门就是饿不着,不但凭着背后这口锅,也还凭着鼻子下这张嘴!"

铃儿:"行了,别打嘴了,跟我走吧!"二人说着,刘墉收拾起卦摊,随着铃儿向前走去。

　　白玉莲的家是三间青砖瓦房,一明两暗,屋内家具简陋,房间狭窄阴暗。老道坐在屋子中间的凳子上,仔细地将屋内外观察打量了一番。

　　白玉莲:"哎,老道,人家都说你的卦算得灵,请你给奴家也算上一卦!"

　　老道:"但不知你是寻财还是寻人,是求婚还是求子?"

　　白玉莲:"看你这老道说的,我一个妇道人家,还求个什么婚,寻个什么财? 我是求你给另外一个人算算命!"

　　老道:"是男是女,请报上生辰八字来!"

　　白玉莲:"是男,今年二十七岁,属牛的,腊月廿五日午时生!"

　　老道:"二十七岁,是你何人?"

　　白玉莲:"你且先莫要问,你只说说:此人现在下落何处,吉凶福祸如何?"

　　老道:"二十七岁,属牛的。这是丁丑年,癸卯月乙亥日丙午时。哎呀,这个时辰可是不好呀! 正逢白虎星压运,吊客星穿堂,流年大大的不利呀! 眼下就有性命之忧!"

　　白玉莲大吃一惊,一声惨叫:"啊,果然不出我的所料。他未曾出门我就担心,几次劝他不要远行,可他偏是不听!"

　　老道:"啊,小娘子,但不知卦中是你何人?"

　　白玉莲哭哭啼啼地说:"是奴家的丈夫富希成,但不知有救没救?"

　　老道:"请你说得更详细点儿,越说详细卦越准,心越诚来卦越灵! 待我仔细给你算来。"

　　白玉莲:"奴家丈夫富希成,十个月前,他与奴家表哥外出去做买卖,原说多则半年,少则三个月就返回家来。谁知,一出门直到而今,竟然音信全无!"

老道："小娘子且莫悲伤,从这卦中看来,你丈夫虽有大祸临头,但贫道聊为破解破解,便可逢凶化吉,遇难呈祥。"

白玉莲："难得道长如此用心,奴家只有感恩不尽了。"

老道坐在那里闭目屏息,掐着指头,口中念念有词。念着念着,他忽然停住,睁开眼说道："还是有些不好,这中间又犯小人了。"

白玉莲睁大双眼："小人！但不知这小人是谁?"

老道："一言难尽。贫道也想问问你,这位表兄是怎么样一个人?"

白玉莲一惊："说起这位表兄,咳,也是一言难尽！当初,就是他硬拉着奴的丈夫出去做买卖的,奴家原本就不愿意。"

老道："这又为何? 你想,你的丈夫与这位表兄是姑表兄弟或者是姨表兄弟,一同外出做买卖,两弟兄在一起,你还有什么不放心的?"

白玉莲："不是他的姑表兄弟,是我的姑表兄弟！"

老道："这么说是表妹夫与姑表娘家哥在一起了,这也没有什么不放心的嘛。"

白玉莲："咳,你不知道！我这个表哥,对了,就是铃儿,我这表妹的哥哥。他自幼便不安分,吃喝嫖赌样样都沾边儿。这不,至今已经三十多岁了,连个家都没成,把亲妹妹寄养在我这里！奴家丈夫原本不曾做过买卖,是我这位表哥拉着他一块儿出去的,你说这……"

老道："你家丈夫原做什么营生?"

白玉莲："租人地种。"

老道心中一动,想起刚才茶馆里疤拉眼说的话:柴火市那条街,有一半人家已是尹小六子家的佃户了。便接着问:"租种谁家的土地?"

白玉莲脸色稍有变化:"就是那个……噢,是谁家的土地,都是我丈夫自己出去联系的。交租子时,他也未对我说过,奴家不知地主是谁!"

老道:"你竟不知?"

白玉莲:"奴家不知。我只想问问道长,我家丈夫可能得救?"

老道:"我再给你仔细算算! 你家的表哥叫什么名字?"

白玉莲:"他……啊,道长,奴家一阵心口疼,这卦今天就不算了。铃儿,取一吊钱来,送走这位道长吧!"说完,她捂着心口走进里屋去。

铃儿把钱交给老道,先自开门走出屋去,老道无奈只好随后跟出。走到院心,老道又故意问道:"铃儿,你叫什么?"

铃儿:"瞧你这个老道! 说我少个心眼儿,你自己怎么样?明明叫我铃儿,还问我叫什么名字!"

老道:"对了,是贫道没问清楚。我是问你姓什么?"

铃儿:"姓钟呀,打钟的钟!"

老道:"你哥哥叫什么名字?"

铃儿:"你这个老道,怎么这样儿? 什么都想打听,你快走吧!"

老道:"我说钟铃儿。"

铃儿:"做什么?"

老道:"我瞧你家院子里凶得厉害,黑夜里非闹鬼不可!"

铃儿:"你这个老道,这是怎么说的! 好好院子,闹什么鬼?你别在这里吓唬人,我夜里可不敢出屋哩。好了,你快走吧!"

老道仔细望着宅院,寻找辨认的记号。铃儿走上前用手推他,道:"你还不快走,非得等我推你吗?"

刘墉转悠到江宁府衙门的后街上,左右瞧瞧没人注意,他便伸手敲打后门。张承出来开门，接过他的卦包和毛竹板，又随手把门关上，说："老爷回来了，没出什么事吧？"

刘墉："张承，吃过饭后，你去把承差陈勇叫来！"

在书房里，刘墉已经换好衣服，坐在桌案前，张承把饭端来：两个硬面饽饽，一碗萝卜缨子熬小豆腐。刘墉一点儿不在意，吃得满香，很快就把一碗小豆腐吃喝光了。张承在一旁望着，心里不满地说："老爷，人家到了金陵都换换口味，把这地方土特产品，各式各样都找来品尝个鲜儿。你却每天都是硬面饽饽、小豆腐！"

刘墉又掰下一块饽饽放到碗里，将小豆腐全都刮干净，送到口里津津有味地吃着，说："怎么着？ 这硬面饽饽就小豆腐，不是好饭食？"

张承："老爷！"

刘墉："我吃这个就满香的嘛！ 实话跟你说，我就得意这一口。"张承不满意地望着他。刘墉接着说："好了，收拾下去，赶快把陈勇叫来吧！"

张承嘴里嘟嘟囔囔地收拾起碗筷，走了。刘墉把案卷翻开，就着烛光细心地研读起来。读着读着，他又从书柜上把一小篮子铁蚕豆拿到手边，一边翻阅案卷，一边抓吃铁蚕豆。工夫不大，张承带着陈勇走进来。

刘墉："陈勇，你来得正好，今有一事要你晚间立即去办！"

陈勇："听从大人调遣。"

刘墉："今天老爷出外私访，在柴火市土地庙旁一户人家里，碰到一个女子。她说话躲躲闪闪，吞吞吐吐，特别是一提到死在清风店的尹小六子，就脸色顿变，连忙用话岔开。老爷本想顺藤摸瓜继续深问，谁知她顿起戒防之心，让小丫头将我推赶出去。我料想其中必有缘故。"

陈勇："大人明察,小人十分钦佩!"

刘墉："我看欲破清风店一案,这里就是一道豁口。现在亟须你来,接续老爷白天没有办完的事。你乘黑夜之间,给她来个见缝插针,暗中捣鬼,不怕她有话不说。"

陈勇："不知怎样下手?"

刘墉："陈勇你附耳过来,听老爷详细说给你。"

陈勇附过身去,刘墉悄悄说出一席话来,陈勇不住地点头。刘墉说完,陈勇立起身来,打一躬说:"小的立即动身,一切遵照大人吩咐去办。"说完转身退出。

刘墉望着陈勇的身影,脸上露出狡黠的笑容。

月牙挂在西边歪脖枣树上,影照东墙。树影后边嗖地蹿出一个人来,正是陈勇。他直奔白家后院墙根,踏着墙脚下的一堆乱砖头,纵身一跳,跃到墙上,然后踩着墙头翻身登到正房屋脊上,放眼向院内望去:院中空落落的,除了屋檐下摆着一个大酱缸和墙角一堆柴草之外,几乎空无一物。院里静悄悄的,只有西边屋里亮着灯。

陈勇一个金钩倒卷帘,从屋顶上空翻落到地上,没有一点儿声响。他悄声蹑足地走到西屋窗根底下,贴耳向屋内谛听,里面全无一点儿声息。等了一会儿,他忍不住用舌尖舔破窗纸,从小洞里向屋内细看。

屋内寂静,白玉莲独自托腮坐在灯下,愁锁双眉,两眼暗中流泪。有两只扑灯蛾子绕着油灯乱飞,有一只不慎竟然噗的一声扑进灯罩里面,顿时冒出一缕青烟,化为灰烬。

白玉莲望着扑灯蛾子,不由得嘘地长叹了一声,然后慢慢站起身来,转头向屋里说:"铃儿,铜盆呢?我要洗手给佛爷进香!"

屋里传出铃儿睡梦中的含混声音:"铜盆在桌子底下,你自己拿吧！"白玉莲弯腰从桌子底下取出铜盆，倒水净手后，拈出三炷香点燃，细心地插到香炉里。

她双手合十慢慢地祷念道："列位神仙爷爷，你们都是天上赫赫有名的仙家。奴家白玉莲一向心地虔诚，朝朝暮暮，烧香拜佛，不求有什么大富大贵，只求神仙保佑我家平平安安。谁知道闭门家中坐，也有恶人欺。害得我无脸做人，有心做鬼！想不到，我一个弱女子也要去棒打豺狼，弄得两手臊！看起来神仙也是欺软怕硬的，只对那心善的人降灾，不敢向恶人施祸……"她一边祷念着，一边忍泪抽泣。

陈勇在窗外侧耳静听，一番话弄得他似懂非懂疑疑惑惑。当他正听到关键之处，那女子又不说话了，只是一味地哭泣，陈勇在外面等得心焦意躁。

白玉莲跪倒在蒲团之上，三叩首后，合掌说："而今眼下，奴家别无所求，只求列位神仙爷爷睁开眼睛，保佑我家丈夫富希成在外边别出凶祸！"说着又叩首道："神仙爷爷，但愿他别出凶祸，早早回家！只要让我夫妻早日团聚一面，奴家就是死了，也心甘了！"说罢又暗泣无声。

陈勇在外边等候多时，见里面再没有动静，知道再不会听到什么了，于是拾起一块瓦片，猛地向地上一摔。屋里白玉莲吓了一跳，一屁股坐在蒲团上。停了半天听外面没有动静，便哆哆嗦嗦站立起来，朝里屋喊："铃儿，醒醒！醒醒！看这丫头睡得怎么这么死？铃儿！铃儿！"

铃儿懵懵懂懂地揉着睡眼说："啥事？"

白玉莲："你听，院子里像是有人走动！"

铃儿愣愣怔怔地跑出来说："在哪？在哪？我拿顶门杠去打他！"

白玉莲："你等等，休要莽撞！让我再听！"白玉莲走到窗前侧耳仔细向外听,只听到院内响起一阵脚步声。她提起了胆子说:"外面的歹徒听着,你想趁我家男人不在家,要来讨我的便宜!我告诉你,死了你这颗心吧!我就是丢命也绝不会叫你得手的!我说得到,就做得到!有比你厉害的,都已经尝到什么滋味了。"

陈勇在外面还是不停地走动,同时用手搬动柴火,发出沙沙的响声。

白玉莲侧耳听了听又说:"是了,我知道你是个贼,想来偷东西。我告诉你,你这是烧香走进砖瓦窑——找错庙门了!我家连过日子还紧绷绷的,哪有余钱供你来偷?"她听听外面的声音还是不停,又说:"我说贼大哥,你赶早往别处去吧!别在这里耽误你的工夫了!"

陈勇翻身飞到檐上,推动檐瓦,弄出一片哗啦啦的落地声,又不时用手贴着嘴唇搭成一个喇叭状,发出呜呜哇哇的惨叫声,令人毛骨悚然。

白玉莲靠在窗前,浑身乱颤,后来竟吓破了胆地喊:"啊,是你,你这个死鬼!你死后还想来缠着我,还想要来作践我!我跟你说,我是铁定了一颗心了!你是人是鬼我都不怕你,就是到了阎罗殿,我也敢和你说理去!"

陈勇在外面仍是呜哇地惨叫。

白玉莲:"你这个阴毒的死鬼!你不走还想干什么?我是和你阴间阳世,永远誓不两立的!"

铃儿站在一旁,一会儿听听窗外的响动,一会儿看看屋内的姐姐,两腿吓得乱颤,说话也结结巴巴:"姐……姐姐,怪不得白天里那个老道说院里邪气重,夜里要闹鬼。我看等明天再把那老道找来,让他给打打鬼吧!"

白玉莲:"行!行!明天就找那老道来,让他狠狠地捉拿你这个阴毒鬼！把你压到阴山背后，让你永世不得脱生！"

陈勇在窗外听得真切，冷冷地一笑，翻身飞到墙上，奔向黑夜的昏冥之中。

刘墉又穿上昨日那套道服，张承夹着蓝布包和毛竹板，陪着他通过箭道向衙门的后门口走去。

张承："老爷，今天还要出去私访？这驱邪捉鬼的事可非同一般，你可千万要当心呀！"

刘墉："这你就放心吧！老爷我是哑巴吃黄豆，心里自然有数。你没听人说过，手里没有金刚钻，是不敢揽瓷器活儿的。张承，老爷今天出去，你要好好照看衙门，还是昨天那句话，有人来找，你就说老爷病了，来人一概不见！"

张承："若是巡抚衙门有人来找呢？"

刘墉："那也照样不见！"

张承："那行吗？那不是抗上吗？"

刘墉："有道是，官不睬病人。就是巡抚本人来了，也没法把我从病床上抬下来呀！"

刘墉来到柴火市，走过土地庙，手敲毛竹板，嘴里念道："贫道修行自深山，乾坤八卦袖里边，麻衣神相金钱课，驱邪捉鬼赛神仙。"他悠悠荡荡地来到白玉莲门前，两片毛竹板敲得更欢："算卦来，算卦！有净宅捉鬼的事也来找咱。"

屋内白玉莲正做着针线活儿，铃儿走过来说："姐姐，昨天那个老道果然又来了。"白玉莲停下手中的活儿，吩咐铃儿道："快去，把那老道请进来！"

铃儿跑出门外，高声喊道："喂，那算卦的老道，我姐姐请你进来！"

刘墉缓缓地转过身来，问："你唤的是咱家？"

铃儿:"正是,我家姐姐屋里有请。"

刘墉:"昨天不是你把我推出门外的吗?"

铃儿:"昨天是昨天,今天是今天。你就快进去吧,别拿糖作醋的了!"

刘墉:"咳,小姑娘,不要这样没礼貌!那就请你带领贫道进去吧!"铃儿急忙走上前来将两扇门打开,伸手相让说:"老道,你请吧!"

刘墉随铃儿走进屋内,白玉莲站起来相迎,说:"道长,请屋里坐!贫家女子没有好茶招待,请道长多多包涵。听说道长身有仙家法术,能够驱邪捉鬼。"

刘墉:"略知一二。不知你家近来闹的是男鬼?还是女鬼?"

白玉莲:"若是女鬼,小女子也就不怕她了,偏偏却是个男鬼!"

刘墉:"这男鬼有多大年纪?"

白玉莲:"岁数不大,听声音也就是三十多岁!"

刘墉略一沉吟,说:"啊,三十多岁。是个什么样子?"

白玉莲不觉产生疑惑,望了老道一眼说:"那鬼是个什么样子,我可没有看见。"

刘墉:"也罢,你既然把贫道请来,我现在就为你将这三十多岁的男鬼捉住,锁到……"老道边说着,边向院子里环视一遍,说:"就拴到那株歪脖树下吧。"

白玉莲与铃儿同声说:"别!别!别把他留在这个院子里!"

铃儿:"出来进去的多叫人害怕呀!"

白玉莲:"道长,你把他赶出这个院子就行了,你愿意押解到哪儿,就押解到哪儿!"

刘墉:"那好,待贫道给你画符,你把这符贴到门上,那鬼也就不敢再进这院子里来了。"

白玉莲:"如此甚好。铃儿,取过笔墨侍候!"铃儿跑进里屋,取出笔墨。老道打开包袱,取出几张黄表纸,又从白玉莲的针线笸箩里拿过剪刀,将纸裁成几张一尺多宽、三尺来长的长方形状,将笔在砚中探了又探,然后伏案画了几个图儿。铃儿在一旁看着直伸舌头。画着,画着,老道把笔搁下问道:"小娘子,这鬼叫什么名字?"

白玉莲大吃一惊:"什么?"

刘墉:"我把他的名字写在符上,才有灵验。"

白玉莲:"这,这……这不方便吧!"

刘墉:"只有如此,否则这符等于白画。"

白玉莲灵机一动,说:"不然,你就把写名字的地方空着,等我贴上时,我自己把它添上。"

刘墉暗暗吃惊,很佩服这女人的机灵,但又不好勉强她,只好进一步叮嘱说:"你贴的时候,可一定要把这名字添上! 不然那鬼就一定还要找上门来。"

白玉莲露出笑容,感谢地说:"那是一定! 那是一定! 奴家就多谢道长一片好心了。"

刘墉又仔细地端详了一下白玉莲脸上的神色,然后低下头刷刷地画起符来,嘴里还不住地嘟囔着一些什么咒语。

巡抚衙门后院的花厅外面,假山叠翠,流水淙淙,绿荫覆盖,花团锦簇。花厅里面是金樽玉垒,管弦悠扬,丝竹盈耳,长袖善舞,高朋盛会,宾客欢颜。巡抚高名远坐在首位,两旁各站立一个绝艳的美女服侍。他得意地举起杯子,说:"列位应邀赴会,实为老夫助兴,请各尽门前这一杯!"

众宾客:"多谢抚台大人盛意!"

一群衣着粉红薄纱的妙龄女子舒卷长袖走出来,在筵席前载歌载舞,齐唱:"豆蔻花开三月三……"

巡抚从身边美人手中接过杯来,痛饮一杯说:"好曲!好曲!"

在这一群粉红色女孩中,走出一个身穿深红色衣衫的女孩。众人将她围在圈中,她在众人伴舞下,清歌妙舞,唱道:"一曲清歌一束绫,美人犹自意嫌轻;不知织女萤窗下,几度抛梭织得成。"

巡抚听了,把眉头一皱,说:"怎么把寇准侍妾的诗也搬弄出来了!啊,扫兴!扫兴!"他说着,回顾身边两个美女问:"你们说呢?啊!啊!"

这时,一个家人走过来,俯身向他说了几句话,巡抚说:"让他进来,进来!"家人刚要退下,巡抚又一招手,说:"且慢,我去客厅里接见。"

在巡抚衙门客厅里,刑道孙朴风参见巡抚后退坐到下边椅子上,说:"卑职已经叫人连日到江宁府上去查问,说是刘墉一连三日都卧病在床,拒不见人。"

巡抚:"噢,有这等事?"

刑道:"依卑职看,他这是假装有病,实则是想避开硬仗,暗自收兵。"

巡抚:"怎么见得?"

刑道:"这刘罗锅子自恃有才,一上任就想要震天动地地来一炮,准备趁金陵城出了这桩无头命案,别人都在一团乱麻之时,由他一举勘破,捞得个断案如神的美称。岂知,这头三脚没踢好,一下子就把脚脖子踢歪了。他风风火火地过了两堂,还是审不出个子午卯酉来。大海捞针,上哪儿去找那真正的凶手?现在眼看成功无望,没法下台,他只好装病,来个不了了之了!"

巡抚:"你的判断,不无道理!也让他啃几口黄连才好!"

　　刑道:"原来我还担心他上任后,会向省里提出要将布商一案调回江宁府,由他一并处理呢。可现在我倒想把布商提交给他了,让他两手捧个刺猬,左右为难呢!"

　　巡抚思忖了一下,说:"且慢,现在还不到时候,等过些日子再说!"他吸了一口鼻烟,回过头去连打了两个喷嚏,接着又说:"人都知道刘罗锅子是个死难缠,有转轴的脑子,可千万对他大意不得呦! 听着,千万大意不得!"

　　刑道谦卑地说:"卑职知道! 卑职知道!"说着,连连鞠躬向后退下。

　　在白玉莲屋内,铃儿手里拿着画符说:"姐姐,好姐姐,你就把那鬼的名字写在上边吧! 不然他今晚又要来闹腾了,折腾得咱们一宿宿地睡不着觉,我可受不了!"

　　白玉莲思忖着,坐在那里半天不言语。

　　铃儿:"我的好姐姐,你就把他的名字写在上边吧!"她边说边走上前去揉搓着白玉莲的大腿,撒娇说:"写上吧! 他是一个死了的人,你还怕他干啥? 再说,还有那老道帮助咱们呢!"

　　白玉莲:"死人我倒不怕,怕的是活人!"

　　铃儿:"活人更没啥可怕的了! 谁要欺侮你,我就拿顶门杠去打他!"

　　白玉莲苦笑一声说:"傻丫头,你知道个啥? 这事可不是闹着玩的!"

　　铃儿:"谁和咱们闹着玩? 没有人跟咱闹着玩呀! 眼下只有那个死鬼,总不饶过咱们。我说姐姐,你还是把他的名字写上吧!"

　　白玉莲想了想,无可奈何地说:"好吧,你去把笔墨拿来!"

　　铃儿:"好哩。"她高兴地把画符放在桌上,转身进到里屋取出笔墨,并主动地帮助磨起墨来。

白玉莲提起笔来,蘸了几次墨,在符上比了比又放下了。铃儿:"姐姐,你写吧!"白玉莲又思忖一下,终于在画符的空当处写上"尹小六"三个字。

铃儿高高兴兴地把画符拿起来,用刷帚在饭盆里蘸了点儿米汤,然后踏着一条长凳,把画符贴到屋外门楣上。跳到地上后,还犹自望了两眼,高兴地拍着手说:"这回好了,这回好了,鬼不敢来了!"

当天夜里,有条黑影翻过白玉莲家的墙头。这影子跳上屋檐,金钩倒卷帘似地从上面垂下来。接着一只粗壮的大手,刷的一声将画符揭去了。

与此同时,在江宁府后衙门的书房里,刘墉也正与书办何英商议此事。何英说:"上午高巡抚派人来打听大人的病体如何?是否还有能力审理此案?如果病体不允许的话,他让你就安心养病,将此案全部移交给孙刑道办就是了。"

刘墉:"何书办,你听此话的意思是……"

何英:"小的不好说!"

刘墉:"这就是所谓的笑里藏刀。明着是关怀下属,暗地里是趁机把你的权夺走!"

何英:"大人……"

刘墉:"这是秃子头上的虱子,明摆着的嘛!他巡抚大人明明知道我即日就要来上任,却急死忙活地把个棘手大案越级交给了刑道。他刑道要真能审出个水落石出也还罢了,却不过是胡乱作践百姓!如今反倒要釜底抽薪,干脆想把我推到一边,由他们一手包办,把个人命当儿戏地胡闹下去。"

何英:"大人明鉴。官场上的事,确实如同大人所言,不外乎四个大字——明争暗斗。"

　　刘墉:"何书办,你一语道破! 一语……"没等他说完,张承走了进来,说:"老爷,陈勇来见!"

　　刘墉:"让他进来!"

　　张承:"是!"说着退下,随后将陈勇领了进来。

　　陈勇:"参见大人。"

　　刘墉:"此番去情况如何?"

　　陈勇献出画符,说:"大人请看!"

　　刘墉接过画符一看,高兴地拍案而起,把画符递给何英说:"何书办,你来看! 终于套出了真名实姓来了!"

　　何英接过画符高兴地念道:"尹小六。"随后连连叫道:"好! 好! 这符就足以能够说明白玉莲与死者尹小六有着密切的关系了。"

　　刘墉:"但不知,她是不是就是那天与尹小六一起去清风店里投宿的女人?"

　　何英:"此事确实难断! 如果说,白玉莲是强挟被迫的,她就不会心甘情愿地同贼假扮成夫妻黑夜投宿;如果说她是顺奸私奔,为何男的被害,她却一直隐匿不去报官?"

　　刘墉:"这正是一个难解的扣儿! 待本官明天公堂里审讯,再问她个明白。"

　　第二天,刘墉坐在江宁府大堂上发令说:"将那柴火市的白玉莲带上堂来!"白玉莲步行款款地走上堂来,向堂上施一大礼说:"大人,今晨不知何故,有差人闯进寒舍,将民女传进公堂。乞望大人明察。"

　　刘墉仔细打量了白玉莲一番,见那女子不卑不亢地站在堂下,毫无恐惧之意,便大声说:"白玉莲,我来问你,有个尹小六你可认得?"

　　白玉莲闻言一惊,但仍故作镇静地回道:"民女是一妇道人

45

家,足不出三门,脚不串四户,不曾认得此人。"

刘墉:"不认得?你可认得此符?"说着将驱鬼符扔到地上。

白玉莲捡起一看,立时面目改色,猛抬头向堂上看去,这才发现堂上的老爷就是那天到她家里来算卦的老道。她感到上了当,故而发怒地说:"大人,你就是前天那个老道?不,那个老道就是你知府大人?"刘墉:"说得一点儿不错,那道人正是本府。只为审理清风店这一无头血案,本府才乔装私访,到民间去寻查这一血案的杀人凶手!"

白玉莲不由得啊了一声,又咬了一咬牙,说道:"啊,知府大人,你这一私访就访到民女家中来了!我家男人可是出外做买卖去了,家中只有我一个妇道人家。"

刘墉:"白玉莲,休得胡言!我来问你,你既然亲笔在这符上写上尹小六这个名字,怎么又说你不认识他?你到底与他有何干连,要从实招来!"

白玉莲被问得哑口无言,停了半天才找出话来说道:"奴家丈夫租种这尹小六的地,是他家的佃户,他每年下来催租,故而民女认得此人。"

刘墉想起前日白玉莲推说不认识地主姓名之事,不由得哼了一声。白玉莲惊悸了一下,也觉出了自己的前后言语悖谬,不由得低下头去。

刘墉:"白玉莲,你从实招来,本府不来责怪于你。你且说一说,这尹小六已死,你可知道?"

白玉莲:"知道。"

刘墉:"你怎么知道的?"

白玉莲:"邻居们都在传说,验尸时有人去清风店里看过。"

刘墉:"你曾去过此店?"

白玉莲一惊,但很快掩饰住说:"民女未曾去过。"

　　刘墉与何英互相对望了一眼。

　　刘墉："白玉莲我来问你，这尹小六既然与你家只是一个地主与佃户的关系，他为何天天会去你家闹鬼！你心里自然明白，为何他不去别的人家？他在那条街上的佃户多得很。"

　　白玉莲："想是我家常欠他的租子。"

　　刘墉："难道别家没有拖欠的？"

　　白玉莲："大人，还有一桩，奴家丈夫这次和表哥出去做买卖，用的就是尹小六的本钱！"

　　刘墉："共有多少？"

　　白玉莲："共有纹银二百余两。他们自打去年八月十五就将本钱带走，至今已有十个多月音信皆无。想必是他死后还惦记着这笔钱财，故此常来我家纠缠。"

　　刘墉："这十个月来，尹小六就没到你家里来催问过这笔钱？"

　　白玉莲："没，没有……"刘墉一拍惊堂木，逼视地哼了一声，白玉莲又连忙改口说："来过。这个人食黑财狠，他会把二百两银子放出去不闻不问，善罢甘休？他几乎是隔三差五地就来我家催讨逼要，还常耍无赖，把我家里给翻了个底朝上……"说着，她难过地哭了起来。

　　刘墉："他向你动过无礼？"

　　白玉莲哭着点头。

　　白玉莲："我一个妇道人家有何办法，只好托人出外打听丈夫的音信，让他早早回家。"

　　刘墉："可曾打听到音信？"

　　白玉莲："不仅丈夫音信皆无，连我那表哥也不见踪影了。"

　　刘墉："你表哥叫什么名字？"

　　白玉莲："他小名叫老三，我们见面只唤他三哥，他的大号叫钟自鸣。"

刘墉："你这表哥与尹小六是否也认识?"

白玉莲："何止是认识,两个人差不多整天在一块儿。这次做买卖就是他从尹小六那里找来的本钱。"

刘墉："为何非要拉着你的丈夫同去?"

白玉莲："他因在外吃喝嫖赌品行不端,又没个家业,怕尹小六信不过他,故而一心拉扯上夫君为他做个担保!"

退堂后,刘墉在江宁府后衙的书房里踱来踱去。他突然回身对何英说:"看来,这白氏与尹小六有着扯不清的恩恩怨怨。现在只是无法断定,她是不是去店里投宿的那个女人?"

何英："大人,此事甚为容易。只要把店东李有义找来,让他当堂辨认就清楚了。"

刘墉："我已经派人去到上元县,立即从监牢里提李有义过来。另外还有一个重大线索:要想法子,找到白玉莲的丈夫富希成和她的钟姓表哥。"

何英："这个怕是难。"

刘墉："怎么讲?"

何英："适才白氏已经讲过,她已多次求人出去寻找过,全都踪影不见。她有线索尚且如此难找,我们大海捞针,何处去寻呀!"

刘墉也无可奈何地摇了摇头,他手里捏着几粒铁蚕豆,放到嘴边又停下来,半天也没放进嘴里一个。这时张承悄悄走上来,神秘地将一个帖子送到他跟前,说:"老爷,帖子!"

刘墉："哪里来的?"

张承："在后院门口拾到的。"

刘墉："怎么拾到的?"

张承："好像有人从门缝里投进来的!"

刘墉惊奇地:"噢!"说着便将帖子展开,拿到烛光前面辨认。只见上面写着:

尹六无赖,欺压街邻。

店中丧命,天理报应。

两人误判,太不通情。

杀人凶手,现在句容。

刘墉慢慢地将帖子放到案上,仍在琢磨道:"作何解释?这……"过了一会儿,眼睛望着案上的帖子,猛然醒悟道:"我参悟出来了!这一定是有人暗中提醒,是个暗示。张承!"

张承:"小人在。"

这时承差朱文进来,走上前来打一躬说:"回禀大人,小人到了上元县监牢,衙役说,李有义已被刑道提去审理了!"

刘墉闻言大怒,说:"这个刑道,这样无礼!是本府的案子,他怎好越过锅台上炕,从中间给插一杠子!"

何英:"昨日巡抚不是已经传过话来,让你安心养病,把清风店命案一并移交给刑道大人审理吗?"

刘墉:"可我并没答应呀!他怎能把本府甩到一边呢?我要连夜到刑道亲自把人要过来!"

何英:"大人,要提李有义还需尽快,趁他们还没来得及立案。我马上就写提调文书!"

第二天一早,刘墉坐在江宁府大堂上一拍惊堂木,喝道:"来人呀,将李有义带上!"朱文押解李有义进来。

刘墉:"李有义!"

李有义:"小民在!"

刘墉:"现在由差役将你押解到柴火市,那里住有一良家妇女,要你前去辨认一下,是否就是那日到你店去投宿的女人。是

49

就说是,不是就说不是,不得冤屈好人!否则,本府要大大治罪于你!"

李有义:"小民知道,是就说是,不是就说不是,决不冤枉好人!"

刘墉:"好,带下去吧!"

两个差役押解着李有义到柴火市白玉莲家门前。差人敲门,铃儿出来开门,她抬头一见是差役,吓得扭头就往回跑,一边喊道:"姐姐,姐姐,又来了一伙衙门里的人!"

白玉莲从屋里走出,迎上前来,说:"两位差官,到寒舍来做什么?是不是你家大人又来传我?"

差役:"不是,只想请娘子过来看一个人,不知你认识不认识?"说着,将李有义镣铐往前一拉,说:"就是此人!"

白玉莲见了大吃一惊;与此同时,李有义也惊得发慌,同声说:"你,你……"

差役:"怎么,你认识他?"

白玉莲:"不,不,不认识……"

李有义:"女客官,你真的不认得我老汉了?"

白玉莲痛苦矛盾、万分为难地说:"不,不,怎么会呢?只是您老人家变得这个样子,披枷戴锁,实在叫我难以认出。"

差役:"李有义,你认得这位娘子?"

李有义:"才隔不过十天,哪有认不出来的?她就是十天前到我店里投宿的那位女客官。"

白玉莲听了一声惨叫:"老店东,你,你,你可是老眼昏花,认错人了吧?"

李有义:"我眼不曾花,脑子也没糊涂到早起忘记了晚上的事!"白玉莲无可奈何地垂下了头。李有义又接着说:"女客官,我只想问你一句话,那天早晨你是怎么走出客店的?"

白玉莲心情更加矛盾地望着李老汉,迟疑了半天,才慢吞吞地说:"我是趁着布商的两辆大车出门时乱哄哄的劲儿,偷着溜出门外的。"

李有义长长叹了一声,说:"人们还只当你已经死了呢! 你这一失踪不要紧,却几乎使一个好人送命。"

白玉莲:"什么? 因为我的失踪,要了别人的一条命,真没想到! 他是谁? 是谁?"

李有义:"就是那位布商于连贵呀!"

白玉莲惊奇地问:"他,他怎么了?"

李有义:"因为只见男尸,不见女客官的踪影,刑道大人便猜疑是住在你隔壁的于连贵怀有歹心,图财害命杀死了你男人,又贪恋女色,抢走了女客官。现在他已押解到衙门里,屈打成招,问成了死罪。"

白玉莲:"他怎么招供的?"

李有义:"他说是用迷魂香将你二人迷昏过去,进屋杀死了你男人,将你装进口袋里,用大车运载出去,行到荒郊野外之后,将口袋连人,一起推到桥底下。"

白玉莲:"哎呀,好糊涂的官衙! 可怜的布商,那是个完全无辜的好人呀!"

李有义:"你能证明那个布商是无辜的?"

白玉莲毫不犹豫地说:"我能! 我敢到刑道大堂去当面对质。我还活着,并没有像招供中所说的给装进口袋里,推到桥下去。我就是活证据,我能证明那份口供全是胡诌八扯,是严刑下面逼供出来的。"

李有义:"女客官,你看看我!"说着他一抖身上的镣铐,又说:"我老汉一世清白,想不到老了,老了,还要遭受奇冤,被人诬陷成杀人犯,定成了死罪。"说着,他老泪纵横。

白玉莲："老店东,你好可怜呀!"

李有义："不知道女客官能否也去官衙证明一下,我也是无辜的,不是一个杀人凶手!女客官你看看我,像个杀人凶犯吗?"

白玉莲悲愤难忍,激动万分地说:"能!能!我能!老店东,我能去官衙对质,证明你也是一个清白无辜的好人!一个老老实实的大好人!"说着,她也泣不成声。

刘墉乘坐四人绿呢轿子,上罩黄罗伞,由差役侍候着来到刑道衙门前下轿,向其家人说:"请禀告刑道大人,说江宁知府刘墉前来拜见。"

家人进去片刻后回来说:"大人有请!"

在刑道孙朴风客厅里,家人为刘墉献上茶。

刑道："刘大人公务繁忙,不知拨冗前来有何见教?"

刘墉："本府一到江宁,就遇到清风店这桩无头命案,十分棘手!因此事轰动整个金陵,听说抚台大人也很关心,本府不敢懈怠。现在经过多方访察,已经初步理出一个头绪……"

刑道闻言颇为震动,不由得"噢"了一声。

刘墉："今日特来向刑道大人禀报案情审理情况。"

刑道有些醋意,但又不好制止,只得勉强地说:"好呀,刘大人办案精明神速,不知有何明断,请讲当面。"

刘墉："本府已经查到被害人的真实姓名、身份和住处。"

刑道又是一惊,说:"噢!刘大人请讲!请讲!"

刘墉："此人姓尹,名唤小六,祖籍江宁府上元县柴火市街土地庙旁。祖上本有一番家业,只因此人自幼游手好闲,染上诸多不良嗜好,把祖上留下的家业折腾得精光。两年前,他到京城投靠其舅父,在金鱼池开了一处店铺,生意做得不错。他攒下了一些资财,带回金陵置办田产,招了几户街邻做其佃户!"

刑道："你到柴火市查问过他的家眷,因何一不来认尸,二不来鸣冤告状?"

刘墉："这尹小六虽然家住金陵,却是独身一人。且因其平日欺压街邻,人缘甚坏,街邻都恶其品行,故而无人愿意出来为其料理后事。"

刑道："他不是携带妻子一道去清风店里投宿,怎说还没成家呢?"

刘墉："大人有所不知,那与他一同去清风店里投宿的人,并非是他的妻子!"

刑道："岂有这等怪事! 一个素不相识的女子,怎肯自称是他人的妻子,随其到店里投宿?"

刘墉："孙大人,蹊跷的事就在这里! 青天白日之下,居然就会有女人甘冒是他人之妻,与他到店里去投宿。"

刑道："本道闻所未闻! 无论如何,此事实在是令人难以相信……"

正在此时,外面一片喧哗,白玉莲击鼓鸣冤,高喊:"冤枉,冤枉! 民女要为山西布商于连贵鸣冤叫屈!"

差役进到客厅内,禀报说:"回禀大人,门外有一女人,击鼓鸣冤,口称要为山西布商于连贵鸣冤叫屈。"

刑道闻言又是一惊:"是谁在鸣冤?"

差役："一个年轻女子!"

刘墉："孙大人不是正在怀疑天底下竟会有人甘愿认作人妻,随人去店里投宿吗? 可疑的人已经自己来到了。"

刑道更为惊惑诧异,几乎岔声地喝道:"来人呀,升堂伺候。"他回身又对刘墉说:"刘大人,请你也到堂上一道审问!"

刘墉："下官不敢!"

刑道："不必过谦,请!"

在刑道大堂上,刑道坐在大堂正中,刘墉坐在侧座,差役们两旁侍立。

刑道:"带鸣冤女子!"两个差役押白玉莲走进大堂,在堂上跪倒。

白玉莲:"青天大老爷,民女白玉莲为山西布商于连贵鸣冤!"

刑道:"你是何人?"

白玉莲:"民女白玉莲是富希成之妻,家住上元县柴火市土地庙东边。"

刑道:"你怎么认得于连贵?为何抛头露面闯进公堂,要为这个杀人凶犯鸣冤叫屈?"

白玉莲:"大人容禀!民女就是那夜随同尹小六投宿清风店的女子。"

刑道忙拍惊堂木,大声喝道:"胡说,你乃有夫之妇,怎么自认人妻,与尹小六私自到店里投宿?"

白玉莲:"大人有所不知,民女丈夫富希成是尹小六的佃户。尹小六见民女有些姿色,起了歹心,想要调戏民女。因见有丈夫在身边,碍着手脚,就让民女表兄钟自鸣拉他出外去做买卖。丈夫不愿意出去,尹小六就以催逼所欠地租为名,强拉硬扯将民女丈夫调到外面。"

刑道:"已有多长时间?"

白玉莲:"已有十个多月,二人一去便音信皆无。尹小六趁民女丈夫出门在外,屡屡到家里来调戏,遭到民女坚意抗拒。他怀恨在心,故施用迷魂香将民女熏迷过去,然后强行无礼,将民女给作践了……"她边说边哭,此时已泣不成声。

刑道:"为何不去官府告状?"

白玉莲擦拭眼泪说:"尹小六有钱有势,乡邻地保都已花钱买下,谁会出面为民女作证。况且这等事情,一个女子如何好出外去张扬?"

刑道:"嗯,倒也有些道理。但你为何又甘愿自称是他的妻子,与他私奔?"

白玉莲越发悲切地说:"尹小六说,民女的丈夫将他的本钱已经全部赔光,现被他扣押在扬州某地,要带我同去见民女丈夫,我若肯随他同去,就可以见到丈夫的面,然后当面放还,让我们夫妻回归乡里;如果不去,就将民女丈夫在外地处死,以命抵财。"

刑道:"有这等事?"

白玉莲:"有民女表兄钟自鸣作证。尹小六还掏出表兄的信让民女看,表兄信上所写与尹小六所说相同。"

刑道:"你表兄,现在何处?"

白玉莲:"与民女丈夫在一起!"刘墉脸上现出会意的一笑。

刑道:"那天夜里,可是布商于连贵图财害命,杀死尹小六,将你装进布袋之内,然后推到石桥之下?"

白玉莲:"大人呀,民女抛头露面闯进公堂,就是要为于布商雪洗这件冤案!"

刑道:"怎是冤案,他已有口供在此,件件属实,何得为冤?你一定是受了什么人买通,胡来喊冤。"

白玉莲:"大人,于布商口供之中说民女已被装入布袋之中,推入桥下身亡,现在民女安全完好地站在堂上,这不就证明那口供是假的吗?"

刑道:"白纸黑字何得为假? 大胆刁民,竟敢前来作伪证!"

白玉莲:"大人明鉴,民女与于布商素不相识,无亲无故,我何苦要来为他作伪证?"

刑道:"你说于连贵不是凶手,那尹小六是为何人所杀? 你又是如何从店中逃出的？"

白玉莲："那天夜里另有凶手杀死尹小六，民女躲在床下。鸡鸣之后，于布商急着赶路，叫店家打开店门，民女便乘机溜出店门回家。"

刘墉："孙大人，白玉莲所言，句句合乎情理。据本府所察，清风店一案就是这样一个过程，那布商于连贵确实与此案无关。如果是他杀人，他何以会再回店来？何以向店家指示凶宅，让店家去官府报案？"

刑道："刘大人岂不闻贼喊捉贼之说！"

刘墉："哪有用这样一句俗话，来作案情依据的？任何事情，都要揆情度理。就算依于连贵口供所说，他既然熏倒女子，岂不怕她报案？怎又会让那女子在他打开店门之时趁机溜了出去？"

刑道："这，这……"

刘墉："下官断案多年，谨记'证据'二字。一要人证，二要物证，不能轻信口供。从古至今，这'逼供信'三字，不知冤枉了多少好人！大人经多识广，饱读诗书，主管着一省的刑道，自然是深明其理，必然一向是以证据为先，口供为次了！"

刑道无可奈何地苦笑了一下，说："这是自然！据方才白玉莲所供证词，看来也是有一些道理的。本道将依据有关证据，重新审理布商一案。"

刘墉："大人明鉴！"

白玉莲："多谢大人应允民女所奏！"

刘墉坐在江宁府后衙书房的书案前，手捏几粒蚕豆，拿起来放下，放下又拿起来，嘴里自言自语道："杀人凶手，现在句容……"忽然，他把手中蚕豆扔进小笆箩里，站起身在屋子里高兴地走了几步，突然又停下来，作难地说："可句容如此之大，到哪里去找这个钟自鸣?"说着,又走回到案前,低头翻查案卷。

张承手托茶盏走进来,悄悄地把茶盏放到刘墉跟前说:"老爷,用茶!"

刘墉头也没抬地应声说:"好!"

张承神秘地:"老爷,适才又拾到一个帖子。"

刘墉惊喜地:"噢,快拿来! 在什么地方拾到的?"

张承:"还在昨天那个地方。"

刘墉激动地接过帖子,读着:

> 欲捉凶手,请随我来!

> 句容虽大,守在戏台。

刘墉高兴地将帖子放到案上,得意洋洋地望着张承说:"好了! 好了! 这回有了! 凶犯有了图影了!"

张承俯首看看帖子,诧异地说:"这上边也没画着图影呀!"

刘墉:"这你就不知道了。好了,赶快去把朱文、赵武传来!"

张承:"现在?"说着望望漆黑夜半的天色。

刘墉:"对,刻不容缓!"

张承:"是!"他走出去不一会儿,朱文、赵武走进来。

朱文:"大人,唤小的们来有何吩咐?"

刘墉:"命你二人星夜直奔句容,将一个名叫钟自鸣的案犯捉来听审。"

朱文:"大人,这钟自鸣是谁! 家住何处,是商是农? 求大人指示明白,小的们好去捉拿。"

刘墉:"这钟自鸣家住何处,是商是农,老爷我一时也说不清楚。你们自去戏台前看戏,到时相机行事就是了!"

赵武:"大人,这样的无头差事,叫小的们如何去办?"

刘墉:"大胆奴才,你还敢在此顶嘴! 已经有名有姓,有了守候地方,你还要老爷我自己去捉拿不成? 若再纠缠,每人先打二十大板。"

朱文:"大人息怒,小的们去到句容抓人就是了!"他回过头来对赵武说:"起来吧!我知道钟自鸣在哪儿,跟我走吧!"

赵武疑惑地站起身来,望望刘墉,又望望朱文,只好无奈地跟着朱文走下堂去。

朱文、赵武各执水火棍一路行来,走到一家小酒馆门前,朱文一把拉住赵武说:"兄弟,走,到里面喝一盅去。"

赵武:"别歇着了,咱们得赶奔句容捉人要紧呀!大人已经把传票发到咱们手里了!"

朱文:"你知道钟自鸣是个啥样人物,住在哪条街里?"

赵武:"不是刚才你说知道吗?"

朱文:"那是不得不说呀!我怕你再去顶嘴,真的就要挨老爷的二十大板了。你没听人说过,咱这刘大人有个外号叫死难缠吗?"

赵武:"听倒是听说了,只是还不知道深浅。他叫咱们去拿人,既不讲清此人的身份容貌,又不说出他的家乡住处,偌大个句容县上哪里找人去?逼得咱不抗上也得抗上。"

朱文:"我说老弟,你可真不知好歹!你是成心拿鸡蛋往石头上碰呀!想看看到底是谁软谁硬怎么的?这位号称死难缠的刘大人,慢说是你我两个当差的,就连那巡抚、总督、京城里的皇帝老子都拿他没有法子。昨天刑道大人刚刚把上元县的犯人提过去,立即就被他赶到刑道大堂,义正辞严、声色俱厉地给辩斥了一通,刑道大人不得不乖乖地把犯人给提送回来了。"

赵武:"刑道大人可是比他官大一品呀,再说后面还有巡抚大人撑腰呢。"

朱文:"这就叫一物降一物呀。再者说了,他毕竟是站在一个'理'字上,你官再大,可奈他何!"

　　赵武:"朱大哥说得对!他一来,我就觉得这位大人有点儿
与众不同。你我在江宁府里也待这么多年了,送走的几位大人,
哪个像他这样,骑着毛驴上任,一身穿戴比谁都穷酸:一顶红缨
帽子,缨穗子都退了色,灰不溜丢,白不吡咧的,说不出是个什么
颜色,连帽檐上都打着补丁。那蚕绸的袍子,也是老太太的被
子——盖有年矣!那个方头皂靴更是可笑,后跟开个大口子,一
走路便叽叽呱呱,带着响声。要不在接官亭前,人们还只当是从
哪儿来了个老土呢,要打断他的驴腿!我不知道他是真穷呢,还
是装个样子给别人看的?依我说,若真穷,就该想法子捞点儿钱
来,哪怕置套好衣服换换行头呢,也显得威风呀!可是有多少个
商绅主动送来银子,又都叫他白白地给退掉了。"

　　朱文:"老弟,你可不要有眼不识金镶玉!你所说的,正是咱
们老爷的长处。他的腰杆子也正因此才比别人挺得更直、更硬。
依我说,咱们今天就好生地去到句容,照老爷说的,把那个钟自
鸣捉住,回去交差就是了!"

　　赵武:"既没有个准地方,又没有个图影,怎么个捉法呀!"

　　朱文:"老爷不是交代了,到戏台前明察暗访嘛!"

　　句容县城中心的十字街头,店铺栉比,人烟稠密,做买做卖
的还算繁华。在街头偏东有一广场,场内搭一戏台,正在演唱社
戏,纪念七月十五盂兰盛会。

　　朱文、赵武一路逶迤行来,走到街心,朱文将赵武袖子一扯
说:"兄弟,走过去看戏去!"

　　赵武:"朱大哥,我说你可真有闲心,放着刘大人交下来的差
事不办,倒有心坐下来看戏?万一人抓不到,你我回去还不得领
受屁股板子!"

　　朱文:"老爷上任十来天,还没听说他打过谁。"

　　赵武:"人们都说刘罗锅子难缠,咱们可别碰到他的茬口上,

弄个空口吃蜜裹药丸子——先甜后苦。"

朱文:"我是跟你开玩笑!咱们坐在那戏台子底下不是去闲开心,而是醉翁之意不在酒,在乎山水之间也。"

赵武:"此话怎讲?"

朱文:"你想啊,那钟自鸣既然涉嫌这场凶杀命案,定然不会是一个勤俭持家、安分守己之人。那些游手好闲的人,还不哪儿有乐子就往哪儿扎堆儿。野班戏台子底下,正是他们的聚散之处,也正是咱们私访暗拿的好去处。"

赵武:"嘿,还真有你的!"说着话儿,两人走到戏台底下,找一处宽敞的桌案,凑前坐下,一招手让跑堂儿的给泡过一壶茶来。二人一边听戏,一边品茶,两眼却滴溜溜地扫视着四周的人。

戏台上,一个大汉抹着一个大花脸,双手拿一根锄把,在那里横舞乱搠,口里唱着不知什么腔调的戏词。

赵武:"这是一出什么戏,《扫松》不像《扫松》,《打店》不像《打店》。你看,只有他一个人在那儿累得急头酸脸,说话都岔了气了!"

旁边一人端着茶杯过来溜缝说:"这戏你看不出来吧!这叫《灶王爷扫北》,御驾亲征,大战出溜锅!"一句话说得周围的人都忍不住笑起来。有人竟将茶喷了赵武一脸,气得他瞪起眼睛要找那人吵架。朱文暗中拉一把他的衣角,赵武知道不应冒失,于是又怏怏不乐地坐了下来。

正在此时,有一人端着茶杯走过来拱拱手说:"这不是府里的二位上差吗?哪阵风将您二位刮到咱这句容小县来了?"

朱文抬头一看,认出是县衙门里的差役,便打招呼说:"原来是马福兄弟,快来坐下一起看戏!我们也是闲着无事,信马由缰地走来的,恰巧就碰上这盂兰盛会!"

马福:"那就是两位仁兄赏脸了。"他回头向跑堂儿的一招手,说:"有上等的五香瓜子、香脆麻花糖,端上两小碟来!"跑堂儿的嘴里答应着,很快就端了上来。

戏台上的黑脸灶王爷下去了,不知什么时候又上来个老侉,拿着个二尺长的大烟袋,左扭右歪的,更加令人心烦。朱文不觉打了个哈欠。

马福:"二位仁兄,说真的这戏实在没法子看,都是花几吊钱新凑起来的,人都合不到一块儿,各拿各的腔,各敲各的锣,就跟狗打架一样,乱咬一口,太没劲了!"

朱文强打精神说:"也还可以! 也还可以!"

马福:"走,跟我到一家赌局里耍耍去!"

朱文:"马福兄弟,我们俩对那玩艺儿可不在行;再说,腰里也没带钱。"

马福望望周围,见没人注意,便小声地说:"这个局子可不同寻常,是我们县衙里都头焦大开的。他是自开赌局自捉赌。"

赵武吃惊地问:"怎么个自开赌局自捉赌?"

马福:"他让人出去找几个大头来,事先讲明,各摆出二十吊钱,输光为止。他估摸着快到时辰了,就回去看看,如果是自己人赢了,他就在一旁看热闹;若是外人赢了,他就向外吆喝一声,让几个当差的进去抓赌:没收全部赌注,再罚一顿饭局。"

赵武:"这可真叫绝了! 他算是把钱串子稳操在手了,只赢不输。"

马福:"我们焦大爷的买卖还错得了!"

赵武:"时间长了,人们知道了底细,谁还去上这个窟窿桥?"

马福:"总有那么几个大头!"说着,他眼睛转动了一下,像似有意地盯了朱文、赵武一下,用一种特殊的腔调说:"特别是外地来的那些二愣子,腰里揣着几两来路不明的银子,又不明白这里边的底细,可不就……"

朱文:"真有这号人?"

马福含意很深地点了点头,然后站起身来,说:"走吧,瞧瞧热闹去!"

赵武:"不,不行,我们还……"

朱文似有所悟地站起身来说:"走吧,瞧瞧去!"说着,向赵武递了个眼色,一把将他拉起来一块儿走了。

马福在前,朱文、赵武在后,他们绕过几条小巷,来到一座院落门前。马福上前双手一推,有一扇不显眼的小角门从一侧自动打开,三人走进。有个小当差迎上来说:"是马哥!"

马福:"带两位兄弟来玩玩。"说罢,领着朱文、赵武走进屋内。

屋子里,正中间摆着一张八仙桌,四面各坐着一个赌徒,周围站着些瞧热闹的人。几个赌徒一边赌,一边呼幺喝六地骂骂咧咧着。三人也走上前去看热闹,马福朝一个三十来岁,长得五大三粗、一脸横肉的家伙说:"喂,钟三爷!今天怎么样,手气还行吧!"

钟三爷:"他娘的,背透了!二十吊钱快输光了!"

马福:"莫急!莫急!再赌下去,就会转过运来的!"

钟三爷:"我说对门大哥,你看我一时手背,把钱都输光了,你先借我五吊钱,回头还你怎么样?"

马福怕姓钟的走掉,急忙从中说和道:"于老疙瘩,你就先借他五吊钱吧!"

于老疙瘩很不情愿地说:"哎呀,这怎么说呢?那就先借你一吊钱耍耍吧。"

那人霍地站起来,满脸涨红地说:"马福哥,你也不必从中作人情。我钟老三也不是输得底朝上就背过气的人。这么着吧,哪位兄弟辛苦一趟,到东官房冯家老店去找冯掌柜的,就说我钟某人在他那寄存的十吊钱要有急用,请把钱交给来人给带回来!"

马福假意从中阻拦说:"钟兄何必这样呢?让于老疙瘩借你一两吊钱,要要就算了!回头我请诸位去同益轩吃饭!"

那人一副满不在乎的样子说:"这说哪去了!大丈夫能抓来金山,也能丢了珠塔。就有劳哪位兄弟替我跑一趟了,输赢就在今朝。"

马福回头望望朱文、赵武,向他们递过一个眼色说:"那就有劳二位仁兄了,好在冯家老店也不远。等要过这场,我出钱请诸位吃饭!"

朱文说:"好吧,我们哥俩就走一趟!"说罢二人就走了。

朱文、赵武二人顺着大街,穿过小巷,一路向前走去。

朱文:"你看出点儿门道来没有?这个马福有点儿与众不同。他把咱们领到这里,好像不是无意的。"

赵武:"我也感到这中间隐隐约约有点儿什么。"

朱文:"再说那个姓钟的,一看就不是个好东西。所以我拉你出来,给他跑跑这趟腿。"

说着话儿,二人来到了东官房冯家老店门口。店门口上挂着个布幌,上写斗大一个"冯"字。

二人才走到门口,店主冯老德便走了出来,说:"嗬,二位有何贵干,到我们小县城来了!"原来朱文是老差役,周围几县许多人都认识他。

朱文:"噢,是冯店东!咱们好久没见了!现今也没有别的事,府里差事闲着,听说你们这里唱野台子戏,我们就过来了。"

冯老德:"你们在金陵什么好戏没听过,到这儿来看戏!"

朱文:"怎么说呢,这也就是闲逗闷子呗!现今来找你不为别的,都头焦大家里要钱的有个姓钟的,把十几吊钱都输光了,心里还不服,说在贵店里存有十几吊钱,让我们代他取出来,拿回去好耍。"

冯老德鄙夷地说:"这小子不成器,早晚要输得净光不可。"

朱文一听觉得有点儿耳熟:"怎么,你与这位钟客官有交情?"

冯老德:"说不上有交情。只因他是小店的老住户,故而多少熟悉一些。"

朱文:"此人情况怎样?"

冯老德:"不瞒你说,从打他一来本店,我就看出他不是个好东西。"

朱文:"这话怎么讲?"

冯老德:"去年中秋节后,来了两个以表兄弟互称的人。一位老实巴交的,事事都听这个被唤作三哥的人。他们拿着二百两银子做买卖,实际上吃喝嫖赌无所不为。那一位老实人开始时苦心相劝,后来甚至发生了口角,可一点儿也没能把这钟老三给拦住。非但不能拦住,后来竟至吵得厉害,动起了手脚。第二天,两人说是要到乡下什么地方去收租子,可是到晚那老实人也没有回来。我问这个钟老三,他说那人是他表弟,因为不会做买卖,已经打发他回金陵去了!"

朱文:"这两个人都叫什么名字?"

冯老德:"回金陵的那个叫富希成,这位三哥姓钟,大号叫钟自鸣。"

赵武大吃一惊,不由得惊叫起来:"什么,钟自鸣?"

冯老德:"怎么,二位认识?"

朱文:"也不太熟悉,只是听说过这个名字。这么着,冯店东,不知道这小子是否在贵店存有十吊钱? 如果没有,我们就回了他，让他别逞能，赶快散局；若有呢，我们就给他带回去。”

冯老德："他原是存有十吊钱的，只是近日扣除店费什么的已经花掉了两吊，现今只剩下八吊。你们要带着，我就给你们拿去。"

朱文："好吧！"

冯老德进去不久，就提出八吊钱来交给二人。朱文、赵武接过钱走了。

朱文走在路上说："看起来，这小子就是大人要抓的那个要犯。"

赵武："听名字和事由全都对头。我看这么办，我们把这钱先寄存在杂货店里，然后……"他悄声对朱文耳语了一阵。

朱文："好，咱们就这么办！"

白玉莲站在上元县衙大堂门口，取下鼓槌儿猛击悬鼓，高呼冤枉。

胡知县坐在大堂上，差役两旁伺立。胡知县："何人击鼓鸣冤，带到堂上！"

差役："将击鼓人带到堂上！"

差役将白玉莲带进大堂，白玉莲向知县跪倒："民女白玉莲叩见大人！"

胡知县："你有何事击鼓鸣冤？"

白玉莲："大人，民女为清风店主李有义鸣冤叫屈！"

胡知县："你与李有义可是沾亲，还是故旧相识？"

白玉莲："无亲无故。"

胡知县："无亲无故，你为他鸣什么冤，叫什么屈？"

白玉莲："民女那日住在清风店里，出了人命案，李店主被错当杀人凶手，问成死罪。民女知情，故而前来为李店东雪洗这不白之冤。"

胡知县："怎么,你就是那天夜晚去清风店投宿的女子? 你的丈夫被李有义杀死,你还要为他叫屈?"

白玉莲："那人并不是民女的丈夫,民女丈夫乃是富希成。他是民女家的佃主,民女的丈夫是他的佃户。"

胡知县："这就怪了! 你既是富希成之妻,为何自认是佃主之妻,并同他去店里投宿?"

白玉莲："大人,佃主尹小六心怀不良,将民女威逼胁迫去清风店投宿。当晚尹小六被人杀害,但凶手绝不是李店东。"

胡知县："一派胡言! 李有义已经供认是他贪恋女色,将尹小六杀死。你受何人指使,到这里来为他翻供?"

白玉莲："并无任何其他的人,是民女自己的良心指使! 因为杀人的是我,我不能让别人替我屈受死罪!"

胡知县："什么,是你? 你一个柔弱女子,怎么会杀死一个壮汉? 胡言乱语,着实可恼! 来人呀,给我拉下去,重打二十大板!"

白玉莲："冤枉呀,大人! 冤枉!"

胡知县气得胡须乱抖,怒斥："拉下去! 给我重重地打。不看你是女流之辈,还要重责!"

差役将白玉莲拖到衙外台阶上,按倒在地举杖乱打,白玉莲惨叫连声。正在此时,一乘绿呢子大轿停下,刘墉从轿中走出,上前喝道："住手!"差役们停下,一齐打恭说："不知知府大人驾到,小人们失于迎候,请大人恕罪!"

刘墉："为何要打这女子?"

差役："是胡大人传的令,因为她上堂为杀人凶手翻案。"

刘墉："不问青红皂白,乱施严刑,岂是做父母官的心肠! 进去禀报你家老爷,就说本府来到,要亲自审问这鸣冤女子。"

　　差役:"是!"差役刚要退身走进,胡知县已经恭恭敬敬迎候出来,战战兢兢地说:"不知知府大人驾到,有失远迎,望大人多多海涵!"

　　刘墉怒气未息,未加理睬地大步走进公堂。知县随后跟上。走到大堂桌案前,刘墉止步。胡知县说:"大人请上正座!"

　　刘墉:"这是你的座位,还是你来审理!"

　　胡知县:"卑职糊涂,卑职才疏学浅,还是请知府大人垂范示教!"

　　刘墉哼了一声,一甩袍袖坐到正堂上,说:"也好,你在一旁坐着,看本府如何断案!"

　　胡知县:"卑职愿意诚心地领教。"

　　刘墉:"来人呀,将白玉莲带上堂来!"

　　白玉莲被踉踉跄跄地推到堂上,此时她已衣衫撕破,鬓角染着血迹。她一进门便摔倒在地上,大呼:"冤枉呀,冤枉!请刘大人为小民做主!"

　　刘墉:"白玉莲,你为何到上元县来击鼓鸣冤?"

　　白玉莲:"民女为清风店主李有义老汉鸣冤叫屈。那夜杀死尹小六的确实不是李店东,不能将他屈打成招问成死罪啊!"

　　刘墉:"不是李有义所杀,是何人所杀?"

　　白玉莲:"就是小女子我!"

　　刘墉:"白玉莲,你一个柔弱女子,怎能杀死一个壮汉?此事实难令人相信!"

　　白玉莲从怀中掏出一把剪刀,双手捧上说:"大人不信,请验这凶器!民女那天晚上,就是用这把剪子杀死恶徒尹小六的。"

　　差役将剪子递到公堂上,刘墉、胡知县同声惊叫:"剪子!"

　　刘墉:"白玉莲,你是因何,又是怎么杀死尹小六的?你要从实招来!"

白玉莲:"大人容禀……"她跪在大堂前,细细地叙说起来——

天近黄昏,燕子低飞,乌云沉沉密布,远处有隐隐雷声。尹小六在前,白玉莲在后,走进清风店里。李有义迎接上来,说:"客官请进!你们可是想要住店?"

尹小六:"正是,不知你们这里可有上等房间?"

李有义:"有,有。后院二楼的上等房间清爽又雅静。"

尹小六:"那好,你就给开个上等房间。"

李有义:"二位是怎么个住法?是分住,还是……"

白玉莲:"分……"尹小六威逼地瞪着白玉莲,白玉莲低下头去。

尹小六:"这是贱内!我们要往北去,今晚就住在你这里,给找一个最好的房间!"

李有义:"原来二位是夫妻。"

白玉莲:"啊,不……"尹小六又用威逼的眼光止住了白玉莲。

尹小六:"啊,没什么!贱内说她身体有些不舒服。"

李有义:"那好,我给你们找个安静的客房,你们马上就安歇下来,好好地养一养,明天就会好的。"李有义说罢,将二人领到后院二楼,打开一个房间说:"客官,这个房间怎样?"

尹小六看了看,满意地点点头:"嗯,还可以!"

李有义:"二位先歇着,回头我让店伙计来伺候二人洗尘净面。"说罢他就退了出去。

尹小六抓住白玉莲的脑袋扭到自己脸前,威逼地盯视着说:"你要放老实一点儿,别跟我执执拗拗的!告诉你,你要稍有怠慢,就休想见到你丈夫的面!"

白玉莲："他现在在哪里！拘在什么地方？"

尹小六不耐烦地放开她的头说："你日后自然会知道！"

白玉莲："你告诉我,不然我马上就走！"说着提起一个小包袱就要往外走。尹小六一把扯住包袱,啪的一声扔到床上说："在句容。"

白玉莲惊疑地说："什么？你不是说在扬州吗？"

尹小六自觉失言,忙改口说："噢,先在句容,后来转到了扬州。你表兄的信里不也说……"这时店伙计打来净面水,放到脸盆架上,说："客官请净面。"尹小六脱掉上衣,拿起毛巾洗脸擦面,然后把毛巾啪地往盆里一丢。

店伙计："客官,想用些什么？"

尹小六想了想说："有新鲜的鱼虾弄上几盘。啊,对了,一定要有几只阳澄湖的螃蟹和桃花江里的鳜鱼。花雕酒嘛,来上一坛！"店伙计答应着走了。

白玉莲："我表兄不是说他也在扬州吗？"

尹小六："信不是给你看了吗？他不守在那里,富希成不早就跑了吗？"

白玉莲拉住尹小六说："你们为什么要这样坑害我丈夫？"

尹小六："这也是他自找的,谁让他用老爷我的钱？谁让他的老婆长得这么漂亮！"

白玉莲："你这个恶棍！"

尹小六嬉皮笑脸地说："人不恶点儿行吗？太老实了,就有人欺负。俗话说得好:人善有人欺,马善有人骑！"说完,他凑近白玉莲跟前,捏着她的脸蛋说："我不作恶,能把你这样标致的人弄得来,能够随意骑到你身上？"

白玉莲又羞恼又气愤,狠劲拨开他手说："你不用迷魂香熏过我去,休想占到半点儿便宜！"

尹小六得意地哈哈大笑说:"大丈夫行事,什么手段都可以采用。对男人尚且不避讳暗算,何况对你一个女流。俗话说得好:无毒不丈夫!你气也好,不气也好,反正已经被我压过,破了贞操。你今生今世,不论走到哪里,已经不是个贞节烈女了。"

白玉莲:"我要报官惩治你。"

尹小六:"我从来就没有阻拦过你,县里、府里、省里,你随意去告!只要你愿意往自己脸上抹黑,我就不信,有哪个青天大老爷会接你的状子?他们会无根无据地逮捕一个乡绅?"

说话的时候,李有义推门进来,与店伙计将菜肴和花雕酒送来,一样样摆到桌上,然后满面笑容地说:"客官,请慢用!"

尹小六趴在桌上看了看,嗅了嗅,满意地说:"好味道!手艺不错呀!今天本人高兴,店家你就来陪我吃两盅,痛快痛快!"

李有义推辞说:"小的乃是生意人,怎好打扰客官?"

尹小六:"不妨!不妨!今日能住到你店里来就算有缘。俗话说:有缘千里能相会,无缘对面不相逢。今日就请店东赏脸,为我们夫妻两个团聚助助兴!"

李有义推辞不过,只得在偏座坐下,说:"好的!我就陪二位喝两盅!不过小老儿年迈,力不胜酒,还望客官海涵。"

尹小六:"自然是中国那句老话,客随主便了。喝多喝少由你!"说罢,就满满地给李有义斟过一盅酒来,也为白玉莲斟一小盅:"来,你也少喝点儿。"白玉莲勉强地坐到旁边。

尹小六:"李店东,来来来,请!我闻古人曰:'清风明月本无价,远山近水皆有情。'今天来到你这清风店,真可以说远山近水,清风明月,处处皆有情意,皆有缘分呀!"说过望望窗外天色,补充道:"虽然今晚天色阴沉,没有明月,但清风店里,这清风总是有的了!"

李有义:"看你客官说的,当今朗朗乾坤,清风自然到处都是有的了,何况小店!"

尹小六:"贵店尤多。谁让你叫清风店来着。来!来!来!为你这清风店干杯,为我们夫妻喜结良缘干杯!"尹小六与李有义举杯痛饮。尹小六又逼白玉莲,白玉莲低头不语。尹小六一再相逼,白玉莲说:"我不会喝酒。"

尹小六:"不会喝也得喝!不能多喝少喝,多多少少是这个意思。"

李有义:"小娘子,多少喝一点儿吧!"

白玉莲勉强沾了一下嘴唇,便把杯子放下了。

李有义:"客官,天色不早,小老儿告辞了!外面还有人投宿,我得过去照看照看。"说着连连告谢退出去。

尹小六已有半醉,抓住白玉莲的胳膊说:"来,来,今天咱俩来个交杯酒,让天遂人愿!"

白玉莲把胳膊夺回,酒洒了尹小六一身。尹小六不由得暴怒说:"我跟你说,你不要不识抬举,今天你既然跟我私奔到清风店里来,你就是跳到黄河也洗不清了。"

白玉莲气得全身乱抖说:"你,你……"

尹小六:"对,我,我就是你丈夫!你就是我老婆!这已经是名正言顺、铁板钉钉的事了!何况还有清风明月做主,清风店主为证呢。酒你已经喝了,你还能再说反悔的话?"

白玉莲:"你这个恶棍、无赖!你费尽心机把我骗来,我不能让你得逞!"说着,她拾起包袱就要往外走。尹小六上前一把把她拉住,夺下包袱扔到床上。白玉莲要张嘴大喊,尹小六上前去把她的嘴堵住。

正在这时,窗外廊前一片人声、脚步声。李有义:"客官,就是这间,你看怎样?"李有义为布商于连贵打开隔壁房间,用灯笼照着。布商满意地点点头。李有义:"客官就请里面歇息吧,回头我叫店伙计为你打水洗尘净面。"布商放下口袋等什物,这时店伙计打来净面水,布商用手巾揩面。

李有义:"客官想用点儿什么,我去叫厨房里为您准备!"

布商:"我已经用过饭了,你就不必再费心了!只有一事还想麻烦店家,我是山西来的客商,到此贩运丝绸布匹,明天一早就要赶路。请店家在鸡叫头遍之时,就能帮助把店门打开,我同伙计好抢时间赶路!"

李有义:"出门在外,实在辛苦。小老儿明天一早,一定按时开店门,决误不了客官的路程。"说完,李有义与店伙计相继走出去,窗外又恢复了寂静。

尹小六一直捂着白玉莲的嘴坐在床上,这时听听外边没有声音了,这才敢把手放开。说:"告诉你,你已经在我的手心里了,休想再蹦出去。你现在是从也得从,不从也得从!"

白玉莲:"不,我得见我丈夫一面。那时候,就是死我也心甘情愿,毫无反悔了!"

尹小六:"你要见你丈夫的面,那就乖乖地跟着我。我叫你上东你就上东,叫你上西你就上西,叫你趴下,你就老老实实脱下裤子给我趴下!如有半个不字,休怪我无情!"

白玉莲:"不行,见不到我丈夫,你休想在我身上占半点儿便宜!"

尹小六:"哼,休想?什么休想,我实话实说地告诉你吧,你丈夫已经叫我给杀死了!"

白玉莲大吃一惊:"啊,叫你杀了?这不可能!我表兄的信上还说……"

尹小六:"那是我叫他写给你看的,为的是骗你出来。现在,我们俩就一道去北京城,从此以后,我们俩就在皇城根下老老实实做夫妻,白头偕老!"说着,他发出一阵狞笑。

白玉莲闻此言泣不成声,一边哭着一边哽咽怒骂。

尹小六狡猾地轻轻推开房门,向四周望了望。隔壁布商房里早已吹熄了灯,院内悄然无声,昏暗朦胧。天空乌云滚滚,庭院的老槐树被风吹得沙沙地响。他走进屋内,解开衣襟,袒露出便便大腹,接着狞笑地望了望白玉莲。噗的一声将灯吹灭了。

夜半风停,乌云渐渐扯成了块,在狭窄的缝隙中露出几颗微茫的星星。庭院里老槐树仍然沙沙地响,但是在微弱的光线下,只模模糊糊地露出婆娑斑斓的影子来。

黑黝黝的暗室里,白玉莲跨到尹小六身上,从怀里抽出剪刀,眼里露出可怕的、愤怒的,甚至是得意的凶光……

外面一声鸡叫,天色充满着黎明前的黑暗。白玉莲提着小包袱,悄悄走下楼来。黑暗中,她躲到早已打开的大门背后。当两辆大车一前一后,伙计们跑前跑后出来进去帮助装车的时候,她悄悄地在黑影中溜出了大门。

四个赌徒围坐在赌场的八仙桌上玩得正欢,朱文、赵武匆匆从外面走了进来。

朱文:"钟自鸣!"

钟自鸣听到有人叫自己的名字,不由得一怔,抬起头来望望朱文,口吃地说:"怎么,怎么啦?"

赵武:"冯老德说,你在他家存的十吊钱差不多花光了。要取,除非你自己去当面算清,否则一个大子也别想拿走!"

钟自鸣气得站起来说:"岂有此理! 这老东西敢这么欺负人,等我回去找他算账!"说着就往外走。刚走出门口,朱文、赵武立即揪住他的双臂,给他套上枷锁说:"你犯事了。"

钟自鸣不以为然地说:"不就是为这赌博的事吗? 要打官司,在场的人可以同我一块儿去!"

朱文掏出传票给他，并与马福等人看过之后，说："不光为这赌博，还另有其他的事。现在这儿有江宁府刘大人签发的传票，是行凶杀人，还是抢劫诱拐，你到公堂上自己去对案吧！"回头他又对马福说："马福兄弟，我们就要上路了，请将杂货店里的八吊钱取出来，就作为对你的答谢吧。"

刘墉坐在江宁府大堂上，衙役两旁伺立。

朱文、赵武进来打躬道："回禀大人，小的们奉命去句容拘捕钟自鸣，现已拿到，听候大人发落。"

刘墉："将钟自鸣带上来！"两个差役将钟自鸣押至堂上。刘墉："你叫钟自鸣？"

钟自鸣："正是。小人钟自鸣，金陵人氏，自幼住在柴火市。"

刘墉："因为何事你离开金陵，长期住在句容？"

钟自鸣："去做买卖。"

刘墉："一人前去，还是与人合伙？"

钟自鸣："与表妹夫富希成合伙。"

刘墉："富希成现在何处？"

钟自鸣："早已回到金陵。"

刘墉："来人呀，带白玉莲。"

两个差役押白玉莲上。白玉莲一见钟自鸣立即扑上去问："表哥，你表妹夫呢？他现在哪里？为什么你们出外一去不见音信？"

钟自鸣一见白玉莲，脸色骤变，战战兢兢地说："他，他不早已回家来了吗？"

白玉莲："瞎说，他何时回到家里来过？倒是你给尹小六来信说，因为他把本钱全赔光了，尹小六让你将他押在扬州。还说：如见不到我的面，就要将他处死。"

刘墉:"钟自鸣,可有此事?"

钟自鸣:"大人,这是表妹思念丈夫心切,头脑混乱,胡言乱语瞎编的,毫无根据。"

白玉莲:"你那封信写得明明白白,我还能瞎说!表兄,好歹你快快把我丈夫放回来,让我们夫妻见上一面,我就立刻死了,给他尹小六抵命,也心甘情愿!"

钟自鸣:"全是瞎说,那信在哪里!不要大白天里说梦话!"

白玉莲:"我见得真真切切,后来信被尹小六拿走了!"

钟自鸣:"这不就结了吗?空口无凭,何以为证?"

白玉莲气得浑身乱颤:"你,你,你……"

刘墉:"钟自鸣,就依你说,你与表妹夫富希成二人合伙在外经商。为何富希成早早返家,你却长期在外?"

钟自鸣:"皆因本钱全部赔光,难以维持生活,故此他先回去了。"

刘墉:"胡说!本金全部赔光,你哪来的钱天天在赌场赌博?据说前后已经输掉一二百两银子了!"

钟自鸣大吃一惊:"大人,小人并非天天去赌,就是赌也是有输有赢,哪有一二百两银子全让我输进去的?"

刘墉:"狡猾刁民,还要抵赖?待会儿就给你拿出实证来。我先问你,你明知富希成不曾做过生意,有了本钱必定赔光,为何一定要拉他出去做买卖?"

钟自鸣:"小人是图他老实厚道……"

白玉莲:"你是图谋将他弄走,好让尹小六来……"

刘墉:"来人呀!刑具伺候!"两个差役搬上夹棍放到堂上。

刘墉:"大胆刁民,你出于何种意图,要把从未做过生意的富希成拉走,必须老实交代出来。现有尹小六的口供在此,有白玉莲在此作证,你还想抵赖?"

钟自鸣惊悸地看了看刑具，又回头看了看怒目相视的白玉莲，说："大人，休要动刑，小人一定从实招来！一切都是尹小六出的主意，他从京城一回来，就看好表妹白玉莲，几次调戏都没得手，后来就想出了这个主意。是他主动拿出二百两银子做本钱，要我硬拉着表妹夫出外做买卖，他好趁着家里无人，对表妹强行无理。在这期间，他干了些什么坏事，都是他自己一人的事，与小人丝毫无关。"

刘墉："真是丝毫无关？"说着，他两眼如两道电光，直射到钟自鸣的心窝，逼得他不由自主地打了一个冷战，说："真的没、没什么关系！"

刘墉："尹小六是否让你在外边将富希成害死？"

钟自鸣："绝对没有！绝对没有！"

冯店东领着乔装成土老财的何书办走进赌场，冯老德用双手推门，旁侧有一小角门自动打开，二人走进院内。小公差迎上前来说："冯店东来了！"

冯老德："我又给你引进一位朋友。这位何爷可是个有钱的主儿，自小儿就喜欢耍耍，输赢全不放在心上，他现在住在我的店里，是来咱句容观看社戏的。今天他闲着无事，我就把他领来了。"

小公差："快请屋里坐！"转脸又对冯老德说："冯店东，多亏你每次还都惦记着这儿！"

屋内，何英坐在赌桌上入局赌耍。冯店东在旁边看了一会儿热闹走了。他刚走到大门外，正遇见焦大赶回来，冯老德忙打招呼说："焦都头，我又给你引荐来一位朋友。这位可是个秧子。"

焦大点点头："不再坐一会儿？"

冯老德："不了，店里的事还挺忙。"

焦大走进赌场，抬眼看了看何书办，只见一身纨绔打扮，心里挺满意，再看看桌上的赌局：他设的两个托儿输得精光，而何书办门前却堆满了钱，不由得勃然大怒，两眼一瞪，用手向外一招说："好呀，大白天地在这里聚赌？来人呀，把他们都给我抓起来！"

众赌徒大惊，齐声说："焦大爷，高抬贵手，放过这一马。我们弟兄都是初次聚到一起玩玩的。"

焦大："不成！句容离省城这么近，哪容得这些伤风败俗的事儿！"说着，他转脸对走进来的两个小公差说："去，把人都给我捆起来，赌注赌具都没收。"

一个小公差上前捆人，一个将桌上的钱和赌具都收到一个大口袋里。

于老疙瘩："焦大爷，你就饶了我们这一把吧，以后再不要了！我们情愿凑个份子，请焦大爷和两位小兄弟到静雅轩办桌酒席答谢。"

何英："不用大伙凑份子了，兄弟愿意一人出钱孝敬焦大爷。"

焦大见钱已收敛起来，脸色稍微和缓了一些，又假作沉吟了一会儿，说："那好吧！看在你们都是初犯的份上，就成全了你们这一番心意。"接着，又回头对小公差说："那就把刑具给他们解开吧！"

小公差刚要解开刑具，朱文、赵武闯了进来，说："且慢，把刑具都给我戴上！"说着，回头又对焦大说："还有你！"边说边掏出锁链将焦大也给套上。

焦大："两位上差，不要弄错了！本都头也是来抓赌的。"

赵武："你抓什么赌？你是自开赌局自抓赌，两头赚钱！"

焦大:"两位上差,别着急,别发火,你们还不太清楚这里面……"

朱文:"清不清楚。到知府大堂自然会弄个明白!"回头又向赵武说:"都带走!"

刘墉坐在江宁府大堂正中,差役两旁伺立。

刘墉:"请胡知县上堂来陪审!"

胡知县走上堂深打一躬,参见过刘墉,在一旁坐下后,只听刘墉说:"本府今天要宣判清风店血案的真正凶手,胡大人可在一旁参审!"他立刻又欠身立起来说:"卑职不敢!"

刘墉:"带白玉莲、钟自鸣!"差役押白玉莲、钟自鸣走上堂,二人一齐跪倒,说:"罪民参见刘大人。"

刘墉:"白玉莲!你与尹小六投宿清风店,黑夜乘其酒醉,用剪刀刺死尹小六,经过仵作验尸和一干人证,均属事实。你可认罪吗?"

白玉莲:"尹小六确是民女所杀,民女决不推卸罪责,我愿给死者抵命,是杀是剐,全由大人做主。只求大人明镜高悬,将无辜受牵连的店东李有义和布商于连贵速速释放!"

刘墉:"按大清律规定,杀人偿命,这是无话可说的。但念你是为歹徒尹小六奸污霸占,又欲拐挟潜逃,后因在途中识破他的诡计,出于自我保护和为夫报仇之意,私自采取暴力,将恶人杀死,故而只判你徒刑十年,你可认罪!"

白玉莲磕头道:"多谢青天大人公断,民女甘愿入监服刑!"

刘墉:"好,暂且站到一旁。钟自鸣!"

钟自鸣:"小民在!"

刘墉:"骗走白玉莲丈夫,给尹小六强奸作恶制造机会;而后又受尹小六指使,在外害死富希成,此事可是属实?"

钟自鸣:"冤枉呀,大人! 小民是受尹小六指使,以经商为由骗走了表妹夫富希成,但并没有将他害死。"

刘墉:"你没害死他,他到哪里去了?"

钟自鸣:"早就返回金陵了!"

刘墉:"带上一干人证!"

差役:"带上一干人证!"冯老德、焦大、于老疙瘩等四五个人上来,一齐跪倒在地,高呼:"小人给知府大人叩头!"

刘墉:"冯老德! 钟自鸣和富希成一直住在你的店内。富希成是何日又因何不见的? 你要详实供来!"

冯老德:"钟自鸣、富希成二人是在去年中秋过后来到小店的,说是来做生意,但也未见买进卖出些什么货物。过后不久,钟自鸣、富希成二人就一同出去了,说是到北乡去收租子,可是去后就再也不见姓富的返来。"说着,他又拿出一包衣物,"这些都是富希成存在本店的衣物,请查验!"

刘墉:"白玉莲,上前去认认,这包衣物可是你丈夫的?"

白玉莲上前看了看,不由得伏在上面失声痛哭起来:"夫君呀,你死得好苦呀!"

刘墉:"钟自鸣,你说富希成早就返回金陵了,他为何不将自己的衣物带走?"

钟自鸣:"这个,这个……"

刘墉:"句容县都头焦大!"

焦大:"小人在!"

刘墉:"是你在句容自设赌场,又自己抓赌的?"

焦大:"小人罪过! 小人罪过!"

刘墉:"真真十分可恶! 执法犯法,给官家败坏名声,本府定要重重责罚于你! 现在我先问你,钟自鸣在你赌场里前后一共输了多少钱?"

焦大："总有一二百两银子！"

刘墉："钟自鸣说，他带来的二百两本钱全部赔光；那么，他又哪来的一二百两银子输于你处？"

焦大："钟自鸣常来抱怨，说他的亲戚干涉他拿本钱出来赌博，于是他就起了歹心，决定要将他亲戚安置在个什么地方。我们问他安置在什么地方才算妥当？他说只有坟窟窿里才算妥当。后来，他与于老疙瘩做好了商量。打那以后，就再也见不到他的那个亲戚了！"

刘墉："于老疙瘩，你与钟自鸣做何商量？要从实招来，免得皮肉受苦！"

于老疙瘩："大人息怒，小人一定据实招供！那天钟自鸣前来问我，说他亲戚阻拦他要钱，要我给他想个办法。我说：这事就看你能不能狠下心了？只要你狠心一下，有一根绳子就行了。他说他有这个狠心，让我帮他找根绳子。我就帮他找了。第二天他送回绳子时，上面还带有血迹！"

刘墉："这绳子你可曾带来！"

于老疙瘩："在句容听得何书办吩咐，已经带来了！"说着他从腰里掏出绳子，双手捧起，差役递交到公堂上。

刘墉："大胆刁民钟自鸣，现在人证物证俱在，你还想抵赖？"

钟自鸣："大人息怒，小民全部招供！富希成确实是我杀死在荒郊野外的。我乘其不备用绳子勒死，然后将其尸首抛入河中。"

刘墉："何书办，让他画押！"

何英："是。"他走下台去，将口供递给钟自鸣，让他按上指纹，然后递给刘墉。

刘墉一拍惊堂木，大声说道："现在听本府宣判：钟自鸣见利忘义，图财害命，与恶徒尹小六勾结，祸害良家妇女白玉莲，并杀死她的丈夫富希成。罪大恶极,宣判死刑,待报到刑部批准后,即行斩首!"说过之后,他又转过头来,向胡知县说道:"胡大人,现在清风店血案的两个真正凶手已经捉拿归案,清风店主李有义是不是该无罪释放了?"

胡知县:"知府大人明断,李有义理应无罪释放!"

刘墉:"来人呀,带李有义!"

两个差役押李有义上。李有义当堂给刘墉叩头说:"小民李有义给大人叩头。"

刘墉:"清风店一案经过审理已经彻底查清,系白玉莲和逼使她走上这一条绝路的钟自鸣所为,与你完全无干。现在宣判你无罪,当堂释放!"

李有义老泪纵横,连连叩头,说:"刘大人,你是青天在上,明镜高悬呀! 小民永生永世,也不忘大人的恩德!"

刘墉转向何书办,说:"你现在就押送白玉莲和钟自鸣去刑道衙门,用这两个真正的凶手换回无辜受害的山西布商于连贵!"

何英:"是!"说着,他带领两个差役押解着白玉莲、钟自鸣走下大堂。

刘墉:"其他人等暂且收监,待日后再判。"

众差役:"退堂!"焦大等一干人犯都被押下大堂。

刘墉:"句容县捕快马福可曾请到,本府要好生谢他!"

朱文:"马福坚辞不来,并将那八吊钱让我带来交公!"说着,他掏出钱来呈递到刘墉案前。

刘墉坐在江宁府后衙书房里看书,桌旁放着一篮子铁蚕豆,他伸手抓出一把,不时地放一个到嘴里。张承带着铃儿走进来。

张承:"老爷,我把铃儿领来了。"

刘墉:"铃儿,你还认得我吗?"

铃儿仔细地望了望,忽然记起来说:"你不是那个算卦的老道吗?"

刘墉笑笑,说:"丑大姐,你还认出我来了?"

铃儿笑道:"谁认不出来呀。瞧那罗锅子,走到哪儿也丢不了你!"

刘墉:"好! 好! 你能认出我来就好,可见这罗锅子还没有白长。"说过之后又笑道:"背上长着口锅,到哪都有饭吃呀!"

铃儿哭道:"我可是没有饭吃了! 姐姐被关进监牢,没人给我做饭吃了!"

刘墉:"那你这几天……"

铃儿哭道:"到街上要着吃呗。"

刘墉上下打量铃儿,果然一身褴褛,与前次见到时大不一样。他怜悯地说:"铃儿别哭! 我帮你把姐姐要出来好不好?"

铃儿:"你能把她要出来?"

刘墉:"试试看吧。铃儿,我领你到刑道大人那里去说说情。"

张承在一旁吃惊地说:"老爷,你也去说人情了!"

刘墉站起身来踱了几步,无可奈何地说:"这叫万岁爷吃糙米饭——没有法子呀! 铃儿,咱们爷俩走吧!"

张承:"要不要带点儿礼物去。"

刘墉用手指了指简陋的书房,说:"你看看这屋里,有什么可以拿得出手的?"

刑道孙朴风坐在刑道后衙客厅里的太师椅上,刘墉坐在对面客座上,家人献上茶来。

刘墉:"铃儿,过来给刑道孙大人叩头。"

铃儿施了一礼,说:"叩见孙大人。"

刑道:"这是何人?"

刘墉:"这是罪犯钟自鸣之妹、白玉莲的表妹。她自幼父母双亡,哥哥又不成器,一直由表姐白玉莲拉扯养大。"

刑道:"着实可怜!"

刘墉:"孙大人,现在清风店的两个真正凶犯已经归案,布商于连贵可以开释了吧?"

刑道:"前天,当堂就已开释了。这件轰动一时的无头案,现在总算了结了! 此事还多亏刘大人的勤勉勚劳呀。"

刘墉:"不敢! 不敢! 此事还有一件十分棘手的事,一时难以处理呀!"

刑道:"还有何事?"

刘墉向后一指铃儿说:"就是这个小丫头呀! 她的表姐被抓进牢里,抛下这个十几岁的孩子无人照顾,如今她每日流落街头,成了个小叫花儿乞丐。"

刑道望了望在一旁垂泪的铃儿,不由得点了点头。

刘墉:"想那白玉莲虽是清风店的凶手正犯,但念她实是由于被逼无奈,出于自卫行为,且又是自动投案,几次出来自首。"

刑道:"按照刑律是可以减缓的。"

刘墉:"因此下官来找大人商量,可否将白氏的徒刑改为监外执行,让她回家抚养表妹钟铃儿,等到这孩子长大成人之后,再收进牢内监禁。大人意下如何?"

刑道犹豫不决地摇摇头说:"只是此案……"

刘墉:"下官在审判此案时,已将一贯作恶乡里、现又无人继承的尹小六在金陵的财产全部没收充公。考虑到刑道衙门事繁任重,故而将这笔约有三千两银子的财产,全部捐助给刑道衙门作为提刑差费。"

孙刑道闻言大喜，但仍故作矜持说："国库拨款不多，度支起来确实有些捉襟见肘。不过，倒也不必由贵府这样襄助了！"

刘墉："江宁乃金陵首府，自然有这个义务。下官回去之后，马上就叫何书办办理此事！"

刑道点了点头。刘墉接着问道："那白玉莲之事……"

刑道："只是这个孩子才十来岁，要在监外待多少年呀？"

刘墉："也快，也快。有道是穷人的孩子早当家嘛！铃儿快来谢过孙大人。"

铃儿叩头道："多谢孙大人开恩，救我姐妹俩一条活命。"

刑道："来人呀！"家人走上前，说："老爷有何吩咐？"

刑道："去叫书办，办个手续，放出白玉莲在监外执行。"家人说了声："是！"随即退下。

刘墉站起身来，向刑道拱一拱手说："多谢孙大人！"说着领着铃儿缓缓地向街头走去。

第二部　官井美人头

这天,是巡抚高名远的五十寿辰,他要大摆筵席,下属们早就闻风而动,送来了各色贵重礼物。因为高名远是属鼠的,有人甚至送去了纯金打造的小老鼠一枚。江宁是江苏首府,刘墉也要赴筵,但他只花两吊钱到街上去买了些香菇、木耳、鹰嘴、鸭爪子等能吃不能看的东西。张承、何英都劝老爷再送点儿好东西,免得被巡抚挑礼。刘墉却颇不以为然地说:"幸亏抚台是属耗子的,他要是属牛的,我们这些下官,不都要倾家荡产了吗?一个金质的老牛,哪个人能够打质得起?"何英问:"大人,这是啥意思?"刘墉:"啥意思?抚台大人属鼠,人们就送他金老鼠;如果若是属牛,得用多少金子打造那头金牛呀!好了,就照你们说的,咱们外加五十块大豆腐,对付对付罢了。"何英:"五十块豆腐,怎能对付过去?"刘墉:"你这就不知道了,这五十块豆腐可有讲究!他抚台不是五十大寿吗,咱就一年一块豆腐。因为豆腐,就是逗福呀!一逗,他的福就来了。有这五十块豆腐,还不把他的福逗得老高老高的!好了,现在,再加五十块大豆腐就已经齐了!张承,随同老爷送礼去吧!"说着翻身上马,穿街过巷,直奔巡抚衙门走去。

巡抚衙门口,一些差役站在大门两侧,正门紧闭,两个侧门开着。正门门前摆着一个书案,陈、徐两位书办坐在案前,桌上摆着笔砚之类的东西,两旁另有几个伺候的差役。

刘墉走到门前下马,门前差役打躬迎接道:"刘大人驾到!"

刘墉:"江宁知府刘墉前来给抚台大人祝寿。来人呀,将礼品献上!"张承等将食盒抬到书办案前,书办冷眼打量了一下单薄的食盒,感到莫名其妙,但又不便将食盒打开,只好在礼品簿上写道:"今收到江宁知府食盒一个。"然后高唱一遍,并对差役说:"来人呀,将刘大人礼品抬进里面!"

差役:"是!"两个差役将食盒抬进。

陈书办:"刘大人请坐。"差役送过一把椅子,刘墉在书案旁边坐下。

高巡抚正在巡抚衙内花厅里同一个清客下棋,另一个清客站在一旁支招儿,家人进来禀报说:"老爷,有江宁知府送来寿礼一份。"说话时,两个差役抬着礼盒进来。巡抚不耐烦地说:"什么贵重礼品,在门前收下就是了!"

差役:"是一个单薄的食盒。书办怕里边另有所寄,不敢私自打开,特请老爷亲自过目。"

巡抚站起身来说:"打开!"差役将食盒打开,巡抚一见是四宗食品和五十块大豆腐,又惊又恼,走过去亲自在里面查了又查。搜了又搜。查了几遍,里面还是这些东西,不由得大怒说:"这是什么寿礼?简直是对老爷的羞辱!来人呀,给我抬出去送还给他!"

清客甲、乙走过去看了看寿礼,也都又惊又怪,甲回头说:"大人,不论怎么说,他这也是一份寿礼,退回去恐怕不太好说吧?"

巡抚:"这也能算是寿礼?退还给他!退还给他!"

清客乙:"大人这样退还给他,不是让别人说大人嫌贫爱富吗？"

巡抚："若是收下，这口气也太难咽了！你们下去就说：'老爷我今年不做寿了，不收寿礼了！'"

差役们将食盒由里面抬出，书办一见吃惊地问："怎么，又抬回来了？"

差役："老爷说了，老爷今年不做寿了！不收寿礼了！"

徐书办为难地说："这，这，这怎么说的？刘大人，您看，这寿礼您是不是就抬回去吧！"

刘墉站起身，对张承说："巡抚大人既然不做寿了，咱们就抬回去吧！你回去再给我找个马扎子送来！"

张承："老爷，要马扎子做什么用？"

刘墉："这你就不用管了，越快越好！不然老爷两条腿要站出毛病来的！"

张承："是！"匆匆抬着食盒走下。

一乘四人抬的绿呢子轿由远而近，后边跟随一些抬着十几个重大礼盒的差役。轿停下，从里面走出一个官员，门前差役马上迎接说："冯大人驾到！"

冯大人走上前去说："苏州知府冯有财前来给抚台大人祝寿。来人呀，将礼品献上！"众差役将礼盒一担担抬将过来。

刘墉连忙迎过去说："且慢！冯大人你有所不知。"

冯大人："噢，这不是江宁府刘大人吗？为何站在这里？"

刘墉："冯大人有所不知，适才本府也是前来为巡抚大人祝寿的，送上了一份薄礼。冯大人，一份薄礼！差役抬进去又很快给抬出来了。巡抚大人有话吩咐，'今年不做寿了，各地送来的寿礼一概不收，一概不收！'"

冯大人惊异地问："不做寿了！"

刘墉："是的，不做寿了。不信你问问两位书办。两位先生，刚才巡抚大人是不是这样传出话来的？"

两个书办被他这么一逼问，只得无可奈何地说："是的，适才巡抚大人是这样传出话来的，不过……"

刘墉："所以我说冯大人，我们做下属的，时至如今，也只好恭敬不如从命了！您说是不是？"

冯大人望了望众人，仔细想想也只好点头说："也只好如此了！可惜我是几百里地，连夜赶来的！来人呀，把寿礼都抬回去吧！"

冯大人刚走，又有一乘绿呢子四人抬的轿子由远而至，后边跟随一伙抬着十几个重大礼盒的差役。轿子停下，由轿内走出一位官员，门前差役马上迎接道："齐大人驾到。"

齐大人走上前去说："扬州知府齐怀勇前来给巡抚大人祝寿。来人呀，将礼品献上！"众差役将礼盒一担担地抬过来。

刘墉连忙迎过去说："且慢！齐大人您有所不知……"

齐大人："噢，这不是江宁府刘大人吗！为何站在这里？"

刘墉："齐大人有所不知，适才本府也是来为巡抚大人祝寿的，送上一份薄礼。齐大人，一份薄礼！差役抬进去后，很快就抬了出来。巡抚大人有话，说今年不做寿了，各地送来的寿礼一概不收，一概不收！"

齐大人惊异地问："不做寿了？"

刘墉："是的，不做寿了。不信，你们问问两位书办！两位先生，刚才巡抚大人是不是这样传出话来的？"

两位书办默然。很快，一前一后地走了进去。

齐大人："这可怎么办？我是连夜从江北乘船赶过来的。这些沉重的礼物，难道还要我再担回去吗？"

刘墉："有什么法子呢？俗话说：恭敬不如从命。"

齐大人想了想，只好点头说："也只好如此了。来人呀，把礼品都再抬回到船上去！刘大人，我就告辞了。"

刘墉望着齐大人，满脸是笑地说："告辞了！告辞了！"

张承拿着马扎子，送到刘墉手中说："老爷，马扎子拿来了。"

刘墉得意地把马扎子放到地上，坐在上边高兴地说："好了，今天老爷就坐在这里不走了！"

不久，又有轿子与抬礼盒的差役走来，刘墉只要见到有人来，就迎上去，比划着一五一十地对人们叙说一遍，送礼的人又一起起地返回去了。

两天之后，高巡抚端坐在太师椅上，手端茶杯，怡然自得，两个侍女在两旁给他扇着扇子。算卦先生坐在对面的小凳子上，有一个蓝布卦包放在身旁。

算卦先生："大人的'寿'字已不需在下详说了，那麻衣神相中早已批得明白：'眉过眉间，寿比神仙。'而这一个'贵'字，大人也不可小瞧……"

巡抚："此话怎讲？"

算卦先生："从相上看，大人隆准高而且直，上通天，下垂地，它所主兆的福禄，何止是一个二品。"

巡抚惊喜万分，不住地用手摸着自己的鼻子，说："难道说我还有更高的富贵？"他摇了摇头，但很快又洋洋自得地说："行了！行了！本宪一个二品，一生足矣！何敢再有其他的非分之想？先生，你在金陵城中也算得上是窗户眼吹喇叭——名声在外的人了，适才你说在金陵城中没有比本宪再好的贵相，这你就说错了！不知道你去过两江总督的府上没有！难道周总督的贵相还不如本宪？"

算卦先生："大人，小人刚才就已说过，我相的是命，不是说眼下的官位。要说周总督之相，自然是贵不可言，总督位尊道隆,政声斐然,但毕竟年迈,哪如抚台大人您,正是年富力强、阳刚气盛之际。依您之相,何止是一个从一位的总督?恐怕还要跻登天官之位呢!"

巡抚:"一品尚书郎?!"

算卦先生:"所以我说大人之相贵不可言呢!大人只要到时候不忘记小的今日这一相,我就心满意足了。"

家人上来,说:"陈书办有事来报!"

巡抚:"让他进来!"

家人:"请!"转身又向算卦先生说:"先生,也请吧!"说过,送算卦先生走出去。

陈书办走上,向巡抚打躬说:"启禀抚台大人,金陵城里今日又发生了一起无头命案,街巷之中议论纷纷。"

巡抚:"噢,什么命案?"

书办:"今天早晨,有人去城隍庙前官井里打水,无意之中打上了一个人头,看样子也就十八九岁。全城人听到消息,纷纷跑去观看,竟无一个能认出此人来。因无原告和被告,这个无头案子就如日前清风店血案一样,一时间很难断清。"

巡抚闻言,拍案高兴地说:"此事甚好!前日本院做寿,平白无故地让那刘墉给搅黄了,各州、道、府、县众多官员来抚院送礼,都让他给拦阻回去。人道是刘罗锅子难缠,现在看起来果然如此。本宪要不给他点儿厉害,他也不知天有多高,地有多厚了!"

书办唯唯地说:"大人的意思是……"

巡抚:"你去传我的令,限他五日之内,把城隍庙前人头案破了!如果过期破不了,就将重重责罚,并要上奏朝廷,撤了他的知府职务!"

书办:"这,这,恐怕不太好说……"

巡抚:"没有什么不好说的! 你就去用我的名义办一纸文书,让差役送交给他。"

书办:"是!"退下。

刘墉饭后,精神清爽,手握一本书卷,倒背着手,悠哉游哉地踱到厨房里。厨房里,张承与厨子正在条案上用饭,两菜一汤全是豆腐:一个鸡刨豆腐,一个小葱拌豆腐,中间是一大碗豆腐汤。两人见刘墉走进来,连忙站起说:"老爷!"

刘墉一摆手说:"坐下,坐下,吃你们的饭。"

他看他们满脸淌汗地吃着香喷喷的豆腐,不由得意地说:"这回,咱们爷几个算是开斋了,过上巡抚大人的生活了!"

张承不满地说:"老爷你还说呢! 有你这样给抚台大人送礼的吗? 结果是闹了个大窝脖,原包装地给退回来了!"

刘墉:"退回来好呀,咱们就自己吃吧! 要不这几天能有这样的好伙食? 当初叫你买豆腐时,我就跟你讲:豆腐逗福,一逗就有福来。想不到这福没落到巡抚头上,倒落到咱自家的头上了。"

张承:"巡抚与你岂能善罢甘休?"

刘墉:"你就吃你的吧! 没有这豆腐的事,他也不会善罢甘休的!"

何书办走进来,打了一躬说:"寻了半天。差役说大人在这里,才找来了。"边说边将公文递上说:"大人请看,巡抚限令您五天之内,必须破案,否则重罚。"

刘墉吃惊地看着文书,适才得意的神气一点儿都没了,忙说:"快传令备轿,本府马上到城隍庙验尸。"

刘墉从四人抬的绿呢子轿中走出。来到城隍庙的官井前面。地保数人过来,参见知府大人,并带领刘墉来到井边,将一

91

领芦席揭开，露出一个被水浸泡过的美人头，看样子也就十八九岁，生得面庞清秀，鼻正唇红，一排雪白整齐的牙齿。刘墉看了多时，也看不出什么名堂，回头问地保说："人头是什么时候发现的？"

地保："清晨日出卯时前后，附近居民杨寅来此打水，无意中打出个人头来，登时找到小人那里报案。"

刘墉："当时井旁可曾还有人打水？"

地保："同是清晨举炊之际，来此打水的人不少。"

刘墉点点头说："这就是了，那就不必去惊动杨寅了！"说完，又回过头问仵作："仵作，你可曾对人头做过查验？"

仵作："做过查验，是有人用快刀将人头割下的，头上其他部位尚都完好，没有击砍等伤痕。"

刘墉对地保说："可曾寻找过尸身？"

地保："因官府尚未到场，不敢随便深究。但据小人估计，尸身也必然就在井里。"

刘墉："那就速去找些木料，搭起架子，派人下去打捞尸体！"

地保："是，大人就先请到城隍庙里休息，待小的派人搭架子捞尸！"

刘墉："越快越好！"说着走进城隍庙内。

众人纷纷搬来杉篙、绳子、滑车、绞盘之类东西。不一会儿，就在井口上搭起一个木架，拴上了个荆条筐在滑车下面。地保说："杨寅，那就麻烦你一次，下去打捞一下尸体吧！"

杨寅也没推辞，捡起一把挠钩，便坐到荆条筐里，众人摇动绞盘，将筐缓缓放进井中。

刘墉坐在经堂前，有小沙弥给送上茶来，刘墉端起茶碗，望着碗中茶水深思。

井岸上的人都探头向井下望。井中黑咕隆咚的，什么也看不清,但人们仍焦急地向下望去。忽然拴在滑车头上的铃响了,众人高兴地说:"有了! 有了! 快拉绳子吧!"于是一齐用力摇动绞盘,很快就将杨寅从井里拉出来。有人问:"找到了?"

杨寅用手摸摸脸上的汗水,费力地说:"有,有了!"

众人一齐用力,当荆条筐绞得离井口老高时,就看到挠钩上拖出一个尸体来。

地保:"仵作,你去查验尸体,我去禀报刘大人!"说着跑进城隍庙内,见到刘墉打一躬说:"大人,尸体已经打捞上来了。"

刘墉:"好,好,我马上就过去看看!"说着,便随同地保走到井台旁边。仵作正俯在尸体上查验,周围站着一圈围观的人。

仵作走到刘墉面前,说:"回禀大人,尸体已经验过。奇怪的是,这是一具男尸,五体俱全,全身完好,只在左太阳穴上有钝物击伤的痕迹。"

刘墉:"待本府过去看看!"说着,便随同地保一同走到男尸跟前。尸体已经浸泡了几日,有些发胀,但仍可以看清眉目轮廓。

刘墉:"你们看此人有多大年纪?"

地保:"二十七八,至多也大不过三十岁去。"

刘墉:"看他身着的衣裤,不像是本地人。"

地保:"大人所见极是,从他的裤褂和鞋袜上来看,决非我江南一带人们的穿着。"

何书办不知什么时候来到死尸旁,在一旁插话说:"依我看是山西人。"

刘墉:"噢,何先生你怎么就知道他是山西人?"

何英:"卑职祖籍便是山西。"

刘墉:"给他脱去衣服,再验验尸体。"

仵作:"是!"走到尸体旁,用刀挑开衣襟,然后轻轻将衣服拉开脱掉。他忽然转过身来说道："尸体两只胳膊上各刺有一行字。"

刘墉吃惊地说："噢！有两行字，待本府仔细看看！"说罢俯身下去，只见死者果然每只胳膊上刺有一行字。左边是"一年长吉庆"，右边是"四季保平安"。

刘墉一边走，一边念叨这两句话："一年长吉庆，四季保平安。"地保等紧随其身后，待走到轿子跟前，刘墉突然转身向地保等人说："你们回去，将那美人头和男尸好好看守，等老爷回去审理此案。"

地保："是。"刘墉上轿，向江宁府走去。

巡抚挥毫运墨，在巡抚衙内书房里书写大字。他颇为自得地欣赏着自己龙飞凤舞的墨迹，上面写着："运至猫如猛虎，时去凤不如鸡；有权便自尊大，盖世英雄无比。"

家人进来通报说："老爷，陈书办来见！"

巡抚犹自欣赏着自己的墨迹，一边说："好，让他进来！"一边又在条幅下边落下自己的名字："辛酉七月巧日书于江苏衙内，高名远。"

陈书办走上，深打一躬说："启禀大人，城隍庙官井一案又有新的发展！"

巡抚停下笔来，颇感兴趣地问："有何发展？"

书办："刘墉到现场查看人头时，为找尸身派人下井去打捞。万万没有想到，捞上来的不是美人之尸，而是一个男人。这样一来，就是案上加案，形成了案中案了。他刘墉就是有三头六臂，五天之内无论如何也破不了此案了！"

巡抚高兴地把笔一丢，恰巧一点儿墨滴落到"名"字上，把个"名"字变成了大花脸，但他已不顾及于此了，高兴地说："好，太好了！刘墉呀，刘墉，我看你还难缠不难缠了！我要让你知道：金陵这六朝胜地，不是什么人都能坐得了的！"

书办："现在街头巷尾更是议论纷纷。"

巡抚："你现在就紧紧盯住刘墉的动静，看他还能施展什么闪转腾挪之术，可以打开这把锁！"

书办："卑职遵命！"退下。

刘墉扮成一个江湖郎中，青衣素帽，手里拿着个布幌子，白底蓝圈之中写有四个字："包治百病。"他顺着箭道往江宁府衙门后门走去，张承背着个草药箱子在身后送行。看看来到门口，张承把药箱子递过去，刘墉背在肩上试了试，觉得一切都很得体，回头又嘱咐说："张承，老爷出去私访，衙内之事你要好好照应！如若有人找我，还是从前那句话，你就推说生病了，一概不见。"

张承走到门口，把门打开让老爷出去，刘墉将要迈过门坎，又停步嘱咐说："千万莫要泄漏我出去私访之事，这其中有许多难言之隐。"

张承点头应允，刘墉迈步走出去，张承将门关好。

金陵街头，店铺林立，摊贩比比皆是，一片做买做卖的吆喝之声。刘墉走在人群里，摇动一个串铃，口中不停地叫喊着："三代祖传秘方，包治天下百病。在下神医张天师，能为你驱瘟逐邪，消肿止痛，止血化瘀，防风清热，有手到病除之功，妙手回春之效！哎，瞧病来！瞧病来！"

走过几条街巷，眼前是一座酒肆，门口高挑一个杏黄色酒帘，门框两边一副对联：上联是：过客闻香须下马；下联是：知味停车步懒行。门楣上一块横匾：太白酒家。刘墉走到门前，向里面望望，但见屋内几排座位，桌桌人满，笑语欢声，不绝于耳。刘墉踌躇了一下，走了进去，拣一个空位子坐下，将草药箱子放到桌腿旁边。酒店伙计走过来,问:"客官想吃什么酒?"

刘墉:"有无锡沉缸酒,来它半斤!"

伙计:"炒几个什么菜?"

刘墉:"菜就不用了。噢,有铁蚕豆来一小碟就行了。"

伙计:"好了。"转身走进去,拿来酒和铁蚕豆,放在刘墉面前。刘墉饮酒,吃着铁蚕豆,两眼不住地四下里寻望。只见对面桌上坐着一胖一瘦两个人,一个三十来岁、一个二十多岁,酒已经喝得差不多了,说话也就没遮没挡了。

瘦子:"二哥,这几天有点儿邪行了! 我一闭眼睛就看到了那个人,晚上做梦也是她,不知是不是她把我的魂给迷住了?"

胖子:"谁呀?"

瘦子悄悄附在胖子的耳朵旁嘀咕了几句,接着又说:"大前天,我去守备营王老爷家,回来路过莲花庵时,心里就想,要是能够碰上那个武姑子一面可不错。"

胖子:"哪个武姑子?"

瘦子:"就是妙修呀! 你不记得她俗姓武,是太原总兵武老爷的二姑娘吗? 只因她自幼多病,加上武老爷在外边是又杀又砍的,为了赎罪,就把这个二姑娘舍给庙里了。你瞧她那小模样,是人见人爱。有人大老远地来到庙里去烧香,为的就是看她两眼。"

胖子:"原来是她呀,我只知道她的法号叫妙修。"

瘦子:"那帮小伙子才不叫她法号呢! 当面背后都称她武姑子、武师父,甚至还有叫她武二小姐的呢。那天,我心里这么惦记着,眼里就留上神了。刚走到莲花庵门口,就见打里面走出一个人来,我马上盯过去,可一看,不是武姑子。"

胖子:"一定是做饭的老净?"

瘦子:"什么老净? 还老脏呢! 告诉你吧,走出的这个人比武姑子还要漂亮十分。世上的女子我见得多了，还是头一次见到这么标致的人儿！她出了庙门就到对面的货郎担上去买针线。你说我是色鬼不是嘛，嘿，我当时还真叫这个妞儿给迷上了，也假装买货，就凑到货郎担跟前，嘴里头跟货郎没话搭话，眼睛可就落到那女子身上，全身上下瞧了个够。那女子却眼皮不撩，买完线扭身就走了。我随后又跟过去，只见她走进庙门，回身哐当一声就把门给关上了。"

胖子："你瞧，碰了个钉子不是？谁叫你像没脑袋的苍蝇似的！"

瘦子："谁知打那以后，晚上我就睡不着觉了，睁着眼睛闭着眼睛全是她。我想是不是中了邪了？谁知，第二天一早起来，果然就碰上鬼了！"

胖子："什么鬼呀神的！说得血色糊拉的。"

瘦子："实际上还真是血色糊拉的！我去守备营点卯，刚刚路过城隍庙，就看见那里围了一堆人。我走进去一看，哎呀我的妈呀，你猜我看见什么了？"

胖子："看见什么了？"

瘦子："看见她了！"

胖子："莲花庵里那个妮子？"

瘦子："谁说不是嘛！可惜，只剩下一个人头了。"

胖子大惊："啊，你说的是官井里那个美人头？你可看准了，这可不是闹着玩的，现在巡抚高大人正在限期五天，让知府刘墉去破案呢。"

瘦子："他能破得了？"

胖子："我看够呛。这位老爷原以为尸身一定在井里，就叫人下去打捞。结果你猜怎么着？打捞出来的却是一具男尸。这下子可就是一案套着一案，两个案子搅到一起了！他刘大人有多大能耐,能在五天之内破了此案?"

瘦子:"刘大人是怎么判的?"

胖子:"判什么? 原本就是无原告无被告的无头案,现在又打捞上个男尸,叫他有什么法子? 因此,他扭头就回衙门去了。看起来。清官也难断这无头案呀!"

瘦子:"是呀,看他刘大人怎么收场? 闹不好,还真得打起行李卷儿回他的老家去呢!"

胖子:"回山东?"

瘦子:"那他还能回哪儿?"

刘墉听了,一脸苦涩地捋了捋胡子,然后背起药箱离开了酒馆。

金陵城西北角有一个小小的庙宇,坐北朝南,朱红大门,上书"莲花庵"三个字。这地方空旷僻静,来往的人甚少。刘墉手摇串铃,嘴里不住地喊着:"三代祖传秘方,包治人间百病!"一路逶逶迤迤地来到了小庙跟前,一边走一边不住地用眼打量四方,察看着来往行人和地势环境。他在庙门前来回走了两趟,终于下定决心,推开山门走进庙内。

庵主妙修迎了出来。刘墉抬眼打量她,果然生得清秀俏丽,虽然一领袈裟罩在身上,但仍不减窈窕顾盼之姿。她见有人进来,双手合十道:"施主,请了!"

刘墉:"师父请了! 近日生意不旺,财运欠佳,故而路过此处,想来烧炷香,求菩萨保佑保佑。"

妙修:"请施主随意!"说罢前头引路,将刘墉引至正殿观音菩萨像前。

刘墉从供桌上取下一炷香,就着蜡烛之火将香点燃,将香插入香炉内,在蒲团上拜了三拜,随后取出一吊钱来放到布施台上。

妙修见了连忙合十念道："阿弥陀佛,施主诚心敬佛,必结善缘! 我佛如来和南海大士一定会保佑施主,从今以后步步吉利,财运亨通!"

刘墉站起身来,随意观赏了殿中的壁画和两侧的十八罗汉塑像,妙修在身后相随。刘墉一边观画,一边信口问道:"庵主,庙里有几位师父?"

妙修:"只有我和厨娘老净二人。"

刘墉:"好个清静无为之处。每日来此进香的人多吗?"

妙修:"不多,庙小地偏,难以广结善缘。"

刘墉:"师父过于清贫了。"

妙修:"出家人静心修行,不以此为苦。"

刘墉从正殿走出,又欲到后院转转。妙修阻拦说:"正殿只此一处,后院乃是出家人的住处。"

刘墉:"如此深院,只住师父二人?"

妙修愠恼地说:"施主这是什么话? 难道不是我们二人,还要跑出来个男人不成?"

刘墉自知失礼,连忙道歉说:"师父不必在意! 是我见此处如此清静,故而言语不周,多多谢罪。"

妙修:"阿弥陀佛,佛门向以宽大为怀。"

刘墉讪讪地走向庙门,回身施礼道:"师父,谢过了。"说过走出庙门,妙修哐当一声狠劲将门关上。

刘墉从庙里走出,在莲花庵外两座旗杆下面又流连了片刻,看看也难以察访出什么动静,便顺着院墙转到庙后。庙后是一条小路,曲曲弯弯,一直通向一片荒野之地。刘墉试探着顺着小路北行,忽然见前面有一棵柳树,树下不知是谁失落了一个蓝布包袱。他紧走几步来到树下,把包袱捡起来,掂了掂还挺沉,心想：不知是哪个粗心的人，把包袱丢在这里？如若是有钱人家，也还罢了，不过是失落了个小财；若是贫寒人家，岂不要因此缺粮断炊吗？让我在这里等一等，看看有没有人来找。

天渐渐暗下来了，坐在柳树下的刘墉望望天色，知道不会有人再来找了，但他不知包袱内是什么东西：如果是特殊贵重之物，别作处理；如果是一般之物，带回去明日再说。想着，他便把包袱解开，只见里面是一个蒲包，再把蒲包打开，刘墉不觉吃了一惊，原来蒲包里是一个刚生下的死婴，尸体是用盐腌过的，通身都桃花瓣似的鲜红。

刘墉将包袱包好，提在手中，环顾四野无人。天色更加暗淡下来，他知道再无人来找寻，只得顺着原路返回城里。

刘墉回到江宁府后衙书房里，脱下江湖郎中的青衣素帽，张承帮助换上官服，然后服侍他坐下来吃茶。

刘墉："张承，你把地上那个蓝布包袱拿过来。"张承拿过包袱，放到桌上。刘墉说："把包袱打开。"张承把包袱打开，露出蒲包。刘墉说："再把蒲包打开！"张承又打开蒲包，见到里面是一个死婴，大吃一惊，说："老爷，你从哪里捡来个死孩子？"

刘墉："莫要声张！你看好了，是个死孩子？"

张承："这还有错，一个刚生下来的死孩子，还是带把的呢！只不知为什么要用盐给腌起来？天底下有这样狠心的父母，生下来个孩子，不管是死是活，总不能像块腊肉似的把他腌起来呀？这是哪个丧尽天良的人干的？"

刘墉："你问我，我问谁呀？"

张承："老爷您不知道是谁的，把他捡回来干什么？"

刘墉："这个你莫要管，你先把他包好，放到后面衣橱里，好生地保管着，莫让猫狗叼去，老鼠咬了！"

张承："我的爷，是不是还要拿到佛龛上供起来？"

刘墉:"供起来,要得!要得!你就把他放到后边土地庙里,派两个差人好好地看管着。"

张承:"老爷,您这是干什么?放着两个无头案没有解决,这又揽来第三条命案。这不是案子套着案子,箍得紧紧的吗?五天之内如何破得了这样的大案,到时候可是吃不了要兜着走的!"

刘墉:"五天之限,本就是高巡抚有意刁难,要报复前日做寿之事。如今这些案子一件件地逼上来了,又都出在咱江宁府上,咱能破得了是咱们的造化;破不了呢,咱们就打道回到咱老家山东去。这官做与不做都是件小事,只是不能眼看着让他巡抚大人变着法儿地刮地皮敛钱。"

张承感动地提起包袱望着老爷说:"老爷!"说罢,转身退下。

刘墉:"张承,明天一早老爷还要出去,你把那郎中衣服和药箱等物都准备好!"

金陵街头,刘墉手摇串铃,背着药箱,从人群中走过,嘴里不住地喊着:"三代祖传秘方,包治人间百病。卖药来!卖药来!丸散膏丹,样样俱全!"

人群中有两个身穿便服的差役,见到有算卦的人,便紧紧地跟上去。其中一人假装拥挤,故意撞那算卦人一下,等看清被撞之人是个陌生面孔,不是刘墉时,便丢开,另去追逐其他的算卦人去了。

刘墉走进一条狭陌的短巷,手摇串铃,口里高喊:"瞧病来,瞧病!我有三代祖传秘方,包治人间百病。外治跌打损伤,内治五痨七伤,小儿痞积厌食,妇女月经不畅。我张天师走遍五湖四海、九州八镇,还没有遇到过我治不了的病呢!"

一个院门打开,从里面走出一个三十多岁的女人,生得黄头发黑脸，肩宽体胖，但却涂抹得妖里妖气。如若夜里撞见，她会把人吓个跟头。那妇人朝刘墉招招手说："先生过来！你会送祟吗？"

刘墉："不就是驱邪送鬼吗？你算是找对了！我干这一行当，比那开方子、下药还要灵呢？提起我张天师的名字，天地人三界，没有不知晓的。"

妇人："那好！那好！我家丈夫像是撞着什么鬼了，这两天里迷迷瞪瞪的胡言乱语，人事不省。先生进去给瞧瞧吧！"

刘墉："行啊！"说着随妇人走进院内，进了堂屋。

妇人搬来一把竹椅，让刘墉坐在床前，然后一指床上说："这就是奴家丈夫，两天来一直就是这个样子。"说着掀开被子，只见一个年近四十的汉子，直眉瞪眼地躺在床上，满脸络腮胡子，因为多日没有梳洗，更显得乱蓬蓬的，如同一堆枯草。他鼻孔一闪一闪地喘着粗气，嘴里嘟嘟囔囔地说着谁也听不清的胡话，但有几个字却在不断地重复着："别缠我，短命鬼！"

刘墉拉过病人的手，为他诊了一阵子脉，说："这脉浮得很！忽上忽下，是血迷于心，气憋于肺，阳气衰微，邪气内侵。这样再拖几天，可就难救了。"

妇人捶着床沿哭着说道："我的天呀！你怎么得了这么个病，你这是怎么了？里外图的是啥，弄得性命难保呀？"回过头来，又望着刘墉说："先生呀，你行行好，快把他身上的邪气给除除吧！他若有个好歹，我可怎么活呀？"

刘墉："他身上的这股邪气，说穿了就是阴魂附体。你听他，嘴里不是老在念叨：'别缠我，短命鬼！'"妇人闻听大惊，说："这可怎么好？"

刘墉："无妨！你买些黄表纸、朱砂和白芨来，我给你画几道符，烧一烧，就能把这短命鬼魂从他身上驱散。"

妇人:"那当然好! 你若真能把我丈夫的病治好,我情愿拿出五两银子谢谢你。"

刘墉有些吃惊地问:"五两?"

妇人只当刘墉不信:"先生,你放心,说给你五两就给你五两,我有银票在这里。"说着翻箱子取出一沓子银票,从中抽出五两一张,放到桌上,说:"等你把我丈夫的病治好,我立即付给你这银子。"

刘墉:"那好,你就去准备黄表纸和朱砂等物吧! 越快越好,这病是一刻也拖不得的!"

妇人:"好,我这就叫人给买去。"说罢走了出去。

刘墉站起身来走到桌前,拿起那银票看,只见上面印着"太原府恒升永钱庄"的字号。他看过又把银票放到桌上,心里不住地琢磨着。

妇人拿来黄表纸、朱砂、毛笔、白芨等物说:"先生,都准备齐了!"

刘墉打开那一大张黄表纸看了看,说:"还行。可用! 可用! 请把你家剪刀之物拿来,我好把纸裁开。"

妇人找来一把剪刀,既缺口又锈钝。刘墉用手摸了摸刀刃,啪地放在桌上说:"这剪子如何能用? 莫把纸裁破了! 一有破损之处就不灵验了。"

妇人想了想,说:"我给你找一把快刀来。"说着打开柜子,找出一把鱼皮鞘刀来。刘墉接过刀来仔细地看了又看:先把刀鞘拔下来看那刀尖,果然是冷光逼人。他用手摸了摸刀口,满意地点了点头。回头又细看那刀背,只见上面锻铸着"并州"二字。翻到另一面,令人出乎意外的竟然发现有"长保"二字。刘墉看了,眼光一阵发亮,脑海里闪现出男尸胳膊上刺着的两行字:"一年长吉庆,四季保平安。"他思忖:这中间的两个字,不就是"长保"吗？莫非死者名字就叫长保？

刘墉用刀子裁好了纸，把刀递给妇人，于是便用笔蘸着朱砂，云三雾四地胡乱涂抹了一阵子；然后停下笔来问道："你家丈夫叫什么名字？这符上要写上他的大号，才好保佑他祛邪扶正，平平安安。"

妇人："那是！那是！奴的丈夫姓李行四，人都叫他李四，大名叫李永生。"

刘墉就在符的正中写上"李永生"三个字。写着写着，他又停下笔来问："附到他身上的短命鬼，名字是否叫长保？"

妇人闻言面目改色，战战兢兢地说："先生你这是……"

刘墉："这是从脉相和色相上看出来的。阴魂附体，总要有记号。"

妇人更加吃惊地望着先生："先生，你，你……"

刘墉："这没有什么，为的是把名字弄准确了，写到符上才更灵验。"

妇人半吞半吐地说："我一个妇道人家，不知道外面的事，不知道他招来的是什么地方的鬼！先生既然诊得出来，就依先生所见写上去吧，只要能把他的病治好就行。"

刘墉刷刷点点很快就把几道符画好，随手递给妇人说："你去把这些符，在他的床前和院心里烧了，那鬼魂就会从这里离开。"

妇人深信不疑地将符接过来，先在丈夫床前烧了一道，嘴里不停地念着："短命鬼，快离开！"接着又到院心和大门口各烧了一道，嘴里还是不断地念叨着那句话。

妇人回到屋内，刘墉对她说："现在，我就给你念驱鬼咒吧！念过之后，你家丈夫就会好的。他好了之后，明天早晨一定要到城隍庙去谢恩，口念：'李永生感谢神仙救命之恩'三遍。如果不去,他的病就会好而复转,轻而复重。"

妇人:"先生你就念吧。他若是好了,我叫他明天早晨一定去城隍庙。"

刘墉故作神仙的样子,掐着指头,念着咒语,绕着床头,不断走动。当他绕过三遍之后,来到李永生眼前,猛地击了李永生一个大嘴巴子。这一击可不同寻常,李四由于受到外界的强刺激,头脑中的精神混乱病症,一下子就被匡正过来,开始清醒了。

李四慢慢把眼睁开,头一句话就是:"孩子娘,快把门关上!快把门关上!"当他把目光对准刘墉,知道屋里坐着一个生人时,立刻坐起来,惊疑地问:"你是谁,为什么到我家来?"

妇人:"这是我给你请的先生,是他画符念咒才把鬼魂驱走,救活了你的命的。"

李四:"先生手段高明,我李某深谢了。"

刘墉:"没有什么,你好好休息,等明天一早要去城隍庙里谢恩!"

李四:"孩子娘,先生劳累了半天,你就从柜子里给他拿五百个大钱,让先生早些回去歇息吧。"

妇人:"我有言在先,先生如能把你的病治好,我愿拿出五两银子谢他。"

李四吃惊地说:"什么,五两银子? 五两银子! 孩子娘,你是不是说错了? 咱家哪里有五两银子!"

妇人:"我已从柜里将五两银票拿出来,那不,放到桌子上呢!"

李四:"咳,那是我借别人的,马上就要还给人家。先生这样吧,我这里一时手头紧,拿不出太多的钱。我先付给你这五百大钱,待过几天手头宽裕了,再把余下的钱给你补送过去。"

刘墉听了哈哈大笑,说:"那就不用拿了! 等你日后把钱凑足了,再一总送来吧!"说着背起药箱,向门外走去。

刘墉回到江宁府衙内书房,张承服侍老爷将郎中衣服脱掉,换上官服,然后送上茶来。刘墉叫张承速去将承差陈勇唤来,有急事召唤。刘墉换过衣服,疲倦地倚靠在座位上,他的眼前,还是在李四家时的一幕幕景象。

陈勇进来打躬道:"大人唤我,不知有何吩咐?"

刘墉:"明日清晨你去城隍庙里埋伏,但见有一个四十来岁、口称李永生的人去还愿,你就将他捕获带到堂上,老爷要行急审。他是此案的要犯,不知明天能否从他身上有所突破。好了,你先下去吧!"

陈勇退下后,刘墉从案柜里取出案卷一一翻看,又从竹篮里抓了几粒铁蚕豆,放一粒到口中,含了半天也没咬破,气得他一口吐到地上,说:"呔,好硬的家伙。"

刘墉又让张承召朱文进来。朱文上来打躬说:"大人唤我?"

刘墉:"朱文,衙后土地庙里放有一蓝布包袱,你去把它取来,拿回到家里之后再打开看! 这又是一桩奇案,你须在两日之内把有关案犯找到!"

朱文无可奈何地问:"大人,此事叫小人如何去办?"

刘墉:"朱文,你过来,听老爷吩咐!"朱文走到桌案前,刘墉又悄声地吩咐了一阵,朱文不住地点头。正在此时,张承走上,说:"老爷,巡抚差人送来帖子。"

刘墉:"传他进来!"

朱文退下,张承带巡抚差役上。

差人:"小的拜见知府大人! 抚台让小的给大人送来帖子,请大人查收。"说着将帖子呈上。

刘墉展开帖子,但见上面写道:"江宁知府刘墉台鉴:闻道贤契任职以来,日夜操劳,旰宵不宁,以致积劳成疾,贵体欠安。本宪心实不安,明天特在衙内略备小筵,为贤契消烦驱劳,恢复元气,望万勿推辞。江苏巡抚高,即日。"

刘墉拿着帖子半天没能说出话来。

原来,高巡抚一直派人打听刘墉这两天在做什么?听说他称病拒不见客,就知道他又微服私访去了。他派人在算卦的人当中寻找,寻了两天也没找到。他忽然明白过来,这五行八作的,谁知道刘罗锅子这次出去会装扮成什么呢?总不能只盯住算卦的吧。情急之中,他就想出了这么个一箭双雕的主意:以抚慰刘墉因公操劳,身体不爽为由,请他明日到抚台衙门来休息半日,拖住他一天,看他五日之内怎能破得了案!

假山石旁一座玻璃花厅,面临清清池水,背靠叠翠巉岩,鸟语花香,茂林修竹,巡抚就在花厅内备下小筵,慰劳江宁知府。

巡抚:"刘知府如此操劳,为公尽职,以致积劳成疾,很使本宪不安。今日本宪略备小筵,希望刘知府能够尽洗劳顿,共得浮生半日之闲!来人呀,献上酒来,我们今日要一醉方休才好!"

刘墉:"多谢抚台美意,但卑职实在身体欠佳,力不胜酒,难承美意了!"

巡抚:"不能多喝就少喝点儿,但这礼数却是不能省去的!"

刘墉:"不知抚台大人今日设下什么礼数?卑职恐怕身体不支,难以尽数完成呀!"

巡抚:"好说!好说!座上的人都要一句诗一杯酒。只需把一二三四五六七八九十,这十个数都嵌在诗里就行了。其次嘛,各报出自己祖籍省份的几种花名,并说出其好处。最后一项,也是今日请知府来消闲的主要内容:就是一同欣赏日前外国使臣送来的一对珍稀动物,其名曰海豹,实为国内之少见。此物能在水中做出许多游戏,甚是可观!"

刘墉:"抚台大人真是无量雅兴,令人佩服!佩服!"

众人都笑着附和道:"大人雅兴,世间罕见,令人佩服!佩服!"

巡抚:"过奖了,过奖了!那么这第一道礼数,就从本宪这里开始了。来人呀,斟上十杯酒来!看老夫能否过了这一道关?"家人过来斟上十杯酒,巡抚端起一杯说:"一行白鹭上青天!"说过,他一饮而尽。接着又拿起第二杯曰:"两个黄鹂鸣翠柳。"一饮而尽之后,又拿起第三杯,想了想说:"烽火连三月。"又一饮而尽。接着又举起一杯,想了半天,才勉强地说出:"四季保平安!"

刘墉:"这句可不是千家诗呀!"

巡抚:"咱就不限于千家诗、万家诗的了,是诗就行。"

刘墉点头说:"是诗就行。"

巡抚:"是诗就行。"接着又拿起一杯想了想,说:"五陵贵族子,双双鸣玉珂。这句可是千家诗了。"

徐书办:"好雅!好雅!亏大人想得出。"

巡抚又举起第六杯,想了想说:"这六……六出祁山可是诗?"

刘墉:"大人,无论如何这戏名,总算不得是诗吧!"

巡抚想了又想,最后又给添上了几个字,说:"六出祁山出英才。"

陈书办:"添得好!续得好!"

巡抚有些黔驴技穷了,急头酸脸地说:"七、七,这七擒孟获可算诗?"

徐书办忙着为他打圆场说:"算诗,算诗。"

巡抚举起第八杯来:"八千里路云和月。……九、九霄云外别有天。"

刘墉:"此两句出何大雅!"

徐书办："大人出口成章,真是难得英才,英才!"

巡抚举起最后一杯说:"这是最后一杯,总要说得妙些呀,这十……乾坤到十洲。"

陈书办："这是杜工部的诗,出自《玉台观》,亏得高大人想得出!"

徐书办："难得,难得,十分地难得!"

巡抚："老夫总算过关了! 不容易,不容易呀! 下边你们就依次而来吧!"说罢,用手一指徐书办等。

徐书办："下面请陈先生来。"

陈书办："请徐先生来。"二人推让了半天,刘墉坐在那里,十分地不耐烦。

巡抚:"二位书办先生,互相推让不下,依刘知府看,当何人为先是好呀?"

刘墉:"二位同是书办,职务上不分高低,不好裁定,那么就依姓氏而定吧。"

二人同时诧异地说:"依姓氏如何裁定?"

刘墉:"你姓陈,他姓徐,那就你先陈说,他随后徐来吧!"

巡抚哈哈大笑,说:"解得好! 断得妙! 不怪刘知府上任以来,连破数桩奇案,果然胸中自有韬略。"

陈书办:"既然让我来先陈,那我就陈一陈吧!"侍者连倒了十杯酒,陈书办笑了笑说:"恐怕用不了十杯酒!"众人疑惑地望了他一眼,只见他举起一杯说:"一封朝奏九重天。"

巡抚:"好! 好! 一语双关,有一又有九,果然用不上十杯酒了。"

陈书办:"说起来大人不要见笑,小人的这衣和酒,也还是全仗抚台大人恩赐的呢!"

众人哈哈大笑,徐书办也称赞说:"陈书办的这一语双关说得妙，十分的妙！"

陈书办又举起酒杯来说："野花怜爱两三人。对不起，小人以两代二了。"

巡抚："也使得！也使得！"

陈书办举起酒杯又说："秋水才深四五尺。"

徐书办："是出自杜甫的诗《南邻》。"

高巡抚："好，好！这南邻、北邻，可都是一些可用之人呀！"说着，用手指了指陈、徐二人。二人得意地笑了笑。

陈书办举起最后一杯酒说："请别见笑，我就用下边一句压轴了：凭栏十里菱菏香。"

刘墉："难得，十分地难得！"

徐书办："果然不错！下面就该小的献丑了。"

侍者为其斟过十杯酒来，徐书办举起一杯说："一事无成两鬓丝。恕我也用两代二。"

刘墉："可以，可以！二和两是一个意思。就拿眼前来说，你们两个书办，也就是二位先生嘛！"

巡抚："比喻得好，比喻得好！"

徐书办举起酒杯又说："笛弄晚风三四声。"大家又是一番称赞。最后，徐书办举起杯子说："请原谅，我就用下边一句诗收场了：与梅并作十分春。"吟过，将杯中酒一饮而尽，笑向众人说："啊，献丑了！"

巡抚："都不错，不错。下边就请刘知府了！"

侍者过来给刘墉斟了十杯酒，刘墉："不用这许多！不用这许多！"说着举起杯来，望着湖畔，略微地沉吟片刻。

刘墉用手揽过四杯酒，然后一指说："我只要此四杯就足够了。"说着饮第一杯道："一去二三里。"接饮第二杯说："烟村四五家。"饮第三杯道："亭台六七座。"又饮第四杯说："八九十枝花。"

席上众人莫不愕然,刘墉笑说:"我已说过,下官有病在身,不能多饮。"

巡抚:"行了,行了,第一道礼数就这么过去了!下面开始轮第二道礼数了。我们请各报自省花名,哪位先说?"陈书办:"那就还是我来先陈吧!"众人都会意地微笑。陈书办说:"我是闽省人。在座诸公都知道,福建的水仙是最有名的,婀娜多姿,通身灵气,又在岁寒之时开花,春节之际献瑞,实在是花中难得之珍品。此外,本省还有梅花、茶花、杜鹃,就其风韵,就其品格来说,也都是诗人从古说到今的,无需小人在此一一赘述了。"

巡抚:"是的!是的!"

徐书办:"小人生在赣省。江西的菊花和莲花都是最最有名的了,周敦颐先生是在江西星子县写下了《爱莲说》,他的那名句'出淤泥而不染,濯清流而不妖',真正是脍炙人口,家喻户晓的了!陶渊明在九江柴桑口,写出'采菊东篱下,悠然见南山'之句,也是为天下人人所传诵的。"

巡抚:"是了!是了!说到我省,祖籍河南洛阳,盛产牡丹。这是诸位都知道的!"

陈书办:"洛阳牡丹甲天下,何人不知呀?"

徐书办:"牡丹乃花中之王。以花而论,自然是抚台大人品尊位高,我们自然皆都甘拜下风了!"

巡抚:"刘知府,该你的了!"

刘墉:"卑职就没得说了!"

巡抚:"虽然如此,也要说说你们山东呀!山东有什么好花呀?"

刘墉:"山东没有什么太有名的花,有的就是高粱花子。"

众人皆都不屑一顾地重复着说:"高粱花子!"

刘墉:"是的,高粱花子。此花虽然不甚名贵,但实为珍贵,

111

实在顶用。我省九府一百单八县。千百万人皆都仰仗此花而生，依赖此花而存，靠这朵花出徭从戎，保家卫国，繁衍子孙后代。此花虽不善附会风雅，但却是我等的衣食父母呀！"

众人皆都默然，讪讪欲语而又不能。巡抚勉强地干笑了两声，说："好了！好了！这第二道礼数也算过去了。下面就请各位齐来欣赏海豹吧！来人呀，将海豹引到池子这边来！"

几个家人前面的用食物引导，后边的用棍棒驱赶，不久便将两头海豹引到面临花厅的池子这边来。家人不断地向池水里丢食物，海豹出水抢吃食物，有时象人似的行拜礼，在水中做各种游戏动作。家人抛下彩球，海豹用头顶着彩球玩出许多花样。众人观之无不开颜，甚至捧腹大笑，唯有刘墉焦急，烦躁，坐立不安。

巡抚已经默默观察到了，但只是装作不知。刘墉几次欲向巡抚辞行，但都欲言又止。巡抚忽然转过头来说："刘知府，你来辨认一下，这两头海豹何者为公，何者为母呀？如若能够辨认得出，咱们第三道礼数也就算过去了。"

刘墉审视了一会儿，说道："母的旁边是公，公的旁边是母。"众人皆都愕然地露出钦佩的目光，刘墉趁此机会向巡抚深打一躬说："卑职就此告辞了！衙内实在事繁，还有几桩案子等待本府回去审理呢。"说着转身退出，巡抚无可奈何地望着两位书办，一阵哑然。

池水里，那海豹仍然在忽上忽下地悠然自得地戏耍着。

李四怔怔地坐在床边，李妻一边收拾桌上的碗筷一边说：

"饭也吃了，茶也饮了，你还不去城隍庙还愿呀？"

李四迟迟疑疑地始终坐着不动，李妻不耐烦地说："我说，你这是咋的呀，你还想找病呀？昨天那位先生画符念咒地算是把你的病治好了,你也亲口答应,要去城隍庙还愿,咋又犯疑惑了呢?我告诉你说,昨天来的那个先生可是灵,一个嘴巴就把你打好了,你若是不信他的话,不去城隍庙还愿,先生可说了,你这病可就要再犯,到时候不单是你一个人被那短命鬼缠住,这个屋子也要闹邪,不能再住下去了。”

李四终于犹豫不决地站起身来,李妻赶忙将一个猪头和一沓烧纸递到他的手里,一边用手推他说:“去吧,去吧,早去早回来!”

李四离家向城隍庙走去。当他来到官井之前时,脸色不由得刷地一下变了,两眼恐惧地直望井口,像躲避瘟疫似的,远远地绕开官井,心中胆怯地走进城隍庙里。他将猪头摆到供桌上,从案桌上拿了三炷香点燃之后插到香炉里,然后跪下来将烧纸点着,一边焚烧,一边念叨说:“城隍老爷大显神通,保护弟子全家安宁,没灾没病!有灾也能消除,家神野鬼都不能作祟;有病也能治好,逢凶化吉,遇难呈祥。弟子现在给你还愿,到年根底下,我再给你献上更大的猪头。弟子李永生说哪做哪,决不翻悔食言!”

刚说到这里,早已藏在里面的陈勇,听到李永生三个字,立时像猛虎一样扑上去,刷拉一声从怀里掏出锁链,抓住李永生的胳膊就给锁起来。

李四一阵愕然,等醒过味来,立即高声嚷道:“你们是不是看错人了?我叫李永生。”

陈勇:“抓的就是李永生,你看这是知府大人下的传票,我在这里已经等候多时了。”

李四:“你一定是搞错了!我李四一不杀人,二不放火,三不贩毒,四不拐卖妇女,你们抓我干啥?”

陈勇:“是对是错,我们在这里也说不清楚。你要是想活命,就老老实实地跟我走,到了大堂之上就一切都明白了!刘大人断案如神,有事没事,他一眼就能看清。您呀,现在就先委屈一点儿,戴上锁链,跟我去见刘大人吧!"

陈勇说着,牵着李永生从城隍庙里走出,直奔江宁府大堂而来。

刘墉坐在正堂上,两个差役押李四上堂。李四马上跪倒,说:"小民李永生给大老爷叩头。"

刘墉:"李永生,城隍庙前官井中的尸体可是你扔进去的?你害了几条人命,一一从实招来,免得皮肉受苦。"

李四:"大人,此事从何说起?小民一辈子从不做伤天害理之事,怎么会平白无故伤人!一条人命尚且不敢,何况几条?"

刘墉:"好你个刁民,抬起头来,你看看本府是谁!"

李四抬头一看,在"爱民如子"的堂匾下面,坐着昨日到家里看病的江湖郎中,不由大吃一惊,说:"你,你,你莫不是那卖药的郎中?"

刘墉:"李永生,本府问你,那位太原府的商人长保,你是怎样将他害死的?"

李四更加吃惊,战战兢兢地说:"老爷,你怎么知道他是太原府商人,名叫长保?"

刘墉:"大人我能明察秋毫,像你干这样罪恶滔天的事,岂能瞒得过本府的眼睛。你现在若不从实招供,再要花言巧语狡辩,必先打断你的狗腿再说。"

李四恐惧地说:"小民一定从实招来。那天晚上,表弟长保由山西太原来到我家,说是往回采办商货。我见他所带的银票很多,就见财起意,用酒将他灌醉,用斧头将他头颅击碎,趁着天黑,偷着将尸体背到城隍庙,丢到官井里。小人自以为神不知,鬼不觉,谁知回到家里,就看见表弟从外面进来,缠住我不放。

不是老爷为我驱邪打鬼,我恐怕至今还在昏迷之中。小民自知有罪,理应杀人偿命。"

刘墉:"我问你,官井中那个美人头你可知道?"

李四愕然:"官井中又有何人头?小民实是不知。那日丢尸入井之后,小人就一直昏迷,外面发生何事,小民一概不知。"

刘墉思忖了一下,只好一拍惊堂木说:"来人啊,先把李永生押进死牢之中!"

朱文提着蓝布包袱从外面回到家中,妻子王氏迎过来,见丈夫手里提着个沉重的包袱,高兴地说:"你怎么也知道惦记着家了!天都这么晚了,还买回这些吃的东西!"

朱文:"哼,吃的东西?只怕你红口白牙,吃不进去!"

王氏:"啥东西我吃不下去?"

朱文:"这是知府刘大人的恩赏,可是件贵重东西。"

王氏惊喜,连忙伸手去解包袱。朱文把手往下一按说:"不是那么简单的事。我说,你可要大着点儿胆子!"

王氏:"怎么,还怕把我吓着?"

朱文把手一松说:"差不离,你打开看吧!"

王氏开始小心谨慎地解开包袱,打开蒲包。她手还未触及里面的东西,立时惊叫一声,向后退了两步,半天才喘了口气说:"哎呀,我的妈呀!你从哪里弄了个死孩子?"

朱文:"我不是跟你说了吗?是刘大人恩赏的!"

王氏莫名其妙地问:"刘大人恩赏你这个干什么?"

朱文:"我也暗自琢磨。刘大人从路上捡了个死孩子,衙里的差役那么多,他为啥不赏给别人,偏偏要赏给我呢?"

王氏:"看你能耐呗!"

朱文:"我琢磨来琢磨去,也是这个理。必定是刘大人看我去句容捉拿钟自鸣有功,心想,他朱文能在万人丛中把个不知家乡住处的钟自鸣找到,功劳不小呀! 现在,就把这个没主的死孩子赏给他吧! 看他能不能在这几十万人的金陵城里,把死孩子的父母找出来。"

王氏:"那你就是功上加功了! 再赏,就不是个死孩子,恐怕要赏个大死尸了。"

两人都笑起来。朱文说:"那倒也不会! 只是眼下这事,就很缠手。你看这死孩子,是用盐腌的,你说,是啥样父母,会狠心做出这样事情呢?"

王氏又走到死婴跟前,将那死孩子拿出来仔细地察看,琢磨了半天,说:"依我看这是个私生子。一般人家,就是生下来时孩子死了,也舍不得用盐把孩子腌起来。那是自己身上掉下来的肉嘛!"

朱文:"那你说,这个人把孩子腌起来做啥?"

王氏又看看死婴,用手触动了几下后说:"他是想把这孩子保存下来,怕时间长了腐烂了。"

朱文点点头说:"有道理! 到底是你们妇道人家心细。"他又用手挠挠头皮说:"可他为什么要保存个死孩子呢? 让我到哪里去找这个人呢?"

王氏:"刘大人在哪里捡到这个孩子的?"

朱文:"在莲花庵附近。"

王氏:"这就是了!"

朱文诧异地问:"咋的?"

王氏:"你想,私生子大都生在什么地方?"

朱文笑说:"可也是! 你说,我该咋办?"

王氏:"那你就学着刘大人的样子,到莲花庵一带常去走走呗!"

高名远坐在巡抚衙内书房的太师椅上闭目养神，两个美貌女子为之扇扇子，另一女子为之捶背、捶腿。

家人走进来报："老爷，陈书办来见，说有吏部文书传到。"

巡抚眼皮不睁地说："让他进来。"

家人："是！"退下后，领陈书办进来。

陈书办："启禀大人，今有吏部文书下到本省。"巡抚仍然眼皮不睁。陈书办又接着说："让把本省各道府州县令尹的吏治政绩，迅速考核一遍报送到部。"

巡抚睁开眼睛，颇为得意地说："正是时候！已经是三天了，他刘墉恐怕是冷手抓热馒头，一个角也没撬起来。我们正好趁此机会，将他参奏到部里去！"

陈书办："大人，听说他今天已经抓到一个凶犯了。"

巡抚大吃一惊："什么，抓到一个凶犯了？这么说，这个案子又让他给破了？实在令人可恼！"

陈书办："不过这只是其中一案。因为刘墉在官井中打捞美人头尸体时，无意中又捞出一具男尸。现在抓住的，只是杀害男尸的凶犯，至于那美人头，仍毫无下文，甚至连那女的尸首都还没有找到呢。"

巡抚："怎么又叫他把那个杀害男尸的凶犯抓到了呢？"

陈书办："听说又是通过私访寻到的线索。他扮成个卖药的江湖郎中。"

巡抚："什么，他又改成卖药的郎中了？去叫人，紧紧盯住街上卖药的郎中！"

陈书办："是！"退下。

在繁华似锦的金陵街头上，人烟如织，店铺林立。人群中有手摇串铃、背着药箱子的江湖郎中走过，一名乔装的差役紧紧跟着,走到他身后,故意撞了一下。郎中回头,差役一见不是刘墉,连忙赔礼说:"对不起! 对不起! 人多相撞,实在不是有意的。"

前面又有一手摇串铃的郎中走过,差役被人流阻拦,一时跟不上,眼看郎中就要消失在人群中,他不得不急中生智地高喊:"先生,卖药的先生!"

朗中闻声止步,回过头来问:"哪位唤卖药的郎中?"

差役假作跛足地走过来说:"先生,我这腿扭伤了,不能走路,你可有药治?"

郎中不屑一顾地笑了笑,说:"小事一段。"说着打开药箱从中取药。

在离莲花庵不远处的一条小街上,有一家小小的酒馆,字号名叫"杏花村小店"。坐在酒馆里,就可以望见莲花庵旗杆上飘动着的杏黄色旗帜。

朱文穿着上下一身青布褂裤的便装,腰中系个褡包,手里摇着一把大蒲扇,呼扇呼扇地走进了酒馆。小酒馆里也没几个客人,有的都是些就着几碟小菜喝老酒的穷主顾。朱文拣了个亮堂的地方坐下,伙计连忙过来说:"客官,想吃酒?"

朱文:"有什么好酒? 女儿红最好,就来上一斤女儿红吧! 另外,再选几碟好的小菜配上来!"

伙计很快就把朱文要的酒和小菜端上,朱文刚要端起盅子喝酒,打外面像流星似的进来一个汉子,进屋直奔朱文走来,老远就打招呼说:"朱大哥,你今天怎么这么闲,跑这小酒馆里来喝闷酒?"

朱文:"你又想混盅酒喝?"那人嘿嘿一笑,憨憨地站在那里,说:"谁叫咱们过去是老邻居来着!"

朱文伸手相让说:"喜子,那就过来坐下吧。"

喜子不好意思地走过去，在朱文身边坐下。朱文招呼伙计说："请再拿过一盅一筷。"

伙计口喊："好哩！"很快就把盅子、筷子送过来。喜子迫不及待地拿起酒壶为自己斟上一盅，又为朱文盅内加满酒，然后笑嘻嘻地说："朱大哥，最近衙门里的事忙吧，老没见你出来？"

朱文："如今换了个新知府，是打京城里下来的刘墉刘大人，公事上样样上心，我们这些做下人的，也只好跟着瞎忙活了。喜子，你现在又做什么买卖了？"

喜子叹口气说："不瞒你朱大哥，我是黑虎星照命，时运背极了！说古论今，我可好有一比呀，就像是那渭水河边钓鱼的姜太公。"

朱文："你好大的口气！还想比谁啊？"

喜子："我不是比他拜将封神时候的威风劲儿；我是比他在朝歌城里做买卖时的丧气劲儿。那时候，他是贩粮粮亏，贩布布赔，贩来猪羊又禁宰杀。后来无奈何，凑个小本钱买一箩筐白面，又遇上一阵狂风，把面给吹光了。无可奈何地仰天长叹一声，乌鸦又拉了一嘴屎。"

朱文："你不至于这样吧？我金陵乃是六朝胜地，怎可与那朝歌相比呢？"

喜子："朱大哥说得自然极是。不过，咱金陵城虽然不比朝歌，可近来的稀奇事儿也不少！我赵喜子虽然没叫乌鸦拉一嘴屎，可也遇到跟乌鸦拉一嘴屎一样恶心的事儿！

朱文："什么事儿，叫你这么恶心？"

喜子："前天我肚子不好，天刚发亮，我就被屎给憋醒了，赶紧穿上衣服跑出去，顺着我家房山头跑到莲花庵庙后。"说着，他用手一指说："那不，就在那块空场地上，刚刚蹲下拉屎，就见打远处走过来一个人。从背影我就认出来了，他是在鼓楼那儿掌鞋的王皮匠。我心想,他怎么跑到这个地方来了,还起得这么早?我正在心里琢磨着,就见他挑着个担子来到一棵大柳树下,担子上一个蓝布包袱呱哒一声掉在地上,他毫无察觉,照样不管不顾地走他的路,而且很快就走远了。我没等把屎拉完,提着裤子就跑过去,想看看王皮匠把什么东西掉下了?也许该着我发个小财?谁知道过去一看,真是丧气透了!那包袱里面竟是一个死孩子!"

朱文:"死孩子!那你怎么了?"

喜子:"怎么了?我又照样包好给他放那里了。就这,也够丧气的了!这还不算!你猜怎么着,那死孩子竟是用盐腌过的!"

朱文:"什么,用盐腌的?是谁做损干这坏事!喜子,你说的那个王皮匠,是不是就是在鼓楼大街估衣铺门前的那个?好像我也在他那里掌过鞋。"

喜子:"是他!他的鞋掌得不错。"

朱文告别喜子后一路走来,看看将到鼓楼,便从道边上捡起一个碗碴子,将脚上的靴子划开一个口子,然后挨门查看,果然在估衣店前坐着一个掌破鞋的,掌鞋的箱子就放在身旁。

朱文走到跟前说:"师傅,你看我这靴子能掌吗?"说着坐在旁边矮凳上,将靴子脱下,递给掌鞋的。

王皮匠接过来看看说:"行,只划破了个口子,我给你缝上两针就行了。"

朱文:"那就有劳师傅了,我正忙着有事,你就先给我缝两针吧!"

王皮匠:"好说!好说!"说着就拿过锥子和针线,为他掌起靴子。王皮匠一边掌着靴子一边问:"上差,都有什么公事,这么忙,把双靴子都踢破了?"

朱文不由得一惊,看看自己这身衣服,青衣青帽,一身便装,并没有什么破绽,怎么就被王皮匠给认出来了呢?连忙赔着笑脸说:"师傅,你咋知道我是当差的?"

王皮匠:"咳,每天在这街口上转,哪府的公差没见过呀?何况大爷就是咱本府的承差,怎能不认识呢?前几天我亲眼见你跟着知府刘大人去城隍庙前官井里验尸!"

朱文:"咳,官身不由自主呀!一天到晚叫老爷支使得脚后跟不沾地!"王皮匠理解地点头说:"是呀,干哪一行也不容易!"朱文接着说:"你说吧,多跑点道儿也没啥!谁叫咱是干这个来的。可昨儿个碰见一档子事,真叫人丧气!也不知道是哪个缺德的,丧了良心,把一个蓝布包袱丢在地上,叫我们大人路过时捡起来了!"

王皮匠吃惊地问:"在什么地方?"

朱文:"在莲花庵后面的大柳树下!我们大人捡起包袱打开一看,是个死孩子,又全身都用盐给腌了个通红,就动了恻隐之心,让我就近借把锹镐,把孩子给埋了。大人说毕坐轿走了,把这活儿可就都丢给我这当差的了。没办法,我只好跑到附近住户人家里借到锹镐,挖坑把孩子埋了。这还不算,还得按老爷吩咐给他起个小坟头!你说我丧气不丧气,这不是平白无故找了个小祖宗吗?"

王皮匠同情地说:"也是你的运气背!那包袱是我丢下的。"

朱文打量着王皮匠的模样说:"我说老师傅,瞧你这个岁数,也不像是那拈花惹草的年龄,这孩子该不是你私生的吧?"

王皮匠听了笑着放下手中的活儿,用手摸了摸满脸胡碴儿和一脑袋抬头纹说:"我倒想来呢,只是咱没那个福分呀!一辈子只和猪皮牛皮打交道,还没贴过一次女人的肚皮呢!不怕大爷你笑话,我直到而今还是个真童子呢!世上有哪个女的,愿意嫁给一个掌破鞋的？"

朱文："那你从哪弄来个私生孩子？还把他腌得个血点红？"

王皮匠："那不是我弄的！刚才不是跟你说了吗？我若是真有那么个小祖宗，我还不把他供起来，还舍得用盐腌起来？"

朱文："可也是。那是哪来的？"

王皮匠："偷的。"

朱文吃惊地问："偷的？只听说人家偷钱、偷米、偷东西，没有听说有偷死孩子的！"

王皮匠："唉，说起这事来，也跟你大爷一样，叫人窝火、丧气！就在对面那条横街不远，有个鞋店，是张三歪子开的。这人是个有名的青皮、无赖，身上就像涂了一层鱼鳔胶，粘谁给谁粘下一层皮来。他让我给他修理过几次鞋，总共欠下十几吊钱，去要钱时他总是推，一晃已经有一两年了。前几天我去讨钱，又碰上他的浑劲儿，白惹了一肚子气。我心里窝火，就私自溜进他的后屋，想偷件东西顶我的账。于是，我就从柜子底下把那个蓝皮包袱给找到了。真他娘的，拿到外面一看，里面竟然包着一个死孩子！送是送不回去了，只得自己搭工夫丢到了大柳树下！"

朱文："看起来，这个张三歪子还真不是个东西！老师傅，我实话跟你说了吧，我们刘大人，就是真对这个死孩子产生了兴趣，想通过这个死孩子治治那些伤风败俗的事。他让我下来，就是要抓那个孩子的爹和娘的，现在既然访到了准主儿，我就过去抓住他归案。"

王皮匠："我看这么办不妥！这孩子是我从他家偷出来的，他要来个死活不认账，说他家根本没这东西，你能把他怎么着？"

朱文："可也是，我倒没有想到这一层。依你说该怎么办？"

王皮匠："我看只能这么着！"他小声说了一个主意，朱文听了不住地点头。

　　鼓楼附近的一条横街上,坐北朝南有一家店铺,挂着三尺匾额,上书:"知足鞋店。"门框两边贴着一副对联:"生平不但要知己,为人而且要知足。"横批是"知足常乐"四字。

　　王皮匠走进知足鞋店,伙计们说:"王师傅来了,请里面坐!"王皮匠绕过柜台从角门走进里屋。张三歪子一见是王皮匠来了,立即满脸怒气地站起来说:"王皮匠,你怎么这么下流,亏你的钱咱们还钱,你别偷人家的东西呀!"

　　王皮匠故意激他说:"我偷你什么了?"

　　张三:"你不用鼻子眼里插大葱——装象了。你趁我去库房里找东西的工夫,将我衣柜底下那个蓝布包袱拿走了。算你倒霉,那里边不是什么好东西,是你后姥爷给你生的个小舅舅。可惜,生下来就死了! 不然,你还得给他养老送终呢!"

　　王皮匠:"我说张三歪子,你怎么张口就骂人呀?"

　　张三:"骂人? 我骂你还是小事呢,惹急眼了,我还要动手打你呢! 我告诉你说:那玩艺儿在你手里没有用,在我这里用处大着呢。你给我偷去了,不是坏了我的大事吗!"

　　王皮匠:"什么大事?"

　　张三:"这么着,你把那东西还我,我也不白麻烦你,送你一吊大钱。"

　　王皮匠:"也行,你跟我去取吧!"

　　张三:"好。"说着就同王皮匠从角门里走出,绕过柜台。二人刚迈出店门几步路,王皮匠向站在门后的朱文递了个眼色,朱文马上从褡包里取出锁链,哗啦啦地套在张三的脖子上。张三恼怒地说:"你这个当差的,太不讲道理了! 我买卖人又没杀人,又没放火,又没偷税漏税,你捕我做什么?"

　　朱文:"张三歪子,你别狗戴帽子——充好人了! 你腌制死孩子的事儿已经犯了，知府大人下令捕你去大堂归案呢！"

张三歪子满脸急火地嚷道："我腌制死孩子怎么了？碍着你们官府什么事了？"

朱文："碍得着我们官府什么事了？你到大堂上去与老爷说理去！"说完牵着锁链哗啦啦地把张三歪子带走了。

刘墉坐在江宁府正堂上，一拍惊堂木喝道："来人，带张三上堂！"朱文押张三走上堂来。

刘墉："你是知足鞋店的张三吗？"

张三："小人正是！不知大人传小民上堂，有何查问？"

刘墉："朱文，去取那个蓝布包袱上堂！将包袱打开，让张三过目！"

朱文走去取过蓝布包袱上堂，将包袱打开，露出死孩子。

刘墉："张三，你过去看看，这个包袱可是你的？"

张三看过包袱后说："正是小人的，前天被鼓楼前的王皮匠给偷去了！"

刘墉把惊堂木一拍说："这个孩子既然是你的，你就应当好好把他掩埋了，为何用盐腌制起来？大大有伤风化，实在令人可恼！你这样做目的何在？"

张三胆怯地说："大人有所不知，小人开的鞋店，是租用本街孙寡妇的房子。她看小人开的鞋店生意还好，房租就每月往上提。小人心里有些气愤，就找来这个死孩子放着，她一来催要房租，我就把死孩子拿出来讹诈她，说是她私生的。她是个寡妇，顾忌名声，就不敢再声张要房租了。"

刘墉："为何要腌制起来？"

张三："一个死孩子不腌制起来，能保存多久？我用这方法已经讹了她三个月的房租钱了，要不是被王皮匠偷去，我还想继续使用呢。"

刘墉一拍惊堂木:"大胆刁民!在这青天白日、国泰民安的日子里,你竟敢使用这种无赖手段去讹诈民财,实在令人可恼!来人呀,拉下去打二十大板,再拉上来审问!"

张三:"大人饶命,这二十大板子非把小民打得皮开肉绽不可!"

众差役上前一拥,将张三推拉下去,一边说:"少废话!"不久又将他推拉上来时,张三歪子已经是一步一跛了,口里还不住地喊:"大人冤枉!大人冤枉!"

刘墉:"你想皮肉不再受苦,就老老实实招来:这个孩子你是与何人私通,生下来的?"

张三一边抚摸屁股,一边说:"回禀大人,这个孩子不是我的!不是我的!是别人送的!"

刘墉:"胡说,别人怎么会送个死孩子给你?"

张三:"回大人话,我有一个把兄弟,名叫张立,是个缘秀才,家中颇有些资财。前几个月,他找到小民,说有一事相求。我问他何事?他说有个孩子生下来就死了,让我找个地方偷偷给埋了,千万不要声张出去,并且送给我二两银子。我一见这个孩子,心中立即有了主意,把他拿回家就用盐腌制了起来。回头对张立说,已经埋起来了,让他放心。"

刘墉:"你这个吃里扒外的东西,毫无礼义廉耻可言,不怪人都叫你张三歪子!我来问你,你知道张立是从哪里弄来这个死孩子的?"

张三:"这个,小人当时可是没敢细问。但据我想,是他与人私通所生下来的。"

刘墉:"与何人私通?"

张三:"小人实在不知,不敢胡说。"

刘墉:"哼,给我滚出去! 以后不准你再耍这样刁猾无赖,欺诈良民了!"

张三:"是,小民谨遵大人教诲!"

刘墉:"退堂。"

金陵秦淮河畔夫子庙附近,有一朱红大门,两扇宽大的门板上书有两行字:"忠孝传家广,诗书继世长。"门前两旁各有一个石狮子和拴马桩子。书办何英顺着浑浊的秦淮河一路逶迤地走来,走至朱红大门门前,用手敲门。里面走出一个家人,说:"你来找谁?"

何英:"我是对面新开张的那家店铺掌柜的,贱姓凌,名字叫起,想要求见你家老爷张秀才。"

家人:"好,我去给你通报。"说着,走进院内,不久反身回来说:"凌掌柜请进。"

家人将何英领进正房。何英:"小人凌起,参见秀才老爷。"

张立:"免了。凌掌柜请坐,不知来到寒舍有何事商量?"

何英:"小人新近在这附近开了个店铺,想求张秀才一方墨宝,给我写副对联张贴出去,好为小店增添点儿光彩。润笔之资,小人已经准备好了。这是五两银子,不成敬意!"说罢,掏出银子摆到桌上。

张立见了银子眉开眼笑,说:"凌掌柜,不知贵号做些什么买卖?"

何英:"小本经营,也做不了什么大买卖,只开了个豆芽菜店。"

张立吃惊:"卖豆芽菜的?"他望了望银子,又望了望掌柜的,沉思了半天,说:"来人呀! 拿文房四宝伺候!"家人闻言,转身人内取出笔墨和两副大红纸联。张立摇头晃脑,迈着方步走到桌前,略微沉思了片刻,提笔蘸墨又磨蹭了半天,写道:"长长长长长长长,长长长长长长长。"

家人说:"老爷,还没有横批呢?"

张立精神抖擞,提笔一挥,立即又写了四个字:"长长长长。"何英看着对联念道:"长长长长长长长,长长长长长长长(一律读作 cháng)。横批是:长长长长(一律读作 cháng)。"

何英:"秀才老爷,这副对联恐怕贴不出去。外人看了,岂不要笑话本店,说我是个糊涂掌柜的配上个糊涂先生,都长(读 cháng)到一块儿去了吗? 秀才老爷,你就给换一副吧,这副实在难以贴得出去!"

张立:"凌掌柜,我实话对你说了吧,这是一副绝妙的对联,它的好处无穷,只是你不会念。"

何英:"秀才老爷见笑,小的虽然读书不多,但这几个字总还是认得的。哪有连个长字都不会念的呢?"

张立:"你认是认得,可是你念得不对。"他洋洋得意,倒背着手在屋里走了几个方步,故意拿腔作势地说:"这个嘛,我跟你说……"

家人匆匆走上,说:"启禀老爷,知足鞋店的张掌柜说有急事要见你。"

张立:"他来干什么?"他迟疑了一会儿又说:"让他进来吧。"

家人下去后,很快领张三进来。张三见到何英,但没有认出来,直向张立说:"相公,昨天发生了一桩事情,特地赶来相告。"说着,望望桌上放的银子,又望望桌前站着的何英,欲言又止。

张立察觉其意,忙向何英说:"凌掌柜,你先把对联拿回去再琢磨琢磨。这绝对是一副绝妙对联,而且与你的豆芽菜店铺有关,你拿回去贴上,保你的生意越做越红火!"

何英看张三急得抓耳挠腮地站在那里,只好收起对联向张立施了一躬说："好,我就拿回去琢磨琢磨吧。多谢秀才爷,我告辞了!"家人送走何英。

张三:"你让他琢磨什么?"

张立:"一副对联。我保证他一辈子也琢磨不出来。"

张三对此毫无兴趣,急忙转过话题说:"相公,大事不好了!你交给我的那个死孩子,我没有埋,只是随意丢到莲花庵后的大柳树下,现在已被江宁府太守刘大人给发现了。昨天把小人传去过了两堂,屁股也给打肿了。"

张立大吃一惊:"你没有供出我来吧?"

张三难为情地说:"小的吃刑不过,只好实话实说了。"

张立更为吃惊:"啊!你这不是害我吗?你想,我乃是缘秀才,比不得你一个买卖人,怎能做这种伤风败俗之事呢?我既已经托付了你,你就该替我兜着才是呀!"

张三:"可是大人一再追问我和何人私通?你想,我除了家里那个丑老婆之外,任何一个女人都没摸到过,还能和什么人偷情?这种事情是我一个人能够兜得了的吗?因此我只好交待说是你托我掩埋这死孩子的。"

张立想了想,也觉得有理,态度稍微和缓了一点儿,说:"是呀,也很难怪你!可是,当下该怎么对付呢?那刘大人肯定要来传唤我的。"

张三想了想,说:"此事人证物证皆在,抵赖是抵不了的,当下唯一的办法,就是和那女子说清楚,让她一个人担当过去就完了,以后再重谢她。"

张立想了想,点点头说:"事到如今,也只好如此了。可是这话我怎么好去说呀?"

张三:"相公只要多拿出些银两,小的愿凭我这三寸不烂之舌,一定能够把那女人收买下。再说,此事对一个风流女子来说,也算不得啥大不了的事嘛! 但不知这个女人是谁?"

张立犹像了一阵,对着张三附耳说出一个名字,张三狡猾地笑了笑。

张立:"来人呀! 拿五两银子出来。"

很快家人将五两银子取出,张立又把桌上何英送的五两银子合到一起,对张三说:"张三,这是十两银子,请收下,余下的事情就全拜托你了!"

张三揣起银子,高兴地说:"你放心吧. 一切事情都包在我张三歪子身上,我这就告辞了!"

两座旗杆分立庙门左右,杏黄旗迎风飘摇。张三歪子一路欢欢喜喜地向莲花庵里走去。他来到庙门前,用手拍打了三下,妙修从里面走出,一见面便满面春风地说:"张掌柜,今天怎么有工夫到小庵来随化?"

张三歪子奸诈地望着妙修,不怀好意地发出淫邪之声道:"平日里无缘结识庵主,乃我平生憾事,今日总算找到了个机会,难免要在这里多唠叨几句了!"

妙修感到他话中有话,试探地说:"佛门圣地,讲的是参拜修行之事。张掌柜乃红尘中的大忙人,有八方进财的事缠绕,恐怕,一时间的心还静不到这里来。"

张三歪子又瞟了一眼标致的妙修,说:"只要能同庵主结缘,就是在这里修道悟禅个三五日,小的也是高兴的! 什么四方生意、八路进财,还不都是身外之物! 比起结缘庵主,都算不得什么!"

妙修已听出这人不怀好意,便转身走进观音大殿,双手合十地站立在神坛的一侧。

张三歪子闹了个没趣,只好跟在后边,从神坛上取过一炷香来,就着烛火点燃,插到香炉之内,然后在蒲团上拜了三拜,口中念道:"菩萨有灵,但愿能保佑每天为菩萨诵经打坐的人,平安无事,不惹人间是非!"

妙修听了心中一动,抬眼望了望仍然跪着的张三歪子。张三歪子磕过了头,站起身来,从怀中掏出了八两银子放到布施台上。妙修震动,不得不走过去说:"施主,难得你有如此厚意,贫尼实在不敢领受,但不知施主有何愿求?"

张三歪子狡猾地笑了笑,说:"怎么,庵主觉得这钱太多了?"

妙修:"实在是太重了,小庵难望有此厚施!"

张三歪子:"实话说吧,这银子是我代人送来的。说起此人,庵主自然知道,就是夫子庙前的缘秀才张立。"

妙修浑身一颤,没有说话。

张三歪子:"他说了,这区区银两,只是向庵主表示的一点儿小小歉意! 希望庵主遇事能够多多承担一些,日后必将有厚报!"

妙修:"贫尼不解。"张三歪子:"既然如此,那就恕我直言了! 三个月前,你还记得有个私生的小孽种吗?"

妙修脸色通红,不由得叫了一声:"张掌柜!"

张三歪子更为得意:"不错,是有人将那小孽种交给了我张掌柜。也是我张掌柜时运不济,或者说是时来运转,那个小东西被我收留下来,没有按照你们的吩咐埋掉,而是用盐腌制起来了……"

妙修:"什么? 你把孩子用盐腌制起来了?"说着,两个眼圈发红,不由得流出泪来。

张三:"我也没有什么别的歹意,就是想用这个死孩子去讹诈我的寡妇房东。她怕招惹是非,只好忍气吞声不要房租钱了! 我就用你身上掉下来的这块肉,作了挡箭牌,赚了三个月的房租钱。谁知好事难长久,那天趁我不在的工夫,王皮匠把死孩子给偷走了,不当心又丢在了大柳树下,后被知府刘大人给发现了。这个知府可是个死难缠的人,左调查右调查,居然被他查到了失主,把张秀才给抓住了。"

妙修:"什么,抓到了张秀才!他全部招认了?"

张三歪子:"人心是铁,官法似炉。不招之人也得招认呀!"

妙修:"好个气死人的小冤家,可坑害了我了!"

张三歪子:"我想坑害了你事小,坑害他一个缘秀才,事情可就大了。私宿庵庙,通奸女尼,这不就整个地把他的功名前程给弄丢了吗?"

妙修想了想,点点头说:"是,有道理! 只是我……"

张三歪子:"所以我这次来,就是想求庵主多施些方便。桌上那八两银子就是张秀才让我带给你的,只求你多多替他掩盖掩盖。只要躲过了这一关,不把功名丢掉,日后他还能忘了你吗? 张秀才家财万贯,拔下根毫毛也就够你的腰粗了。"

妙修越听越觉得有道理,便说:"愿听施主教诲。"

张三歪子悄声对妙修耳语了几句,妙修连连点头,说:"就遵照施主所教好了。"

张三歪子奸猾地笑了。从庙中走出时,他用手摸了摸怀中剩下的二两银子,走过一段路后还掏出来看了看。

一副对联摆在桌案上,刘墉仔细琢磨着,何英在一旁站立。

刘墉:"何书办,你知道这副对联的关键在什么地方?"

何英:"卑职一直没有看出来。"

刘墉:"关键就在这长字是个多音字,它的妙诀就在于那个多音的读法上。现今,再结合着你的豆芽菜铺子,它就应当读成:长(cháng)长(zhǎng)长(cháng)长(zhǎng)长(cháng)长

（cháng）长（zhǎng）；长（zhǎng）长（cháng）长（zhǎng）长（cháng）长（zhǎng）长（zhǎng）长（cháng）。"

何英："那横批呢？"

刘墉："横批是：长（cháng）长（zhǎng）长（zhǎng）长（cháng）。"

何英："大人，你真是才思敏捷，超过常人呀！"

刘墉："不要过誉了！何书办，你在他家里还看到了什么？"

何英："有张三歪子急急忙忙跑到张立家去，说有事要告诉他，因见我在屋里，又把话吞回去了。"

刘墉："一定是同他商量私生子的对策。咱们注意要把渔网丝丝扣紧，谨防鱼儿跑掉了！"

何英："是。"

何英又来到张立府前敲门，家人出来，何英说："请去通禀一下，就说新开张的豆芽菜店凌掌柜的求见。"

家人："请稍候！"进去片刻出来说："老爷有请。"

何英随家人走进屋内，向张立打躬说："小人给秀才老爷请安来了。"

张立："凌掌柜，你的生意怎样了？"

何英："小店今天开张，秀才老爷的对联已经贴出去了，招来四方过客。"

张立："怎么，你已经琢磨出来了？那上联怎么念？"

何英："长（cháng）长（zhǎng）长（cháng）长（zhǎng）长（cháng）长（cháng）长（zhǎng）。"

张立："那下联呢？"

何英："长（zhǎng）长（cháng）长（zhǎng）长（cháng）长（zhǎng）长（zhǎng）长（cháng）。"

张立："横批？"

何英："长(cháng)长(zhǎng)长(zhǎng)长(cháng)。"

张立大吃一惊："噢!"

何英："老爷,你猜怎么着?我站在那儿对着观望对联的人们这么一念,好家伙,那是一片喝彩之声啊!都说这对联写得好,是个大才子。这一下子小店可增光了,买卖登时就红火起来了!"

张立得意地说："真是这样?"

何英："那还有错!都说是千古奇才,神来之笔,可以与前朝的唐伯虎和谢缙相比。因此上,小人特意来请秀才爷赏脸,到小店那里去坐一坐,给小店增增光。"

张立益发得意地说："来人呀!侍候老爷更衣。我去凌掌柜的店里坐坐,片刻便回。"

家人上来,服侍老爷换上新袍子。张立又走到铜镜跟前照了照,观影自怜,自觉得是风度翩翩,无可挑剔了,便对何英说："走吧,凌掌柜的!"

何英："好,小人头前带路。"说过,两人走出堂屋,穿过庭中甬道,家人开了大门,走到了门外。刚走出几步,朱文迎过来说："张秀才,豆芽店你就别去了,先去知府大堂吧!"

张立大吃一惊说："什么?去知府大堂,为什么?"

朱文："老爷犯事了!若不看老爷是缘秀才,有功名在身,"说着,用手一拍褡包里的锁链说："早就给老爷套上锁链了!"

张立生气地说："胡说,我秀才读圣贤书,行仁义之事,怎么就能犯了王法?要我去公堂何干?"

朱文："老爷,不要在这里生气,触没触犯王法,等一会儿到了公堂,便一切都知道了!"说着掏出传票,递给他看道："这是知府大人签发的传票!"

刘墉坐在江宁府正堂上,差役两旁伺立,他一拍惊堂木说:"带张立上堂!"

差役:"带张立上堂!"朱文带张立走进。张立深施一礼说:"学生张立拜见老父母!学生在家闭门读书,不知老父母唤学生来有何指教?"

刘墉左右地打量了站在下面一身风流倜傥的张立,说:"张立,日前本府在莲花庵后拾到了一个包袱,不知道你认不认得。来人呀!将包袱递给张秀才看!"

朱文:"是。"说着将包袱打开放在张立面前。

张立面色惊慌,思量片刻。不得不招认说:"是小人的!"

刘墉:"你是个缘秀才,不好好读圣贤之书,而去眠花宿柳,做出这等污辱斯文的事,实在可恼!本府马上发文给学台,着他革去你的功名!"

张立:"大人息怒,是学生一时失于检点,惹出这许多是非。还望大老爷多念学生十年寒窗之苦,宽恕学生这次!"

刘墉:"哼,不成体统!张立,我问你:这孩子是你与何人私通所生?"

张立:"大人容禀!学生因一向乐善好施,便常到各寺庙里走动,因慎于检点,与莲花庵里女主持妙修也有来往,而且过往较厚,但并没有越礼之处。她前两个月曾让学生代她将一死婴拿出去埋葬,我也曾拒绝于她,说读书人不便介入这种肮脏之事,平白无故拿出一个无父无母的死婴去埋了,岂不叫人说三道四。后来她苦苦相求,说不看僧面看佛面,施主如能悄没声地帮她了却了这桩事,以后定会重重报答。是我一时糊涂,就答应了她……"

刘墉:"一派胡言,亏你编排得如此圆滑!我问你,这个死孩子真的与你无关?"

张立:"确实与学生无关！学生的过失,就是不该为她埋尸灭迹。"

刘墉:"难以令人相信。来人呀！先将张立押回去,待本府查清后再做处理！"

差役:"是！"两个差役走上前来,将张立推下。朱文也将包袱收拾起来。

刘墉:"来人呀,带妙修上堂！"

差役:"带妙修上堂！"差役押解妙修走进堂来,妙修跪下叩头道:"贫尼拜见知府大人！"

刘墉:"妙修,方才张立已经供认,那个死婴是你所生,让他带出去埋尸灭迹的！"

妙修面色绯红,低下头来说:"时至今日,小尼在大人面前已不好掩饰了。那个死婴确实是小尼所生！"

刘墉:"好个妙修！你一个出家人不守佛门教规,苦心修行,却去招蜂惹蝶,偷情私会,做些伤风败俗、破坏佛门声誉之事。你知不知罪？"

妙修:"小尼知罪！万望大人看在我父亲武总兵的面上,宽恕小尼这次！"

刘墉:"妙修,我来问你:你这个死婴系与何人私通所生？"

妙修满腔羞愧地低下头来,沉默不语。

刘墉:"是否与秀才张立？"

妙修:"不,不是！"

刘墉:"那你为何竟敢抛头露面地去找那个秀才张立给你埋尸？"

妙修:"大人呀！这是小尼一时糊涂,病急乱投医的举动。那天生下孩子之后,我是又惊又怕,一怕玷污佛门,在这清净之地万一叫人见了,可不是件小事！二怕被什么人碰见,借此讹诈,小尼哪里有钱答对,因此就急于埋尸,见到张秀才来庙进香,就立即将死婴托付给了他!"

刘墉:"那么,这个孩子的父亲到底是谁?"

妙修低头含羞不语。

刘墉一拍惊堂木说:"快快从实招来!"

妙修含羞地说:"罪过,罪过,连小尼也不得而知。曾与小尼私会的人很多,哪能够记得起呢?"

刘墉:"你与那张立到底如何?"

妙修:"张秀才实在是并无失礼之处。"

刘墉:"哼,本府现在也不来细究你这些风流孽债,只是先把孩子还你,拿回去好生地把他埋了。他大小也是个生灵,怎能腌制成个腊肉干,让人当成玩物,抛来抛去! 身为佛门之人,你难道不觉得是桩罪过吗?"

妙修:"是罪过! 小尼愿意马上拿去掩埋了!"

刘墉:"来人呀,去把包袱拿来,还给与她!"

朱文:"是!"转身退下,不多时,提出一个蓝布包袱来放在地上,妙修就要提走。

刘墉:"且慢! 你打开看看,是不是你抛弃的那个死婴?"

妙修当堂把蓝布包袱打开,又解开蒲包向里一看,不禁大惊失色。原来里边不是腌制的那个死婴,而是从官井里打捞出来的美人头。

刘墉:"妙修,你可认得此人?"

妙修故作镇静说:"不认得! 小尼足不出戒坛,腿不跨山门,怎能认得红尘中有如此美人?"

刘墉一拍惊堂木说:"大胆刁民,还想抵赖? 来人呀,带李永生上堂!"

差役:"带李永生上堂!"两个差役押解着戴着枷锁的李永生

上堂。

刘墉："李永生！本府要你从实招供，你那个山西来的表弟长保，是只身一人前来，还是带着家眷？"

李永生："听表弟长保说，随他一起到金陵来的，还有他的一个刚过门的妻子名叫素贞，是太原总兵武老爷的妻侄女。因为临来时受武总爷所托，要到莲花庵里看看她的表姐，也就是武老爷的二姑娘，现在名叫妙修的师父，因此一到金陵，表弟长保就将她送到莲花庵里居住去了。"

刘墉："你可曾见到过此女？"

李永生："罪民没有见过。"

刘墉："好，押下去！"

差役："是。"将李四押下去。

刘墉："大胆的妙修，你现在还有何话可说？"

妙修："青天大老爷，小尼实在冤枉！这个囚犯完全是一派胡言，莲花庵何曾有俗人来，更不要说有小尼的表姐、表妹了。大人如若不信，可去传唤庵中厨娘老净，一问便知了。"

刘墉："一味狡猾抵赖，明明有人证物证，还想蒙混过关！来人呀！先将这个狡徒押进牢内，等老爷明天再审！"

众差役："是。"赵武抢前一步，提起妙修跟趄走下。

刘墉坐在江宁府后衙书房里的饭桌旁吃饭，张承在一旁看着。他原以为老爷有两大碗面条就足够了，但突然又听到老爷吩咐说："张承，再给老爷拿两个硬面饽饽去。"

张承吃惊地问："老爷，今天的饭量怎么这么大？"

刘墉："今天老爷夜里要出去办事，因而要把夜里的饭份也带上。"

张承："老爷，肚皮可是有限的，你这份晚饭不如带到手里，饿了再吃,揣到肚子里可不大好受用呀!"

刘墉:"胡说!夜间里老爷的那个角色是动弹不得的,怎能随便吃东西呢?"

张承莫名其妙地又进去给老爷端出来两个硬面饽饽,朱文也随他一起进来,深打一躬说:"大人,召唤小的有何吩咐?"

刘墉一边吃着饽饽,一边说道:"你来得正好。天黑之后,你带领几个人去到城隍庙里,把城隍、判官和鬼卒的泥像都搬到屋外,妥善地藏起来。"

朱文:"是,小的回去马上照办。"说罢退出去。

张承:"老爷,放着这么急的案子你不管,让人搬这庙里的泥像干什么?"

刘墉:"这个你就不懂了,还是把碗筷都收拾起来,老爷今晚已经把两份饽饽都揣进肚子里去了。"说着站起身来用手拍了拍自己的肚子。

何英、陈勇走进来,二人打躬说:"参见大人,不知召唤小的有何差使?"

刘墉笑了笑,指着桌前的两张椅子说:"你们先坐下来,听老爷说。今晚这个差事有些特别:咱们即刻就要离开阳间,到阴间去一趟,而且我们三人同去。"

陈勇:"大人,小的实在不好理解!"

刘墉:"很好理解!现在你们过来,听老爷我详细地吩咐与你。"二人俯首过来,刘墉悄声地对他们讲述了一遍。二人面露喜色,不住点头说:"行,这个主意好!"

刘墉:"那你们就回去分头准备吧!下去后,立即通知赵武,让他到我这里来!"

陈勇:"是!"说过二人转身走下。

刘墉又在屋内踱来踱去,有时脸上露出狡黠的笑容。工夫不大,赵武走了进来,打一躬说:"拜见知府大人,不知呼唤小人来此,有何差遣?"

刘墉:"今天半夜子时,你把妙修从监牢里提出来带到城隍庙里锁到供桌脚下! 注意,别让她趁机跑了!"

赵武:"大人放心,我一定把这件事办妥,决不会叫那小尼姑跑了!"说罢转身退下。

夜色漆黑,星光微芒,朱文带领几个差人手提灯笼走进城隍庙。朱文将供桌上的蜡烛点燃,然后又从供桌上取下一炷香就着烛火全部点燃,插到香炉里,跪到地上祷告说:"城隍老爷,弟子不敬,只因我家大人要借用一下你老人家的位子,想在阴世间里作威作福一阵,今天夜晚就请你老人家暂时走下神坛,回避一下。万望你老人家不要生气! 待事成后,弟子一定拿来猪头、猪蹄、馒头、粉丝等重礼来谢!"

说罢站起身来,与几个差人走到神坛上,将城隍、判官和鬼卒的泥像一个个搬走。

赵武提着灯笼走进女牢,禁头迎上来说:"赵大爷,深夜到我牢里来有何公干?"

赵武从怀里掏出牌子递给他道:"奉大人之命,要把犯人妙修提走。"

禁头:"黑夜提审,还没听说有此先例!"

赵武:"我说禁头,这话你可就说得离谱了。上头的事,自有上头来管,你我都是当差的,当的就是个差,磨道上的毛驴——听喝而已。上头怎么喝喊,咱们就怎么转悠,说得上什么白天黑夜?"

禁头:"赵大爷说得有理,我这就叫人把妙修提出来!"说着走出去,不一会儿有个女禁押着妙修走过来,禁头跟在身后,说:"赵大爷,人,这算是交待给你了!"

赵武接过锁链,试着提了提,又仔细地打量了一番妙修。妙修此时虽然身在囹圄,但仍风韵犹存,见赵武不住地上下打量自己,狠狠瞪了他一眼,随着便把头紧紧低下。

赵武拍拍妙修的肩膀说道:"那就走吧!"

妙修:"哪里去?"

赵武:"到地方你就知道了。"

妙修一阵惊悸,以为是赴刑场,几乎全身瘫软,不由得斜依在赵武身上。赵武洋洋自得,拉了一把妙修说:"走吧,俗话说,发昏挺不过死呀!"说完扯着锁链,往外就走。妙修只好步履蹒跚地在后面跟随。

两个人出了牢门,一前一后走在灯火阑珊的金陵街头,店铺皆已关门,只有几盏路灯发出幽昏浑浊的光芒。秦淮河水黑黝黝的如同墨汁一般,静静流淌,二人从桥上走过,下望河水,几颗微芒的星星像鬼火似的倒映在墨黑的河水里。

赵武牵着妙修,走过了几条街道,听到梆敲三更,便回头说:"时辰到了,我们该进去了!"

妙修恐惧地说:"进哪里去?"

赵武:"到地方你就知道了!"

城隍庙沉浸在漆黑的夜里,周围是一片死一般的寂静,夜风吹动一株老槐树发出瘆人的沙啦沙啦声响。

赵武牵着妙修顺着台阶一步一步往上走,推开庙门,走进大殿里。供桌上的蜡烛行将燃尽,光影幢幢,忽上忽下地跳动,一片阴森恐怖的景象。赵武就着暗淡摇曳的烛光,向台上望了望,只见城隍、判官和鬼卒三尊泥像威严凛凛、怒目圆睁,不禁打了个冷战,不敢再细看,回身便把妙修的锁链锁到供桌桌子腿上,然后坐到蒲团上,找出火石、火镰敲打出火星,对准烟袋锅子抽起老旱烟来。妙修也蹲坐在桌子腿旁。

赵武抽了两口,将烟嘴递过去说:"妙师父,你也抽一袋吧!"

妙修:"小尼不会抽烟。"

赵武听了妙修娇滴滴的声音,禁不住欲火上升,凑过身去,搬动妙修的肩头说:"我说妙师父,你也不必担惊受怕的。你的官司我看是个冤案,焉有像你这样沉鱼落雁、闭月羞花之人去杀人放火的? 是那刘罗锅子胡缠缠,你也休去理他,能够乐一时是一时!"

妙修:"时到而今,我还乐什么?"

赵武:"有道是:芙蓉花下死,做鬼也风流。我们不如就趁此无人之际,及时行乐!"说着,就用手按住妙修的肩头。妙修用手推开,生气地说:"赵大爷!"

赵武:"什么大爷、二爷的! 你就叫我赵武好了!"说着,又扑过去,强行搂抱妙修到怀里。妙修低头,他搬起妙修的头,吧嗒地亲了个嘴。妙修惨叫一声。

刘墉在台上看得清楚,便用脚踢下一个神坛上放着的瓷瓶。瓷瓶落地,哗啦一声响,吓得赵武连忙松了手,妙修也发出一声惊叫。赵武向神殿上望了望,昏暗的灯光下也看不清楚什么,三尊神像,仍如从前一样怒目而视。

赵武又欲伸手搂抱妙修,妙修用手推开说:"还动手动脚,你看神仙都动怒了!"

赵武看了看神坛,犹豫一下又扑过去。刘墉在坛上震怒,不住地跺脚。妙修:"快松开手,神仙老爷不容的!"

赵武色胆包天,搂着妙修不放,又是亲嘴,又是动手要解衣服,一边说道:"管不了那许多了,有你如花似玉在身旁,我已经通身是火,一身是胆了! 什么城隍、土地,就是天王老子来了,也挡不住我了!"妙修一边挣扎,一边惊叫。刘墉在神坛上再也忍不住了,厉声喝道:"大胆! 众鬼役!"

何、陈:"是。"说着走下神坛,上前架起赵武两臂,连拉带扯拖到山门外,按倒在石阶上。没有刑杖,陈勇从门后找来了顶门杠,乒乒乓乓打了二十大棍,直打得赵武皮开肉绽,在地上嗷嗷直叫。有两只惊醒的乌鸦在赵武头上呱呱叫了两声,掠翅飞过。赵武眼望着两个鬼卒走进庙内,自己却动身不了,一直死挺挺地躺在那里。

刘墉坐在城隍位子上继续发威,压低声音说:"众鬼役!"

何、陈伺立两旁,齐声说:"在。"

妙修一阵惊慌战栗,不知身在何处,不由胆战心惊地问:"这是哪里?"

何英:"这是阴曹地府。座上的便是本地城隍,你还不快快跪下!"

妙修更加吃惊地颤抖,连忙跪倒说:"城隍老爷在上,小尼妙修给你叩头。"

刘墉:"妙修,听真,现有被你等害死的冤魂女到本城隍这里将你告了,说你无故将她害死,让她鬼魂至今到处飘零,十分凄苦。她对你万分怀恨,不依不饶,一定要叫你抵死偿命。如今你已被拿到阴司,必须从实招来,你是怎么将你表妹害死的?前因后果,一一交代清楚,稍有半点儿隐瞒,阴世间的刑法可不比阳世,下油锅上刀山都要让你尝一尝! 众鬼役!"

何、陈:"在。"

刘墉:"各种刑具都准备好了吗?"

何、陈:"都已备齐!"

刘墉:"好了,妙修,你都已听真了吧? 现在你便从实讲来! 鬼判在一旁好生地笔录!"

何英:"是!"

妙修在下边思忖了半天,感到再也无法隐瞒,便说道:"城隍老爷在上,小尼不敢隐瞒,一定据实招来。小尼有个表妹名叫素贞,随她丈夫一同由太原来到金陵,受家父之托,到庙里来看望小尼。因她看庵内地方清静,就一直住在庵中,等候她丈夫在外面采办货物,待到货齐,好一起回家。不成想,有一天晚上,城里秀才张立来到庵里⋯⋯"

莲花庵后庵堂里,室内清静素雅,帐床平整软绵,杏黄色软缎幕帷低垂,亮晶晶的银钩垂于两侧。靠窗的条几上摆着厚厚的几大摞子《金刚经》《血盆经》《般若波罗密多心经》等佛家经卷,一只古瓷瓶里插着新剪下来的几枝木棉花,中间还有一个古雅的瓷盆,盆水中盛开着几朵雪白的莲花。

张立坐在桌旁吃酒,妙修坐在对面禅床上,手里拿着一卷经书,两眼却只管望着张立,与他有一搭无一搭地闲话。张立望着穿戴一身闪光的佛门袈裟的妙修,因为斜倚禅床,显得更加妩媚动人,不由心中挑撩起浓厚的情欲来。他望望瓷盆里的莲花,一边随口吟唱道:"天赋香熏似有情,世间何物比轻盈? 湘妃雨后来池看,碧水盘中弄水晶。"

妙修:"你把我比到哪里去了? 哪里就像一朵碧水莲花似的呢?"

张立:"认真地说起来,花还不如你呢!"

妙修:"不要瞎说了,喝完酒就回去吧!'桃花似侬侬薄命,流水是郎郎薄情。'我已皈依佛门,从此不再惹动凡心了。"

张立更加兴奋:"什么凡心、佛心的,一见到你,我的真魂都丢掉一半,只能不顾一切清规戒律,日日饮玉啜香了。"

妙修:"你就不怕?"

张立:"怕什么?"

妙修:"怕你头上那顶方巾,肚子里那堆四书五经?"

张立:"有道是色胆能包天,谁还顾得上佛老是怎么说的,孔孟是怎么讲的?"

妙修:"好个胆大的狂徒、迷了心窍的色鬼!"

张立听了一阵淫笑:"色鬼? 以色为鬼,虽为鬼也很风流!唉,妙修! 你一说倒提醒了我,听说你来了个表妹,就住在庵里,生得比你还要俊俏?"

妙修听了有些醋意:"说你是个贪心的色鬼嘛,果然不错!吃着碗里的,还惦记着锅里的!"

张立:"人性本来就贪,无人能免,所差别的,只不过是所贪之物不同罢了:有人贪财,有人贪位,有人贪名,有人贪利,有人贪权。小人贪的不过是个色字而已嘛!"

妙修半嗔半怒地说:"还'而已'呢?!"

张立:"所以我现在就烦请妙修师父将你表妹请出来,让小生见上一见,就是死了,心也甘了,愿也足了!"说着站起来走到妙修身前,又是施礼,又是拉扯,弄得妙修无法,半气半怨地说:"碰到了你这个俏冤家,真叫人没有法子。"说罢走了出去。

不一会儿,妙修将表妹素贞领了进来。素贞果然是天姿国色,因她戴簪佩玉,施脂抹粉,比那妙修更加光彩照人,撩拨人的心弦。张立见了,早已魂飞魄散,六神不能自主了。

张立:"素贞姑娘,请坐! 请坐!"素贞紧靠表姐坐到禅床上。张立满满斟上一盅酒,伸手相邀道:"素贞姑娘,请过来喝一杯酒! 萍水相逢,难得见上一面嘛。"

素贞:"我和表姐一样,不会喝酒。"

张立:"那就用些小菜。"

素贞:"我已用过饭了。"

张立:"素贞姑娘是从太原来的,听说那里名胜古迹甚多,小生久已倾慕,不知都有些什么动人的地方? 能为我叙说一两桩吗!"

索贞:"小女子大门不出,二门不迈,外面的情景知道得很少。"

张立:"那就讲讲你所知道的吧!"

索贞:"实在是一无所知,让相公扫兴了。相公只管在此饮酒,小女子不奉陪了。"说罢,站起身来走了出去。

张立两眼发直,呆呆地望着素贞移动金莲,款款离去,嗓子眼里恨不能伸出个舌头来,一口将这奇妙的女子吞下肚去。妙修:"还望什么?别把魂给带过去了!"张立:"这魂没带去,倒勾起一身火来。"说着,端起酒杯便向妙修扑过来。他一屁股坐到妙修身边,一只手搂着妙修肩膀,一只手将酒往妙修嘴里灌。妙修躲闪,但犟不过他,终于被他灌进了半盅,呛得不住地咳嗽喘息,脸似桃花一般的红润娇艳。于是,她将头就势扎到张立怀里,张立顺手搂住,将她按倒在禅床上。

禅灯幽暗,明月照到纱窗上,有重重叠叠的竹叶影子映到窗棂上,屋里传出娇嗔淫荡的声音。禅床的帷幕掀开一角,张立坐起来,欠身要下床去。一只白玉一般的手搂住他的腰,妙修躺在床里娇声地说:"不要起来!不要起来!"

张立将她的胳膊掰开,从床上下来。妙修赶忙爬起来抱住了他的腰说:"你不能去!不能去!"

张立已站立在地上,满脸邪气地说:"为什么不能去?"

妙修还是扯着他的衣衫说:"表妹不是那水性杨花的人,她一定会声张起来,到时候弄得大家都没有脸面。"

张立:"我是不见棺材不落泪,不到黄河不会死心的。我这里有迷魂香,不怕她声张。"

妙修:"要是她醒过来呢?"

张立:"醒过来就木已成舟,生米做成了熟饭。她还能够咋样?"说着推开门就往外走。妙修还在唤:"你不能去,不能去!"

天上弯月西沉,夜色朦胧,墙边的一排竹子临风摇曳,发出窸窣的碎语。一个黑影蹑手蹑脚走到窗户跟前,侧耳向里听了良久,随后将窗户纸捅破,将一根点燃的香伸进窗内。

妙修焦急不安地坐在禅床上,两眼呆呆地望着窗棂上的竹影。竹影因风晃动,不时显出可怕骇人的形状,她望着望着,不由用双手捂住了脸,不知是惊恐还是抽泣,两肩不住地抽动。突然,门哗啦一声被推开,张立一身血迹走进屋内。妙修惊叫了一声:"你,你……"

张立:"我把她杀了!"

妙修:"我的天呀!"

张立:"还没等入港,她就醒了过来,又叫又骂,还要去报官。我一时恼怒,就把她杀了,人头已经割下!"

妙修几乎晕倒,说:"这如何得了?"

张立:"你不要怕,我现在就把人头提走,扔到官井里,人不知鬼不觉,什么事都不会出!"说着,快步走了出去。

妙修:"你,你,你先别走,那尸体怎么办?"

张立:"你就挖个坑埋起来吧!"

刘墉坐在城隍庙里城隍座位上,陈勇、何英两旁伺立。

妙修跪在供桌腿前,说:"这就是表妹素贞被害的全部经过,如有半点儿虚假,小尼愿受上刀山下油锅之酷刑。"

刘墉:"鬼判,你已经把妙修的口供全部录下来了?"

何英:"禀告城隍,已经全部录下!"

刘墉:"下去让妙修看过,然后按指纹画押。"

何英:"是!"说着走下殿去,将口供交与妙修看,问道:"你还有什么说的?"

妙修："没有什么说的。"

何英："你就在上边画押吧！"妙修按着指纹，并在上面画了十字。何英接过口供，复又走上神坛，站到原位。

这时外面已经传来了四更梆响，月亮完全沉落，天空被黎明前的黑暗所笼罩。殿内蜡烛的火焰扑哧哧地摇晃了几下，终于哧啦一声熄灭了，眼前伸手不见五指，神坛上的刘墉悄悄站起身，陈勇、何英也脚跟脚地跟着大人从后门蹑手蹑脚溜了出去。

天色逐渐微明，一抹鱼肚白色的亮光在东方天空上透露出来，晨星渐渐隐没，晓风带着湿沉的露水吹拂过来。赵武躺在城隍庙门外台阶上，经过半宿的将息，他觉着好像能够站起身来，于是勉强挣扎起来，连爬带走，爬上了台阶，走到庙门前，用手一推，庙门开了。他跟跟跄跄走进庙门之内，来到大殿上，只见妙修昏昏沉沉地坐在供桌腿前，心里先自宽松了一下，念了一声"阿弥陀佛"。用脚踢了踢妙修说："喂，醒醒，别睡过去了！"

妙修揉揉眼睛，怔怔地望了望赵武，回过头来又向坛上望去，这一看使她大吃一惊，惊呼了一声"呀！"原来这时神坛上已经是空空如也，连一个神像也没有了。赵武也诧异地说："这是怎么回事？"

妙修："我这是在阴间，还是在阳世？"

赵武："胡说八道什么？你这不是看见我了吗？那就是在阳世。昨夜向你讨点儿欢乐，遭你拒绝，还挨了一顿板子！"

妙修："这就是了！你挨的是谁的板子？是阴间的还是阳世的？"

赵武："可也是呀！好像挨的是城隍老爷的板子，他让鬼卒打了我二十大板！不过那不是刑板。是个顶门杠。"

妙修："你怎么知道？"

赵武："我一向是拿板子打人的。还不知道刑板是什么样？

早起我去看那顶门杠，上面还有血迹呢！"

妙修："那么，这些神仙呢？怎么审问完我就一个个都走了？"

赵武："是呀，怎么一个个都走了？"说着他走过去提了提锁链，看看还锁得十分牢固，便对妙修说："你先老老实实地在这儿待着。待我出去看看。"他绕过大殿，顺着山墙走到后院，只见城隍、判官、鬼卒三尊泥像都立在青草棵子里。

这时朱文从台阶前走上来，推开庙门，站到院中高声喊："赵武在吗？"

赵武听到有人喊叫，赶忙走出来说："谁呀？是朱大哥呀！"

朱文："大人叫你提押女尼妙修赶紧到大堂上去。"

赵武："是了！"说罢走进殿内，解开桌腿上的锁链，向上一提说："走吧，回大堂去，大人还等着审问你呢！"

妙修迷惑不定地站起身说："大人，哪位大人？"

赵武："还有哪位大人，知府刘大人呀！"

妙修："真是阴错阳差，神鬼难测呀！"

朱文见赵武一瘸一拐地走路，奇怪地问："赵武兄弟，怎么一夜工夫，腿脚就瘸成这个样子了？"

赵武不好意思地红了脸，遮羞地说："咳，别提了，昨天吃得不对劲儿，拉了一夜，把好人也折腾稀了！"说罢，望了望妙修，妙修低头不语。

张三歪子来到张秀才府上，急急叩门，嘭嘭之声惊动了阖府，家人急忙出来开门。张三歪子急匆匆地问："你家主人可在？"

家人："在。快请进来！"张三歪子急忙随着家人走进院内。张立刚刚起床，闻声正在登靴子，戴头巾。张三歪子毛愣愣地闯了进去,说:"秀才爷,大事不好!"

张立:"何事如此惊慌?"

张三歪子:"昨天夜里,刘罗锅子巧施诡计,假扮城隍,已经套出妙修的口供,招出老爷杀死她表妹素贞的真实情况。江宁府马上就要派兵来捉拿你了!现在只有三十六计,走为上了。老爷快快乔装打扮,随我一起逃跑吧!"

张立:"我这张府万贯家财,也能跟我跑出去吗?"

张三:"我的糊涂相公,命都保不住啦,还恋什么家私财产呢!"

张立左右为难,最后不得不狠心一跺脚说:"时至今日,也只好这样了!"说着去掉头巾,换成青衣素帽,然后对家人说:

"你们好生看守门户,老爷出外躲躲,风声一过,很快就会回来!门户早晚一定要关紧。"

张三:"我的秀才爷,命要紧哪!快走吧,晚一步就来不及了!"

张立:"好,好,就走。"说罢狼狈不堪地与张三歪子逃窜出去。

刘墉升坐在江宁府大堂上,差役两旁侍立。刘墉一拍惊堂木说:"来人,带妙修上堂!"

差役:"带妙修上堂!"赵武、朱文押妙修上堂。妙修跪倒说:"小尼叩见知府大人!"

刘墉:"妙修,你如何勾结秀才张立害死表妹王素贞,要从实招来,免得本府再动用刑具。"

妙修:"大人所说之事,小人实是一概不知。"

刘墉一拍惊堂木说:"大胆淫妇,还敢抵赖!你还记得昨天夜里的口供吗?"

妙修:"昨夜什么口供? 大人昨夜并没有过堂审问呀?"

刘墉:"如此健忘,还敢偷情卖俏、祸害善良! 何书办,把昨夜的供词拿出来给她看!"

何英:"是!"说着走下去将供词交给妙修。妙修接过一看,大吃一惊,疑惑不定地揉揉眼睛,仔细地看了看何书办,又看了看堂上的刘墉,诧异地问:"这不是在阴间的供词吗? 怎么会落到老爷手里?"

何英:"难道你还看不出我是谁? 堂上坐的老爷是谁?"

妙修:"不会就是昨夜的城隍和判官吧?"赵武在旁跺了跺脚,示意妙修省悟。

刘墉一拍惊堂木说:"赵武,昨夜的棒伤可还疼吗?"

赵武连忙跪下说:"大人明察,小的已经知罪了!"

刘墉:"知罪就好,以后一定要痛改前非,否则老爷的板子还要重重地责罚!"

这时陈勇走上前来,深打一躬说:"禀报大人,小人奉命去捕捉张立,想不到他早已逃跑,不知去向了!"

刘墉:"你没有问他家人? 与何人一起逃走?"

陈勇:"小人问过,说是与知足鞋店的张掌柜。"

刘墉:"你同朱文一起,赶紧前去捉拿!"

陈勇:"大路条条,往哪个方向去追呀?"

刘墉:"你可记得张三说过,他是泰兴人? 你过来,听老爷吩咐。"

陈勇走到大人跟前,刘墉悄声吩咐,陈勇不住点头。

张三带着张立,跌跌撞撞地奔走在草木丛生的荒野里。

张立:"张三哥哥,我们这是投奔哪里? 我实在走不动了!"

张三:"秀才真是无用!"

　　二人又急急忙忙地向前奔赶。张立问："前面还有多远？"

　　张三："没有多远了，前面就是江汉子，在那里如果能找到渡船，我们就可以过江直奔瓜州了。"

　　眼前是一片莽莽苍苍的芦苇荡，风吹芦苇叶子沙沙作响，二张喘喘吁吁逃到那里。张三歪子左右奔跑，不断打着呼哨，寻找渡船，但寻了半天也不见有船的踪影。

　　张立无可奈何地扶在一棵歪脖子小柳树下，叹息地说："芦花明月无人渡，天要绝我呀！这时，芦苇丛中忽然蹿出一叶扁舟，艄公打着呼哨而来，张立闻声马上奔过去。艄公招了招手说："风波浪里有飞舟！快上船吧。"

　　张三扶着张立登上小船，艄公用篙一点，小船嗖地一声离岸，从芦苇中蹿出，奔向烟波浩渺的江上。张三歪子站在船头，用手帕拭着额上的汗珠，脸上露出笑容说："总算逃出虎口了！"

　　小船向长江对岸飞驰而去，不久便到了瓜州古渡。船将要靠岸，迎面飞来一艘官船，不偏不倚将小舟给拦住了，从船上嗖嗖跳过两个人来，正是陈勇、朱文。二人一抖锁链，陈勇说："我等奉刘大人之命，已经在这里等候多时了！"

　　张立、张三歪子惊慌失措，抖成一团。陈、朱将二张戴上锁链，牵到官船上，然后喊了一声："开船！"官船立即向对岸开去。朱文笑向张立说："怎么样？秀才老爷，跑了一天也没跑出刘大人的手心吧！"

　　一乘四人小轿抬到巡抚辕门之前停下，刘墉从轿内走出，迈步踏上台阶。从门里走出巡捕官，迎上来说："是刘大人吗？"

　　刘墉："烦请进里面通禀一声，说江宁知府已经侦破城隍庙美人头一案，犯人口供皆都在此，今日特来向抚台销那五日之限！"

巡捕官:"刘大人少候,待我前去通报。"说着回身走进辕门。去不多时,陈书办走出说:"抚台大人身体不爽,命卑职出来代接案卷,改日抚台大人定会亲自接见刘大人。"

刘墉无可奈何,只好将案卷交出,说:"这是此案的全部案卷,有烦先生……"

陈书办:"我一定立即呈上。"转身欲退。

刘墉:"先生,这里还有一个折子,请也代为呈上。前些日子,吏部下来文书,让考察各道府州县的吏治功绩,本府奉命对所辖十个州县做了全面考核,其吏治情况皆详述在折子之内了。"

陈书办望了望刘墉,脸色阴沉地接过说:"好,我也代为呈上。"

刘墉:"那就有劳先生了。"说过转身退坐到轿中。

高巡抚翻看刘墉送上的案卷和折子,越看火气越大,啪地一声拍了一下桌子,然后站起身来道:"岂有此理!"

陈书办小心地劝解道:"大人,何必动如此大的肝火!"

巡抚:"这个刘墉也太狂妄了!他将十个州县的吏治都考成中下,并要参奏撤掉其中的八个!"

陈书办:"什么,十个县令他要给撤了八个?"

巡抚:"如此嚣张跋扈,难道他真的就是如此的难缠,无法治他了吗?"

陈书办亦作难地抚额沉思良久,说:"卑职倒有一策,可以去掉这个屐头。"

巡抚:"先生有何良策?"

陈书办走近前悄声地对巡抚说,巡抚不住地点头。

第三部　夜困恶虎村

　　刘墉坐在后衙书房的桌案前翻阅案卷，张承拿着一封家信走进来。夫人在信中说，家里已经安排妥当，她不久就将要到金陵来。张承高兴地乐得直拍手，有夫人在身边照料老爷，他身上的担子可就轻省多了。刘墉心下里倒是不很同意，因为他们新来乍到，任上的刑名、钱粮、吏治，各项事体还都没有理顺，而要在此时此刻就平地刨坑地安下一个家来，又需用多少银子？再说夫人又是千金贵体，也没有理由让她跟着在这里吃粗咽糙，靠萝卜缨子和小豆腐就饭。两人越商量越觉得不大妥当。正在这时，忽然外面响起鼓声，刘墉立即放下家信，说："张承传令下去，说老爷即刻升堂！"

　　刘墉升坐江宁府大堂，差役两旁侍立。

　　刘墉："何人击鼓？立即带上堂来，本府要当堂审理！"

　　差役："将击鼓人带上堂来！"一个五十多岁、一身村民打扮的老汉走上堂来，跪倒在地说："小民拜见知府大人！"

　　刘墉："你为何事到本府来击鼓鸣冤？"

　　村民："小老儿姓周，名顺，家住江宁县，周家村。几天前，小老儿带着小女儿周月英去她姥娘家看戏，路过恶虎村时，猛然间打对面来了几个人，见小女生得容貌端正，立即夺过缰绳，牵着小女骑的毛驴就走。小老儿上前去阻拦,被他们推倒,七手八脚痛打了一顿。等到小老儿从地上爬起来,小女和毛驴已经连影都不见了!"

刘墉:"大天白日,朗朗乾坤,竟有这样公开抢劫民女的人?周顺老汉!"

周顺:"小民在。"

刘墉:"你可打听了他姓甚名谁?凭什么这样横行霸道,无法无天?"

周顺:"小民站起来,走过去向身边的人打听刚才强抢民女的人是谁?周围的人都躲躲闪闪,没人敢正面回答。"

刘墉:"周顺老汉,你好糊涂!你既然不知道抢你女儿的人姓甚名谁,叫本府如何替你做主,到哪儿把你的女儿要回来?"

周顺:"我只知道为首的一人三十多岁,生得高高个子,膀大腰圆,一脸凶气,身后跟着一群打手。"

刘墉:"好了!周顺老汉,你先回去,待本府为你查访到此人,一定把你女儿周月英从歹徒手里夺回来,交还与你!"

周顺:"多谢大人!我父女如能再得相逢,小老儿就是来生做牛做马,也要报答大人的大恩大德!"

刘墉退堂后,坐在书房的桌案前,拧紧眉头,细心地翻看案卷。这时,书办何英进来参见。

刘墉:"你来得正好,我正想向你打听这恶虎村中的强人。"

何英:"大人不必私访了,强抢民女的人,我在堂上就猜出来了!说起此人,方圆百里之内,无人不知,无人不晓,人们都称他为'万人愁',那真是谁见了谁叫苦,谁说起来谁摇头。他所做的坏事,何止是强抢周老汉女儿这一件!老爷您看,我手里拿的这些案卷都是告他的状的。"说着,何英将手中的一摞案卷递过去。

刘墉翻开案卷,只见其中一张状子上写道:

具状村民王善和，祖居江宁县恶虎村。先人留有良田五十余亩，位于南山阳坡之处，土质肥沃膏腴，产量颇丰。庄主于虎欲霸此田，诬称此田连着他家祖坟地脉，不能为异姓所割断，于是便强行买过去，地价分文不给。村民无奈，只有具状呈告于知府堂下，望大人恩准，明断此案，小人感戴不尽！

刘墉又翻看一张状子，上面写道：

具状村民徐根柱，状告江宁县恶虎村庄主于虎，欺压乡里，恶霸一方，强取豪夺，无人敢于抗拒。小民之父徐发年已六十有余，日前去恶虎村赶集，在茶馆里饮茶，庄主于虎路过时没有站起来让座，于虎立即叫人拉下去毒打。老父因为年老体弱，竟因此一命归天。于虎非但不告罪认错，还不准小民前去领尸，硬是叫狗将民父吃掉。小民痛告于大人堂下，望恩公为民做主，严惩杀人凶手，小民感恩戴德，永沐仁政。

刘墉："何书办，这个于虎仗仗什么如此作恶多端？为什么有这么多的状子呈上来，竟没有人过问？"

何英："大人有所不知，这于虎之父于树茂，曾经做过云贵总督，如今虽然已经去世，但与我省巡抚高大人是世交盟兄弟。于虎凭借官府势力，再加上养了一批恶棍豪奴，个个都有万夫不当之勇，谁都惹不了他。状子告到县里、府里、道里，竟没有人敢接。"

刘墉："我就不信他那样的蝎毒，敢于秃子头上打伞——无法无天！竟没有一个官儿敢前去过问？"

何英："前任知府王老爷，就是不信这个邪，派人去捉拿过他，结果是人没捉到反叫他抓住了茬口，将王老爷给挤兑走了。"

刘墉："他手下都有哪些豪奴？"

何英："最出名的有五个，号称五虎：大教师爷金头虎、二教师爷拦路虎、大管家穿山虎、拜把子兄弟坐地虎。"

刘墉："这才四虎，怎么说五虎呢？"

何英："还有他的老婆母老虎，也有一身的本事！"

刘墉："看来，我还真得到虎穴里走一走！有道是：不入虎穴，焉得虎子？不去恶虎村，如何能破得此案，擒住这些恶虎？"

何英："我看还是不冒这个险为好！一则大人身居要位，干系着十县的黎庶生民；二则，这个于虎是蝎子尾巴马蜂针——毒一份！心黑手辣，无恶不作，大人去了恐遭不测。"

刘墉："不必多言了，我主意已定！"

何英："大人实在要去，就多带些兵丁护卫！"

刘墉："那还叫什么私访，我想只带一人就行了。你看陈勇如何？请何书办将他唤来！"

何英想了想，说："有此人去，还可以叫人略微放点儿心！"

过不一会儿，承差陈勇来见！

刘墉："明日本府要去江宁县恶虎村私访，听说这于家几虎甚是厉害，不知你可敢保护本府到那里闯一闯？"

陈勇："保护大人，乃是承差的职责，大人以黄堂知府之尊，尚且不怕，小的还有何恐惧的？"

刘墉："好！正所谓艺高人胆大，难怪金陵城防陈总兵将你推荐给本府！"

陈勇："多谢大人知遇之恩。"

刘墉："陈勇，明天一早咱俩就动身起程。但有一件你要记清，我俩都是乔装打扮，彼此都不相识，你只能在暗中留心。"

陈勇："小的知道了！"

一座座青砖红瓦和茅草苫盖的房屋簇拥毗连,檐脊相靠。周围有桑榆错落,沟渠环绕,鸡鸣犬吠之声不绝于耳。村头上,有一石头界碑,上写"恶虎村"三个字。今日适逢集日,推车挑担前来赶集的人络绎不绝。人群中夹杂着一前一后两个人,前面一个头戴术士方巾,穿着白色汗褂,下身青布裤子,外罩一领蛾翅黄色茧绸袍子,脚下是白布袜子,圆口布鞋,手中拿着两片毛竹板子,掖下夹着一个蓝布包袱,另外还擎着一根竹竿,上挑一块一尺宽二尺长的白布,中间写一"卦"字,两旁各有一行小字:"麻衣神相,预卜吉凶祸福;阴阳二宅,兆示子孙盛衰。"后边一人粗布袄裤,腰系一个褡包,足下穿着蓝布鞋,黄布袜,肩上挎着一个粪箕,手中拿着粪叉,一身村民打扮。

算卦先生回头望望村民说:"陈勇,前边就要到恶虎村了,你我要离开着点儿走,莫要叫人瞧出破绽来!"

陈勇:"大人只管放心!我只做个赶集的村民,暗中护着大人就是了!"

刘墉:"陈勇,万一老爷在这里出了好歹,你便赶紧回去,禀报总兵陈老爷,让他赶快发兵前来搭救!"

陈勇:"小人记下了!"

二人说着便拉开了距离,刘墉敲着竹板子走进村口。村里人来人往,十分热闹。十字街口路东,有一座小小茶馆,门口敞开,座上喝茶的人不少。刘墉迈步走进茶馆,拣一个空座坐下。陈勇在路对面一个杂货店的窗前雨搭下面蹲着,一边掏出火石打火抽烟,可是两眼却一直盯着茶馆不放。

这时,有一人背着个沉重的包袱满脸淌汗地走进茶馆,咕咚一声将包袱放到茶桌上,对身边的人不管不顾,横着身子坐到茶桌前,硬是把两个顾客给挤到别的桌上去了。茶馆伙计连忙过来,赔着笑脸说:"四爷,这是从哪里来? 劳您累得通身是汗?"说着话,赶忙将一套瓷壶瓷碗端来,用滚开的水冲泡上龙井香茶。

那人一边倒茶一边说:"为庄主的事,咱就讲不得这'辛苦'二字了! 庄主要办喜事,差我去金陵采办些钗环脂粉、香烟纸马之类的东西。昨天进城,忙活了一个整天,累得我气都喘不过来了。"

伙计:"庄主又要办什么喜事? 您早些言语下来,我们也好凑个份子!"

那人:"前几天十里堡那边唱戏,打咱这里走过父女两人。那女子生得如花似玉,一眼被庄主瞧上,当下就抢进庄内。听说明天是个吉日,庄主就要同这小女子办合婚大礼了。"

伙计:"那女子可是姓周? 听说周老汉已经进城到府里去告了。"

那人:"老东西腿脚还挺勤快,随便他告到哪里,难道我家庄主还怕这个不成吗?"

伙计:"说得是呢! 他也不打听打听,咱庄主是任凭他到哪个官府里去告,都是稳如泰山的! 听说那老汉先到县里,县太爷连状子都不敢接,他这才转到府里去的。"

那人:"府里接下他的状子了?"

伙计:"这新上任的知府可有些来头,前些日子清风店血案。便被他破了个水落石出。"

那人:"清风店算个啥,都是些市井小民! 难道他还敢到咱恶虎村来,到太岁爷头上动土吗? 天底下的人任他是谁,没有不欺软怕硬的! 这个刘知府又焉能例外呢? 不说别的,他的前任王老爷是怎么下台的,他也不打听打听?"

伙计:"那是! 恐怕借他两个胆子,他也不敢冒这个风险呀! 听说他接下状子二话没说,悄悄地把那个告状人打发走了。"伙计说着，转身回到里屋，又为别的顾客添茶续水去了。

刘墉从茶馆出来，从集市上走过，他手敲毛竹板子，口中念唱道："算卦来，算卦来，男算求财望喜，女算月令高低。我张铁嘴，张嘴能说出吉凶祸福，闭目能算出财喜二气。不是我在人前夸口：周公文王马前课，六爻八卦定吉凶，麻衣神相分贵贱，阴阳二宅断穷通，合婚嫁娶选吉日，斩妖捉怪样样能！"

他边走边唱，周围的人都好奇地望他两眼。后边，陈勇远远地跟着。走到一座院落跟前，只见门墙高大，四边角楼高耸云天，朱红的大门楼前卧着一对石狮子，拴马桩上拴着几匹快马。门楼下面台阶上摆着两条长凳，上面坐着几个豪奴。

刘墉走到门前，禁不住探头仔细地向院内打量去。只见一座高大的影壁墙挡在正门口内，出来进去的人都从影壁旁边绕过。这时，突然从凳子上站起一个人，伸手把刘墉揪住，说："探头探脑的做什么？"

刘墉赔笑说："愚下是算卦的人，偶尔路过这里，看到此宅大有风水，将来必出将相之才，故此多看了两眼。"说过连连点头，转身要走。

家奴："站住，你还想溜？瞧你油嘴滑舌的，就不是个好人！明明是想瞧个空子，看有没有机会好进去偷东西，还说会看风水，胡诌什么日后大富大贵？难怪昨天日头栽西时在里院晒的被子丢了，说不定就是被你这瞧风水的给偷走了。"说着，他就要动手来揪刘墉的衣领。

这时，从院内走出二管家白花蛇，他身穿月白绫子小袄，一丈青的湖绸绸裤，足登落地白底缎靴。他见揪住的是一位算卦先生，便厉声中斥说："胡来，住手！庄主正要找人为他算命呢！"胡来吓得忙把手缩回，退到一旁。

白花蛇转过脸来向刘墉说："先生，我家庄主有请！"

刘墉有些犹豫,迟迟疑疑地说:"我是打此路过……"

白花蛇:"正好赶上我家庄主要办喜事,你就进去吧!但有句话我要告诉你:见了我们老爷,你可要小心点儿!"说着便先自回身走进去。刘墉无奈,只好强打起精神随后相跟。

他迈进门槛,一路走一路细心留神院内的地势布局。原来,走过影壁便是一座深宅大院,有数层天井,每层院子除正堂、偏厦和两厢之外,还都有东西跨院。第一层庭院最大,有假山、凉亭、参天古木、花圃游廊,其气派不亚于王侯之家。白花蛇带着刘墉穿过三层庭院,最后来到一座敞轩大厅。厅前贴着一副对联:"懒去朝中登金阙,逍遥林下胜朝臣。"下有汉白玉台阶,通向厅内。厅内的摆设也是镶金嵌玉、珠光宝气的。于虎端坐在一把虎皮椅子上,看年纪也不过三十多岁,白面无须,一双吊角眼睛,鹰钩鼻子,蛤蟆嘴,长相凶恶;一身绫罗绸缎,绣着团花的袍子罩在虎背熊腰的身躯上。白花蛇走到他跟前,连忙躬身赔笑说:"庄主,算卦先生我已请来了。"说罢用手一招刘墉说:"快来见过我家庄主!"

刘墉急忙趋前几步一躬身说:"愚下见过庄主,愿庄主增福增寿,吉祥如意。"

于虎用眼打量刘墉,看他一身江湖术士打扮,又听到这番恭维话,就先去掉了疑心,增添了一番喜气。高兴地说:"来人,给先生看个座儿!"白花蛇忙走过来,搬个凳子让刘墉坐下。

刘墉一拱手说:"愚下谢座了。"

于虎:"先生,我打算纳一小妾,定于明天完婚,不知时辰可否吉利?她与在下的生辰八字是否有相克之处?"

刘墉:"庄主此话说得甚是。这生辰八字、吉日良辰可是件大事,娶妾虽非正妻,也不可马虎草率,它干系着子孙后代的大事。"

于虎听着觉得很合心意,便说:"那就有劳先生仔细给掐算一下,明天可是个大好的吉日?"

刘墉闭上眼睛掐着指头一一地数着说:"今天是八月十八,明天是八月十九丁丑日。这丁丑日嘛……丁者人丁,丑者闭也。庄主请恕在下直言,无论如何,万万不可选择这丁丑之日,其贻害之大,非三言两语可以说清的。"

于虎大吃一惊:"有这样严重? 我原先还未曾料到这一层。"

刘墉:"庄主娶妻纳妾,无非图个人丁兴旺。而丁丑之日,恰恰是克着人丁这一层上。说不好听的,如果不去避讳,就将有断子绝孙之患。"

于虎听了更加大吃一惊,说:"亏得先生提醒! 那就有劳先生用心给选个良辰吉日吧!"

刘墉掐着指头,有意把时间向后拖延着说:"八月十九是万万不能选用的。二十日也不能,为啥呢? 丧门星在这一天穿堂而过。二十一是太岁星值周,一值就是七天。过了七天就是二十八,这二十八嘛,也不是个吉日,历书上明明注曰:不宜婚丧嫁娶。二十九也不好,有小星流窜,犯着小人。三十日? 三十日不行! ……啊,庄主,我给你选了一个好日子,九月十三是个大大的吉日。"

于虎不满地说:"九月十三日,这么久,这不快过一个月了吗? 这样的天长日久,恐怕要生变故的!"说着不住地摇头。

刘墉:"庄主,这事您可急不得,一时苟且,贻害无穷呀! 听愚下奉劝,庄主还是要耐着性子等它一时。"

于虎只好无可奈何地点点头说:"也只好如此了! 你再给合合婚,看看有否相克?"

刘墉:"庄主,请报个生辰八字!"

于虎:"在下是属虎的,三月十五寅时生。那个女子嘛……"

他因记不起来，便向屋里喊："喂，你过来！"

于虎之妻、母老虎曹氏闻声从后堂走出来。她三十来岁，生得人高马大，腰粗臀圆，虽然涂着厚厚的脂粉，但也难遮盖一脸的雀斑。她穿着窄口罗裙，走路却快如风，进屋便瞪起眼说："唤我做甚？"

于虎："让你去打听那女子的生辰八字，你可曾弄来？"

曹氏："那个妞子死活不说，我有什么办法。"

于虎："饿她八顿，抽她十鞭，看她说不说！"

曹氏："你舍得吗？"

于虎无奈地对刘墉说："那就请先生算算我的生辰八字吧！你看可犯什么？"

刘墉又掐算说："属虎的，三月十五寅时生，这虎可是一只非同寻常之虎！不过逢到这三月十五日，又是个丙酉，就稍稍有些内犯！"

于虎："怎么说呢？"

刘墉："酉者，醋字的一半儿，庄主难免要逢到这醋意之人，这醋意之人……"说着，他两眼不住地望着曹氏。曹氏闻言也竖起了耳朵。

刘墉："这醋意之人，当然也相当厉害！而这丙字，庄主，你可知是什么意思吗？按照甲骨卜筮之形，丙就是鱼尾。庄主你看，这鱼尾虽然摆动灵活，拨水有力，可逢到这醋，就麻烦了！"于虎颇为着急地问："怎么样？"

刘墉故意扭捏地说："这个麻烦，也不是一般的纠缠，而是相生相克之意。庄主你想，鱼尾腌在醋里，不就是……"恰在此时，大管家穿山虎走进来。他望了望刘墉，冷笑了一声，随即向于虎附耳悄声说了几句。

于虎吃惊地问："你说什么，他是知府刘墉？"

穿山虎："一点儿不错,日前审断清风店血案时,我在三义庙门前曾经见过他。他如今虽然装扮成算卦的,可他那罗锅子却是瞒不住我的眼睛的!"

于虎仍半信半疑地问:"你是江宁知府刘墉,怎么打扮成算卦先生出来算命?"

刘墉压住惊慌,故作镇静地说:"庄主明察,愚下实在是一个算卦先生,怎么会成为知府大人? 一定是三爷看花了眼!"

穿山虎："笑话,我会看错了人? 你没打听打听,穿山虎可是那省油的灯? 我这两只眼睛能够看穿五行八作、百官衙门,还会看不透你一个刘罗锅子!"

于虎着急地问:"你到底是什么人? 若不从实招来,休想逃出这个院子!"

刘墉:"愚下实在是算卦先生,天底下重名重姓的人广而又广,相貌相同的也是多而又多。我虽有个罗锅子,可怎能攀比得上知府刘大人? 再者说,我若真是那知府大人,又何必风尘仆仆出外给人算命打卦,磨破嘴唇,而不在衙门里吃香喝辣,坐享清福呢?"

于虎犹豫地说:"这……"

穿山虎:"庄主,休听他一派胡言,谁不知刘墉惯于出外私访,前者他就曾扮作个算卦的老道,侦破了清风店血案。适才老四到金陵采办礼物回来说,周月英的父亲已经到江宁府大堂把我们告了。"

于虎大吃一惊地说:"什么,那老东西到府里去告了?"

穿山虎:"听说知府已经接了他的状子,要为他公断。我这就估摸着他刘墉会出来私访,后来又听说庄主找来个算卦的,我就起了疑心。一见面我就认出来了,果然不错,正是刘墉那个狗官。他这是自投罗网,亲自送上门来。"

于虎听后立即警惕起来,说:"三弟说得有理!不管怎么说,此事不能不防,先把他押到后院牢房里关上几天再说。然后派人进城打听打听,若是刘墉还在衙门,就把此人给放了。若真是刘罗锅子下来私访,就把他宰了喂狗吃!"

穿山虎:"庄主,这事儿万万马虎不得!他若不是刘墉就罢了;若真是刘墉,他手下那些差役,见其主子被人抓起来,焉有不来搭救的?莫若现在就给他一刀,干脆利索!"

于虎想了想说:"且慢,他若真是算命先生,给他一刀也就罢了;若真是刘墉胆敢闯进咱庄上来,给他一刀岂不便宜了他?"

曹氏:"那就先把他押到水牢里边!"

穿山虎:"也行,放进水牢里,就不用担心有人来搭救他了。那些差役来得再多,也难闯破那里的暗道机关!"

于虎:"好!来人呀,把这个罗锅子给押进水牢里去!"几个家奴应声走进将刘墉捆起来,押着放进水牢。

红日西坠,天近黄昏,树上的乌鸦绕着枝头盘旋,又哇哇乱叫了一阵子,向远处飞去。陈勇坐在远离于家庄大门口的一棵大树下面,嘴里抽着烟,眼睛却一直盯着大门口的动静。天色渐渐暗淡下来,薄薄的暮霭已从地面上缓缓升起,陈勇眼望天色,逐渐急躁起来,站起蹲下,蹲下站起,坐立不安。不久,于家庄园门口已经挂起大红纱罩灯,守在门口的家奴也逐渐稀少安静下来。

胡来和一个家奴提着风灯从院里走出,穿过前街向村外走去,陈勇悄悄地跟上来。家奴一边走一边嘟囔说:"天都这么晚了,还派我们出去。"

胡来:"大奶奶心口疼的病犯了,急着到县城里找药,这事怎能耽误!"

家奴:"也该我们的点子不好,那么多人偏偏临到咱俩头上!哎呀,弄得肚子疼得不行,我得回去蹲毛屎坑去,你一个人去吧!"

家奴走后,陈勇看看四野荒凉无人,上前一把将胡来揪住,胡来大吃一惊,他回头望见持刀的陈勇,撒腿就跑。陈勇赶上去,一把揪住他的后脖领子,向前一推。胡来立即跪倒在地,口中不住地哀告:"好汉爷爷饶命,好汉爷爷饶命!"陈勇将刀搁在胡来的脖子上,吓得胡来立即把脖子一缩,全身像筛糠似的颤抖,口吃地说:"好,好,好汉,汉爷爷……"陈勇厉声说:"你放老实点儿,稍有半点儿隐瞒,我立即咔嚓一声砍下你的狗头!"

胡来:"爷爷只管吩咐,胡来一定老老实实!"

陈勇:"我问你,今天进你院的算卦先生呢?怎么只见他进去,不见他出来?"

胡来:"我听二管家说,那人不是算卦先生,是下来私访的刘墉。庄主一生气,就把他捆起来押到水牢里去了。"

陈勇:"水牢在什么地方?"

胡来:"在后花园东侧荷花塘边。"

陈勇:"有多少人看守?"

胡来:"人虽不多,但是外人却休想闯进去。里面埋伏甚多:下有陷坑,上有滚石榴木,要紧处还有伏弩暗箭,都是用机械操纵的,只要一踩上消息,弩箭立即从暗处里射出,任你有天大的本事,也休想躲过。"

陈勇:"里面的消息,你可知道?"

胡来:"小的不知道,只有庄主和几位教师爷与大管家们才知道。"

陈勇将胡来的腰带解下来,将其捆住,又用布将他的嘴塞上,然后转身向庄园奔去。

恶虎村后花园的暖阁里，一面宝蓝色、闪着亮光的软缎绣花门帘，被一只手轻轻地掀开。屋里粉墙绣帐、画阁雕窗，案桌上摆着梳妆宝盒和菱花铜镜，周月英正坐在床头上低头垂泪。两个四十多岁的婆子王婆与宋婆各捧着一个大漆盘子走进来，摆放到桌案上后，小心地陪坐到月英的跟前。

王婆："我的乖小姐，快抬起头来看看！庄主都给你买些什么来了？"

宋婆："这是我们四爷亲自到金陵给你采办的，东西多着呢！这是庄主先挑来的几样，让你开开眼。"

周月英头也不抬，仍然坐在那里垂泪。

王婆："我说月英小姐，等明天就该叫你月英娘子了。你听我说，你该换个心眼想想今天的事儿，不能一条道跑到黑。你看庄主多么喜欢你！你一进庄来，庄主就提出要同你结婚，有多少人不是陪他过上几夜，就给推出去了？"

宋婆："你别哭天抹泪的了！这是个大喜事，别人盼还盼不到呢。你一个庄户人家的姑娘，能当上庄主的娘子，不是几辈子修来的福呀！所以我说你应当把这看成是鲤鱼跳龙门。你这么一跳，就不再是一个普通的村姑，而变成庄主奶奶了。"

月英仍是低头不语，暗自流泪。

王婆："我说，你可不要再淌眼泪了！再哭，明天就没法儿搽胭脂抹粉上花轿了。"

宋婆："那可是下雨天打麦子——难以收场了。"

庄园庭院中洒满月光，树影摇动，灯火辉煌，灯光照着院内栽种的奇花异草，檐下挂着一排啼叫的鸟笼子。在雕梁画栋的抄手游廊里，进进出出地走动着几个忙着端送酒具和菜肴的家奴。花厅内大摆筵席，五虎和白花蛇等坐着饮酒，笑语欢声。坐地虎从腰里掏出采办礼物的单子,呈递给于虎说:"大哥,这是我上金陵城里两天采办下来的礼物,你看合适吗?"

于虎接过单子,草草地扫了一眼便放到桌上,说:"四弟办事错不了! 为这两日的辛苦,大哥赏你一杯!"说着递过一杯酒去。坐地虎恭敬地站起身来,双手接过,一饮而尽,说:"多谢庄主厚意,这点儿小事算不了什么。今后凡是用得着我的,不管是上刀山,还是下火海,只要庄主一句话。"

金头虎:"大哥,这明日的婚事,是否还要办?"

于虎:"今天那个算卦先生说是这日子不好。"

穿山虎:"他不是算卦先生! 庄主大哥请听小弟一言:你在这庄园里面,虽说不是真龙天子,金口玉言,但多少年来也一直是说一不二,怎能因为这人的无稽之谈,而要变更成命呢?"

拦路虎:"要依我说,还是缓两天为好! 如果今天真抓住了江宁知府刘墉,他手下的人一定会前来搭救,不说会出什么大事吧,小的纠缠恐怕一时也抖搂不清。为了不让那些差人趁乱之际做手脚,还是缓过几天……"

穿山虎:"要想彻底干净,不再出什么乱子,不如干脆就把刘墉在水牢里杀了算了。人死了看他们还搭救谁去?"

于虎:"嗯,暂时还不要这样鲁莽! 凡事只能信其有,不能信其无。这犯相的日子,不管它是谁说的,总归还是犯相,我看就先缓它几天。至于江宁府差役前来纠缠之事。也要有些防范,虽说我恶虎村庄园是铁桶一般,但也马虎不得!"

拦路虎:"这事庄主只管放心,有我们兄弟在,不怕他发来几百官兵!"

坐地虎:"庄主是否要写封信给高巡抚,让他在省里照应一下,制住刘墉,不要叫他把手伸得过长?"

于虎:"暂时还不需要!"

后花园荷花塘边,荷叶圆圆如盖,花已大半凋谢,有朵朵莲蓬挺出水面。荷塘周围株株垂柳,在宵风中拂动着幽暗的影子。从假山后面走出看管水牢的吴环,他手提食盒,走在柳树丛中。忽然从一棵大柳树后面闪出穿山虎,吴环停住脚步连忙赔笑说:"大管家,你?"

穿山虎:"吴环,做什么去?"

吴环:"庄主吩咐给押在水牢里的那个人按时送饭。"

穿山虎:"你知道那个人是谁?他是圣上御笔钦点的江宁知府刘墉。有人在府里把庄主告了,这个刘罗锅子是下来私访的。如今庄主把他押进水牢,如果有朝一日他从里面出来,还有你我的好吗?所以我说,你就不用给他送饭,饿他三天就把他饿死了。"

吴环:"庄主若是知道了,岂不要怪罪于我?"

穿山虎:"还有我呢。再者说了,他一个做官的,在水牢里押上几天,就是按时按响地给他送饭,他也是粪坑里摔跤——甩跌不多远去!"

吴环:"那好吧,我听大管家的。"说完,他转身向来路走去。穿山虎奸猾地暗自狞笑着。

母老虎曹氏的卧室,在于家庄院的后楼上。门外铜钩上悬挂着大红洒花软帘,南窗下面是炕,炕上铺着大红条毡。靠东边板壁上立着一个锦缎靠背和一个引枕,下边铺着金闪缎绣花的大坐褥,引枕旁边放着银唾盒。炕的另一端摆设着一个梅花式洋漆小几,几上摆着茗碗和瓶花。地上是一溜排开的四把大椅子,上面都盖着橘红色洒花椅搭。

曹氏坐在靠背前,一手扶着引枕,一手拿着牙签剔牙。丫环小红走进来向几上茶壶里续水,然后向茗碗里斟上茶,递送过去。

曹氏接过茗碗，用手托着却不饮用，只是两眼呆呆地望着丫环。小红惊疑地打量着自己浑身上下，见没有什么不当之处，不由得低声问："奶奶！"

曹氏："小红，你看今天来的那个算命先生怎样？"

小红："奴婢没有见到。"

曹氏心不在焉另有所思地说："我听他的卦算得还挺灵，他说的话老爷也能听得进去。"说着停下来，小红手捧茶壶在一旁小心侍立。过了一会儿，曹氏又说："他说老爷不宜明日合婚，可老爷就信了。今晚大管家、二管家都撺掇老爷不要相信这套，明天照常合婚，老爷终是挂记着算命先生的话。"

小红："那明天就不办喜事了？"

曹氏："不办了！依我看来……想法把那姓周丫头的生辰八字讨出来，然后交给算命先生，让他对老爷说，两个人的属相不合，犯着克夫的命，老爷便一准不娶她了。"

小红："可那丫头死活不说呀！"

曹氏："你去劝说劝说。也给她悄悄透个底，告诉她只要说出生辰八字来，奶奶便定能想法把她放出去。"

小红："知道了！"说着将茗壶放在几上，转身要走。

曹氏："回来！"小红又转回身。

曹氏："去把白花蛇叫来！"

小红："是。"转身走出去。

曹氏托着茗碗兀自出神，不一会儿，门口的鹦鹉啼叫："来人了。来人了！"接着门帘掀开，白花蛇走进来，恭顺地说："奶奶唤我？"

曹氏："你看今天来的算命先生，像是知府刘墉吗？"

白花蛇："我说不好！"

曹氏："我看他的卦算得倒是挺灵的。你明天派人出去探访探访，若不是刘墉，还是放出去让他给庄主算命吧！"

白花蛇："奶奶说得极是，只是大管家好像对他极为厌恶，定要下手将他除掉才快活。"

曹氏："我也看出来了，所以今晚特地把你找来，怎么想法子把那算卦先生保护好，不要叫大管家害了他……你下去告诉吴环，就说是我说的，让他务必尽心尽力，把那算卦先生看管好，按时送饭菜给他，一定不要施行虐待。"

白花蛇："就依奶奶所说，我现在就去找吴环。"说罢转身退下。

月色朦胧，树影婆娑，后花园沉浸在幽暗静谧的氛围中。暗地里，嗖的一个身影从外面跳到墙头上，在墙头上走了几步，又一纵身跳到一棵大榆树上，然后从树上跳落到假山石上。此人原来是陈勇。他从石级上走下来后，又飞身蹿到后楼的房檐上走了几趟。因见暖阁屋内的灯火明亮，就用金钩倒卷帘之势，两只脚钩住屋檐，身子倒垂到窗户上，在窗户纸上舔开一个小洞，向屋内仔细观看。只见小红正对王、宋两婆子说："下去，你们都先下去！我有话对周姑娘说。"两个婆子讪讪地走出去后，小红对周月英说："你不认识我吧？"周月英抬头望了望，见一个平头正脸的姑娘坐在自己身边，心里感到稍稍减去了几分敌意，便默默地点了点头。

小红："我是奶奶房里的丫环，奶奶一直惦记着你。从把你抢来的那天起，奶奶就派我过来看过你几次，只是你当时正在气头上，没有留心我。奶奶本意，早就要放你出去。"

月英诧异地说："奶奶愿意放我出去？"

小红："这你还起疑心？"说着凑过脸去看着月英说："奶奶是个女人不是？"月英点点头。小红接着说："你想，哪个女人会愿意在自己身旁又多一个对手,再给丈夫多娶一房姨太太?何况是你这样容貌的姨太太!"

月英想了想,点头说:"姐姐说得占理儿!"

小红:"所以,这几天里奶奶就一直在琢磨着,想个什么法儿能把你偷着放出去。可巧,今天来了个算卦先生,卦算得挺灵的。"外面陈勇听到谈起算卦先生,便更加用心地听着屋里的讲话。只听小红接着说:"老爷原准备明天就行合婚大礼的,但听算卦先生说,明天日子不好,要到下月十三才有好日子,老爷明天就不举行婚礼了。"

月英听了心中一喜,说:"真的呀?"

小红:"哪个没事来哄骗你!"

月英眼圈又是一红,哽咽地说:"多亏了这位好心的算卦先生。"

陈勇听了,心中也稍为安定,脸上露出一丝笑容。

小红:"所以我家奶奶想出个主意,打发我来找你商量,让你说出生辰八字,然后她派人去找那个算卦的,让那算卦的只说是属相不合,命中克夫,老爷便无意再娶了。奶奶趁此机会就把你放了。"

月英:"那位算卦先生呢?"窗外陈勇也更加仔细地去听。

小红:"听说押在水牢里。有人说他的长相,很像是金陵城里的知府大人。"

月英:"什么,知府大人?"

小红:"这个你就不用管了!奶奶会想出法子通知那人的。你只管讲出你的生辰八字来,其余的事奶奶全会料理妥当的。"

月英伏在小红身上哭道:"小红姐姐……"

陈勇不耐烦再听下去了,一个鹞子翻身。又蜷身到屋檐上,然后飞身跳跃地向别处走去。他翻墙越脊,身子如燕子一般的灵活。从几个屋脊上走过，来到一所跨院内，屋中亮着灯光，陈勇便如同先前一样，用了个金钩倒卷帘，挂在屋檐上，偷听屋里的讲话。

白花蛇："你怎不把饭盒送去，这不要把算卦先生饿死？"

吴环："这是大管家下的令。他说那人是知府刘墉，不能让他活着出去。"

白花蛇："庄主日后要查问起你呢，你能担待得起吗？另外，我还告诉你一层，奶奶正想要用这个人呢！所以我说，你还是土地爷的内脏——实心实肠地去给那个算卦先生送饭吧！你要要歪主意，会有你的好果子吃？"

吴环想了想说："二管家说得对，我这就把饭送去。"说着，提着食盒子便往外走。

白花蛇："记住，奶奶吩咐了，要好生照顾那人，日后奶奶还有所用！"

吴环从远处应声道："我记下了。"

陈勇从屋檐上翻身飞起，越过院墙，紧紧地尾随在吴环身后。两人一前一后，越过假山石，顺着荷花塘边的路，眼见就要来到水牢，忽然从柳树丛中斜刺里蹿出一个人来，大喝一声："吴环，你又来做什么？"

吴环一见是穿山虎，大吃一惊："大管家！"

穿山虎："你好大的胆子……"没等说完，他忽然见到远处又跟来一人，不觉大叫一声："不好，有奸细跟过来！"说着，抽出刀直奔陈勇扑来。陈勇见敌手举刀来刺，嗖的一声蹿到大柳树上。穿山虎抬眼四下里搜寻，陈勇趁机跳到吴环身后，手起一刀，将吴环的腿砍断。吴环哎呀一声惨叫，栽倒在地，陈勇飞起一脚，将他踢到草丛中。穿山虎闻声扑过来，其势如一只猛虎，朴刀出手呼呼带着风声，并连声叫着："哪里来的奸细，敢来偷袭庄园！"

　　陈勇也不答话,举刀相迎,两口刀上下翻飞,一片寒光四射。两人都身轻如燕,左右腾挪,东西旋转,犹如两股旋风搅到一起。这一个似蜻蜓点水,掠一掠便飞向空中;那一个如蛱蝶穿花,点一点又飞到墙外。两个人从荷花塘边直杀到柳树林中,又从柳树林里杀回到荷花塘边。

　　陈勇看看一时难以取胜,便用轻功嗖的一声蹿到一棵树上。穿山虎见眼前的敌手失踪,抬头四处寻找。陈勇趁其不备,嗖的一声落到他的背后,随手一刀,直向他背部刺去。穿山虎听到风声,忽闪身一躲,但已来不及了,刀已挑开衣襟,伤到肋下。穿山虎说声"不好!"猛转身来个立劈华山,搂头盖顶砍下一刀。陈勇因得地势之便,稍一闪身就让开一刀,并趁势一刀砍向对方的左臂。穿山虎哎呀一声栽倒在地,陈勇一个箭步跟过去,手起刀落,结果了他的性命。

　　陈勇又赶奔到草丛中去寻找吴环,只见吴环拖着一条断腿,用手扒着地上的石块,一点点地向前爬行。陈勇一个箭步蹿上去,一脚踏到其背上,又将刀压到他的后脖颈上说:"你是要死,还是要活?"

　　吴环:"要活!要活!"

　　陈勇:"要活就说实话,怎么能走进水牢里去?"

　　吴环:"荷花塘后有一堵矮墙,矮墙东侧有一石砌的圆拱门。你用手按右边的一个圆钮,拱洞后面的两扇门就自动打开了。"

　　陈勇:"里面不是到处都有埋伏吗?"

　　吴环:"里面埋伏虽然很多,但好汉只要记得一条:走象棋的马字步,一左一右地斜拐,便不会踩着消息。"

　　陈勇:"好,我就先把你寄存在这!如有半点儿不实,让爷爷中了埋伏,回头再找你算账。"说过,陈勇解下吴环的腰带,捆起他的双手,另一头拴到树干上,回手又用刀割下他的一块衣襟,塞到其口中。

陈勇绕过荷花塘，找到一堵一人高的石砌矮墙，顺着墙根往东走了几十步，果然见到一座石砌的拱形圆洞。他走到洞前，伸出右手向墙壁上摸索，半天，方才在一片苍苔之中摸到那个圆钮，试着用手按了按，由于用力不够，石门动也没动。他一着急，使劲用力向下一按，只听得吱呀一声，两扇石门打开，从里面透出一股腥臭的气味来。

陈勇找来一根树棒，扎成火把，用火石敲出火星将火把点燃，然后又找来一根木棍，试探着走进洞内。他借着火把之光，看清洞内有方圆几十丈，顺着石洞的墙壁，有盘旋式的一层层石阶路通向洞的中央。中央是个大水坑，水坑中立着一个圆木桩子，刘墉便被捆在木桩上，下半身全部浸泡在水里。

陈勇用脚试了试眼前的石阶路，觉得踏实，方才迈出一步。他向前看了看，试着寻出一条"日"字形的马步。踏上之后，见没有发生问题，又用木棒捣一捣，然后向右测量另一个"日"字形的马步，踏实后，又向左拐寻找下一个"日"字形马步。每走完一步，还用刀在石壁上刻出一个记号。

走着走着，他稍一疏忽，脚离马步偏了一些，只听到嗖嗖嗖从墙壁上射出数支暗箭来。陈勇大呼一声"不好！"连忙舞动手中的小棒，带起一阵风声，刷刷地将几支暗箭打落。不知不觉之间，他的额头上已滚落出豆粒大的汗珠子来。

几经周折迂回，陈勇终于走到水坑跟前，他大声喊道："大人，陈勇搭救你来迟了，望大人恕罪！"

刘墉睁开眼睛，望见眼前的陈勇，禁不住长叹一声，说："陈勇，想不到你能打进虎穴里来找到我！原以为这把老骨头要沤烂在这水牢里了。"

陈勇："大人不必着急，我来了。"说着他跳进水中，用刀割断捆绑的绳子，将刘墉背起，然后又寻找来时的路，辨认那用刀刻下的石印，一个马步一个马步地走出来。

陈勇背着刘墉直向后花园墙奔去，到了墙根，他将刘墉放在地上，说："大人在此稍候，我到墙外看看地势，如果外边僻静，我们就从这里逃走。"

见刘墉点了点头，他便嗖的一声蹿到树上，向远处眺望。墙外是一片庄稼地，田野静悄悄的，中间有条蜿蜒曲折的小路。陈勇从树上跳下来，从褡包中掏出一条绳索，弯腰对刘墉说："大人，我先把你托到墙头，然后我跳到墙上用绳子将你吊下去。"说着，他用双手托起刘墉，然后用力向上蹿，将刘墉轻轻放到墙头上。他正准备自己翻身越墙时，刘墉在墙上高喊："不好，外面蹿过两个人来。"

陈勇闻言，赶忙跳到墙上，用身子护住刘墉。他正准备再挟刘墉跳回墙内时，只听到来人喊："墙上可是刘大人和陈大哥？"

陈勇低头下望，立即认出是朱文、赵武，便高兴地说："两位来得正好，我现在就将大人送下，你们在墙根下接着。"说着抱起刘墉俯身往下送，墙外两人伸手将刘墉接住。原来，张承和何英直等到天黑也没见刘墉回来，知道是出事了，于是商量：一边派人去城防陈总兵处禀报，请总兵大人天明即发兵到恶虎村解困，一边急唤朱文、赵武，让他们立马去恶虎村四周打探，见机行事。没想到朱、赵二人赶来时，正好接着了刘墉。

赵武背起刘墉，跨过墙外边的堑壕，陈勇和朱文在旁搀扶，从堑壕里登到平地上。刚刚站稳，就听到远处一片喊声："拿住奸细，不要把他们放跑了。"随着喊声，跑过一群打手来，为首的就是白花蛇。

陈勇："二位赶紧保住大人，快走！我在这里杀退追兵，为你们断后。"说着，他提起朴刀迎上去。

　　白花蛇带领五六个家奴,拿着棍棒挠钩从四面八方将陈勇围住,陈勇舞动朴刀,同白花蛇大战起来。白花蛇使一条亮银盘龙棍,带动嗖嗖的风声,劈头盖顶向陈勇打来。陈勇躲过银棍,用了个声东击西的计谋,噌的一声跳到右侧,趁挠钩手没把双钩撤回,猛地飞起一脚,将那个家奴踢翻在地,然后又顺路向前,对着拿双拐的家奴刺去。家奴高喊一声"不好!"一只胳膊已给砍下来了。

　　白花蛇大怒,舞动银棍又向陈勇杀来,二人闪展腾挪地交手到一起。几个家奴在一旁,不时地递过一枪一棒,里外地助战。陈勇一人独挡对方几个,却越战越勇。眼看又一个家奴被刀搠倒,白花蛇内心恐惧,手中的棍越来越不得力,渐渐地向后退去。

　　陈勇步步追逼,当他回首看看朱文、赵武等已不见影子时,便停住了脚步,眼望白花蛇等狼狈地逃窜回去。

　　于虎端坐在虎皮椅上,犹在紧瞪着两只眼睛的老虎皮,高吊在椅背的最上端。厅的两旁竖立着两排兵器架子,上面搁着刀枪剑戟等十八般武器。正面的墙上挂着一幅大画,一只斑斓猛虎刨地悬尾,威武逼人。画的两侧,各自粘贴着一只展翅怒飞的雄鹰标本。

　　于虎手摇鹅毛扇,金头虎、拦路虎、坐地虎、白花蛇等,坐在两侧。家奴进来禀报说:"庄主,大事不好,官兵无数,已将庄园团团围住!"

　　金头虎:"这刘罗锅子好厉害,昨天夜里逃出去,今天就搬来了官兵,无怪人们叫他死难缠!"

　　于虎问家奴:"你看清了吗,他统共带来多少官兵?"

　　家奴:"起码也有三四百人。"

　　于虎:"这便如何是好?刘墉领来这么多人马围困住我,昨天夜里又丧了大管家和几个兄弟,眼前这大敌该当如何应付?"

拦路虎:"庄主只管率人守住大门,不让官兵走近一步。我们弟兄先去冲杀一阵,保管马到成功,打得他们偃旗息鼓,望风而逃。"

于虎想了想说:"那就有劳各位兄弟了!"

金头虎:"庄主,说哪里话! 有道是:养兵千日,用兵一时。现在,就请诸位兄弟,各自操起兵器,随同我冲杀出去!"

众家奴齐声说:"是!"于是纷纷走到兵器架前,各自操起自己应手的武器。

金头虎走到院内,挥手说:"来人呀,快快鞴马!"金头虎、拦路虎、坐地虎、白花蛇皆都翻身骑到马上。

金头虎:"打开大门。"家奴们拉开门闩,将两扇大门打开,四匹马两前两后冲出门外,几十名家奴操着棍棒等武器,口中齐声呐喊,冲出门外。

庄园门外,城防陈总兵派来的三位守备王英和齐化龙骑在马上,各带领几十名兵丁,横刀立马拦在大路上;刘墉坐在远处高台上瞭望,陈勇、朱文、赵武侍立在两旁;另一位守备宋德政指挥着官兵和差役将庄园前后左右团团围住。

金头虎一马当先冲奔过来,指着王英骂道:"何处来的鼠辈,敢到太岁爷头上动土,你们也没打听打听,这恶虎村是什么地方? 有名的五虎上将可是好惹的?"

王英:"早就听说你们这班恶霸土豪,在这恶虎村一带为非作歹,本就早该前来铲除汝等! 现今尔等恶贯满盈,知府刘大人奉朝廷之命,率领吾辈前来擒拿,尔等还不早早下马归降,更待何时?"

拦路虎:"好个没头脑的官差,就凭你们这些无能之辈,还想擒拿五虎,简直是白日做梦! 大哥不必与他多言,给他个厉害尝尝!"说着拍马拧枪,直向王英杀来。王英一摆手中大刀,拦开银枪,顺势横刀直取敌人咽喉。因为出手快,拦路虎吃了一惊,说了声:"好厉害!"一缩头颈,躲开了大刀,拧枪又向王英腿上刺去。王英抽大刀又将银枪挡开,两个人二马错镫,一来一往地杀了起来。

金头虎一看,马上向后一招手说:"各位兄弟们,跟我冲呀!"说着一拍马屁股便向官兵杀过去,身后的家奴们齐举刀枪也向官兵杀奔过去。

齐化龙在一旁见了,连忙跃马过来,使用方天画戟将金头虎的开山斧架开,回身又抽出宝剑,趁着二马贴近,拦腰向金头虎腰间猛刺。金头虎大喊一声:"休得猖狂!"连忙将斧柄向下一压,将剑压住,回手就势一斧。这斧来得风快,齐守备一低头将斧躲过,但头上的盔缨已被削下。齐守备大吃一惊,兜马向后退去。金头虎紧追过来,齐守备无奈,只得转过马头又来交战。一戟一斧来来往往,磕碰之声不绝于耳。

这边白花蛇和坐地虎也举起亮银棍与狼牙棒,一齐纵马向王英围杀过去。王英一人拦住三人厮杀,渐渐感到力气不支。宋德政从远处看到,便一跃马直奔前门而来。他挺枪向拦路虎杀去。拦路虎丢开王英,转过身来同宋守备各抖银枪,前后左右地走马盘旋起来。

地上官兵和家奴捉对地厮杀,马上的七八个人分成三伙,刀枪并举地杀砍起来。很明显,三个守备渐渐地有些寡不敌众,手脚渐渐地缓慢下来。刘墉在远方高处坐望,两眼看得真切,急得紧搓双手,看这阵势知道官兵难以取胜,他忙下令说:"陈勇!你也是武举出身,担任过漕运千总之职,自有马上功夫。本府命你赶快出马前去助战,务必捉住这些土豪!"

陈勇:"小的遵命。"说罢,接过差役送过来的马缰绳,翻身跃到马上,手掣一根镔铁棍,如箭一般飞奔过去。

刘墉又喊一声:"朱文、赵武! 你们也从地面上杀过去,助那几位守备一臂之力!"

朱、赵:"小的遵命!"说罢各持朴刀和戒尺,迈着阔步冲杀到大门前。

陈勇乘马直奔金头虎杀去。这里齐守备的杀法已经错乱,两鬓汗珠直流,只有招架之功,竟无一点儿还手之力。陈勇眼见齐守备就要吃亏,连忙大喊一声道:"齐守备,不必惊慌,陈勇前来助战!"说着,举起镔铁棍,向对方头盖骨处打去。金头虎忙举起开山斧向上一迎,只听得当啷一声巨响,震得金头虎两个虎口发麻,连说:"好厉害! 好厉害!"说过,便把马头一兜,躲过陈勇,举斧又向齐化龙砍去。齐化龙一提马缰连忙躲过。陈勇哪肯相让,举棍又向金头虎后背打来。金头虎听得后背有风声,连忙镫里藏身,又用个苏秦背剑姿势,将大斧往后背处一挡,当啷一声,又与陈勇的兵器相碰。他再一次感到压力,不得不转过马头向陈勇搠过一斧。陈勇来了个怀中抱月,猛地将斧搪开。这一招用力甚猛,几乎将金头虎的大斧给震飞了。金头虎见势不好,连忙兜马向后退去,陈勇和齐化龙随后紧追。

朱文、赵武齐步杀进重围,一前一后来到白花蛇和坐地虎的马下。朱文举起朴刀,猛砍白花蛇左腿。白花蛇见这一刀来得风快,知道躲闪不及,只得放下亮银棍横挡过去。当啷一声将刀搪开。但在此时,王英的大刀又紧接着用泰山压顶之势砍过来,白花蛇抽棍不及,大喊一声:"不好!"拨开马头向外退去,王英纵马去追。

赵武来到坐地虎跟前,举起戒尺向马腿砍去,坐地虎用狼牙棒向下一磕,挡住了戒尺。不成想朱文已经一个箭步蹿过来,转到了他的马后,举起戒尺猛地砍到马屁股上。战马一惊,前蹄猛地直立起来,将坐地虎甩到地上,摔了个嘴啃泥。赵武上前用戒尺将他的两根锁骨打断,使他动弹不得,官兵上来将他捆绑住。

拦路虎与宋德政交战原是棋逢对手,甚至略占上风,他正想得寸进尺步步围攻上来,忽然听得身后大乱。回头一看,见坐地虎被擒,白花蛇已带头后撤,只剩下他单枪匹马杀在前沿,又见朱文、赵武二人从地上蹿奔过来,知道再战必然吃亏,于是便连施亮银枪向宋德政猛刺,逼得宋德政连连后退。他乘机一兜马头,说:"大爷今天暂留你的项上人头,容我过后再取。"说罢一拍马屁股,向大门口急奔而去。

金头虎还在门前与陈勇周旋,且战且退,见拦路虎带头像潮水般败退回来,知道难以守住,便大呼一声:"赶快撤回到庄内!"

家奴们一窝蜂似的蹿回院内,陈勇、王英随后追赶。看看来到门下,于虎在门楼上指挥家奴将滚石檑木轰隆隆一齐丢下,陈勇等连忙撤退回来。

于虎走回到正堂虎皮椅上坐下,母老虎曹氏虎视眈眈地站在他身后。金头虎一走进来便搓着两手说:"那个使棍的差人实在厉害,战他不过,奈何? 奈何?"

白花蛇也随着走进说:"昨夜盗走刘墉的就是他,杀法实在厉害!"

曹氏:"我就不信,他有三头六臂?"

早已坐在一侧的拦路虎说:"现在于家五虎已经失掉了两位弟兄,一手断了二指,元气大伤,不能不小心谨慎,做好一切准备!"

曹氏:"几位弟兄,这是怎么了? 只见了一阵,便把往日里的威风全都丢了! 全成了公鸡哑了嗓子——啼不起鸣来了。"

于虎向身后猛喝一声:"呔,你知道什么? 你这个蹲着撒尿的家伙,也要过来插嘴!"

曹氏气哼哼地哼了一声。

于虎:"各家兄弟也不必过分担忧,刚才我在门楼之上已经看得清楚:那个使棍的差人,虽然有几分厉害,但官兵中那些守备的本事却都平平常常,不是你我的对手。来日我亲自与那伙差人去战,各家兄弟在一边守住阵脚就行了!"

金头虎:"大哥明日能够出战甚好。你只要拦住那个使棍的,我们便可杀退余下的那些官兵。"

白花蛇:"还是不能大意! 刘墉的鬼主意很多,他一定会乘胜在今天夜里偷袭过来,我们不能不防!"

于虎:"二管家所虑甚是。今天夜里各家兄弟都要辛苦一些,分守东西南北四面,决不能让官兵进来一步。"

曹氏:"他若是再敢偷摸进来,我一定要叫他尝尝奶奶双刀的厉害!"

于虎:"行了,你也是肉骨头打鼓——浑吞吞的罢了。好了,各兄弟都去收拾收拾做好防备吧!"

夜深人静,天上乌云密布,星月无光,远近漆黑一片。于家庄园角楼上挂着灯笼,有几个家奴在里面来回走动。突然一声炮响,有无数官兵齐向于家庄园的前门攻打过来。守备宋德政骑在马上率先冲突,无数兵丁手擎火把,从黑暗中蜂拥而上,高声呐喊,惊天动地。他们配合着强弓火弩,不断地向前门猛攻过来。于虎站在门楼上,催动家奴连放檑木滚石,阻拦攻上来的官兵。门楼里有的地方已经被火弩点燃,家奴用沙石帚把左右扑火。双方交战得十分激烈。

几乎与此同时,于家后花园里却是夜深人静,景色幽暗。一个人影从假山上跳过来,乃是陈勇。他穿房越脊,跳到一座墙头上,看看周围无人,悄悄地拍了两下巴掌。墙外站着两个人,闻声后一人踩在另一个人肩上，下边人挺身站起，上边一人已经能够双手摸到墙头。陈勇用手一拉，便把他拉上来。此人乃是赵武。原来，这便是刘罗锅子施用的声东击西计策：用兵在前门里佯攻，而却调用高手陈勇等人从后门里偷进。

再说下面的朱文，从怀中取出龙头爪，向上一甩，铁爪钩住墙头，朱文抓住索链，顺势爬上墙头，然后又顺着索链滑到墙下。赵武也顺着索链滑到墙下。陈勇从墙头上摘下龙头爪，朱文将龙头爪收起。陈勇纵身一跳，跳到墙边一棵树上，然后从树上跳下。

陈勇："走，我们这就杀向后门！"说完向前走去，朱、赵二人后面紧跟。穿过荷花塘，穿过柳树丛，前面便是临近后墙的一排房屋。陈勇飞身跳到屋脊上，用了个金钩倒卷帘姿势，捅破窗纸向里窥视。

屋里白花蛇正与几个家奴饮酒，桌上已经杯盘狼藉。有人已经醉得癫狂了，但还要狂饮，白花蛇上前将酒杯夺下，说："别喝了，喝几杯壮壮胆子就行了。都喝倒了，怎能守住后门？"

一个家奴："没事，官兵全力攻打前门，怎么会到后门来，弟兄们喝吧！"

白花蛇："住嘴！我看谁敢再喝！"

众人见白花蛇发怒，都不敢再做声了，一个个噤若寒蝉地坐在那里。

陈勇从屋檐上跳下，寻到朱文、赵武一挥手说："赶紧过去，砍开后门。"说着三个人穿过甬道，直扑后门。

后门口守着五六个家奴，手持棍棒在那里巡哨。陈勇等也不答话，举起兵器就向家奴杀过去，家奴们举棍相迎，一边交手，一边呼唤着："不好了！有奸细来了！"

战不多时，陈勇等已经砍倒了两人，正要进一步横扫时，白花蛇领着一群家奴赶过来。白花蛇："何人胆敢前来偷袭?"说罢,举起亮银棍就向陈勇打来。

陈勇躲闪过棍棒,举刀进刺。白花蛇用棍将刀搪开,趁势来了个枯树盘根,向陈勇的腿上打去。陈勇纵身一跳,躲过银棍,举刀向对手的头上劈去。白花蛇抽棍已经来不及了,只得闪身向后退了一步。陈勇步步紧逼过来。

朱文、赵武趁陈勇力战白花蛇之际,左突右杀,很快就将众家奴杀倒几个,还有几个已经逃散。他们眼看就要来到门前,突然背后飘忽忽地走来一人,手舞双刀向朱文头上砍去。原来是母老虎曹氏赶了过来。朱文赶紧举刀相迎,赵武也过来用戒尺向曹氏的腿上砍去,两人合力击杀曹氏,但丝毫没占便宜。曹氏双刀上下翻飞,如同两条银蛇一般。

陈勇不敢恋战,决定用计干掉对手。他步步紧逼,看看来到大树跟前,便纵身一跳,蹿到树上。白花蛇突然不见了对手,兀自发愣,放眼向四下寻查之际,陈勇已跳到他的身后,两脚还没落地,朴刀已经刺向对手的后心。白花蛇高喊一声:"不好!"急闪身时,刀已刺到肋下。他身子向前跟跄了一下,陈勇赶上去一脚将他踢倒,然后手起一刀结果了其性命。

白花蛇死后,陈勇转身奔向曹氏,朱文、赵武已经刀法散乱,步步后退,眼见就要吃亏败阵。陈勇大喊一声:"二位休惊,我来了!"说罢,举刀就奔曹氏后心刺去。曹氏一闪身躲过朴刀,转身来了个白鹤亮翅,两刀一前一后就飞舞到陈勇身上。陈勇见其来势凶猛,赶紧后退一步,说了声:"好厉害!"曹氏不肯相让,丢下朱、赵二人,步步紧逼陈勇。陈勇趁机来了个调虎离山计,故意节节败退,将曹氏远远引开后门。

朱、赵见时机已到,急忙奔向后门,将两个家奴砍倒。赵武用戒尺敲落锁头,朱文用力将门闩拔开,两人一起将两扇大门打开,高声向外面大喊道:"后门打开了,官兵们快杀进来吧!"随着喊声,从庄稼地里蹿出一片黑影,刀枪并举,喊声震天,如同潮水一般涌过来,很快就夺门而进。王英、齐化龙带领官兵冲进院内,举着灯笼火把,齐向前院冲杀过来。

朱、赵再寻回到荷花塘边,只见陈勇和曹氏仍在酣战。曹氏一对双刀果然厉害,两道白光紧紧缠住陈勇,使他很难占到便宜。朱、赵一齐奔上前去,齐声说:"陈大哥,后门已经打开,官兵杀进来了!"曹氏闻言大吃一惊,不免有些发慌,双刀有些散乱起来。朱、赵连忙乘势举起武器,分别从上三路与下三路,双管齐下地杀过来。曹氏见凭空又来了两个对手,心里更加惊慌,不免有些顾前不能顾后。她刚躲过陈勇叶底偷桃一记巧妙的进刀,不提防赵武挥起戒尺,一下击到她的腕上。曹氏惊叫一声,一把刀已经落到地上,她刚想转身逃去,被陈勇飞起一脚踢翻在地,然后用脚踩住后背。

陈勇:"赵武,将她捆绑起来交给大人审问!"赵武从褡包里掏出绳索,将曹氏牢牢捆住。

陈、朱已飞奔到前院。在第一层院子影壁墙后的天井中,金头虎、拦路虎率领家人与冲进来的王、齐二守备交战,两下里短兵相接,杀得个个眼红。王英与金头虎扭作一团,后来双双困在马下,两下里都改用了短兵器。金头虎使一根齐眉棍,王英用一根三节鞭,一上一下打得难解难分,在另一边,拦路虎使一对虎头双钩,齐化龙使一根降魔杵,也是团团转地往来对打。

于虎站在门楼上,一面指挥家奴不断施放滚木擂石,击退从墙外冲杀过来的官兵,一面指挥家奴从里面阻挡前来夺门的官兵。他腹背受敌,捉襟见肘,实难两顾。

这时,陈勇、朱文从影壁后蹿出,不顾一切地向着守门的家奴冲杀过去,十几名官兵尾随其后。他们一路横冲直撞,逢人便

184

杀,见人就砍,很快杀出一条血路,直向前门的门闩处奔过去。眼看就要到跟前了,在门楼上的于虎看得真切,认出那个杀进来的便是日间使用镔铁棍的差人。他又急又气,哇地大叫一声,从门楼上跳下来,口喊:"胆大的差人,几次欺侮到太爷头上,我岂能容你!"说罢手执双拐,直奔陈勇头上打来。陈勇低头让过双拐,顺势如同秋风扫落叶似的横进一刀,向其腰间砍去。这一刀出手很快,于虎未曾料到,用拐去搪已经来不及了,只得向后退了一步,说声:"好厉害!"陈勇随手又赶上去刺了一刀,于虎赶忙用双拐往外一磕,当啷一声响,震得陈勇虎口发麻。陈勇知道对手有些力气,于是倍加小心地与之打斗起来。

赵武将曹氏捆起,交给官兵看押,连忙越过假山,也杀奔到前院来。在影壁前,他看到朱文与陈勇双双围住于虎,于虎力战二人毫不畏惧,一对双拐左攻右搪,上下翻飞,犹如两条出水蛟龙。陈勇见来了赵武,一边进刀刺敌,一边对朱、赵说:"你们二人赶快帮助官兵去砍开前门。"

朱、赵知道一时难以把于虎制住,便转回身直奔前门。那里家奴还在死命地抵抗步步向前逼近的官兵,朱、赵见势大喊一声:"狗东西,还不散开,等着大爷切掉你们的脑袋!"说着,朱文手起刀落,率先砍倒了一个家奴,官兵见状,趁势步步向前逼近,很快就将家奴杀散。赵武抢先一步赶到门前,抢起戒尺当啷一声将锁击落,然后用力拉开门闩,朱文也过去帮助他将两扇大门打开。

朱、赵:"宋大人,前门已经打开了,快冲进来吧!"

宋守备闻声立即催动官兵,举着灯笼火把,齐声呐喊,像潮水般冲进大门里来。家奴们四处逃散。

官兵将金头虎与拦路虎团团围住,三个守备,还有朱、赵二人,一齐用力,喊杀之声震天动地。

　　拦路虎力战齐化龙与朱文、赵武，渐渐已经力量不支，他刚刚躲过齐化龙迎头击来的降魔杵，没提防身后朱文的朴刀已经刺到肋下。他哎呀一声，身体一个闪失，赵武赶上去一戒尺向他大腿砍去。拦路虎扑通一声栽倒在地，众官兵上前将他抓住，捆绑起来。

　　金头虎摆动一条齐眉棍同王、宋二守备力战，声东击西，打得正在得手，猛听到拦路虎惨叫，知道他已遭毒手，便无心恋战，想杀开一条血路冲出去。他边战边退，不提防朱文已经从后面截住退路，一个扫堂儿腿，将他绊倒。赵武上去猛击两戒尺，打碎了他的锁骨，使其无法还手，官兵上前将他也捆绑起来。

　　于虎且战且退，越过荷花塘来到假山前，双拐飞舞得更加有力。陈勇小心应战，左防右备。于虎猛攻几下，陈勇不得不后退几步，他趁机猛的一个箭步，跳到虎头岩前，用手一按圆钮。虎头岩石挪开，里面露出一个洞穴。他纵身一跳，跳进洞穴内。陈勇也飞奔赶到，正要探身下去，只听呼的一声，虎头岩石又压过来。陈勇急忙后撤，但已将朴刀压到石头底下。他想起昨天通往水牢的机关埋伏，估计这儿也是一处暗道，于虎恐怕已从这暗道逃跑了，便赶忙去向刘墉报告。

　　巡抚高名远坐在巡抚后衙客厅里的太师椅上，手捧鼻烟壶吸烟，吸过后连打几声响亮的喷嚏。于虎丢盔卸甲，从虎头岩下的机关暗道里逃出后，衣衫撕破，褴褛不堪地跪在地上。

　　于虎："世叔在上，小侄这里有礼了！"

　　巡抚："于虎，因何闹得这样狼狈。"

　　于虎眼含热泪说："一言难尽。江宁知府刘墉听到一些恶人告状，便轻举妄动调来大量官兵，将小侄的庄园一举荡平。可怜我家数十口人，都遭祸害，上上下下被他一网打尽，只有小侄只身一人,逃脱出来。"

巡抚:"这个刘罗锅子,如此可恶!"说着,用手一拍桌案,坐直了身子。

于虎:"恳求世叔大人,可怜我父亲与世叔的深厚交情,一定要为小侄做主,搭救小侄一家呀!"

巡抚在屋子里来回走动,捻着胡须有些作难地说:"这样吧,你就在我这里住下,谅他也不敢到巡抚衙门里来搜捕。等我找个茬口,想法把他开脱了,到时候,你的产业和家眷都可以设法再讨回来!"

于虎闻言大喜,连忙叩头说:"多谢世叔大人如此关怀,小侄将永世不忘世叔的大恩大德!"说罢站起身来,再施一躬想要退下。

巡抚:"你切切记住,好生地在衙内住着,万万不能走出这座院墙,更不准你再出去招惹是非!否则,我也爱莫能助了。"

于虎:"小侄谨遵世叔之命!"

巡抚对家人说:"带大少爷到西跨院里安歇,好生地服侍他!"

家人:"是!"领于虎走下。

刘墉一举拿下恶虎村后,即派人加以清点。除将几个首恶之徒全部押下收监,待捉住于虎后,一起定罪问斩之外,余皆遣散出去。将院中被抢之人一律放回,被夺之田产财物一律返还原主,余下的于家家私全部没收归公。

刘墉返回金陵后,又满城张贴捉拿逃犯于虎的告示,并着手审理所有状告恶虎村的案卷。这天,他升坐江宁府大堂,着人传唤带进周顺老汉!

差役:"带周顺老汉!"差役带上周顺。

周顺："小民参见知府大人。"

刘墉："周顺，你状告于虎抢劫你女儿周月英，经本府查核属实，已经将于家庄园查抄，将你女儿救出，现在就将周月英交还于你。来人呀，带周月英上堂！"

周顺激动万分，连忙磕头说："青天大人，我周顺万万想不到呀！人人都说于虎不能告。州府道县，哪个衙门也不接我的状子，就是接了状子，也奈何不得那个大恶霸。可是今天老天真地睁开了眼，让善有善报，恶有恶报，天大的冤枉都得到了伸张昭雪。这全是你刘大人的盖世功劳，真正地为民做主呀！"

差役带周月英上，周月英跪拜刘墉，说："民女拜见知府大人！"她回头见到身旁的周顺，抱头大哭说："爹爹，孩儿万万没有想到还能再见到爹爹一面！孩儿早就做好了悬梁自尽或是跳楼自杀的准备了，想不到，知府大人竟然派兵把孩儿从虎口里搭救出来。儿这一命，全是知府大人恩赐的！"

刘墉："周顺！"

周顺："小民在！"

刘墉："你女儿周月英在于家庄园里坚贞刚烈，宁死不屈，是个好女子。你现在就把她领回家去，好生地过日子吧！"

周家父女："多谢大人再造之恩！"父女俩相互搀着走下堂去。

刘墉回到后衙，在书房里踱来踱去，愁锁双眉，两眼充满忧虑的目光。他在桌案前翻开案卷，没看两眼，就又走到窗前向外凝视。张承在身后小声说："老爷，该用饭了。"

刘墉背着的手向他摆了摆，示意让他退下。张承走出去了一会儿，又端来一碗花茶放到案前，悄声说："请先用茶。"刘墉仍然停立窗前，用背着的手摆了一摆。张承退下。但过了一会儿又走了进来。

　　张承："老爷,何书办来了。"刘墉转过身来说:"让他进来,让他进来!"张承领着何书办走进来。

　　何英打躬说:"大人,卑职已经查访到确实的消息了,于虎他……"

　　刘墉着急地问:"你怎么查访到的?"

　　何英:"卑职有个亲戚姓侯,现在巡抚衙内当差。听他说,于虎曾托他带领窑姐儿进到府里去。"

　　刘墉:"此话当真?"

　　何英:"那人从不说假话。据卑职推想,这也符合于虎的行径。"

　　刘墉点头说:"是呀,此贼也只有这一条路了。但是,如何能够把他捉住呢? 知府总不能去抚台大人家里捉人呀!"

　　何英也为难地盘算着说:"能否设计将他诓哄出来呢?"

　　刘墉伸手到小竹篮里抓出一把铁蚕豆,试着放到嘴里咬开,随即又将蚕豆吐出,说:"能不能设法买通那个姓侯的?"

　　何英:"大人是说……"

　　刘墉高兴地伸过头来向何英说:"是这样,你去……"

　　何英不住地点头。

　　于虎坐在巡抚后衙西跨院内窗前的椅子上,不耐烦地将手扶在桌上,无聊地转动着桌上的茶碗。一个妓女坐在床上,焦躁地等着于虎过来。见于虎没有这个意思,她便走过去撒娇地揉搓着于虎的肩头说:"老爷,我的亲亲大老爷!"

　　于虎不耐烦地将妓女的手推开,拉开抽屉取出一两银子交给妓女说:"好了,拿去吧! 老爷今天烦闷,改日再来吧!"妓女接过银子,惊呆地停立在那里。

　　于虎向窗外喊:"侯巡捕官! 侯巡捕官!"侯巡捕闻声进来。

侯巡捕："庄主唤我？"

于虎："侯巡捕官，我今天心中有些烦闷，烦你先把这位大姐领回去吧！"

侯巡捕恭敬地说："行！行！我马上领回去。"说着向妓女招招手，两人悄悄地走出去。

于虎烦闷地在屋里走来走去，一会儿摆弄桌上的铜鼎瓷瓶和一副牌九，忽又抽出床头上悬挂的剑，左右砍了两下，又呱哒一声放回到鞘内。

侯巡捕悄悄走上，说："于庄主，我已经把她领出去了。"

于虎："我说，你怎么往里头领这样的烂货？简直一天不如一天，连开头几个那样平平常常的都没有了？"

侯巡捕："庄主有所不知，时下金陵名妓皆都聚居在秦淮河一带。这里有个不成文的规矩，名妓不出去走动官府，越是那些色艺双全的人，越是清高，几乎个个都扮成大家闺秀的样子。"

于虎："都有些什么出色的名妓，拿这么大的架子？"

侯巡捕："国朝之初，秦淮河畔出了风靡一时的十大名妓，什么李香君、董小宛呀，那已是家喻户晓，尽人皆知的了。"

于虎："这我早就听说过了。"

侯巡捕："这些如花美眷，经过无可奈何的逝水流年，现在是早已都风流云散了。现今，秦淮河畔虽没有当日的风流俊雅，但依然是脂粉飘香，莺歌充耳，燕舞翩翩，金玉旖旎仍旧，老天又给聚集了一簇新秀，像被人称为当今秦淮四大名妓的花如似、柳秦淮、齐眉心、吴双娇等人，个个也都天仙似的容貌，而且琴棋书画样样精通，有多少达官显贵、豪绅名士，都经常出入其门下。她们都不亚于当年的李香君、董小宛、柳如是、陈圆圆啊！……"

于虎听得如醉如痴，涎水直流地说："我久居乡间，孤陋寡闻，真不知世上还有如此的洞天福地！"

侯巡捕为了进一步打动他，又说："这些，也还都是过去的红人！当今最走红的，要属那个艾无倦了。那更是奇绝得很，不仅人物标致，能歌善舞，而且还会舞弄双剑！舞起来那真是一片秋光潇洒，满目红袖风流，据说比杜甫诗中说的公孙大娘舞得还要好，可以说是人间难得几回看呀！"

于虎已按捺不住，禁不住央求说："巡捕大哥，你能不能带愚下去走一走，我也不白来人世间一回啊！"

侯巡捕故作为难地说："此事难办呀，若是让抚台大人知道，我的差事可就全砸了！"

于虎："我们只是偷偷地去，偷偷地回，让他人也不知，鬼也不觉。"

侯巡捕想了想，说："那只有在傍晚之后了。等到月出东墙，你偷着从后角门里溜出来，不要让任何人发觉，我在街口处等候着你！"

于虎急不可耐地说："甚好！甚好！一言为定，就在今夜之间。"

侯巡捕仍不情愿地说："是否再等两天，看看外面风声再说？"

于虎："不必了！不必了！就在今夜！"

秦淮河畔临河的一间宽阔花厅里，云母屏风，翠花幔帐，在檀香的几案上，摆着景德镇青花瓷瓶和古香古色的古铜宝鼎，桌上放着瑶琴，墙上挂着佩剑。花厅正面临河，朝河一面的花墙俱尽撤去，室内的人可以直接看到灯光桨影的秦淮河，来往画舫上的欢声笑语和歌声琴声径直传入室内，室内的人甚至可以与船上的人招手答话。花厅的中央摆着筵席，艾无倦偎肩坐在于虎旁边，燕语莺声地说："大爷，你不是要看我舞剑吗？那你就要多喝几杯了。"

于虎：“好的，好的，我一定尽兴！”

艾无倦连连为于虎斟酒，于虎开怀畅饮，每递过一杯即刻一饮而尽。艾无倦一边把盏一边缓缓地说道：“如今秦淮河上，为人称道的是我们姐妹五人。花大姐居长，琴棋书画样样精通，自然是我们红粉队伍中的首领；秦淮姐姐与眉心姐姐，还有双娇姐姐，也是色艺超群，吹拉弹唱都称一绝。最小的也是最笨的，就是我了，只配在几位姐姐身后，随帮唱影，拾些牙慧罢了。”

于虎：“过于自谦了。那四位天仙姐姐，愚下虽无缘结识，但仅就卿卿的文雅谈吐、温柔举止，已是占尽人间风流的了。愚下是个粗人，不会说更多的奉承话，请卿卿不要见笑！”

艾无倦：“大爷，看你说到哪里去了？像大爷这样一表人才，那才是人间少见的呢。”

于虎受宠若惊：“什么，夸我一表人才！啊，哈哈……”说笑之间，他又连饮了几杯，最后啪的一声把杯子放下，说：“我酒已喝得差不多了，现在要看的就是你的舞剑了！”

艾无倦：“大爷真的要看？”

于虎：“那还用说！”

艾无倦走到墙根，摘下一双佩剑，灵巧地甩了两下穗子后，刷地一声抽出宝剑，耀眼的青光在眼前不断地晃动。她将两剑并到一手，走到于虎跟前，又满满斟了一大杯酒，说：“大爷既然喜欢，无倦就请大爷再喝上这一杯！”

于虎高兴地接过杯子说：“好，我喝！我喝！”说完，两三口就将一大杯酒饮下。

艾无倦：“无倦这就献丑了！”说过，她拉开架势，便在酒宴之前舞起双剑。她的动作由缓渐快，由分渐合，开始还是红袖飘荡于利刃之间，渐渐地，白光冷气已经掩盖住暖香红袖，让人眼前一片迷离。

　　于虎看得如醉如痴,也拾起一把折扇,意欲站起身来走过去与之共舞,但终因酒已过量,身子趔趄难以自持,不得已又坐下来。这时,从外面突然闯进三个人,手持刀器,直奔于虎走来。于虎睁眼一看,认出那便是刘墉手下的三个差人,惊叫一声说:"不好,我中计了!"连忙站起身来,将筵席桌子向奔过来的三人猛推过去。三人一纵身,都躲开了,很快绕到于虎背后。

　　艾无倦慌忙收起双剑,从小角门躲避出去。于虎趁势从掀倒的筵席桌上拆下一条桌腿,挥舞着与三人交起手来。陈勇手脚灵活,已在其背后连连出击了几刀,几乎都是擦身而过。于虎惊慌失措,再加上他已醉得身不由己,摇摇晃晃,两腿站立不稳,于是赵武乘其不备,从斜刺里突然挥动戒尺,正打在于虎腿上。于虎踉跄一下,陈勇趁势飞起一脚将其踢倒在地,朱文上前用身子压住,掏出锁链,将其锁住,然后向上一拉说:"跟我们走吧!刘大人早已摆下大堂,等候庄主去受审呢!"

　　刘墉坐在江宁府大堂上,何英站立一旁,差役两旁侍立。

　　刘墉:"来人呀,带于虎上堂!"

　　差役:"带于虎上堂!"朱文、赵武押于虎走上堂来。

　　刘墉一拍惊堂木说:"大胆强贼,为何见到本府立而不跪?"

　　于虎:"慢说你一个小小的知府了,就是道台、抚台,也吓不倒我。我于某两腿强直,还不曾给什么人下过跪!"

　　刘墉:"你见本府立而不跪,就是狂徒,甚为猖獗!本府乃朝廷命官,你蔑视王法,蔑视朝廷,来人呀!给我痛打四十大板,然后再推上堂来!"

　　差役将于虎拖下,门外传来噼啪的杖刑声。不久,差役将血肉模糊的于虎推上堂来,并迫其跪下。

　　刘墉:"于虎,你抢男霸女,侵害良民,目无国法,胡作非为,恶贯满盈,今天是该你偿血抵命的时候了。来人呀,将曹氏等囚犯带上来!"

差役们:"带曹氏等人!"

很快,金头虎、拦路虎、曹氏等被差役押上来。他们一见于虎,都大吃一惊,原来蕴藏着的牛气立刻丢得精光,像三个泄了气的皮球。

金头虎、拦路虎:"庄主! 庄主!"

曹氏大哭着扑过来,拉着于虎的衣襟说:"老爷! 老爷! 想不到,我们会在这里相见!"

于虎睁开眼睛,看了看满脸泪水的曹氏,很快又把眼睛闭上了,一言不发。

曹氏俯在于虎身上哭叫道:"老爷! 老爷!"差役走过来将她拉开,并按她跪下,金头虎等人也皆都跪下。

刘墉:"于虎及其帮凶豪奴,皆都罪债累累,害人无数。本府已清理出上告的状子十余件,经过查证,件件属实。依据大清律条文:杀人者偿命。尔等四人皆都定为死刑,现在马上奏文到刑部,待刑部批文下达后,立即绑赴市曹问斩! 尔等可感到冤枉?"

于虎:"你刘罗锅休要在此耀武扬威摆臭架子,很快就会有人救我出去的!"他又转身向金头虎等说:"你们不要怕,很快就会有人救我们出去的。"

刘墉:"把他们收监押下!"

差役:"是!"朱文等差役提起众犯向牢内走去。

于虎扭回头来向刘墉说:"你不要高兴得太早了,不等你的刑部批文下来,就会有人把放我们出去的文告颁发下来。你等着瞧吧!"

第四部　计赚刁都头

　　黄昏，一轮红日渐渐西沉，鸟雀成群地回巢归窝。天寒日暮，古道上风尘仆仆地走过来一个人，牵着一个骡驮子，骡背上驮着沉重的货载，行走缓慢。

　　太阳已经完全坠入地平线下，暮霭苍茫，远处炊烟袅袅，村头上露出一个小小的茅草店，门前挂着一个木牌，上写"鸡鸣店"三字。门框的两旁贴着一副红纸对联："孟尝君子店，千里客来投。"横批是："与客方便。"

　　客商牵着骡驮子走进店门，将牲口拴到槽前，卸了驮子，吃力地背着驮子走进店房内，疲倦地坐在桌前。店主为他送过茶来，客商从腰上解下白布手巾擦汗，如饥似渴地大口喝茶。

　　店主看着他这样子，关切地问："你是从白沙口那边过来的吧？"客商点点头。

　　店主："完了，你算完了，没有救了。最近在白沙口外的玉皇庙里，啸聚了一群强盗，拦劫客商，杀人越货，十分凶恶。"

　　客商听说，放下茶碗，站起身来就往外走。

　　店主："晚了，你走不了啦。适才你经过白沙口时，他们已经采了盘子，知道你住在我的店内，晚上必来动手。"

　　客商："我要连夜逃出这里呢？"

店主："你牵着个骡驮子能走出多远？他们个个快马轻骑，百八十里的路程，对他们来说也就是转眼之间的事。前几天来了个商人，背着包袱，我告诉他信后，他连夜跑了出去，走到半路就被强盗追上，把人杀了，货抢走了。"

客商十分恐惧地说："这可如何是好？看起来，我是走到绝路了，走也得死，不走也得死。"

店主也为他着急，在屋里不安地走动着，后来突然走到他跟前说："我看只有这条路了。我有一个表弟是个武举，名叫楚雄，他的弟弟叫楚华，哥俩都有一身的本事。他家就住在离这儿五里的楚家寨，我给你写封信，他们一定会留宿于你，明天天亮之后，再求他们把你送上大路。"

客商喜出望外地说："那可要多多地感谢店家了。"

店主连忙走到里面，伏案为他写信，信写好后走出来，将信交给客商看。客商满脸带笑地说："这太好了，太感谢你这好心人了。"说着将信装进信封，揣入腰中，站起身背上驮子走到马厩里，将货放到骡子背上，牵着牲口向外走去。店主一直送他到店门口。

楚家兄弟坐在楚家寨的前厅里。

楚雄："二弟，你的箭法长进不快，知道为什么吗？"

楚华："小弟一直为此犯愁呢，总琢磨不出道理来。"

楚雄："关键在于'专心'二字。首先是要训练眼力，眼望得准，腕力、臂力以及腰胯等处才能配合得上。靶子没看清楚，腕臂之力再大，也是虚发，难以成功。"

楚华："小弟也注意到这一层，只是还很难瞄得准。"

楚雄："要想增进眼力，瞄得准，最重要的是'专心'两个字。首先是把心定下来，排除心中一切杂念，全神贯注地盯住靶子，同时,用心去衡量测算。如此习射,长进必快。"

楚华连连点头说:"是,是。"

楚雄:"我们练习跑时,腿上都缚上个铅块,为的是训练时有意加大难度,临阵时自然就举重若轻了。练习眼力也是如此。古时有一个人,名叫纪昌,开始练习射箭总是长进不大,后来他就用了这种方法:将靶子逐渐缩小,先射一只乌鸦,后改为麻雀。最后竟然悬了个虱子,放在百步开外。待他将一点点大的虱子都看准了,再射那较大的靶子时还不百发百中吗?"

楚华:"大哥说得有理,小弟一定照这法子去练习。"

楚雄:"这只是个比喻,倒不一定非要捉个虱子或跳蚤不可。"

弟兄俩正说着话,家人走进来说:"二位老爷,门前有位客商求见,带来姑表老爷的信。"说着将信呈上。

楚雄看过了信忙说:"快快请进!"说着立起身来迎上去,楚华也跟随着走过去。前厅门口,客商连连拱手说:"武举老爷,小人郑平为强盗所赶,走投无路,特到府上寻求庇护,求老爷不要将小的拒之门外。"

楚雄豁朗地说:"客官说哪里的话呀,我楚某人一向好为善举,助人为乐,焉有求上门来反而拒之门外的呢?来人呀,快为郑客官摆酒洗尘。"

天黑以后,六七个强盗闯进鸡鸣店,匪首陈三彪手指店主说:"傍晚时,可有个牵骡驮子的客商住到你的店里?"

店主:"小的不敢隐瞒,傍晚确实来了一位客商,形状与大爷说的相同。他原想在本店里落脚,后见房屋简陋,就又向前赶路去了。"

陈三彪:"你别想哄骗我们,前面几十里地没有集店,他会驮着重载夜行?"

店主："听得他临走时说,他在前面楚家寨有亲戚,是不是投宿到那里去了?"

小喽啰："要是去楚家寨,就一定是投奔楚武举家里了。"

另一个小喽啰："这人可不好对付,我们这六七个人斗不过他,去了也是白送死。不如赶紧回去禀报大王、二王,要他们把众家兄弟都拉过去才行。"

陈三彪："别他妈胆小怕事得跟个针鼻似的!谅他一个武举,能怎么的?我们这些日子没有到他家里去动过一草一木,就算给他面子了,难道他还敢跟我们作对,打碎我们的盘子?"

小喽啰："三大王,此事马虎不得,还是小心谨慎为是。"

陈三彪不耐烦地说:"好了,好了,既然这样,你们两个就去白沙口向大王、二王禀报,我和几个弟兄先到楚家寨里去要人。"

楚家兄弟正在楚家寨前厅里摆下筵席招待客商,家人走进来说:"禀报老爷,门外来了几个人,自称是白沙口的三大王,要找老爷对话。"

楚华站起身来说:"我出去看看。"

楚雄："要小心谨慎才是。"

楚华："知道了。"说着便同家人走到大门口。大门紧闭,只有门上的一个活动窗口打开,从窗口可以望见外面的五个强盗。为首的那个三十多岁,生得皂黑一片:满脸黑胡碴子,鹰钩鼻子,大嘴岔子;身穿皂青色小夹袄,一条褡包系在腰间,下穿乌黑的马裤,足登鱼皮靴子,手持一把折铁钢刀。身后四个强盗,也都是膀大腰粗,手中各持棍棒钩拐之类的武器。

楚华："各位好汉不知来敝处有何贵干?"

陈三彪："也没什么大事,只为有个拉驮子的客商进了你的庄子,他是我们盘子里的货,只要把货交出来就完了。"

楚华："原来是这事,待我回去禀告我家兄长再说。"回头又对家人说:"你们在此要好生看守门户。"

众家人:"二爷放心。"说着,将门上小窗口关上。

楚华走回前厅,对坐在筵席上的楚雄说:"来了几个强盗,自称是白沙口的,要我们交出郑客商,否则……"

郑平战战兢兢地站起身来施礼说:"武举老爷,要救救我呀!"

楚雄:"郑客商只管放心! 我们弟兄不是那种胆小怕事、背信弃义的人,既然已经答应了你,就一定会保护你。"说着,与弟弟一块儿来到大门口,家人复又将门上的小窗口打开。

楚雄对门外高声道:"今天来了个客商不假,但他是我家亲戚,我们不能把自家的亲戚推出去。还望好汉们以义气为重,高抬贵手,放了这一马吧!"

陈三彪:"什么,放了这一马? 你赶紧把人放出来,大家都过得去。你要决心断我们的财路,可莫怪我们弟兄不客气了。"

楚雄:"这是怎么说的? 与你好言好语商量,你不听,那你们还要怎么样?"

陈三彪:"听着,不把人交出来,我们就杀进庄去!"

楚雄:"好大的胆子,那就杀进来吧!"又回身对楚华说:"进去把家伙拿来。"

楚华:"是!"说着走向屋内,不一会儿,自己手提花枪,把一柄大刀交到楚雄手中。

楚雄向家人说:"把门打开!"两个家人一齐努力,拉开门闩,将大门打开。楚雄向强盗们一招手说:"请进来吧!"

几个强盗你看看我,我看看你,半天谁也没敢向前迈一步。

陈三彪回头看了看,骂道:"怎么了,都他妈缺胳膊断腿了? 还是屎拉到裤兜子里了? 别他妈的装屎,都给我上!"说着,头一个试着向门里走去。几个喽啰迟迟疑疑地在后面跟着,两腿直打颤，半天迈不动一步。

陈三彪眼看就要走进门洞，正在一脚门里，一脚门外之际，忽然远处响起一片喊声："三弟且慢，先退回来再说！"陈三彪听出是大王娄天贵的声音，回过头去望了望，只见大王娄天贵、二王卜天明带着众喽啰全部赶来。他顿时威风大振，胆子大增，回头对身后喽啰说："大王、二王都来了，你们还不跟着冲进去等什么？"

众喽啰听见自家又来了大批的人，胆子也随之大增，一齐举动刀枪棍棒，唔呀呀地杀进门里。陈三彪进门后举刀就砍，楚华提枪迎上去，一来一往，转成一团。余下的四个强盗，也同家人交起手来。两个强盗头子率领众强盗赶到门前，楚家家人问："老爷，是否要把大门关上？"

楚雄："不用，让他们都进来。"

娄天贵在门外听得真切，气得胡子乱颤地说："这等小瞧人，真真气杀我也！"

卜天明："大哥，杀进去吧？"

娄天贵向后一摆手说："都跟我一起冲！"说着一晃手中的大锤，带头冲进大门，卜天明等随后也都杀进院里。娄天贵用锤一指楚雄说："武举，早就听说过你的名字，我们之所以一直没到你这里来动一根灯草刺儿，为的是好汉爱好汉，惺惺惜惺惺。今天，你把那个客商放出来，我们马上就走，大家依旧是两下里互不干扰，井水不犯河水。如若不听好言相劝，你看看我手里的家伙，还有我们这二十来个弟兄，他们可就不答应你了。"

楚雄微微一笑说："此言差矣！我是闭门家中坐，并未惹动你们什么。既然是井水不犯河水，你们就从这大门里退出去，咱们依旧是好朋友。"

卜天明："大哥，休与他逗口。他口出狂言，不把我等放在眼里，今日，我们若不把那镖货夺回来，以后就难以在江湖上闯荡了。"

楼天贵："二弟说得对，今日里不打掉他的威风，我们日后也难在江湖上混！"说罢，举起双锤便向楚雄打去。楚雄一摆大刀，当啷一声将锤架住，震得楼天贵虎口发麻，禁不住说了声："好厉害！"连忙撤回双锤又向楚雄腰部捣去。楚雄一闪身躲过双锤，顺势还过一刀，楼天贵用锤架住，两人一来一往打将起来。卜天明见大王战不过楚雄，也举起手中九股钢叉，前来助战。楚家寨里的家人一齐奋起刀枪，齐与强盗喽啰们战作一团。

楚雄力战二贼全无惧色，而且越战越勇。斗了半个时辰，二大王卜天明渐渐力量不支。他一叉从侧面刺来，楚雄猛一转身将叉闪过，钢叉刺空，卜天明不觉身子前倾，楚雄顺手一把抓住叉柄，向怀里一带，说了声："你过来吧。"便将卜天明拽倒在地，顺势一刀砍断其双腿。

楼天贵见势不妙，大声说："不好！"虚晃一锤跳出圈外，掉头就往外跑。楚雄在追赶时，又砍倒了一个喽啰，待赶到大门口，楼天贵和几个喽啰已经逃出门外。两个家人顺势将大门关上，欲转身围攻陈三彪与院中留下的十几个强盗。陈三彪此时也早已心慌，且战且退，准备寻找机会逃出门外。

楚华："大哥快来动手，将这些强盗统统拿下。"

楚雄："冤家宜解不宜结，咱与他们远日无冤，近日无仇，现在他们已败，就让他们统统逃命去吧，从此井水不犯河水，各行其事罢了。家人把门打开，让他们出去！"

家人打开大门，院中十几个强盗如丧家之犬、漏网之鱼，纷纷夺命奔出。楚雄命令家人："把那两个受伤的也抬到门外，任其自己收去吧！"家人将两个受伤的强盗抬到门外，然后将大门关上。

楚华埋怨大哥,做事太手软,日后未必会有好结果。楚雄却说:"得饶人处且饶人。好了,都回去歇息吧!"

天亮以后,客商郑平牵着骡驮子从楚家寨里出来,楚家兄弟送到大门外。

郑平回过身,深鞠一躬说:"二位老爷为了小人,开门揖盗,奋力搏击,冒如此大风险,真叫小人过意不去。小人深谢老爷们的大恩大德了。"

楚雄:"不成一谢,扶正祛邪、保护善良,从来就是我等做人做事的准则。现在强盗已被我们打退,客商只管上路,我再派几名家人送你一程,直到走上官道为止。"

郑平再次感谢说:"那我就再次谢谢武举老爷了。"

四个家人护送郑平向远处走去。

来到官道之上,四个家人告退辞去。

眼前是一片黑压压的松树林,蜿蜒的官道如同一条青蛇,一直扎进黑松林里,郑平牵着骡驮子犹犹豫豫地顺着官道走进树林。

天已过午,林中却是一片幽暗。林间鸟雀啾鸣,涧溪流水淙淙有声,小松鼠在梢头上跳窜,密林深处传出猫头鹰瘆人的啼叫声,郑平自言自语地说:"若是四个家人能送我到这里就好了!"说罢摇了摇头,自己为自己开脱道:"唉,已经劳累了人家半天,哪能得寸进尺毫无止境呢!"说着,便深一脚浅一脚地向前走去。密林深处,陈三彪带领五六个强盗盘坐在一棵树下。

陈三彪:"那个山东老客,还想从咱们手里逃掉?咱叫他山尖上放炮——空想(响)!"

喽啰:"对楚家哥俩也不能饶过!他们自以为得手,占了便宜,便抖起来!咱们要狠狠揍他一下,让他们永远翻不过身来。"

陈三彪："住嘴,少啰嗦! 你们看,那边过来一个人,手里牵着骡驮子。不就是那个山东老客吗? 赶快追上去!"

众人一声呼哨,一齐奔过去。郑平听得后面有追赶之声,口说不好,连忙向骡子背后猛抽两下。骡子飞快地向前奔跑过去,他自己急忙钻进一片草丛中。

众强盗紧追骡子,跑了半个多时辰,才将骡子追上。陈三彪："那个山东老客呢? 别让他跑了,赶快四下搜寻!"众强盗听到吩咐便远远近近,四处里搜寻起来。

郑平惊恐万状,气喘吁吁地跑进鸡鸣店,几乎一头撞到店主的怀里。店主连忙扶起他:"你这是怎么了? 从哪里来?"

郑平喘吁吁地说:"啊,店主,大事……大事不好!"

店主："出了什么事? 不要着急,慢慢说!"说着,扶郑平坐下,斟过茶来。

郑平："那帮强盗实在可恶,昨天夜晚我拿着店主的信到楚家寨,见到了武举老爷,当夜就……"

店主听着,一面不住点头。

郑平："万没想到,今天下午我走进黑松林时,这伙强盗竟堵在那里,抢走了我的驮子,还说要报复武举弟兄。他们心黑手辣,无恶不作,武举老爷心肠太软,必将遭到祸害。都是因为我牵累了武举老爷一家,现在咱们得快想办法,搭救他们。"

店主听后也是一阵惊慌,思考了一阵子。说:"现在不是后悔的时候,要紧的是想办法救出表弟一家,而能救出他一家人的。恐怕就只有那个人了。"

郑平："哪个人?"

店主："就是江宁知府刘墉。日前,他曾带领官兵捉拿了恶虎村里的'万人愁'于虎和他手下的一帮土豪恶霸,为民除了一大祸害。要想救表弟一家,除非赶紧写呈状告到他那里,让刘大人发兵剿灭这帮土匪。"

郑平："你也写封信给武举老爷,让他们兄弟多加小心才是。"

店主："说得对,我这就叫人把信捎去。咱们两个马上动身去金陵,我领你走江边一条小路。"

天黑以后,楚家兄弟二人坐在前厅里议事,楚雄手里拿着店主托人送来的信,递给弟弟楚华说:"这是表哥托人捎来的信,说是郑客商路上已经被强盗抢劫,让我们多加防备。强盗们还扬言要报复我们。"

楚华："此话很有道理,我们事事多加小心就是了。"两人正说着话,外面突然咕咚两声,似乎有什么东西被抛进院中。楚雄忙唤家人:"出去看看是什么东西。"

家人走到院中,忽见有两个人影从房檐上飞身闪过,一转眼跳到院外。家人们再举着灯笼四处寻找,发现庭院中有两颗人头,吓得胆战心惊地跑到屋里说:"老爷,不好了!院里抛进了两颗人头。"

楚雄、楚华闻声,连忙走到院里,楚雄从家人手中接过灯笼,仔细照看,边说:"这是何人前来陷害我们?"

楚华看后说:"看这人头,像是昨夜里那两个受伤的强盗。"

家人在旁边说:"像,像!一定是那伙强盗恩将仇报,将昨天受伤的两个人头割下来栽赃陷害我们。"

楚雄："去把地保找来作证。咱们明天一早就提着人头到县衙门里报案。"

两个强盗在黑夜里疾行,他们穿过荒野,回到白沙口外一座孤零零的庙宇——玉皇庙。推开山门,庙里灯火通明,群盗呼么喝六地围坐在筵席前狂饮,猜拳行令,好不热闹。大王娄天贵和县里都头刁能坐在上首,另一侧是陈三彪。

喽啰推门走进,向上施一躬说:"两颗人头已经丢在楚武举院里了。"

娄天贵:"干得好,干得好,快来痛饮两杯!"两人坐下,有人递过酒来。

刁能:"两位兄弟功劳不小呀!这下子他楚雄就算彻底完了!他明天若是提着人头报案,县太爷那里咱们早就做好了扣子;他若是不去报官,咱就去到他家里搜查,只说夜里有人看见有人往他家院里扔进两颗人头。等把人头搜出,这罪名就铁板钉钉,跑不掉了。"

陈三彪:"怎么说呢?"

刁能:"大清律有明文,见尸不报,与杀者同罪!"

娄天贵:"刁大哥,这就全亏你的计谋了。"

陈三彪:"只要把楚雄哥俩关进监牢,就算给两个死去的兄弟报仇了。"

众喽啰:"为刁都头干一杯!"

娄天贵:"对,干一杯!"

刁能:"也为方才去楚家寨的两位兄弟干一杯!"

众人哈哈大笑地举起杯子说:"对,干一杯。"

苟知县坐在句容县大堂上,背后悬挂横匾"明镜高悬",差役两旁侍立。楚雄提着人头,楚华和地保跟在身后,走上公堂。

楚雄深打一躬说:"武生楚雄参见老父母。"

苟知县:"贤契,到公堂来是为了何事?"

楚雄:"禀报老父母!昨天夜里,我正与舍弟在屋里议事,忽听到院里咕咚两声,忙叫家人出外查看,发现有人丢进两颗人头。武生弟兄出去一看,果然如此,赶忙呼进乡邻地保出来作证。现将人头提来报官,请老父母验查审理。"

苟知县:"将人头呈上。"

楚雄:"是。"说罢,便将两颗人头摆在知县的案桌之下。知县探起身来向下看了半天,说:"你可认出这两个人吗?"

楚雄:"据我们弟兄回忆,好像就是前天闯进我家的两个强盗。"

苟知县故作惊讶地说:"噢,你认得他们?怎么认识的?你既说他们是强盗,你为何与强盗有来往勾连?"

楚雄:"大人有所不知,前日有一客商手持表兄的信来我家投宿,半夜一伙强盗敲门,逼我交出客商。武生知书明理,怎能做背信弃义的事?强盗见不应允就打进门来。我与舍弟及家人将强盗打退,砍伤了两个人。谁知这伙强盗心黑手辣,回去之后就将那两个受伤的人砍下头来,丢到武生院内,想要栽赃害人。"

苟知县:"一派胡言,竟敢到县衙大堂上来编造故事!本县境内一向太平无事,哪里来的二十个强盗到你家?既然强盗人多势众,你兄弟两个岂能轻松地将他们打退,而且还施行仁义,让他们将受伤的伙计抬走?"

楚华:"大人,家兄适才所说,全是实情。"

苟知县:"大胆,还敢跟着狡辩!明明是你们弟兄暗报私仇,将两个仇人杀死,然后提着人头赶来报官。"

地保:"大人,武举在乡里一向是亲仁善邻,和睦一方,从未听说他与任何人有仇,更不闻有这杀人越轨之事。"

苟知县:"可恶的地保,你一定受了楚雄的收买。老实说,得了他多少两银子?"

地保:"冤枉,实在是冤枉!小的所说句句属实,大人不妨派人下去察访。"

苟知县一拍惊堂木说:"楚家兄弟,你们从实招来,为何杀死他们二人？这二人是谁？将尸体埋在何处？"

楚雄："大人，冤枉呀，实在是冤枉！这两颗人头是强盗为了栽赃害人扔到我家院内的，并非是我弟兄所杀。"

苟知县："你还敢抵赖，给我拿刑杖侍候！"

差役："拿刑杖侍候！"

站在差役排头紧挨着苟知县的刁能，忙向苟知县递眼色，说："他有功名在身。"

苟知县："先给我押到监内！待老爷我明天行文去学台那里，革去他的功名，再来动刑。"

楚雄："大人，你将我们兄弟二人都押在监内，家中无人照应，实在令人放心不下。恳求大人将我弟弟放回家去，好保护一家人的安全。"

苟知县："杀人偿命，这是大清的刑律。你们既已犯法，还想回家，岂有此理！来人呀，将他们统统收押在南牢之中！"

差役："是！"上来了几个差役，给楚家兄弟戴上刑具，强拉着将他们带走了。

苟知县退堂回到句容县后衙书房。坐在桌案前，手中翻动着账本，望着站在跟前的刁能说："明天若是问不出口供来怎么办？他是武举出身，恐怕刑杖和木枷都不能让他服软。"

刁能："没有口供，就押在监牢里，不拿出银子便不能放他。他家广有田产，资财不下万贯，拿出五千两银子来，应当是不费难的。"

苟知县："只怕他不肯。"

刁能："不肯就不放出他来！他比咱们着急呀，明年秋天就是大比之年，他有了举人功名，难道就不想中个状元、进士什么的？"

苟知县："可也是！"

刁能："老爷你听我说,你得想开一点儿。你是县承临时署事,趁着前任县太爷回家丁忧之际,满打满算,也就是一年多的时间。你要不趁这个机会,捞上他万把两银子,可就是马驹子跟在车辕后边跑——空去空回呀!"

苟知县很有触动地点点头,翻动着账本说:"这个,这小子……"

刁能："等到前任县太爷丁忧回来,你再想寻个回家去的路费盘缠钱,可就是天亮了烧炕——赶不上热乎劲儿了。"

苟知县:"好了,那你不妨就过去说说看!"

刁能点点头,站起身来离去。

楚雄戴着锁铐坐在监牢的土炕上。禁卒为刁能将牢门打开,刁能低头迈进牢房,坐到地上的木凳上,两眼扫视着屋内脏陋的环境和满腹冤屈的楚雄,半天后说:"楚武举,委屈你了!"

楚雄望了望刁能,不卑不亢地把头偏向一方。

刁能："楚武举,我说的话,你可能不爱听,可眼前的事,却是秃头上的虱子——明摆着。县官与你作了对头,他一口咬定是你杀了人。你说不是,又拿不出证据来。这可不是两个哑巴打架——说不清,道不明嘛!"

楚雄愤愤地哼了一声。

刁能："所以我说,你要想明白点儿!俗话说得好:能打真赃实犯,不打人命干连。你现在和人命官司粘连上了,那真是豆腐掉在灰堆里——怎么抖搂也抖搂不掉了!"

楚雄:"我就不信!"

刁能："信不信由你,可这是个事实。县官他不向着你,你又拿不出有力证据,说明这两颗人头不是你杀的,他能放你出去?你不出去,眼见得大比之年就要来到,你错过了机会,就是错过了功名前程,你不惋惜?"

楚雄低头不语,心中很难过。

刁能:"因此我说,你莫如痛痛快快花几个钱,我去给你上上下下打点打点,把这事就全圆过去了。你回家去,该修文就修文,该习武就习武,明年捞个榜眼、探花什么的,那有多荣耀呀!你还在乎今天花这几个钱?"

楚雄为之所动,说:"得花多少银子?"

刁能:"不多! 不多!"说着把一只手举起来。

楚雄:"五百两?"

刁能:"不,五千两。"

楚雄坚定地摇了摇头,说:"不行! 不行!"

刁能:"那就少点儿。"

楚雄:"多少,两千两?"

刁能:"四千五百两。"

楚雄两眼旁视,不再言语。

刁能:"那就四千两,四千两,少一文也不中。"

楚雄不语。刁能说:"你好好想想,是花钱免灾呢,还是抱着元宝投河——舍命不舍财? 你听我说,银钱事小,功名事大,你可要三思呀! 好了,你就考虑考虑吧,明天我再来。"说罢,他低头从牢里跨出门去。

同一夜晚,楚家寨大门洞开,火光冲天。院内一片狼藉:流血的尸体、砸碎的家具、乱丢的衣物……十几个强盗从屋里出来,提着财物,疯狂地狞笑着。

陈三彪提着一箱子白银走向类天贵,说:"大哥,已经搜到他家的银库了。加封的银子,有五六千两!"

娄天贵:"都抬出来,一个不留!"

陈三彪:"是!"提着箱子将要走下。

娄天贵："且慢！记住让人给刁都头家里送去一千两。没有刁大哥的计谋，我们哪有今天？"

陈三彪："大哥说得是，我马上就命人把银子给他家送去。"

山村，靠山根下一家茅屋小店，店门上挂着木牌，上写"鸡鸣店"三字。楚家逃出来的家人一身血迹，满脸泪痕地站在客商郑平和店主郭全的面前，一字一泪地说："表姑爷，真是大祸天降呀！万万没有想到，会有今天这样的事！"

郑平和郭全昨天决定去金陵找刘墉大人告状后，立即动身，连夜跋涉在江边山间崎岖小路上。店主郭全一不小心扭了脚，郑平不忍心将他一人留在荒郊野外，两人只好又返回到鸡鸣店，不想今天一大早就见楚家家人如此狼狈地前来报信，两人几乎异口同声地问道："出了什么事，快说！"

家人讲了楚家遭陷害的经过，说："昨天夜里，十多个强盗闯进院子里来，逢人就杀，见人就砍，口口声声说要为他们二大王报仇。可怜老太太和二位少奶奶，还有孩子们，全家老老少少二十多口都被他们杀了。小的当时在后院，听到声音就藏在青草垛里，才算捡了一条命。等强盗走后，我一看，哎呀我的妈呀！满地血水，横躺竖卧全是尸体……现在两位老爷还在监牢里，得先把他们搭救出来才是！"

郭全："现在只有尽快赶到金陵，向刘大人告状了！"

郑平："可你腿已扭伤，走不动路了，可奈何？"

家人："我来背着你去。"

郭全："背着能走多远？眼下只有一条道……雇一头驴，驮上我。"

郭全骑在驴上，家人牵着，郑平在后面跟随，跋山涉水地急着向前赶。

与此同时，苟知县坐在句容县后衙书房里的桌案前，刁能走进，站立一旁。

苟知县："情况怎么样？他肯出银子？"

刁能："那是个铁豆子下锅——油盐不进的家伙。他死抱住钱财不放，我跟他好说歹说，他只肯出两千！"

苟知县："两千两银子？"

刁能："是！"

苟知县："我看两千两银子也可以了。"

刁能："哪能这么便宜了他！像他这样既是财主又想猎取功名的人，两千两算个啥？说实在的，五千两也不多！这样的钉子，你不敲他还等个啥时候？"

苟知县："依你说，该怎么办？"

刁能："到明天，大人就给学台下一道公文，先革去他的功名，然后再动刑法，不怕他不招。动过几次刑之后，人就软了，好比揽过的柿子，到时候，咱们愿意怎么捏就怎么捏。"

苟知县想了想，说："也好。"

郭店主一瘸一拐地走到江宁府大堂的悬鼓跟前，郑平搀扶着他。郭全举起鼓槌，猛敲悬鼓。

刘墉坐在正堂，一拍惊堂木说："何人击鼓？带上堂来，待本府审问。"

差役："带击鼓人！"两个差役带郭全、郑平走上堂来。

郭、郑："小民郭全、郑平参见知府大人。"

刘墉："尔等因为何事击鼓？详细地讲来！"

郑平："我是山东来的客商，前日住在郭店东的店里。据他言讲，有强盗夜里要来抢劫，他愿写信介绍我到他表弟楚武举老爷家里避难。不成想……"他详细讲述了楚家寨楚家兄弟杀退强盗，他在黑松林被劫，强盗夜里在楚家院内丢下人头的事情经过。

郭全："可怜我那表弟楚雄，提着人头去县衙报官，反遭知县诬陷，逼他承认杀了人。而那伙强盗却趁他们兄弟俩监禁在南牢之际，黑夜里闯进楚家寨，杀死楚家满门二十余口……望大人明镜高悬，为民做主，从句容县的监牢里救出我那两个表弟。"

刘墉："有这等事？实在令人可气可恨！郑平、郭全！"

郑、郭："小民在。"

刘墉："你们先回去听候，本府马上行文，着人去句容县将知县和楚家兄弟提调过来。等他们来后，你等一并前来听审。"

郑、郭："是！"二人磕头后站起，退出衙外。

白沙口刁能家里，刁能与娄天贵、陈三彪及两个喽啰坐在桌前饮酒，刁能妻子皮氏又端上一大盘糖醋鲤鱼。

娄天贵："哎呀，嫂夫人，真有劳您了！席上已经这样丰盛，就不要再弄什么菜了！您也坐下来，一起喝一盅吧！让我们好好地敬您一杯。"

皮氏："你们喝吧，我也不会饮酒。"说着放下菜盘子走出去。

娄天贵："刁大哥，这事前前后后多亏您了！你让我们绝处逢生、败中得胜，既报了仇，又得了银子。来人呀，把我们那份厚礼，给刁大哥献上！"

两个小喽啰连忙从屋外马背上抬进十封银子递给娄天贵。

娄天贵双手献给刁能，说："刁大哥，这十封银子，是我们弟兄孝敬您的礼物。今后，只要我们得了手，总不会忘掉刁大哥您的一份的。"

刁能双手接过说："多谢诸位兄弟这番厚意，我刁某人愿意同众家弟兄生死与共、祸福同担。"说罢,将银子放到柜中。

娄天贵:"难得刁大哥这样豪爽仗义,够得上朋友。弟兄们,让我们共敬刁大哥一杯!"众强盗一齐站立起来,举起杯说:"我们弟兄共敬刁大哥一杯。"

刁能:"好,让我们弟兄一齐把这杯交心酒干了。"

娄、陈:"对,我们一齐干了这杯交心酒。"

娄天贵:"刁大哥,听说您正逼着楚家弟兄交出五千两银子,然后将他们放出。依我等愚见,此事万万不能呀!您想,我们杀了他楚家满门,您把他放出来,他或是去鸣告官府,或是邀聚一些武林兄弟,必定去找我等寻机报仇,对我等都是个祸害。"

刁能:"此事,诸位弟兄就有所不知了。我这一招,就叫做一竿钓两鱼:一头钓住苟知县,一头钓住他楚家弟兄!"

娄天贵:"噢,一竿钓两鱼?猜不透刁大哥此计中的奥妙。"

刁能:"那苟知县本是个赃官,我若不说楚家能拿出五千银子,他会听我话随意地摆布楚雄哥俩吗?现如今楚雄听到家产全部被抢,知道再要拿出五千两银子来,除非变卖祖业、倾家荡产不可,恐怕他一时也下不得这个狠心来。他就只好风箱板拆做锅盖——受了冷气又受热气呀!"

娄、陈哈哈大笑,说:"刁大哥真有你的!"

陈三彪:"我们有了刁大哥做军师,今后可就是左右逢源,永发利市了。"

刁能:"只要众家兄弟有好处时,不要忘了我就行了。"

陈三彪:"忘不了! 忘不了!"

众盗:"绝对忘不了!"又是一阵举杯狂饮和大笑。

刘墉坐在江宁府大堂上,何英一旁站立,众差役两旁侍立。

刘墉:"来人呀,带句容县令和楚家兄弟上堂!"

差役:"带句容知县和楚家兄弟上堂!"差役们将苟知县和披枷戴锁的楚家兄弟带上堂。

苟知县:"句容知县参见知府大人!"

楚雄、楚华:"武举楚雄、小民楚华拜见知府大人。"

刘墉令何英将状子递到楚雄面前说:"楚雄!"

楚雄:"武生在。"

刘墉:"这是你表兄郭全呈上的状子,你看可否句句属实?"

楚雄仔细看后:"禀大人,句句属实。"

刘墉:"好,你们侍立一旁。苟知县!"

苟知县:"卑职在。"

刘墉:"你是一榜啊,还是两榜?"

苟知县:"回禀大人,卑职一榜也没中过,是个监生出身。"

刘墉:"原来是花钱捐的知县。"

苟知县:"卑职原是溧阳县丞,因前任知县回家去了,上司才遣卑职来此处临时署事。"

刘墉:"苟知县,既然上司委你临时署知县之事,你就该秉公执法,恪尽知县的职守才是,为何却要借机侵害贤良呢?"

苟知县:"卑职并未借机侵害何人!"

刘墉:"你还犟嘴!我问你,楚家弟兄会同乡邻地保提着人头去县衙门报官,你为何就定他是杀人凶犯呀?"

苟知县:"他说认识那两个被害的人。既然认识,人头又在他家院内,不是他杀的,还是何人?"

刘墉:"你好糊涂!世上可有这等愚人,杀了人还自己将人头提送到县衙门里去报案的?"

苟知县:"这叫贼喊捉贼嘛。"

刘墉:"那是强盗在无法逃脱之时,采用的一种临时应变伎俩。他们是在自家院里发现的两颗人头,又是在夜深人静之时,有什么紧迫危机之感，值得他们到外面破着嗓子去贼喊捉贼？”

苟知县："大人，我断定他是为报私仇，将人害死，然后花钱买通乡邻地保，一起提着人头到县衙门里来销赃。"

刘墉："既然买通地保，就该就地销赃，何须再走上几十里路，费力不讨好地到县衙来销赃？既要销赃，就该把尸体一起销了，何必单割下头来，而私自把尸首掩藏起来？"

苟知县："卑职也曾追问他等，尸身销赃到何处去了，但没有查出个结果。"

刘墉："没有尸身，也没有杀人凶具等物证，如何就定他个杀人之罪？"

苟知县："卑职做事草率。"

刘墉："人命事大，岂容草率！我再问你，既然案情还没有断定，为何将他弟兄双双监在牢中？"

苟知县："因为人命关天，怕他们走脱。"

刘墉："楚家弟兄一再请求，先放一人回去看守家宅，你为何百般不允？"

苟知县："兄弟俩之中还难断定哪个是真凶，哪个是帮手。"

刘墉："由于你这一时胡来，使他全家二十余口惨遭横祸，你可知道？"

苟知县："知道。"

刘墉："你可去捉拿凶手？"

苟知县："卑职猜想，能够打进楚家寨内，杀死二十余口人的，定非个把歹徒，一定是一伙江洋大盗。句容小小县衙，哪有兵力拘逮这些江洋大盗！"

刘墉："好你个赃官禄蠹！你没有能力去拘逮强盗，却有能力侵害贤良！你拿着国家俸禄，却向老百姓开刀。苟知县！我再来问你，你既然断定楚家被害，是一伙强盗所为，这就证明楚雄与强盗是有仇的,前次两颗人头定是强盗所为,你为什么还不放他出去找强盗报仇?"

苟知县:"这,这……"

刘墉:"这明显是你一心在包庇那些强盗,为他们杀人抢劫提供方便。"

苟知县:"卑职不敢。"

刘墉:"好你个大胆的苟同,你还敢犟嘴!来人呀,将他的纱帽冠带全部摘下!将刑具抬上来侍候。"

差役上前将苟知县的乌纱帽摘掉。

两个差役从外面将夹棍抬上公堂,放到地上。知县苟同一见刑具,面如土色,浑身抖动如筛糠:"大人,且莫动刑!卑职愿据实招来!……卑职愚笨,做了这些蠢事,都是听信了一人之言。我的差人之中有个都头,名叫刁能,他对下官说,楚家银钱多广,他既然提着人头来,就该将他扣下,让他拿出五千两银子再放他出去。"

刘墉:"他可曾拿出?"

苟知县:"还没拿出。刁能又献计,让卑职行文革除楚雄功名,然后连续用刑,不怕他不交出银子来。"

刘墉:"好个狠毒的知县!像你这样贪赃枉法、胡作非为,只为贪得钱财,故意将良民推向火坑,不是比蛇蝎还毒吗?怎么配当一方的父母官!"

苟知县:"都是卑职一时糊涂,听信了小人刁能的谗言。"

刘墉:"朱文、赵武!"

朱、赵:"小的在。"

刘墉:"命你二人速到句容,将都头刁能拿来。"

朱、赵:"遵命!"二人领到令签后走下。

刘墉:"先将这一干人犯暂收监内,等刁能来了再审,退堂。"

在玉皇庙后房里，娄天贵坐在正中，陈三彪坐在一侧，刁能坐在另一侧，小喽啰散乱地站在屋内。

刁能："众家兄弟，大事不好！有人到江宁府里为楚家兄弟鸣冤告了状。今天知府已经下来行文，将苟知县和楚家弟兄都提到金陵去了。"

娄天贵："自古道，官官相护。他能把知县大人怎么样呢？"

刁能："听说这位知府很不寻常，外号叫死难缠，只怕他要秉公执法，明批实断。"

陈三彪："那又怎么样，大不了罢他的官，放了楚家兄弟。我们只要用心防备就是了，还怕他个屁？"

刁能："不是这么说。怕只怕县官胆小慌神，把我给招供出去。"

陈三彪："依我看刁大哥就跟我们一起，一走了之。"

刁能："我哪有兄弟们那般轻便！你们是灶王爷贴腿肚子上——人走家搬。我人走了，家里的财产搬得走吗？上上下下十几口人能带得走吗？"

娄天贵："刁大哥在白沙口一带也称得上有名的富户了，怎能像我等这样抬腿就走呢？你的意思是……"

刁能："也只有凭我一张伶牙俐齿狡辩公堂了。以我在衙门里混事多年的经验，这里面的深浅利害，我还是能够巧妙应付的。万一应付不了，真出了事时，众家兄弟……"说罢巡视众人。

众强盗："大哥有话只管说。"

刁能："万一我真落了难，众家兄弟一定想法子托人多多地送上钱去。自古道：钱可通神。不信他刘罗锅子花钱买不动！"

娄天贵："刁大哥只管放心，到时候我就是把头拱到地上，也要广集钱财送到江宁府上去。"

刁能："好,那就一言为定了!"

刘墉坐在江宁府大堂上,差役两旁侍立。

刘墉："带句容县苟同!"

差役："带苟同!"差役将苟同带上。

苟同："卑职拜见知府大人。"

刘墉："先在一旁侍立。来人呀,带句容县都头刁能。"

差役："带刁能!"朱文、赵武押解刁能走上堂来。

刁能向刘墉叩头说:"小人刁能参见知府大人。"

刘墉："你就是句容县都头刁能? 衙门里当差多少年了?"

刁能："二十五年了,前后侍候了七位县太爷。"

刘墉："你也算是久惯应差的了,衙门里的事,算是摸透了吧? 我问你,帮县太爷捞过多少银子?"

刁能："小的不敢隐瞒。要说当差这么多年,侍候过这么多的县太爷,其中难免有贪财爱钱的扒手。我们当差的为讨好县太爷,只要是县太爷喜欢,我们便要想着法子为他们去办事,出卖了几件人命官司,是免不了的。不过,钱都叫县太爷们捞走了,剩下点儿稀米汤,几个当差的也就仅够塞饱肚子。大人,确实没有多少的油水。"

刘墉："好了! 咱们远的不说,就说新近楚家兄弟吧,你又从他们身上捞去了多少银子?"

刁能："大人,你要问别人的事,年深日久,我难以记得周全。你要问楚家兄弟的事,那可是小葱拌豆腐——一清(青)二白,我原原本本地讲给大人听。只因我们如今的县太爷,是县丞临时署事,对于银钱上未免贪得急了一些,他见楚家家资丰富,银钱多广,便让小人向他索要五千两银子。大人明鉴,像这等事,县太爷不认可、发话,我们当差的能够行得通吗? 我正是秉承苟太爷之命,才去监牢与楚雄过了话的。可是他认死也不肯出五千两银子,我也只好将原话传给县太爷。因此,此事至今还是小马驹跟在车辕后边跑——空来空去,一两银子也没有捞到!"

苟知县:"知府大人在上明察!刁能的话纯粹是左推右挡,把自己洗刷得一干二净。此事实则是他出的主意,是他让本县扣住楚家兄弟,说他家里有钱,要他拿出五千两银子才放人;若没有这五千两银子,就让他眼望着明年春季大比之年,不能应试。"

刘墉:"大胆刁能,本府知道你在衙内混过多年,深知各种疏通关节,向楚家要五千两银子的事,你岂会放过? 只是你为何非要留住楚家兄弟两个在监牢里,不让他们一人回家去保家护宅,以致出了今天这满门遭害之祸?"

刁能:"这都是县太爷在堂上断定的。"

苟知县:"是你在后衙书房里说,只有把弟兄俩全都扣住,他们才肯出钱;如若放回一个,难保他不向知府衙门里去告状。"

刁能:"县太爷,你说话可要留点儿阴德呀!"

刘墉:"休得胡说! 我再问你,楚家满门被害之后,你为何不放他们弟兄出去,找强盗报仇? 难道说你与这些强盗有什么来往,成心要保护他们不成?"

刁能闻言连忙叩头:"大人冤枉呀! 小的身为差役都头,怎么会与强盗有所勾结呢?"

刘墉:"你还犟嘴? 衙门里若是无人给强盗通信,他们的盘子会采得这么准! 楚家弟兄两个刚被押在监牢,当夜就满门遭祸,强盗怎么会知道得这么清楚?"

刁能:"大人明察! 大人若真是查出小的与强盗有来往,便是严刑重典,小人也甘心领受。"

刘墉:"好个刁能,本府一定会叫你甘心领受的。来人呀,先将苟同、刁能押进牢房,改日再审!"

刘墉退堂回到江宁府后衙书房桌案前,张承端来晚饭,摆到桌上:一碗面汤、两个硬面饽饽、半碗咸盐豆。张承将盐豆子放在桌上,口中不免嘟囔一句。

刘墉:"你说什么?"

张承:"家趁万贯,不拿盐豆子就饭。"

刘墉:"老爷可是那家趁万贯的人?"

张承:"老爷世代为官,是前朝宰相之子、七王爷的郡马,现在又身为黄堂知府,难道还用得着这样节省,顿顿用萝卜缨子、盐豆子就饭吗?"

刘墉:"我不是跟你说过多少次,老爷是山东人,就得意这一口嘛!"他边说边吃,忽然从盐豆里挑出个石头子,咯噔噔地丢到桌上,不高兴地说:"呔,怎么把石头子弄到盐豆子里去了?要硌掉老爷的牙是怎么的?"

张承连忙走过去,想用抹布将石头给捡拾起来。刘墉忽然止住张承,连忙自己走过去,说:"且慢!"说着用筷子夹起那块小石子儿,有所感触地说:"无怪人们都说:开锅煮石豆——油盐不进! 这个家伙真就是油盐不进。何英!"

何书办走进说:"大人唤我?"

刘墉用筷子拨弄那石豆子,说:"何英,你说说! 那个刁能是不是像这个掉进锅里的石头蛋子?"

何英:"油盐不进?"

刘墉:"正是,像他这样在衙门里混了一辈子的老胥吏,什么鬼没闹过? 什么坏事没干过? 对于刑名上的事儿,他比老爷钻得还透,你要撬开他的嘴巴,比登天还难。"

何英:"这就是俗话说的:阎王爷一把抓不住——滑鬼一个。"

刘墉:"怎样才能将这石头蛋子撬开个缝,加进些油盐呢?……对,你先下去把刁能的乡邻地保找来,今天老爷还没来得及审问他们!"

张承过来将桌案上的碗筷收拾下去,随着又端上一杯茶来,刘墉端着茶在屋内来回走动。何英带着两名乡邻地保走上来,说:"禀报大人,白沙村两名地保已经带到。"

二地保向刘墉施礼说:"白沙村地保谷有福、曲长顺给大人叩头。"

刘墉:"你们都与都头刁能住在一个村里?"

谷、曲:"是多年的老乡邻了。"

刘墉:"这刁能在乡里的为人怎样?"

谷有福:"回大人,这刁能可以说是地方上的一大能人。他在衙门里走红,前后在七个县太爷面前都能讨好,吃得开。赚到的银子有多少,我们外人说不清,但是田产,却是年年买进来,十几年的工夫,远近的三村五寨,差不多都有人成为他的佃户了。"

何英:"这就叫,家中有黄金,人心是戥子。"

刘墉:"这玉皇庙离你村有多远?"

曲长顺:"七八里地。那里原是个码头,来往船只多在那里靠岸,曾经热闹一时。后来沙土淤积,河水改道,就荒废了,人家都迁走了,只剩下一座玉皇庙。因为人迹稀少,那一带便啸聚了一伙强人,拦劫客商,杀人越货,是常有的事。"

刘墉:"刁能可与这些强人有所来往?"

谷有福:"吾等不得详情,但常见有人夜里来他家欢聚。"

刘墉:"好吧,你们先都下去!待本府详察之后,再做处理。"

谷、曲:"小的们随时听候大人传讯。"说着退出。

刘墉:"看来,刁能定与这些强盗暗中有所勾结,只是一时还拿不出把柄来……有了,只有这样才行!明天你一早,就带两名差役去白沙村,到刁能家里,就这样说……"

何英听着大人的吩咐,不住地点头。

第二天一早,何英骑马带领两名差役和地保谷有福、曲长顺匆匆赶路,前往白沙村刁能家里。天近中午,一行人来到村口,何英下马对众人说:"二位地保,就烦劳你二人先去刁家,照昨天大人吩咐的话,去对刁妻皮氏讲,吾等在此等候。"

谷、曲用手一指说:"那就是刁都头的家,就请诸位在此稍候了。"说过便向刁家走去。何英等人坐在一棵大树阴下。

二地保来到刁家门口,用手拍打门板,长工出来开门说:"原来是曲爷、谷爷!"

谷有福:"大栓子,你们当家奶奶在吗?"

大栓:"在,在,二位请进!"二人跟随大栓子来到房屋门口,皮氏从里面迎了出来,笑着说:"是谷叔、曲叔,快到屋里来坐!"

皮氏将二地保让进屋里,长工送上茶来,皮氏说:"二位可是从江宁府来?"

谷有福:"正是,刁大哥让我们到家里传个口信。"

皮氏:"你大哥的官司可有个下落?"

谷有福:"是楚家的表哥在府里将县太爷和刁大哥告了,说他们敲诈勒索,坑害良民。这事,头一宗有县太爷在头里顶着,二则咱刁大哥多年来在衙门里混,上上下下路子都熟,经过前前后后这么一打点,也就大事化小,小事化了了。这就是俗话常说的:世路难行钱作马。没有花钱办不了的事!"

皮氏:"只要人能出来,花钱多少就不能在乎了。"

曲长顺:"刁大哥也是说这么个理儿。他让我们对嫂子说,赶紧把银子准备出来,让府里来的差人带回去。银子一到,什么事都解决了。"

皮氏："得用多少银子？"

曲长顺："少说也得千把两吧。"

谷有福："刁大哥说，无论如何也要把银子凑足！"

皮氏："那好，你们二位就在这里先等着！"说罢，走进屋里打开柜子，从里面取出银子后，唤来长工，说："大栓，把这些银子拿到客厅里去！"

栓子分成两个包袱，将银子拿进客厅，搬到桌子上。皮氏对谷、曲二人说："左右地收拾，总算凑足了这个数。你们二位先拿着，不足时，再到家里来取。"

谷有福："嫂子，不是说你信不着我们。这么多的银子，你还是当面交给府里来的公差为好，他们都在村外等着哪！"

皮氏："那就请几位公差到家里坐坐。已经快到正午了，不是我有意巴结官府，既然已经来到家门口了，总不能让几位饿着肚子回去。"

曲长顺："那好，我就去请几位公差进来，你们当面把银子点清，也就没有我们哥俩什么事了。"

客厅内摆上酒席，何英、差役和二地保坐着饮酒，长工不住地为客人斟酒。皮氏从厨下为客人端菜来，说："诸位官差老爷，乡间没什么好吃的，就请官爷们多多担待了。"

何英："我们这就领情了。"说着，眼睛直望着柜上摆着的两包白花花的银子。

在江宁府后衙书房里，刘墉坐在桌案前，陈书办站起身来拱手告别道："刘大人，卑职这就告辞了。"

刘墉站起身来说："本府就不远送了，请向巡抚大人转呈谢意！来人呀，送客！"张承上来送客，刚走到门口，迎面碰上何书办。两位书办互相打过招呼，何英两眼一直目送陈书办走后，方才转过身来走进书房,问刘墉说:"陈书办来了?"

刘墉:"是的,已经坐了个把时辰。何书办,你知道他来此的目的吗?是巡抚大人让他来传话,说是本府一年来恪尽职守、政绩突出,巡抚大人已向皇上提出荐举,请朝廷尽快择优升迁我呐。"

何英:"这是好事情呀!"

刘墉:"好事情也还是应了你说的那四个字——明争暗斗。"

何英不解地说:"大人,抚台好意保举你,怎么也是明争暗斗呢?"

刘墉:"消除异己,一般都有两把刀子:一把是硬刀子,一把是软刀子。当硬刀子不得力时,便改用软刀子了。巡抚几次寻找茬口要把我排挤掉,都没有得逞,现在就改用了升迁这一手,表面上是为着我好,实际上则是送你早早离开此地,免得对他碍手碍脚。"

何英:"真想不到,他的城府竟这么深!"

刘墉:"不说这些了!我问你,这次去白沙村,可曾见到刁妻?"

何英:"见到了。一切皆按大人吩咐的话办的,果然灵验,银子已经拿到手了。"说着,向外屋喊道:"来人呀,把银子拿进来!"差役将两包袱银子放到桌上,何英上前解开包袱皮子,刘墉拿过来几锭银子仔细翻看。

刘墉:"来人呀,去把楚雄唤进来。"何英走到桌案前,也帮助刘墉查看那些银子。

楚雄走进来,深施一礼说:"武生楚雄,参见大人。"

刘墉高兴地招手说:"你过来,看看这些银子可有你家的?"

楚雄走过去翻看,一见四封百两一锭的银子,说:"这四封就是武生家里的。"

刘墉："你怎么认得的？"

楚雄翻过银锭背后，指给刘墉说："大人请看，此处有武生画的花押。"

刘墉："四封都是如此？"

楚雄："回大人，武生家里的银子都经过武生的手。"

刘墉翻看银子画押之处，不禁点头微笑说："好个狡猾无赖的刁能，现在人证物证皆在，看你还有何话可说。"

刘墉坐在江宁府大堂上，桌上摆着四封银子，何英站立一边，差役两旁侍立。

刘墉："带苟同、刁能，还有乡邻地保和楚家兄弟上堂！"

差役："带苟同、刁能、乡邻地保和楚家兄弟！"差役押着苟同、刁能、楚家兄弟和乡邻地保上堂。众皆叩头说："参见知府大人！"

刘墉："刁能！"

刁能："小的在。"

刘墉："你走过来！堂上这四封银子你可认得？"

刁能走到刘墉案前，拿起银子瞧了半天，说："认不出来。"

刘墉："楚雄！"

楚雄："武生在！"

刘墉："你过来看看这四封银子！你可认得？"

楚雄走到桌案前，翻看银子后背说："禀告大人，这是我楚家的银子。"

刘墉："怎么见得是你楚家银子？"

楚雄："银锭后面有我画的花押，请大人过目！"

刘墉拿起四封银子翻看，并示给何英看后说："果然有楚雄的花押。白沙村地保！"

二地保："小人在。"

刘墉："你们说说，这银子是哪里来的？"

谷有福："昨天我们两个人，会同江宁府三位差爷去白沙村刁家，见到刁能妻子皮氏，对她说：刁大哥在府里被人告了，说他和县太爷坑害良民、勒索钱财。多亏刁大哥当差多年和上上下下的人都有交情，花了钱就没事了。刁大哥叫我们回来赶紧把银子凑齐，把钱交上他就可以回来了。皮氏听了，走进屋里就提出了这些银子。"

刁能："你这是玩弄圈套，血口喷人。我家哪里会拿出这些银子来？"

谷有福："是不是你家拿出来的，也不是我一个人说了算。昨天一起去的，这不还有四位！你若不信，还可以把你家娘子和大栓子传来作证。"

刁能："真是可恼！什么人竟想出这样狡猾的诡计来？"

刘墉："刁能，现在是人证物证皆在，你还有何话可说？你若不与那伙强盗勾结，家里怎么会藏有强盗从楚家抢劫的银子？"

刁能："小的不曾与强盗……"

刘墉："事到如今，你还嘴硬。来人呀，抬来夹棍！"两差役抬上夹棍，将刁能的手指、脚趾全都套上。

刁能："且慢，小的愿意如实招来！"

刘墉："且慢动手，容他一一招来！"

刁能长出了口气说："白沙口玉皇庙附近，常聚有一伙强人，小的早就知道，大头目娄天贵也与我早有交情。那天晚上，他们抬着两个重伤弟兄，丢盔卸甲逃到我家中，一个个垂头丧气，眼看要各奔前程。小的就为他们出主意说：在这一方，就是楚家弟兄有点儿势力，我们用计将他们捉进监牢，你们就可以在此一方横行了，何需散伙！他们问我有何计策？我说，这就看你们有没有狠心了。有狠心就把那两个受伤弟兄的头砍下来,丢进楚家院内;没有这个狠心,也就算不上是个大丈夫了。后来他们听了我的话,砍下两个人头,丢进楚家院中。在楚家兄弟双双囚进监牢的当天夜里,他们又血洗了楚家满门,这都是我的罪过。"

刘墉一拍惊堂木说:"好个黑心的恶鬼,你在衙门里当差,却暗中勾结强盗,官匪相通,坑害善良,让黎民百姓如何过下去!不铲除你们这些妖孽,地方怎得太平?来人呀,将刁能押进死牢!马上向上行文,等到刑部批文一到,立即拉出去斩首。把他押下去!"

两差役给刁能戴上大枷,拉了出去。

刘墉:"苟知县。"

苟知县:"卑职在。"

刘墉:"方才这一切你都听到了吧?"

苟知县:"卑职知罪!"

刘墉:"先押你在南牢牢内,待等捉住那伙强盗时,一起审理。来人呀,将苟同带下!"

差役走上前将苟同押下。

刘墉:"两位地保,你们为破此案出力不少,每人奖赏十两纹银。"

二地保:"多谢知府大人。"

刘墉:"楚雄、楚华!"

楚雄、楚华:"武生在。"

刘墉:"你们本是好心,不想中了贼人奸计。都只为官匪相通,才造成这一天大冤案,本府甚是怜悯。现在本府马上要调兵捉拿这伙强人,为地方除害,为你楚家报仇。本府意欲留下楚雄与官兵一起捉拿强盗,楚华去料理丧葬之事、重整家业。不知你等意下如何?"

楚雄："武生愿意随同官兵剿匪,在大人身边效劳。"

楚华："小人马上回家料理丧葬之事,重建家园。"

刘墉："如此甚好,今日先审到这里。退堂!"

　　白沙口外玉皇庙内,群盗在后屋里饮酒作乐。突然,从外面跑进一个喽啰说:"大王,刁都头家里做活的人来了。"

娄天贵："让他进来!"

喽啰："是!"走出去将大栓领进。

大栓："六王,我们当家奶奶叫我禀报大王,我家都头老爷,前天被江宁知府传去,同去的还有县太爷,听说在大堂上都被判了罪。当家奶奶让我说,请大王赶快想法子,搭救我家老爷出狱,我家老爷年纪大了,在监狱里不堪折腾。"

娄天贵："我们与刁都头八拜之交,讲好了有福同享、有祸同当,焉有袖手旁观之理?"

大栓："那就多谢大王了。"说罢转身退下。

娄天贵："诸位兄弟,情况不妙! 你们看,该怎么办?"

陈三彪："没得话说,我们与刁都头是拜把兄弟,他如今被知府衙门抓去,凶多吉少。我们不如趁黑打进金陵,杀上江宁府。劫牢反狱,救出刁大哥。"

几个喽啰："对,杀上江宁府,救出刁大哥。"

娄天贵："都是混活! 这金陵是天下有名的大埠,你我几个人如何能杀得进去? 就是杀进去,也敌不住江宁府里一帮高手,到时别说是劫牢反狱,简直就是飞蛾扑火,自跳火坑。"

陈三彪："那也不能眼见刁大哥等死呀。"

娄天贵："此事上有县太爷顶着,刁大哥不过跟着做了些手脚,谅他知府也不会就将大哥怎么样了? 现在危险的,倒是我等……听说江宁知府刘墉十分厉害,前次已经领兵剿灭了恶虎村,活捉了于虎等一班强人。现今他又把楚家兄弟放出,一定会发兵来捉拿我等。"

小喽啰:"这便如何是好?"

另一小喽啰:"不如各拿一些财物,回到家里躲一躲。"

陈三彪:"窝囊废!怕什么,大不了兵来将挡,水来土掩。我们各拿家伙,战他一场,官兵能动我们一根毫毛?"

娄天贵:"你们自己思谋思谋,我等的能耐与于家五虎相比如何?于虎偌大个庄园还抗拒不了官兵,我们这一座孤庙,就能支撑得住?"

陈三彪:"大哥的意思是……"

娄天贵:"金坛县有个镇禄大哥,外号人称镇江宁。他的庄园里有许多暗道机关,绿林上的人作案后到那里躲藏,多少年来,从没犯过事。我们不如投奔到他那去。"

众喽啰:"大王说得极是,我们就投奔他那里去。"

第二天,王英、宋德政二守备和陈勇、楚雄各骑战马,带着官兵和众差人从大道上奔袭玉皇庙。走进荒滩沙地后,只见一片白沙漫漫,有几株蒿草和枯柳在冷风中瑟瑟摇动。马踏白沙,步履艰难。

二守备和差役跃马来到玉皇庙前,庙门敞开。陈勇等下马走进庙里,前后殿堂皆都空空如也,一片凄惨狼藉景象。

王英等带领官兵和差役偃旗息鼓,扫兴归去。

刘墉坐在江宁府后衙书房案前,陈勇、楚雄、朱文、赵武站立两旁。刘墉已知道强盗逃走一事,但料定他们都是地方上一些草寇,不会逃出多远,遂命令他们四人乔装打扮,就在这句容县附近,分头出去寻访,一旦有音信,马上回来禀报。

陈勇扮作行商模样,一身青布裤褂,背着一个沉重的古铜色包袱,来到会仙楼饭馆门前。他停步向里面望望,随后走了进去,在一个空桌前坐了下来。

跑堂儿走过来问:"客官想吃些什么?"

陈勇:"我路过这里,又饥又渴,你只拣些顺口的饭菜端来,越快越好!吃过饭我还要赶路。"

跑堂儿:"客官你放心好了,马上就来,保准让你满意。"说着走下去。

陈勇仔细地打量着饭馆里的客人,士农工商、五行八作的人皆有。正在这时,一个长工打扮的人走了进来。跑堂儿的认识,老远就打招呼:"王哥来了,今天要点儿什么?"

王哥:"我家东家说了,要上十几样好菜,外加几十套酥油烧饼,做得后全用食盒装好!"

跑堂儿:"王哥你等着,马上就好。"王哥站在屋子一角等候,当他目光触到陈勇时,不由得震动了一下,目不转睛地打量着陈勇。陈勇不由得也是一惊,仔细看看自己身上的打扮,觉得看不出有什么破绽,于是,心里稍微安定了一些。但过了一会儿,他抬头再看那人时,那人还在望着自己,于是他心里更加疑惑起来。

工夫不大,跑堂儿的将两个食盒拿来,交到王哥手里,说:"都备齐了,给你打开看看?"

王哥:"不用了,你办事我放心,银子我回头给你送来。"说着拎起两个沉重的盒子,艰难地往外走去。边走仍边回头望着陈勇。

陈勇马上放下筷子,回头对跑堂儿说:"小二哥,帮我看一下包袱,我出去一下就来。"说着站起身来,尾随王哥走了出去。看看走到没人之处,王哥停下脚步,放下食盒,等着陈勇走过来。

陈勇:"前边那位兄弟认识我?"

王哥："只是面熟,但一下子不敢认。"

陈勇："你是……"

王哥："我是王大龙。陈千总,你认不出来了?你这身打扮,我在饭馆里怎么也不敢认你。"

陈勇："大龙,真没想到在这儿能遇见你……咳,自从你离开漕运粮船……"

王哥："当年多亏陈千总好心搭救。我因为打架,误伤了满人百夫长,是大人你偷着放我上岸,不然官府还不治我的罪。"

陈勇："这些年你干什么去了?"

王哥："从船上逃下来,在亲戚家躲了半年,后来看看外面没啥动静,就托人在镇家庄园找了个长工的差事。千总,你怎么不当漕运千总,倒做起买卖了?"

陈勇："大龙,自从你出走后,漕船就出事了。一船皇粮被飓风刮翻,粮食全部损失,多亏朝廷恩典,没有治罪,只革职回家了事。后来江宁府来了个刘墉刘大人,为人忠正清廉,我便投到他那里做了差役头目。现在是为了一桩案子,乔装打扮,到你们这里。"

王哥："听说这位刘大人非同小可!这一方恶霸提起他都头疼,我们家的老爷就是一个。"

陈勇："你家老爷是……"

王哥："我们家镇老爷,外号叫镇江宁,是远近一方有名的窝主。"

陈勇吃惊:"什么,窝主?"

王哥："他家庄园地势宽大,广厦千间,里面的埋伏随处都是。听说最近从句容白沙口来了一伙强盗,我这两盒子吃食,就是庄主为招待他们而预备的。"

陈勇："我能不能随着你进庄园里去看看?"

王大龙想了想说:"你得换套跑堂儿的衣服,就说是帮我送饭的。"

陈勇返回店里,向跑堂儿的一招手说:"小二哥,过来结一下账!"跑堂儿的走过来,陈勇掏出一块银子放到他手里,说:"余下的就给你小二哥零用吧!只求你一件事,这包袱寄存在你这里。另外,你能不能借我一身你们常穿的衣裳?"

跑堂儿的想了想,说:"行,你跟我来!"说完接过陈勇的包袱,走进屋内。

在镇家庄园后院花厅里,镇禄设宴款待娄天贵等一伙人,满桌酒席筵菜、各种美酒摆得桌上琳琅满目。

娄天贵:"镇大哥如此豪爽,摆出这么多佳肴美食来招待我们兄弟,真是不好意思。"

镇禄:"山村僻壤,谈不上什么佳肴美味!说实在的,有好东西也做不出味道来,大家好歹凑合吃吧!我已叫人去镇上有名的会仙楼里要了几道名菜,给诸位下酒。"

娄天贵:"难得镇大哥这番盛情美意。来人呀,将预备的一份薄礼献上,请镇大哥过目!"

喽啰:"是。"说着走出去,抬进一个箱子,放在地上,将箱子打开,里面是闪光的珠宝玉器。镇禄不住咂嘴,贪婪地望着。正在这时,王哥和陈勇提着食盒子走上。

王哥:"庄主老爷,名菜来了!"说着掀开食盒,将菜一样样地搬到桌上。娄天贵疑惑地望着陈勇,然后用手一指说:"这个人……"陈勇心里也不免一动,但仍镇静地打开食盒子,一盘盘地往桌上端菜。

王哥解释说:"这是会仙楼新来的伙计。"

众人也就没有再加注意,又划拳猜令地痛饮起来,王、陈两人趁机悄悄走了出去。

王大龙带领陈勇来到金坛县城里的悦来客栈门口,说:"千总,这店离镇家庄园较近,你先在这里住下!到夜里二更天时,我来接应你。"

陈勇:"行!"说着走进院内。店家迎出来说:"客官,要住店吗?"

陈勇:"有清静的房间吗?"

店主:"后院的客房都很僻静。"说着领二人走了进去。到了一间客房门口,打开门,伸手说:"这间怎么样?"

陈勇一边带上门,一边用手抓一把白灰,在门上留下个梅花瓣的指印,然后笑着说:"很好,就在这住下。"

店主:"那就请先歇着,我去给你打净面水。"说着走下。

王哥:"千总,方才你在门上留个手印做什么?"

陈勇笑了笑说:"这叫联络暗号:一则你晚上找来方便;二则,我们衙门里共出来四个弟兄,已经说好,用这个记号互相联络。"

王哥:"到底是衙门里的人心细。那我就先走了,我尽量将这伙人灌醉,半夜里我领千总进去捉人。"陈勇点点头,王大龙走下。

天近黄昏,乌鸦聒叫,街上摊贩陆续散去。陈勇在街上散了一会儿步,看看散乱的人群,也就溜溜达达走了回来。他来到自己房间门口,听见里面有说话的声音,不由得一怔,踌躇了一下,猛地把门推开,只见朱文、赵武坐在屋内。陈勇连忙带上门,说:"你们怎么找到这里的?"

赵武嘿嘿一笑:"这就是差人的鼻子,会闻味呀?"

朱文:"我们从句容跑到溧水,又从溧水跑到金坛,一路上脚打起了好几个泡,但却一无所得。今天见到此店门上有暗号,就知道陈大哥在这里了。"

陈勇："二位兄弟来得正好，我已打听到准信了，今夜就要动手。"

赵武："全听陈大哥吩咐。"

夜深人静，梆敲二更，有个人影寻到梅花瓣指印门前，轻轻地叩门。陈勇听到叩门暗号，连忙把门打开。只见王大龙身后又跟来一人，不由得一阵紧张，忙向腰间去掏暗器。那人急忙上前悄声说："陈大哥，是我。"

陈勇听出声音来，忙说："是楚贤弟，快请进来！"

王哥："我当差之前曾跟楚武举学过武艺，适才出来时正好遇见武举在镇家庄园门前探望，被我发现就领来了。"

陈勇："诸位都能在这个地方会齐，真是天助神佑。这伙强盗命中该死，也是楚贤弟报仇雪恨的机会到了。"

楚雄："陈大哥，我们这一行五人，全听你调遣。该是怎么个打法，怎么个配合，我们全听你指挥。"

陈勇："既然如此，你们都坐过来，听我说……"

众人边听边不住地点头。

一个黑影嗖的一声跳到镇家庄园后花园墙头。陈勇站在墙头上四处眺望：只见大院占地十余亩，房屋一层接着一层，北面的正房有四五座，厢房耳房不计其数，甬道夹道左右贯通，纵横相连。庭院深深，真可以说是不亚于督府侯门。

陈勇穿房越脊，左蹿右跳，来到一层宅院之中，只见正房里仍然是灯火辉煌，人影幢幢，不时传来一阵阵笑声。陈勇飞身来到屋脊上，一个金钩倒卷帘，从屋檐上垂下来，透过窗上小孔向里面窥望。屋里摆着酒筵，镇禄坐在首位，娄天贵、陈三彪坐在两旁，两个妓女"一汪水"和"小桃红"站立在镇禄身旁。

镇禄："去给你们大爷、三爷斟酒！好生地侍候这两位爷,他们可是大有钱财呀！"

一汪水偎在娄天贵身上,小桃红搂住陈三彪的肩膀,口口声声地唤着大爷、三爷,将酒直往他们嘴里灌。

镇禄："别净这么傻吃傻喝,太没劲了！应当叫她们两个给咱们唱点儿什么助助兴。"

娄天贵："镇大哥说得甚是！美酒当歌,没歌就辜负了这美酒和美女。"

陈三彪："那就请小桃红姐姐先给我们唱上一段。"

小桃红："行,我唱,谁来给我弹弦。"

一汪水："我来弹弦,等我唱时你弹。"

小桃红唱道：

　　　美人自刎乌江边,战火烧红赤壁山。

　　　将军空老玉门关,马革裹尸几人还？

　　　伤心秦汉,生民涂炭,读书人一声声长叹！

镇禄："不好！不好！唱什么美人自刎、霸王别姬的,这有多么丧气！来点儿热闹的。"

陈三彪："也不要那文绉绉的,叫人听了腻歪！咱们都是些粗人,就爱听点儿粗的、荤的。"

一汪水："好,我给几位大爷开开斋,来点儿荤的。"

陈勇厌恶,翻身卷回到檐上,飞越而去。

朱文、赵武蹲在镇家庄园门外一棵大柳树下,楚雄围着院墙不住地寻查。

赵武："陈大哥怎么还不出来？想必陷进什么埋伏里去了。不然我们也进去看看。"

朱文："莫急,一切事都要想周全了,不然冒冒失失一进去,还不把强盗都吓跑了。再说,陈大哥身轻如燕,一伸手能把房檐上家雀捉住,还会在这里头栽了跟头?"

楚雄走过来用手一指说:"你们看。"只见墙头上站立一人,正是陈勇。他一纵身跳到院外,来到大柳树跟前。

朱文:"陈大哥,里面情况怎么样?"

陈勇:"我看他们是井水里打扑通——没多少折腾地方了!各位弟兄们,我先进去,叫王大龙把门打开。朱、赵两位兄弟由大龙带领,去到二层耳房,先将几个熟睡的强盗捆住。我与楚贤弟去正厅捉拿三个贼首,然后一起在大门口会齐。"

朱文:"就照陈大哥说的办。"

陈勇一个箭步蹿到墙根。纵身站在门楼之上向外面望了望,随后两手拍了拍巴掌。

王大龙在门内听见巴掌声响,手起刀落,砍倒守门家人,然后打落锁头,拔开门闩,也用手拍了拍巴掌,朱、赵、楚三人闻声杀进院内。

陈勇、楚雄穿过耳房夹道,来到镇家庄园正厅第三层院落,正厅里依然灯火辉煌,人影幢幢。陈勇用手一指,二人来到窗下。

屋内镇禄搂住一汪水的腰说:"我的小姐姐,给爷爷唱点儿荤的、粗的!"

一汪水:"那就给大爷唱个《姐儿南园栽大葱》吧!"

镇禄:"不好,土里土气,栽什么大葱,还不如南园摘豆角呢?"

一汪水:"爷不要听荤的吗?我心思这大葱可是荤的。"

陈三彪:"行,大葱就大葱!只要叫大爷们开心就行!"

一汪水唱道:

> 有个姑娘正年轻,
>
> 身板苗条脸蛋红。

手把花锄去南园，

隔墙跳来个愣头青。

把个大姐吓一跳，

忙问：你是来我家偷大葱？

愣头青听说忙回答：

不偷大葱偷你那个坑。

只因不见姐的面，

夜夜遗精马跑空。

姐要可怜让我活命，

咱就大葱地里来调情。

镇禄："这个曲子好！一汪水，你说咱俩是在大葱地里还是在花生地里？"

一汪水："看你镇大爷说的！"

陈勇在窗外大喝一声："胆大强盗！平日里杀人放火、抢劫客商，罪恶无数，新近又杀害楚家满门二十余口。我们奉江宁知府刘大人之命，前来捉拿你等归案。"

屋内顿时一片惊慌，两个妓女齐声尖叫，一头扎进镇禄和陈三彪怀里。二人用力一推，两个妓女摔倒在地，趁势钻到桌子底下。三贼全部站立起来，想到墙上和柜子里寻找武器，可惜一件也不曾找到。

陈勇："强盗听着！要知趣的话，你们就乖乖走出来俯首就擒，再拖延，我们就杀进屋内去了。"

镇禄："窗外公差大哥，不用大喊大叫的！你们奉命来我镇府捉人，这事好说。无论到哪去打官司，我镇某人决不会缩头缩脑。只不知道你们来了几人，是朋友你们就请进来，咱们当面谈清这事。该去该留，只一句话，决不反悔！"

窗外楚雄悄声说："别进去，不要上他的当！这些强盗都是

237

些言而无信,回手一枪的人。"

陈勇:"楚贤弟,咱要不敢进去,不是显得太没有胆量了。再说,他葫芦里卖的什么药,只有进去看看才能知道,总不能让他把咱们吓住呀!"说罢他手持朴刀,一脚踢开房门走了进去。楚雄跟在后面也走了进去,他一见娄、陈二盗,眼睛顿时血红,马上持刀要杀上去,被陈勇一把拉住。

与此同时娄、陈也从怀里抽出攮子,预备动手。镇禄走上一步,胳膊一伸,将二人挡在身后,然后一拱手说:"二位公差大哥,你们若是平日里来,要同我镇某比试一下使枪弄棍,我都愿意奉陪,同二位周旋一下,但今日我却不能了。因为都头刁能乃是我等的拜把弟兄,当初讲好了:有福同享、有祸同担。现今他被知府拿获,听说已经问成死罪,我等怎么能在岸上袖手旁观呢?因此二位不必费劲,我等愿意随同诸位去江宁府大堂受审!"说罢,他回过头来向娄、陈二人一使眼色:"二位兄弟,咱们就同公差一起,早早去公堂里会见刁大哥。"

娄、陈:"我等全听镇大哥的吩咐。"

镇禄:"好吧,公差大哥,咱们这就上路吧!"说着,迈步走出屋门,娄、陈随后,陈勇、楚雄跟在后面。楚雄从褡包里掏出锁链,几次要扑上去给强盗戴上,都被陈勇止住了。

与此同时,王大龙在前,朱文、赵武在后,走到另一个院里的三间大瓦房前。王大龙用手一指说:"十几个强盗都醉倒在这里了,待我上前去打开门,二位趁黑进去捉人。"

朱文点了点头。大龙拨开门,轻轻地推开。不想从里面冒冒失失走出一个喽啰,一手提着裤子,正要去解手,一见门口有人,不禁惊叫一声:"王哥,你来做啥?"

王大龙手起一刀,喽啰身子一闪,一刀正砍在胳膊上,他惨叫一声:"不好,有奸细来了!"王大龙又是一刀,将其砍倒,回手一招说:"快,跟我闯进去!"朱、赵随着,一前一后都冲到屋里。屋内十几个强盗闻声都已爬起,从墙上抄起家伙,有三四个人迎面扑来,另有七八个踹开窗户,跳到窗外。

朱文一面迎敌一面说:"两位兄弟快去外面捉贼,屋里这几个交给我了!"赵武转身蹿到屋外,王大龙随在身后。在一个夹道里,两人一东一西堵住了众贼,一团混战。

朱文在屋内与三个强盗打斗起来。

前边院里,镇、娄、陈走在前面,陈勇、楚雄跟随在后。穿过一条夹道,前面是一所宽大庭院,庭院东边是藤萝架。镇禄一个箭步噌的跳到藤萝架下的一座刀枪架前,伸手取下一把大刀,又将一枪一棒拿在手中说:"娄、陈二位兄弟,快接住!"说着将枪棒甩给娄天贵、陈三彪。三人手持兵器转身直向陈勇、楚雄回扑过去。

镇禄一摆手中大刀,用了个立劈华山架势,迎头向陈勇砍去。陈勇见其来势凶猛,一闪身躲过,趁势一个燕子穿云,闪身贴近镇禄跟前,一刀刺向他的腰部。这一招来得十分迅速,镇禄躲闪不及,只好将刀柄往下猛压,算是将刀搪住,但身上袍子已被撕下一块。镇禄不禁喊了一声:"好厉害!"随着向后跳了一步,摆刀向陈勇的下三路横扫过来。陈勇一个旱地拔葱,腾地跳起三尺多高,躲过大刀,又贴近镇禄,举刀砍去。二人一来一往,应战起来。

在另一边儿,楚雄独战二盗,全无惧色,手中一把刀上下翻飞,在枪与棍之间闪展腾挪,犹如一条游龙。他瞧见空隙就搠进一刀,杀得二盗鬓角流汗,两件长武器很难施展得开。

另一个院子里,赵武、王大龙两路夹攻,将七八个强盗拦住,交织地杀在一起,相持不下。朱文在屋内也连连得手:一个喽啰被他堵在床沿边上,本想向后闪身,但被床挡住,身子不由得向后一倾，朱文趁势一刀，将其搠倒。另两个喽啰，一个向窗外逃去，由于惊慌，一条腿迈出，另一条腿却挂在窗钩上，正在挣扎之际，朱文抢起一刀，将其腿砍断，喽啰咕咚一声栽倒窗外去了。另一个喽啰吓得惊慌失措，手中的刀法全乱，没过两下就被朱文找到空隙，一脚将其踢翻在地，走上去用脚踩住，然后将其腰带解下，牢牢捆在床头。接着，他从窗户上跳出，赶到夹道，大喊一声："二位休怕，我来了!"于是，便与王大龙一起向里面杀去。

后院里，陈勇大战镇禄，二人武艺相当，越杀越勇。楚雄力战二盗，刀法越来越快，越加显现出其威风。娄天贵边战边退，想找个空隙，趁机逃跑。楚雄看出其意，一把刀紧紧相逼，使其无法脱身。

天色逐渐转明，破晓的鱼肚白色亮光已经将庭院景色映照得清清楚楚，交战的五个人都已累得气喘吁吁。

陈勇在镇禄横刀猛扫过来之际，猛地一个蹿跳，身子跃到空中，不仅躲过了大刀，而且从空中扑向镇禄，没等落脚，他的刀已经向镇禄头上砍去。镇禄说声："不好!"急忙一歪头，想闪开刀，但已经来不及了。朴刀正砍在他的肩上。只听哎呀一声惨叫，他身子一个闪失，被陈勇一脚踢倒在地，然后上前又是两刀卸下他的胳膊，使其全无还手之力。

娄、陈二盗闻声大吃一惊，不顾一切地往外就跑。楚、陈随后追赶过去。二盗绕过影壁，眼见就要逃出门外，这时门外一阵喊杀声；一群金坛县差役在三班都头薛挺的率领下，手持棍棒铁尺，从外面杀将进来。娄、陈二人未曾防备，陈三彪一慌，被薛挺一棍打倒，差役上前将其捆住；娄天贵连忙反身往回跑，正撞到楚雄眼前，被楚雄轻舒猿臂将其拿下。

薛挺："金坛县三班都头薛挺带人来迟，望上差海量!"

陈勇："诸位弟兄来得正是时候，快到里院帮助朱、赵几位弟兄去捉拿强盗！"

说罢，他们全都转身杀进里院。在一条夹道里，正遇见堵杀强盗的三位官差。陈勇率领众人围杀过来，众贼心惊胆战，在一阵混战之中，全被拿下，一一捆住。

刘墉坐在江宁府大堂上，何英一边站立，差役侍立两旁。

陈勇走上前施礼说："禀报大人，白沙口一伙强盗全部拿获归案。擒获过程中，金坛县差役给予大力协助。"

刘墉："很好！速带镇禄等一干人犯上堂。"

差役："带镇禄等上堂。"薛挺、楚雄、朱文、赵武、王大龙押解镇禄、娄天贵、陈三彪等人上堂。

薛挺打一躬说："金坛都头薛挺参见知府大人。"

刘墉："金坛县衙此次出力不小，回头我将行文给金坛县令，要对你等重重嘉奖。"

薛挺："多谢知府大人。"退下。

刘墉："带苟同、刁能上堂。"

差役："带苟同、刁能上堂！"

刘墉："刁能，你可认得这些人?"说着，用手一指众强盗，又说："镇禄、娄天贵、陈三彪，你们不是要见刁能吗？ 现在就在公堂上相会吧！"

众强盗都注目刁能，齐声唤："刁大哥！"刁能也抬眼望了望他们。

刘墉："你们不是一再宣扬，要有福同享、有难同当吗？你等杀掠抢劫，作案无数，这次又在楚家寨一次杀死二十余口，实属罪大恶极，按律一律问斩。你等还有何话可说?"

镇禄："我等死无怨言，只求与刁大哥一起走上刑场，我们弟兄之间彼此也就算尽了义气了。"

刘墉："都押进死牢!"

众差役："是!"将刁能和众盗全都押下。

刘墉："苟同! 你可听见、看清了吗?"

苟同："卑职全都听见、看清了。"

刘墉："你作为一县父母官,只因两眼盯在银子上,因此陷入恶人圈子里,官匪相通,害死楚家二十余口,罪孽深重。你的罪责难以饶恕!"

苟同："卑职知罪! 卑职知罪!"

刘墉："此案将上报朝廷,听候朝廷旨意发落。来人呀,将苟同押下!"

差役："将苟同押下!"

刘墉："楚雄! 王大龙!"

楚、王："小的在。"

刘墉："你二人可愿意跟随本府办案?"

楚、王："愿意侍候知府大人。"

刘墉："好,退堂!"

差役："退堂!"

第五部　坟前识淫妇

刘墉骑一匹骏马，一身行商打扮：头戴瓜皮软帽，身穿蓝布夹褂，外套一件青布坎肩，下身是山东老夹裤，足下白袜黑鞋，肩上背着土黄布褡裢，从一条弯弯曲曲的山道上走下来。张承步行跟随其后。

清明时节，天上霏霏细雨，山上野草青青，路边有黄鹂在树上不住地鸣啼。远处桃花灼灼，梨花雪白，在嫩绿的春色中鲜艳夺目。刘墉打马从一片柳林中经过，来到一片坟茔地前，见有一女子在一座新坟前面啼哭。

女人二十四五岁，生得十分俊俏。她一边焚烧纸钱，泼洒祭酒，一边干哭，不住嘴地念着："我的天呀，你怎么就走了，抛下奴家独守空房，好命苦呀！"

刘墉望了望，回头对身后的张承说："张承，你看到了吗？那座坟里有鬼。"

张承："老爷，你可真能说，哪座坟里不埋着个鬼？"

刘墉："我说的不是坟里的死鬼，而是眼前的活鬼。"

张承："那个哭坟的女人？老爷，青天白日的，你可是在说梦话？你莫不是要吓唬小的？"

刘墉："你什么时候见老爷说过瞎话了？我说那座坟有鬼，

就定然有鬼。你看那个女人虽然穿着一身重孝,可领口和袖口却露出鲜红的内衬;嘴里虽然哭天号地,却不见有半滴眼泪。她年纪轻轻,听她口口声声哭叫丈夫,想那坟里的人年纪也不会太大,如果是正常死亡,做妻子的能不伤心落泪?"

刘墉说一声,张承向那边望一望,越望越感到老爷说得有理,不由得点头说:"老爷,你说得果然不错,这里边是有些鬼!我这就过去问问,你先等等!"

他说着,三步两步便走到女人跟前。女人见有人过来,一手紧捂着脸,一手忙用竹棍拨弄着纸灰。张承:"小娘子,这坟中是你何人,你穿戴如此一身重孝?"

女子透过指缝看了看张承,故作悲伤地说:"坟里是奴的丈夫,两天之前抛下奴家归天而去!"

张承:"你丈夫他怎么就死了?"

女子:"得了一场暴病,医治无效,当天就一命身亡了。"

张承:"好可怜呀!你叫什么名字?"

女子:"黄爱玉。"

张承:"今年多大年纪了?"

女子:"二十四岁。"

张承:"想你这么年轻,你丈夫年纪也不会太大了?"

女子:"比奴家大十岁。"

张承:"那也才三十多岁,为何便一病身亡了呢?"

女子止住了哭,用眼睛瞟了瞟张承,迟疑了一阵,然后不耐烦地说:"你这个人,怎么这样爱管闲事!有道是:黄泉路上无老少。他怎么便一病身亡了,我怎么知道?"

张承:"不是这么说!只因为我见你哭得蹊跷,穿得蹊跷,适才又听说病得蹊跷,死得蹊跷,才故此发问。"

女子:"越说越不像话了!我问你,我哭得怎么蹊跷?穿得怎么蹊跷?"用手一指坟头:"他又怎么死得蹊跷?"

张承:"小娘子,请勿见怪!我说蹊跷,不是没有道理。你虽穿戴一身重孝,但孝服里却透出一身鲜红内衬;哭声虽大,却未见有一滴眼泪;坟中人正在身强力壮之时,为何就一病身亡?不能不使人心疑!"

女子听了,越发生气地说:"我说你这个过路人,只管走你的路好了!管得着我怎么穿戴,怎么哭丧,又管得着坟里人是怎么死的吗?"

张承:"古人说:路见不平,拔刀相助。有道是:道路不平有人踩,流水不平自然鸣嘛!"

女子:"我说,你别蚊子叮上菩萨的脸——看错了人头。姑奶奶爱怎么哭就怎么哭,爱怎么穿戴就怎么穿戴,这碍着你什么事了?你敢拔刀动姑奶奶身上一根毫毛,只怕你碰倒了汗毛,要跪着来扶呢!"

张承被激,不由生出一身火气说:"我不敢拔刀动你什么,但我敢与你打赌。"

女子更加恼怒地说:"这可真有意思了!你敢与我打什么赌?"

张承犹豫了一下,抬头望望远处的老爷,随后狠了狠心说:"我敢打赌,坟里人不是好死的,其死一定与你有关!"

女子:"真真气煞人也!你敢胡言乱语、血口喷人,我决不与你善罢干休!"

张承:"我只想与你打个赌:五天之内,我要打听不出这坟里人是怎么屈死的,算是我输给了你!"

女子:"输我什么?"

张承犹豫了一下,说:"输你二百两银子。"

女子:"我到哪里去找你讨那二百两银子?"

张承："你就去江宁府找刘墉刘大人。他是我家伯父，我是从他老家山东来的，路过此地。"

女子："空口无凭！"

张承："好，我给你留个字据。"说着，从褡裢里取出纸笔，写了一张字据交给女子。

刘墉骑在马上，张承跟在身后一路前行。

刘墉回头说："张承，你这冒失鬼！你这不是没事找事，又给老爷揽了件苦差事，自己找绳子套到我的脖子上来了？"

张承："老爷不是说，当一天地方父母官，就要为一方的百姓做主嘛！适才老爷一口断定坟里的人是个屈死鬼，你能眼看着让他白死吗？"

刘墉："你这就打赌让老爷输上二百两银子？你可真是奶妈子打孩子——不是自己的，倒下得了狠心！"

张承："这二百两银子，老爷是肯定赢定了！"

刘墉："你怎么知道？"

张承："人人都说老爷断案如神，脑子里有七十二根转轴。就这么个案子，老爷五天之内还不给查它个水落石出，管保叫那坟里的人奇冤得伸，坟外女子有罪难逃！"

刘墉："你别奉承老爷了！"

张承："小的不敢！"

说着话，两人来到了两间茅屋前，这时雨越下越大，已经淅沥有声了。

刘墉来到宅前下马，将马拴到大松树下，接着便走上前去敲门。房门打开，里面出来一个五十多岁的老汉。刘墉连忙拱手说："行路之人，赶上大雨，想到宅中躲避一下。"

老汉："快请进来！"刘墉随老汉走进屋内。老汉让刘墉坐到八仙桌旁的一张木椅上说："出门在外不容易，你就把外面衣服脱下晾一晾吧！"

刘墉将坎肩脱下，搭在衣钩上，说："古诗上说，清明时节雨纷纷。果然不假，真是每年到这时候便要逢上一场雨的！"

老汉为刘墉斟上茶来说："喝点儿热茶暖和暖和身子！"

刘墉端起热茶问："老丈今年多大年纪？"

老汉："五十三岁。"

刘墉："贵姓大名？"

老汉："姓韩，名义，是这座坟茔地的守墓人。"

刘墉："想必这片坟茔地也姓韩了？"

老汉："客官说得一点儿不错，果然姓韩。韩家也是历代为官为宦的，有做知县的，有做知府的。"

刘墉因自己也是知府，便颇感兴趣地问："噢，何人做过知府？"

老汉："就是如今当家的老太爷，姓韩名天锡，曾经做过安徽庐州知府，可惜在三年前死去了。"

刘墉："今天我在前面看到一座新坟，有一女子在那吊丧，不知……"

老汉："那就是知府老爷的长子，名叫韩乔，在两天前死去了。"

刘墉："他是怎么死的？听说年纪也不很大？"

老汉叹了口气说："你要问他的死因，还真有点儿叫人心疑。我这兄弟跟你一样，一向是在京城里做买卖的，一两年也难得回一趟家。今年来家还不到一个月，就一场暴病死了！"

刘墉："得的什么病？"

老汉："你若不问得的什么病，还不叫人心疑；若问这病，可就是打掉门牙往肚子里咽，有苦说不出来！我这兄弟身板一直很好。回家一个月来，也没听说他有过什么病。两天之前上坟时，他还来过我这里。我们哥俩喝了点儿酒，说了一阵子话，他还托我进城给他办一件生意上的事。想不到第二天一早，就听说人死了！更蹊跷的是，人刚死就装进棺材入了殓；当天下午就埋进了坟茔。按说，像他们那样的大户人家，至少也要停灵三周。"

刘墉："谁主持这件丧事？"

老汉："都是他家老二韩雪。外面的人早就有风言风语，说他与这位续弦嫂子私通。我敢肯定是他们叔嫂两人用计把韩乔给害死的，不然，为什么前去吊孝的人要看看尸首，都不让看呢？更蹊跷的是，当天就把人埋进土里了？"

刘墉："你是他家什么人？"

老汉："一个远房哥哥。"

刘墉："你怎么不去告他？"

老汉："这韩雪现有举人功名，又是候补州同，与当今巡抚老爷也有世交，哪个地方官敢动他一下？"

刘墉："听说江宁知府刘墉倒是为官清廉，不怕豪门权贵，你何不告到那里去？"

老汉："早已听到外面的人这么说，可咱一没亲眼看见，不知到底他会不会为民做主？再则，我又一个大字不识，写不了状子，求那些刀笔先生，又怕他们与韩雪通上气！"

刘墉："我来给你写怎么样？"

老汉想了想，说："也好，只是太麻烦你了！"

刘墉："不麻烦，我这就给你写！"说着，从褡裢里取出纸笔，伏在桌上写起来。

韩义来到江宁府大堂衙门口外悬鼓面前，拿起鼓槌儿猛敲悬鼓。

刘墉坐在正堂,何英一边站立,差役侍立两旁。

刘墉:"何人击鼓鸣冤,带上堂来听审!"差役带韩义上堂。

韩义:"小民韩义,叩见知府大人!"

刘墉:"韩义,何事击鼓?"

韩义:"我为族弟韩乔鸣冤。前天族弟韩乔从我这里回家,当晚就被其家人害死了,实在可悲! 故此小民特来为他鸣冤。"

刘墉:"可有呈状?"

韩义:"有! 有!"说着从怀里掏出状子,双手捧呈。何英下来接过状子,韩义趁机抬头向堂上望了一眼,立时认出刘墉,不由吃惊地说:"大人,你是昨天的那位……"

刘墉:"行商?"说完哈哈大笑。

何英看过状子递给大人,说:"这个呈状写得好,笔体峭拔,遒劲有力,措词紧密,严丝合缝!"刘墉装作不知,微微一笑,把状子接过去,点头晃脑地阅读起来。读完,忽然抬头问道:"韩义! 你状告韩乔之妻黄爱玉和其弟弟韩雪谋害韩乔,可敢与他们对簿公堂?"

韩义:"就是到天王老子那里,我也敢当面锣对面鼓地把话挑明来说。"

刘墉:"朱文、赵武,你二人速到东门外翠花巷将被告人韩雪唤来!"

朱、赵二人欲下。刘墉:"且慢,朱文你过来,本府还有话与你说!"朱文走到近前,刘墉悄声吩咐。朱文不住点头,然后二人方才下去。

刘墉:"韩义,你平日里与韩雪过往可算亲密?"

韩义:"禀告大人,韩雪自恃家里有钱,身上有功名,不愿理睬小民,全不念同姓族人的关系,与其兄韩乔完全相反。"

刘墉:"你可曾有求借于他?"

韩义："有过两次，都遭他一口拒绝！"

刘墉："你是否有挟私枉告，借机报复之嫌？"

韩义："小民若是有私心，天地不容，望青天大人明察！"这时，赵武带韩雪走进公堂。

韩雪打一躬说："晚生韩雪参见知府大人！不知今日大人唤晚生来公堂之上，为了何事？"

刘墉："贤契休要烦躁，只为你有一族兄名唤韩义，他到本府来将你告了。"

韩雪猛然一惊，这才见到在一旁跪着的族兄韩义，不由大怒，说："哼，他告晚生什么？"

刘墉："这里有状子，你自己拿去看看！"

何英将状子递给韩雪。韩雪看后勃然大怒，说："好你个韩义，只为几次求借，没有帮衬于你，你就挟私愤枉告举人老爷。你知道这犯有多大的罪过？你既说我为家产图谋胞兄，可有何凭证？"

韩义："你胞兄韩乔那天从我那里回去，原是好好的，没听他说有哪里不舒服，还说第二天要我帮他办一件生意上的事。怎么回到家里当夜就死了呢？"

韩雪："这你问谁？你没听说过'天有不测风云，马有转缰之病'吗？"

韩义："既是急病而死，你为何不让亲友祭拜？天亮就收棺入殓？当晚就埋进坟里？"

韩雪："这是我家的事，要你来管？"

韩义："你不按常规老礼行事，胡乱发丧，我是没出五服的族兄，自然有权来管。"

韩雪："我是怕胞兄暴病而死，有传染病在身，再传染给别人，故而装入棺内。另外，停灵太久，恐生腐烂，故而早早入土为安。"

韩义:"全是胡言! 亏你还是读书之人,难道不知暴病是不传染的吗? 如今才是三月,天气又不太热,停灵两三周,哪有就腐烂的道理?"

韩雪:"我家的事,你倒想得比我还周到! 你这一派胡言,可有凭据? 无凭无据,就来诬陷堂堂举人,该当何罪?"

韩义:"要找凭据不难,只要开棺验尸,就一切都明白了!"

韩雪:"好个大胆韩义,你是看茔的守墓人,竟敢带头挖坟掘墓,这又该犯何等大罪?"

韩义:"知府大人在上,韩雪口口声声要找证据,这证据并不难找,只要大人开棺验尸,他谋害胞兄之罪,自然就一目了然了。"

刘墉:"韩义你要开棺验尸,可这开棺的后果你可想过?"

韩义:"开棺之后,如果没有在死者身上发现刀伤斧痕,算我诬告,大人愿意怎么处罚就怎么处罚。"

韩雪:"全是胡说八道。这大清律上明文规定,不能无故刨坟掘墓。你有意唆使知府大人刨墓,胆大包天! 难道你空口白牙说刨就刨了吗?"

刘墉:"韩义,这刨坟验尸是个大事,待本府详细斟酌之后再定。你先回去,听候本府审理!"

韩义:"是!"站起身来走出公堂,在路上边走边自言自语地说:"人们都说刘罗锅子为官清廉,不怕豪门权贵。现在看起来也是徒有虚名。唉,官官相护嘛!"

朱文走到翠花巷一座石狮子门楼前,用手拍打韩雪家的朱红色油漆大门。家人开门,见是朱文,便说:"官差老爷,怎么你老又回来了?"

朱文："是这么回事:你家韩雪老爷被人告了,说他因贪图家产谋害胞兄,因此大人将你家老爷传去。经大人堂上一审,知道你家大老爷是暴病死的,并不是谋害而死的,因此上,我们大人要传问一下你家大奶奶,要她当堂证实一下是暴病死的,一切事情也就全都了结了。"

家人："那好,我这就去禀报我家大奶奶!"工夫不大,黄爱玉在家人陪侍下走了出来。

黄爱玉："官差老爷,听说知府大人要传我去公堂。我小女子可是大门不出,二门不迈的,怎好抛头露面去到公堂之上?"

朱文："大奶奶,你要不去公堂,举人老爷这场官司便不容易了结。其实,你到公堂之上也不用说什么,只要证明一下你家大老爷是害暴病死的就全都了结了!"

黄爱玉："既然这么说,这抛头露面之事也就实在是难免的了!那好,给大奶奶备轿!"

家人："是!"走下,不一会儿,一顶两人抬的轿子走上。黄爱玉坐上轿子,朱文在后面紧跟,一起向江宁府走去。

江宁府大堂上,刘墉仍在审问韩雪。

刘墉："适才你那族兄韩义说你谋害胞兄,未免过于武断!"韩雪面透喜色,刚要转过口来,尽力地贬说韩义几句坏话,但不成想刘墉接着又说:"依你说,你家令兄是暴病身亡的,但不知令兄得的是什么病?"

韩雪一阵紧张,没曾想知府会提出这样一个问题,于是随机应变地说:"是暴脱。他的身子本来就胖,那天又在韩义家喝了许多酒,一时病发,顷刻之间就没气了!"

刘墉一语双关地说:"来得好快呀!"

韩雪："是呀,没等把医生请来,人就过去了!"说着叹息了一声。

刘墉:"那好,你先下去,待本府仔细查断一下,便可了结此案!"

韩雪走下,刘墉低头阅看状子,朱文带黄爱玉上。

朱文:"禀报大人,韩府大奶奶带到。"

黄爱玉施一礼说:"民妇黄爱玉参见大人!"

刘墉一拍惊堂木说:"黄爱玉,你见到本府为何立而不跪?"

黄爱玉大吃一惊,连忙跪下说:"小女子从未到过官府,不知府中礼节,求知府大人恕罪!"说罢,抬起头向座上望去,猛然大吃一惊,说:"你,你,知府大人,你不是昨天那位行商吧?"

刘墉:"是,本府昨天是曾扮作行商出外私访,曾与你在坟前打赌,说五天之内一定要查清坟内人屈死原因。你还叫本府为你留下字据。"

黄爱玉:"民妇无知,有眼不识泰山,不知行商就是大人,大人就是行商,不免多多有所冒犯,请大人海涵!"说着,从怀内掏出字据呈上说:"我这就将字据还给大人吧。"

刘墉:"不必了,就留在你那里吧! 黄爱玉,我先问你,你丈夫到底是怎么死的?"

黄爱玉:"暴病身亡。"

刘墉:"得的是什么病?"

黄爱玉:"是心口疼的病。"

刘墉:"书办,你要好好记下! 她说韩乔得的是心口疼的病。来人呀,再带韩雪上堂!"

差役将韩雪带上。韩义见到黄爱玉被带到店上不免吃了一惊。

韩雪:"大人又唤晚生有何吩咐?"

刘墉:"韩举人,你适才说你胞兄得的是什么病?"

韩雪:"是暴脱。"

韩、黄同时一惊说:"嫂子!""小叔!"

刘墉又向黄爱玉说:"你方才说你丈夫得的是心口疼的病,现有笔录在此!"他用手拍了拍笔录,又说:"同是韩乔身边的亲人,一个是胞弟,一个是妻子,当时两个人又都在场,为什么竟报出两样病来?这不明明地露出了马脚,那韩乔并非是病死,而是另有它因。你两个在场的人,当时都做了些什么手脚,还不从实地招来!"他一拍惊堂木:"呔,你们要不从实招来,差役们,马上刑具侍候!"

差役:"刑具侍候!"两个差役将枷棍抬上公堂。

刘墉一拍惊堂木,说:"大胆韩雪,你老实招来,你兄到底是怎么死的?你若不老实招供,本府马上行文发到学台,将你功名革去,然后就让你尝尝官法的厉害!"

韩雪慌忙跪倒说:"大人息怒,适才是小的没有说清楚。胞兄本来是两样病都有,先是心口疼,后是暴脱。"

刘墉:"好个狡猾的贼子,你是个举人,就想凭你的油嘴滑舌,把本府骗过?"

韩雪连连叩头说:"大人,大人!非是晚生巧口狡辩、强词夺理,实际情形确实如此!胞兄本是死于暴脱,只是嫂子不识此病而已!"

刘墉:"又在翻弄花言巧语,本府岂能轻信于你!来人呀,先把他押到监内,容本府再详查细断!"差役将韩雪押下。

刘墉:"黄爱玉,方才你都听到了吧?"

黄爱玉:"听见了。方才小叔说得对,奴的丈夫二更天到家,躺在床上一言不发,奴家问他他也不言语,不到三更天就死了。小女子一则年轻,二则又不懂医药上的事,不知这就是暴脱症。我见他临死时手捧心口,还只当是心口疼的病呢。"

刘墉："哼！本府不听你等的狡辩。来人呀，先把她押到监内，待本府详察后再审。"

差役将黄爱玉押下。

刘墉坐在江宁府后衙书房的桌案前饮茶。张承走过来将蜡烛点亮，让刘墉看书。刘墉望了望张承，说："张承，你去把马夫那套衣服拿来！还有，去到厨房里传我的话，给老爷预备下几十个硬面饽饽、薄脆和金刚圈，明天早晨要用。"

张承："是。"转身走下。不一会儿，将马夫的衣服拿来。

刘墉拿起马夫衣服，抖搂开仔细看了看，然后将身上官服脱下，一件件地换上：头上是一顶带窟窿的破毡帽，身上是一件前襟上有一块补丁的蓝布夹袄，腰中系了个拧着麻绳的青布褡包，褡包上拴着一根钱串，钱串上还有十几个铜钱；另有一根旱烟袋别在腰间，上面系着个旧羊皮烟荷包；下身是一条青皮夹裤，扎紧着腿；脚下是一双青布山东皂鞋。刘墉穿戴完了，自己对着铜镜照了又照。

张承在一旁看着暗暗发笑。刘墉回头问："张承，你看老爷像不像卖小货的？"

张承："老爷咋又装成个卖小货的了？"

刘墉："你有所不知，今日老爷审案，原以为略施小计，就能将那举人的口供诓出来。谁知刚刚露出点儿破绽，又被他们叔嫂当面给圆回去了。老爷抓不住把柄，不好轻易开棺验尸呀！因此，只好再去出外私访。"

张承："老爷怎么一天一个行头，老换着模样出外私访？"

刘墉："不换模样不行呀！老是一个样子，不就被别人看出来了吗！好了，你去厨房催催硬面点心吧！"

张承："是！"走下。刘墉仍在屋内对镜端详。

刘墉穿着一身马夫衣裳，挎着一个筐箩筐，走出金陵东门，一直向韩家坟茔一带走去。过了坟茔不远，有一个村庄。界石上写着"十里堡"，刘墉走进村内。村子东口有一家饭铺，挂着个招牌，上面写有"兴隆饭铺"四个字。

刘墉走进饭铺，马掌柜的迎上来说："客官，你要用饭？"

刘墉："饭食我这里有，你给我烫上二两酒就行了。"说着找了个空闲桌子坐下，将筐箩筐放在身旁。

马掌柜走进去端过一壶酒来，放到桌上。刘墉自己斟上一盅酒，随手从筐里拿出个硬面饽饽，就着酒喝起来。

马掌柜看筐里的小货有些稀奇，随手拿起一个饽饽仔细端详，不识货地问："这饽饽是怎么做的？"

刘墉："凉水和面，然后放在炉子里烤。"

马掌柜："这种饽饽在我们这里可不好卖啊。南方人本来胃口就软弱，再吃这硬面货，哪受得了？恐怕吃下去连屎都拉不出来！"

正说着话，从里屋走出一个三十多岁的人来，头戴一顶西瓜皮软帽，身穿一件土布小夹袄，腰中系着一根钱串子；白布单裤，散着裤腿，趿拉着一双旧缎子双脸夹鞋；太阳穴上贴着两帖膏药，醉醺醺地摇晃着走到刘墉跟前，从筐里拿出一个饽饽说："什么硬面饽饽消化不了，我倒要试一试！"说着咬了一口，又说："别说是硬面饽饽，就是铁秤砣我吃了，也能拉出屎来！"

说着，又用手拍了拍刘墉的肩膀说："好点心，不错！甜丝丝的！"一边吃着一边又去筐里翻腾。最后从里边找出个金刚圈来，套到手指上转着圈儿说："真有意思！我说伙计，你必是还捎带着卖春药吧？"

刘墉吃惊地说："我可没有那玩意儿！"

汉子："那为啥还带着锁阳圈呢？"

刘墉笑了笑说："这个叫硬面金刚圈,是哄小孩玩的。"

汉子："我说呢。"说着转身就向里屋走去。

刘墉："哎,哎,你还没有给我钱呢!"

汉子回过头来说："赊着吧,等我赢了钱还你。"说罢就走进去了。

马掌柜连连摆手,悄声说："算了,算了! 你不知道这个人,名叫侯青,村里人都叫他二癫子,偷鸡摸狗,游手好闲,好人都躲着他走。他进里屋又耍钱去了。"

里屋小赌场上,庄家把骰子一抓,向五六个赌徒说："都把钱放好! 对,放好! 别他妈都带猴皮筋儿似的,一看庄家出了大点儿,又偷着把钱抽了回去!"

侯青："你就掷吧,谁他妈带猴皮筋儿来着! 大爷是要得起就要,要不起就走人。别他妈那么穷嚷嚷!"

一赌徒："算了! 算了! 一个村的住着,为几个钱争什么?"

另一赌徒："行了,我们钱都放稳了,你掷吧!"

庄家："好,你们都看好,别再跟着耍赖了!"说过,便把三个骰子掷在大盘子里:两个幺定住,中间一个还在转。庄主直喊:"幺! 幺! 六!"骰子终于定住,是一个五。庄家说："你们都看好了,是个五点,你们赶吧!"

赌徒抓过骰子一掷,是俩三抱个四,庄家不客气地将对方的钱收归自己。

另一赌徒抓过骰子一掷,出现了俩二抱个六,他高兴地说:"赶上了! 赶上了!"庄主为他赔钱。

侯青抓起骰子,放在嘴边猛哈了几口气,说:"天皇皇,地皇皇,保佑侯青大爷赶上庄!"说着把骰子往盘里一掷,只见定住了两个六,又一个在盘里直转。他大声吆喝着:"六! 六! 六!"

庄家和另一赌徒喊:"幺! 幺! 幺!"骰子定住了。果然出现了个么。庄家伸手去收侯青的钱,侯青一把捉住说:"你臭嘴跟大爷起什么哄! 不是你瞎叫喊,怎么会出了么?"

庄家:"我要是喊什么出什么,我还成神了呢! 那就不在这耍钱了!"

赌徒把侯青的手拨开说:"算了,算了,输赢小意思,输了这把小的,你下把大注就赢他个大的!"

侯青无奈只好把手松开,眼睁睁地看着庄家把钱搂过去。屋里又继续呼幺喝六地耍起来。

外面淅淅沥沥地下起雨来。刘墉站起身向外面望了望,不由得叹口气说:"马掌柜,你看这天真不作美,又下起雨来了!"

马掌柜也向窗外望了望说:"是呀,雨还不小呢!"

刘墉:"看来赶黑返回城去是不行了,小本营生又没钱去住店。掌柜的,你看我能不能就在这间小铺子里蹲上一宿?"

马掌柜:"可也是,那你不妨就在外间那个破竹床上将就一宿吧。"

刘墉:"太领情不过了! 马掌柜,那你就再给我添上二两酒!"

马掌柜:"好!"说着,回身走进外间,又端过一壶酒来。

侯青一掀门帘从里屋走出来,说道:"马掌柜,有钱借我几百文,明天一早就还你,撒谎不是人。"

马掌柜一摆手说:"柜里连一文钱都没有,今天碰上这个天气,也没几个客人来。"

侯青:"哼,没钱,又是没钱!"又转身对里屋没好气地说:"你们也都散了吧。今晚不耍了,大爷要睡觉养养神!"

里屋的几个赌徒将钱大把大把地揣进腰包,一个接一个地走了出去。侯青望着赢了钱乐颠颠走出去的赌徒,一屁股坐在椅子上,没好气地说:"马掌柜,你今晚可真是不仗义了。你侯大爷借你几文钱，你都不肯。我跟你说，我是干什么的，你们也都知道。明天犯事把我抓了进去，我头一个就把你招供出来。我是贼，你就是窝主，休想脱得干净！"

马掌柜："侯大爷，我的祖宗！不是我有钱不借给你，实打实地对你说，真是没钱。这不，早晨去酒店进酒还拿不出酒钱来，现把一个大褂脱了送进当铺才算把账结清。不信你看看这当票！"说着，拉开抽屉取出当票交给侯青。侯青看了看当票，没话说了，又将当票交了回去。

侯青说："罢了，也还说得过去！可是我也不能跟着唱戏的打转转——白走过场呀！你就孝敬大爷二两酒吧。"

马掌柜："侯大爷，你这话就说外道了，哪天不孝敬你侯大爷几两酒，何止是今天！好了，你就在这等着吧，我去给你端酒来！"说着走进外间，端上一壶酒来，还有一盘小菜。

侯青端起酒盅一饮而尽，两盅之后气也顺了，话也多了，笑着说："看外面这个雨，今晚我也走不了，我就在这屋里和卖硬面饽饽的大哥同房。到时候，你可别拿锁阳圈锁我呀！"

刘墉低头不语，马掌柜接过来说："大爷又取笑了！人家卖饽饽的可是个老实人，你别尽在一旁扯骚！"回过头来又对刘墉说："卖饽饽的大哥，天不早了，你也该去歇着了！"

刘墉："正是呢。"说着提起笸箩筐走到外间去。

侯青将一壶酒喝光，意犹未尽，又说："马掌柜，你再给多来一壶，明天一定还你钱。"

马掌柜走出后又给他提过一壶酒来。侯青喝着喝着话就多了，说："马掌柜，你说世上有没有个天理报应？你要说有，怎么至今没见到过呢？"

马掌柜一边收拾杯盘碗筷，一边说："什么事呀？"

侯青："这事说起来可真有点儿邪性了，真有点儿叫人瘆得慌！城边有个韩举人你听说过吗？前两天夜里，我偷摸着进了他家院子。去做什么？你自然知道。我想顺手捞点儿什么好弄两个钱花。我从前院走到后院，看到后院西屋里还亮着灯。我刚想到窗跟前去看看，就见打前院夹道里走过来一个人，三十来岁，一身的绫罗绸缎。我一看，这不是韩举人吗，他不在前院，过这后院来干什么？我就藏到黑影处瞧着他。这时候，只听西屋的房门开了，走出来一个杨柳细腰的女人，是韩举人的续弦嫂子。两个人凑到一起叽叽喳喳说了半天的话，我也没听清。后来，两个人一前一后就走进西屋里去了。我趴在窗缝上往里看，只见屋里大床上睡着一个人，不用说，那就是韩举人的哥哥韩乔了。早就听说，他从京城里回到家中已经一个多月了。那女人走上前去就将韩乔的脖子搂住，然后招手让韩举人过去。我清清楚楚看见韩举人从怀中掏出一个竹筒，走过去就将竹筒插到韩乔的嘴里。从里面倒出些什么，因为他给我个背影，遮着看不清楚。工夫不大，韩乔惨叫一声，手脚乱刨，后来就没声了！"

马掌柜惊讶地说："有这等事？这么说，韩乔是被人害死的！"

侯青："若不是我亲眼看见，说给谁谁也不信。一个是自己的媳妇，一个是自己的亲弟弟，他们会动手害死自己的亲人？要不我怎么问有没有天理报应呢？要说没有，这世上不就乱套了吗？亲哥弟兄你坑我害，这家还能成个家，国还能成个国吗？你要说有，直到而今还没听说这韩举人怎么的了。他该吃的吃，该喝的喝，一点儿没事儿。前天，我还看见他到戏园子里去看戏呢！"

马掌柜："依我说，报应肯定是有的，不过是来早与来迟罢了。你想，上有天地神灵，下有朝廷王法，他歹人能永远躲得过去吗？"

侯青："你说得也是！但我觉得老天爷，总是专门找我来报应：我偷来的钱是一耍一个输，光在你这里就输了六十多场，你看邪门不邪门？就说今晚吧，那骰子明明要落个六，谁知道它一掉腚又翻了个个儿。你说他妈的丧气不丧气！……"

刘墉坐在外面竹床上注意地倾听着。

第二天一早，刘墉挎着笸箩筐敲打着府衙的后门，张承出来开门，说："老爷昨晚怎么没回来？"

刘墉将筐交给张承，说："昨晚赶上大雨，只好在饭铺借住了一宿。"

张承随手将门关上，两人顺着箭道回到书房。张承将筐放在椅子上，将刘墉的官服拿出来请老爷更衣，随后，他又蹲下来查看着筐里的点心，说："老爷，怎么出去了一天搭半夜，只卖出了一个饽饽？"

刘墉："就那一个还是赊出去的。昨天饭铺掌柜的说得对，南方人胃口软，吃不得这硬面点心。"

张承："这就叫货不对路。老爷，这剩下的二十几套怎么办？"

刘墉："留着咱们爷俩吃呗。"

张承："老爷，我有一句话，说了不知你爱听不爱听！你这叫赔本赚吆喝。"

刘墉笑了笑说："本虽赔了一点儿，可赚回来个大头。张承你不知道，老爷我这次下去已经查访到韩乔是怎么死的了！有人看见韩雪和他嫂子将一个竹筒塞到韩乔嘴里，而后韩乔就惨叫一声死了！"

张承："那竹筒里是什么？"

刘墉："因为是个背影，看不清从竹筒里倒出来的是什么。

据我想,必定是毒药。"

张承:"什么毒药这么厉害!顿时就要了人命?"

刘墉在屋里踱了几步,自言自语地说:"是呀,什么毒药能这么厉害?"转了几圈后,他又对张承说:"据老爷推断,他既是从竹筒里倒出来的,必是稀溜溜的东西才能落进口里,那一定是水银!"

张承:"要是砒霜泡成水呢?"

刘墉:"这也可能。"

张承:"还有什么毒物?"

刘墉:"蝎子、蜈蚣?不,都没有这么快当,顿时要了人命。"他在屋内又转了两圈后,转回头说:"张承,你下去传朱文、赵武来见。对了,还有那个新来的王大龙。"张承下,何书办上。

何英:"大人,现有高巡抚派人送来书信一封。"说过将信呈上。刘墉拆开信封,展读其文如下:

> 贤契如鉴:
>
> 闻听你要对韩家刨坟验尸,吾意此事万万行之不得!韩家世代为官,其父韩天锡曾任过庐州如府,按律要受国法加重保护的。贤契一旦开棺无所查获,此咎就非同小可了!届时就是本宪,也将难辞其咎。万望谨慎从事,切切。

刘墉看过,将信放到桌上,说:"韩家活动得很快呀,已经捅到巡抚大人那里去了!但是我意已决,不开棺验尸,便难以断定是非。"

何英:"大人是否有了什么新的把握?"

刘墉:"把握是有了些,只是还有些……"

张承走上:"老爷,朱文等已到。"

刘墉:"让他们进来!"朱文、赵武、王大龙走上。

朱、赵、王打躬后说:"大人唤我等有何吩咐?"

刘墉:"现派你等到金陵各药店去查访,看看清明节前,哪个店铺里卖出过水银、砒霜之类毒药?有无韩家的人去买?记住,口风要严,行动要快。"

天空阴沉,仍有霏霏细雨在飘洒着,坟头上一片野草青青,只有那座新坟光秃秃的,坟前还有刚刚烧过的纸钱灰。刘墉仍然穿着前次扮作行商时穿的衣着,冒雨前行,身上衣服已经湿透。走到韩义家门前时,他翻身下马,用手敲门。韩义出来开门,见刘墉后大吃一惊,连忙要跪,说:"大人来到寒舍,真是万万不敢当的!"

刘墉赶忙扶起,说:"你只当我还是那个行商刘坼。"说着,走进屋内,又坐到前次的木椅上。韩义连忙送上茶来,放到他身边的八仙桌子上。

刘墉:"韩义你也坐下来!我说过了,你只当我还是那个行商。"

韩义勉强坐下,说:"大人真是包公再世、海瑞重生,敢于如此不畏豪门,秉公明断,真是叫人钦佩!"

刘墉:"现在虽然已将韩雪和黄爱玉押监,但没有确实证据,还很难断案!你也知道,这刨坟验尸之事,非同小可,特别是像你韩家这样的祖茔。"

韩义想了想,也默默地点了点头。

刘墉:"韩义,你看守这片坟茔有几年了?"

韩义:"二十多年了。"

刘墉:"韩家的事,想来你是了如指掌的?"

韩义:"虽不能那么说,可他家里的大事小情,玩的什么花花绕子,大都逃不过我的眼睛。不客气地说,全都记在我心中的这本账上了。"说着,他拍了拍自己的心口。

刘墉:"你前次说这韩雪与他嫂子通奸,可有什么真凭实据?"

韩义:"真凭实据虽说拿不出来,可这种事,能瞒得住家里上上下下十几口人的眼睛吗?"

刘墉:"你没听到韩雪妻子出来吵闹阻拦过?"

韩义:"大人你要不提,我倒忘了。说起韩雪妻子崔氏之死,也叫人心疑!"

刘墉听了,立时警觉起来,连忙地问:"怎么,他的妻子也死了? 是怎么死的?"

韩义:"就在两年前,也说是得暴病身亡的,死后没等发丧吊孝,也很快就入了土。"

刘墉:"崔氏娘家人没来过问?"

韩义:"家在外地,无法赶来,事后也就再没有人理会此事了。"

刘墉颇有解悟地点头说:"这个情节,本府倒还没有掌握。这么说,这韩家是三年之内,连死两人,且都是暴病身亡的。恐怕你在这座坟茔里是守着两个冤鬼了!"

韩义惊惑地说:"大人的意思是……"

刘墉坐在江宁府后衙书房的桌案前阅读案卷。

朱文走上说:"禀报大人,我等将金陵各家药店都查问了,清明节前两天没卖过这种药,更没见有韩家的人去买过水银、砒霜之类的东西。"

刘墉扫兴地嗯了一声。朱文接着又说:"可是昨天傍晚,我去德盛广药店时,正巧碰到捕蛇的人游玉川。据他讲,清明节前他倒是卖给了韩举人一条毒蛇。小的觉得可疑,现已将他带来,请大人亲自审问。"

刘墉自言自语地说:"买毒蛇?奇怪!他买毒蛇做何用处?"转身又向朱文说:"好吧,你去把他带上来!"

朱文走下,不大会儿工夫,将捕蛇者游玉川带上。

游玉川打一躬说:"小民游玉川拜见知府大人。"

刘墉上下打量了他一番后说:"你就是捕蛇者游玉川?你以捕蛇为生有多少年了?"

游玉川:"小民祖祖辈辈都以捕蛇为生,到我这辈,已经有五代了。"

刘墉:"你捕蛇做甚?所捕之蛇都卖与何人?"

游玉川:"都用于药。小民所捕之蛇,皆是毒蛇。越是毒性大,越值钱,所以捕到蛇后都卖给药店。要不昨天怎么在药铺里碰见上差朱大爷了呢!"

刘墉:"你的蛇是活着卖,还是杀死了卖?"

游玉川:"一般都是杀死了卖。头天夜晚我在家里将蛇杀死,取出蛇胆、蛇血和蛇皮,分别卖给药店。因为一般的店伙计,都惧怕接近毒蛇。活着卖的很少,在我印象里比较深的,就是东门外翠花巷里的韩举人。他前后买过两次活蛇,都让我给装进竹筒里。"

刘墉大吃一惊地说:"噢,都装进竹筒里!你给我细细地讲一讲,这是怎么一回事!"游玉川便把最近一次卖蛇的经过讲了一遍——

在德盛广药店里,游玉川面向柜台,正拿着蛇皮、蛇胆之物在向店家交货、议价。店家将蛇皮一条条地抽起,对着窗外亮光照着,然后把几条蛇皮摆在一起比较长短,又仔细地望着钵子中的蛇胆、蛇血,用鼻子嗅着气味,用食指蘸一下放到口里品尝滋味。

韩雪在柜台外面焦急地望着,等待着,来回地走动。

店家将几串铜钱作为货款交给游玉川,他满意地收起钱,然后提着一个口袋转身向店外走去。韩雪紧随其后,看看来到一个巷口的僻静之处,走上前去用手拍了一下游玉川的肩头,说:"喂,你还有活蛇吗?要毒性大的!"

游玉川回过头来,望了望眼前的人,说:"你不是翠花巷的韩举人吗?"

韩雪有些慌张地问:"你认识我?"

游玉川:"前年,我不是从你家门前走过,你追赶上来,要我卖给你一条活蛇,也是像今天说的这样,毒性越大的越好。"

韩雪:"你记得这么清楚?"

游玉川:"因为头一次有人向我买活蛇呀。记得,我当时就抓出一条眼镜蛇来,有这么长!"他用手比划着。

韩雪有些不自在地说:"难为你,记得这么清楚。那好,你就再给我来一条眼镜蛇。"

游玉川掂了掂手中的口袋说:"正巧,里边还有两条眼镜蛇。"

韩雪:"你给我一条就够了,银子是不会少给你的。"

游玉川:"怎么,还是用竹筒装着?"

韩雪:"对!对!装在竹筒里保险。"

游玉川揭开口袋,从口袋里抓出一条眼镜蛇,送到韩雪眼前说:"你看,这条行吗?"

韩雪向后猛退了一步,但随后又凑上来,仔细望了望,满意地点点头说:"行,行,就是它吧。"

游玉川从后腰抽出一个竹筒,将蛇装入筒内,又找出个塞子,将口塞住,递给了韩雪。韩雪接过竹筒藏到怀里,然后取出一锭银子交给游玉川。

游玉川一直注视着韩雪消逝在人群中的背影。

江宁府后衙书房里,刘墉一边穿戴官服,一边呼唤:"张承!张承! 你下去传出话去,就说老爷今天巳时,在韩家坟茔开棺验尸,让差役、地保、土作、仵作等人到时侍候。还有,让他们将韩雪、黄氏和原告韩义也都带去。……你再到厨房去,把没有卖掉的硬面饽饽都拿来吃了吧!"

张承怀疑地问:"老爷,今天是怎么的了?"

刘墉:"张承,老爷今天去开棺验尸,是背水一战呀! 如果开棺验出毛病来,算是咱们把官司打赢了;若是验不出什么毛病来,咱们爷俩明天就得打行李卷儿回山东老家去了!"

张承:"老爷,那怎么办?"

刘墉:"怎么办? 罢官就罢官,撤职就撤职呗! 咱能当得了官,就做不了民吗? 能坐上了轿子,就骑不了毛驴了? 来的时候咱们不就是骑着毛驴来的吗?"

张承激动地说:"老爷!"

一顶四人轿子出了城门,上边罩着黄罗伞,前有铜锣开道,后有差役跟随,朱文、赵武押着韩雪、黄爱玉走在最后。轿子很快来到韩家坟茔,在新坟之前停住,刘墉从轿中走出。这时,坟前早已用芦苇搭起一座棚子,棚内设有公案,刘墉走到公案前坐下,何英站立一边,众差役侍立两旁。

刘墉:"将韩雪、黄氏和原告韩义带上!"朱文、赵武、王大龙押韩雪、黄爱玉上,韩义走上。

刘墉:"本官现在立刻开棺验尸,尔等皆在一旁守候。检验情况由两名仵作过来禀报,尔等不要乱动!"他接着又说:"传土作、仵作上来!"两个土作和两个仵作走上。

刘墉:"本官命你等尽快挖开坟土,将棺木打开!"

二土作:"遵命。"说着走到坟前,同几个帮手一起,很快将坟土挖开,露出棺材。二土作又用斧子、锤头、铁撬等物,费力将棺盖掀开。许多围观者都蜂拥围上来。闻声赶过来看热闹的侯青、马掌柜,也夹在人群中间。

刘墉一拍惊堂木,大声吆喝道:"围观人等都退到圈子之外,不准靠前。违抗命令和肆意肇事者,一定从严惩治!"

差役:"闲杂人等都靠后! 不要乱挤,有出来肇事者,一定严惩不贷!"众人退出到圈子之外。

刘墉:"二仵作! 本官命你二人将死尸抬出,详细检查,从实禀报。如有差错和遗漏,一定从严从重惩处!"

二仵作:"小的遵命!"说过,二人在地上铺上一领芦席,又端来一盆清水,放停当后,走向棺材,将死尸抬出,放到芦席上。

刘墉:"韩义、韩雪、黄爱玉,命你三人上前辨认一下,看看棺中之人是否是韩乔真身?"

三人:"是。"一起来到芦席之前。韩雪、黄氏假意哭喊:"哥哥!""丈夫!"并要扑上前去,被差人拦住。

刘墉:"不得哭闹,待仵作前去验尸。其他人等一律退到后边!"众人退后。二仵作解开尸体身上衣服,用凉水在尸体上喷洒一遍,然后从头到脚一处处地检验起来。

侯青站在人群之中用眼打量刘墉,忽然有所发现地说:"马掌柜,你看那知府大人怎么有点儿像前天夜里那个卖饽饽的大哥?"

马掌柜也仔细地打量了一番之后,说:"可不是嘛! 正是他,别的地方还断不分明,只看那罗锅子就万无差失了。"说过,两人相视一笑。

侯青："唉，我说马掌柜，你说是不是他刘大人那天晚上听到我说起韩雪使用竹筒的事，才定下来要开棺验尸的？"

马掌柜："你别再瞎说了。这刨土挖坟的事可不是件小事，万一查不出什么……"说着，向左右看了看，见无人注意他，才又小声地说："大人的前程，可就要大受影响了！"

侯青吃惊地说："啊！有这么严重？……"

这时，二仵作走到刘墉跟前，说道："禀报大人，尸体从头顶查到脚底，凡是要害之处都查了两遍，没有任何伤痕。"

刘墉听了，不免大吃一惊，但仍镇静地说："一定是你等查得不细，再去复查一遍，如有遗漏之处，或隐情不报，本府是定然重惩不饶的！"

二仵作："是！"又去复验尸体。

韩雪闻听验尸没有任何伤痕，便闯到刘墉桌前说："知府大人，你可是朝廷命官，一方黎民的父母呀！怎么就能无缘无故地刨人家祖坟呢？你难道不知道这是伤天害理之事，是大清律所不许的吗？你今天可以凭仗官势将我等押监在狱，革去我的举人功名，可是你毕竟不能一手遮天。在你之上，也还有更为官豪势大的人在呢！"

黄爱玉也撒泼地哭叫着闯上来，说："好你个昏官刘大人，你偏听偏信那小人韩义的话，诬告我叔嫂谋害亲人。你也不想一想，从古至今，有一奶同胞的弟弟杀害自己亲哥哥的吗？我黄氏女也是官宦人家出身，父亲是河南汝阳县令。你无故将我囚禁在监，让我在大庭广众之下出丑，你这样做于心何忍呀？今天我也不想活了，就跟我那暴病死去的先夫，一道去鬼门关吧！"说罢挣扎着又往尸体那里撞。

刘墉一拍惊堂木说："大胆刁民！尔等再要胡闹，闯犯公堂，本府便要重重治你。来人呀，将他们紧紧看住！"

朱、赵:"是。"将韩、黄二人紧提锁链押在一旁。

这时,忽然从人群中挤出一个人来,头戴方巾,身穿青绸子大褂,脚登方头皂靴,五十多岁,一脸浅白麻子,摇头晃脑地走向公堂。

侯青对马掌柜说:"这个坏肉出来干啥?"

马掌柜说:"谁?他是谁?"

侯青:"裴明,包揽词讼的穷秀才,外号叫'坏肉'。"

裴明来到公堂之前深鞠一躬说:"生员裴明,参见知府大人。"

刘墉:"你有何事,闯进公堂?"

裴明:"回禀大人,非是生员无故闯上公堂,只因这韩家与我有姑表之亲,论辈数我还得称韩雪为二舅呢!死者嘛,自然也就是我的大舅了。俗话说:人平不语,水平不流。现今遇上了这样大不平的事,路人皆要鸣个不平,何况生员乃是当事者的至亲呢?"

刘墉:"有何不平的事,要你来鸣?"

裴明:"大人听信韩义片面之词,无凭无据就来刨人家祖坟、开棺验尸,这是天理国法都所不容之事!设身处地地想一想,有人要刨你家祖坟,行不行?孔子曰:己所不欲,勿施于人。曾子又曰:慎终追远,民德归厚矣。大人岂可不顾小民之孝悌大事,挖人家的祖坟,让人家既无脸见先人于地下,又破坏风水于后代子孙!"

刘墉:"狂生,你怎知本府无凭无据就刨坟验尸?"

裴明:"方才已经验过,通身无有一处伤痕,你还要定个什么罪呀?"

刘墉:"本府自有安排,休要你来干扰政事!来人呀,将他推下去!"

差役："是。"走出两个人将裘明连推带搡拉下去。裘明不服，嘴里不住地说："你们怎敢这样对待缘秀才，污辱斯文？我倒要看看，归齐了会怎么样？你要再验不出什么来，自会有地方把理说清楚的！"

这时二仵作又来到公堂上，打躬说："禀报大人，小的们又去仔细复查了一遍，实在验不出伤痕来。小的们若有疏忽遗漏之处，情愿领受大人刑罚。"

刘墉更为吃惊，急忙走下公堂说："有这等事？待本府亲自下去看看！"说罢，头上带着汗珠走向尸体前。

这时裘明复又闯了进来，冷笑着说："大人，这尸体到底验得怎样？我早说过，这刨土开棺之事非同小可。我上来好言相劝，大人还将我推搡出去，真是斯文不值钱呀！现而今怎么样？两次检验都没有查出毛病来，大人还能再一手遮天吗？"说罢转身又向韩雪说："二舅，事情现在已经清楚，你还不到省里去告他。无故革去你的举人功名，让大舅荒郊曝骨，令人心寒，让我这做小辈的也于心不忍呀！"

黄爱玉听得裘明这么一闹，也胆壮起来，扑上去就揪住刘墉的官袍，哭号着说："你这个昏官，好狠心呀！让我丈夫骨曝荒野，令人心寒。我今天也不想活了，就跟你这个昏官对命，追赶奴家先夫去！"

韩雪也趁势赶上前来说："我一定要到省里去告状，去找孙刑道、李布政、高巡抚。金陵城里决不会允许这样胡施乱行的事儿！"

刘墉："来人呀，赶快将他们押下去！"朱文、赵武、王大龙等紧提韩雪、黄爱玉的锁链，但韩、黄二人见裘明不肯退让，也就拼命挣扎。

正在这时，从人群里挤出来侯青，他一边上前一边喊着：

"裴明,你打抱不平,大爷我今天也来打你个抱不平。"

裴明原以为是自己的同伙赶上来了,于是劲头更足了,一边向前闯,一边回头向其他儒生说:"赵仁兄、吴贤弟,快跟我一齐上来揪这昏官,让他也知道知道我们这些儒生的厉害!让他知道,斯文不是可以任人随意侮辱的。"

侯青走上前去,一把揪住他的肩头,忿忿地说:"你摆什么穷酸,难道你那顶方巾就遮住你一身坏肉了?你平日里挑奸惹火,四处下蛆,唯恐人家不打官司。打了官司,你便好包揽词讼,信笔胡诌,东吃原告西吃被告,自己捞得个脑满肠肥。你也不拿镜子照一照,自己一屁股屎,还敢到这里来狗戴帽子——装人来了!"

裴明回身躲开,骂道:"你是哪里来的,竟敢骂秀才老爷?"

侯青又抓住他的前大襟,用手往怀里一拉说:"我不但骂你,还要打你呢!"说着就打了一拳。裴明也不相让,扑过去狠狠将侯青抓住,说:"反了你了,还敢动手打人?"

侯青:"我就打你怎么了?你与那对狗男女勾结在一起,谋害韩乔。但巧得很,偏叫你家老爷我亲眼看见了!你不认罪,反倒来闯闹公堂,侮辱官长,我侯青岂能容你!"

二人仍在揪住厮打,差役上前将他们分开。刘墉:"休得胡闹,都将他们押下!"众差役赶上前来将他们推下。

刘墉复又坐到公堂上,说:"来人呀,带上那个自称侯青的人!"

差役:"带侯青上堂!"差役将侯青带上。

刘墉:"侯青,你可认识本府?"

侯青:"认识,你就是前天那个卖硬面饽饽的大哥,我还赊你一个饽饽没给钱呢。"说着,从后腰钱串上取下钱来,要当面还钱。

刘墉："饽饽的钱暂时就不用还了。我问你,你说亲眼看见韩雪叔嫂害死韩乔,可是当真?"

侯青："青天大人在上,小人实不相瞒:我是个夜猫子,经常夜里去到人家干些偷鸡摸狗之事。那天夜里我去韩举人家里,亲眼见到那对狗男女搂住韩乔脖子,将一根有三尺多长、核桃粗细的竹筒塞到韩乔嘴里。只听一声惨叫,工夫不大,这对狗男女就大哭大叫,一迭连声嚎叫,说是死了人了!这不明明是他们害死的是什么?"

黄爱玉气急地说:"你净血口喷人!我搂他脖子是他喊心口疼,塞竹筒是给他灌药。"

韩雪:"你这贼无故跑到我家院子里来做什么?大人快惩治这个强盗,怎能听他在那里信口雌黄,有意诬陷良民!"

刘墉:"且都住嘴!侯青我来问你,你说韩乔是被投毒害死的,为何他身上一无血斑,二不发紫发绿?"

侯青:"这个我不知道。那天他们背朝着我,竹筒里投放何物我看不见。但依小人愚见,大人何不剖开肚子看看,反正韩乔也是个死人了,肚子上拉不拉开一刀,对他都是一样。"

韩雪:"好你个蟊贼。你还挑唆昏官对家兄开膛儿破肚,做此昏庸的蠢事?"

黄爱玉:"昏官呀,你要将先夫的肚子拉开,我可真的要跟你对命了!"

裘明:"好狠心的一个知府大人,你把我家大舅尸体暴露在荒野还不算,还要开膛儿破肚,让他死后不得安宁!"

刘墉:"尔等休得胡言。二仵作!"二仵作上。

刘墉:"命你二人立刻将韩乔肚子剖开,看看肠子是否有发青变紫的地方!"

二仵作:"是!"走向尸体。

黄爱玉大声哭喊:"我的夫呀,你真是命苦呀!好好的人一病身亡,死后还要叫人给你开膛儿破肚!"赵武上前用手捂住她的嘴巴。

二件作走上,打躬说:"禀报大人,开膛儿后,仍然未见有何异常。"

这时围观群众又往前冲,有人说:"快去瞧啊,已经开膛儿破肚了,等一会儿还要大卸八块呢!"

裴明复又挣扎着冲上来,说:"好一个江宁府刘青天,刘大人!你坟也掘了,棺也毁了,尸也验了,现在竟然狠毒地把肚子给剖开。归齐了又怎么样了?还不是一无所获,无端造孽嘛!像你这样为民做父母官的,怎么对得起朝廷封赏、皇家俸禄?你不是一方黎民的父母,你是一方黎民的祸害!我倒要看看你,下一步是怎么个收场!难道你还真要大卸八块,把我大舅的肚肠子给翻过来?"

刘墉在这紧急时分,虽然有些发慌,但心中方寸并没有乱,他擦了擦头上的汗水说:"来人呀,让围观者都退到圈子外面,不准喧哗生事,本案情节复杂,隐情很多,本官要一层层审查。任何人不准再在此鼓噪生事。如有蓄意骚扰公堂者,一定要重惩不贷!"

差役向后赶退围观群众,同时也紧紧押管住韩雪、黄爱玉等犯人。

刘墉走下堂,亲自到尸体跟前看了看取出后的肠、胃等器脏,端详了一阵子,返回到公堂上。当他走到朱文跟前时,朱文悄声向他提醒说:"大人,毋忘捕蛇者游玉川所说之话。"

刘墉一拍惊堂木说:"二位件作!本府命你们将死者的胃剖开,仔细检查。注意,不要碰坏里面的东西!"

二件作:"是!"走回到尸体跟前,拿起胃来用尖刀破开,向地上一倒,只见在食物残渣之中,竟有一条二尺多长的眼镜蛇。

二仵作大吃一惊,赶忙回到公堂前打躬说:"禀报大人,胃里边发现一条二尺多长的眼镜蛇。"

刘墉也为之一震地说:"发现了什么?"

二仵作:"发现了一条毒蛇!"

刘墉一拍惊堂木,两眼向韩雪、黄爱玉扫去,吓得二犯面色如土,赶忙跪下,磕头如同捣蒜,口中不住念叨:"小民有罪! 小民有罪!"

刘墉又一拍惊堂木说:"老实招来,毒蛇是怎么钻进韩乔胃里去的?"

黄爱玉:"民女愿意从实招来!"

刘墉:"何书办!"

何英:"卑职在。"

刘墉:"详细记下这段奇闻。"

在翠花巷韩举人院内的后院东屋黄爱玉房中,绣花锦帐挑起幔帘,黄爱玉手托香腮坐在牙床的床沿上,丫环跪在地上为她捶腿,她漫无情思地望着窗外盛开的桃花和一树刚刚绽开的海棠。

韩雪从前院甬道上走来,没等推门,丫环便招呼说:"大奶奶,二爷来了!"黄爱玉马上将丫环推开,站起身来。

韩雪推门走进说:"嫂子,近来精神还好吧?"

黄爱玉:"小香,去到厨下把泡好的糯米全部捣碎。大爷没回来,你就先别过来了!"

小香:"是。"走下。

韩雪搓手作难地说:"大爷在家,我不好过来呀!"

黄爱玉:"若是大爷总也不走了呢? 你就总也不过来了?"

韩雪:"谁说的?可总是不太方便。万一叫大爷碰见,亲弟兄俩共驾一条小船,叫人有多难堪?况且大爷怎么会总也不走了呢?京城里有他的买卖,他能舍得下吗?"

黄爱玉:"可这里有他的老婆,他能舍得下吗?"

韩雪:"过去他不是一去就是一两年,长期留在外面不回来的吗?"

黄爱玉:"那时候他年轻还不知道恋家,现在上了岁数就不同了。我可是听他说,最近一半年不准备走了。他已经托人给他在金陵城里寻觅地段,要在这里开铺子做买卖呢。"

韩雪吃惊地说:"啊?怪不得他经常去找韩义呢!"

黄爱玉扭身投进他的怀里,撒娇地揉搓着韩雪说:"你快想个法子呀,你能挺得,我可挺不了呀!"

韩雪:"说心里话,我也是一天也挺不了的。古人说:一日不见,如隔三秋。这十日不见,就是几十秋、上百秋啊!"说着狠劲地搂住了黄爱玉,两个人如同雪花扑落在火盆里,顷刻间便融化到一块儿了。

当火山爆破、岩浆喷发过后,黄爱玉在强烈亢奋后的微微颤动中,有气无力地说:"你快想个法子呀!啊,好好地想个法子出来,看看我们该怎么办?"

韩雪不言语,但眼珠儿却不停地转动着。

黄爱玉:"你是真的没办法了,还是不想拿出办法来?"说着,她坐起身来。

韩雪:"真想不出来!"

黄爱玉:"那就叫我给你提个醒?"

韩雪吃惊地说:"你提提什么醒?"

黄爱玉:"两年前你对你妻子想出什么办法来的?"

韩雪:"那是个外姓人,这是我的一奶同胞,难道你叫我对自己的亲哥哥也下毒手吗?"说着,不由得身子有些战栗。

黄爱玉:"好呀,你拿我们都当成外姓之人,早晚都可以下毒手,而你偏偏对你那个碍在中间搬不掉的哥哥,却下不了毒手。我在你心里,到底占个什么位置?"

韩雪:"你别说了,让我想想!"

黄爱玉:"偏说,偏说,我偏要说!"说着,又扭到韩雪的怀里。韩雪不由得又是一阵战栗。

几天之后的一个夜晚,韩乔醉醺醺地走进后院西屋他的房中。小香过去将他扶在床上,一边侍候他躺下,一边说:"我这就去叫大奶奶,这就去!"

韩乔抓住小香的手说:"去,去把她叫过来!"

小香抽身走进东屋,见心情恹恹的黄爱玉闷坐在床头。小香说:"大奶奶,大爷回来了,他唤你过去呢!"

黄爱玉勉强站起身子,扶着小香走进西屋,看见韩乔醉卧在床上,便用手抚着他的头说:"大爷,你喝醉了?"

韩乔:"没,没醉,你坐下!"

黄爱玉:"好,我去给大爷烧一碗汤去,喝了就好了。你先歇着,我立即就来。"说着转身走下。小香将被子给韩乔盖严,然后在地上站着。

黄爱玉端着一碗汤走上,与小香一起扶起韩乔,然后将汤送到他嘴边,帮助他将汤喝下。接着又扶韩乔躺下,回身对小香说:"你下去歇息吧!"

小香:"是。"走下。

韩乔昏昏睡去,口里犹在喊着:"爱玉,爱玉,你过来呀!"

黄爱玉拉着韩乔的一只手,直到看着他彻底睡去,才将手抽回,然后悄悄走出去。她通过夹道走向前院,在前院的东屋窗前咳嗽了一声。

　　韩雪听到声音,立即吹灭灯开门走了出来,见到黄爱玉后悄声问:"睡着了?"

　　黄爱玉点了点头,二人一前一后地向后院走去。刚走进后院,黄爱玉见一个黑影一闪,不由得疑心顿起,她左右寻看,寻了半天却一点儿动静也没有找到。

　　韩雪见状问:"怎么的了?"

　　黄爱玉:"好像有个人影一晃!"

　　韩雪也左右寻看了一阵,但什么也没看见,便笑着说:"你眼花了,什么都没有。是不是心里怕得慌?"

　　黄爱玉:"不!不!我才不怕呢?你把那东西拿来了?"

　　韩雪从怀里掏出竹筒在她眼前一晃说:"拿来了!但你还得点一根香!"

　　黄爱玉:"点香干什么?"

　　韩雪:"这蛇自己是不会往人肚子里钻的。竹筒后面我已钻了个小眼,把香火伸进去烧蛇的尾巴,蛇一疼就顺着竹筒往外钻了!"说着两人走进屋内。

　　侯青伏到窗前,用舌尖将窗纸舔了个小洞,向里边望去。屋内黄爱玉搂住韩乔的脖子,韩雪站在床前,背朝着窗户,从怀里取出竹筒,拔出塞子立即将一端插进韩乔口中,并把香火伸进竹筒尾部。

　　屋内一声惨叫,韩乔手脚蹬刨。黄爱玉大声哭叫着:"哎呀,你怎么死得这么快呀!"

　　刘墉坐在江宁府大堂上,何书办站立一边,众差役两旁侍立。

　　刘墉:"带韩雪、黄爱玉一干人犯!"

　　差役:"带韩雪、黄爱玉等一干人犯!"朱文、赵武、王大龙等押韩雪、黄爱玉、裘明等上。原告韩义以及侯青走上。

刘墉："韩乔一案，经本府连日来详细审理，案情已经详明：韩乔系清明节前两天，饮酒后回家，被其妻黄氏爱玉及胞弟韩雪用毒蛇一条放入肚内致死。依据大清律杀人偿命一条，现本府判定黄爱玉、韩雪死刑。裘明无理闯闹公堂，凌辱官长，责罚二十大板，革去其秀才功名！"

裘明："生员不服，我要上告！"

刘墉："住口！韩义！"

韩义："小民在。"

刘墉："褒你挺身仗义，揭发奸邪，赏银十两！"

韩义："多谢大人！"

刘墉："侯青，你虽偷窃耍钱，但在此案中能够挺身与坏人斗争，明辨是非，仗义直言，同样赏银十两。拿回去要好好过日子，一定要痛改前非，不得再犯老毛病！再犯了，老爷也还是不能饶了你的！"

侯青："小人今后一定听大人的话，决不再干那偷鸡摸狗的事了！"

刘墉："何书办，今天是清明过后第几天了？"

何英："第四天了。"

刘墉："黄爱玉！"

黄爱玉："犯女在。"

刘墉："我与你在新坟之前立的字据可还在？"

黄爱玉从怀中掏出字据说："还在。"

刘墉："我当初言讲，五日之内，一定要断明坟内之人死的冤屈。现今不到五日就已明断了，本府是否是赢了呢？"

黄爱玉："大人你赢了。"

刘墉："本府赢了?！"

黄爱玉:"赢了!"

刘墉:"赢了! 张承过来!"

张承上:"老爷,有何吩咐?"

刘墉:"坟前的赌,是你打的。如今你打赢了,老爷也照样奖赏你十两银子。"

张承:"谢老爷! 不过,这十两银子还是拿来改善一下我们的伙食吧,别顿顿都是硬面饽饽就萝卜缨子小豆腐了!"

刘墉:"怎么,嫌四十两银子少了?"

张承:"小的怎敢? 我是说,你一个黄堂知府,总不能顿顿地净吃硬面饽饽 就萝卜缨子小豆腐下饭呀!"

刘墉:"黄堂知府怎么地了? 张承,你也伺候过我家大老爷几年。大老爷是朝廷里宰相、军机处首辅大臣,他不也是这样素衣淡食的吗? 他为官数十年,死后,乾隆爷派人到我们老家山东诸城里去调查,他为官前有薄田数十亩,敝庐一区,死后还是这个样子,寸土未增!"

张承点头,感动地说:"那倒是! 那倒是!"

刘墉:"所以我说,张承咱们,顿顿有硬面饽饽就萝卜缨子小豆腐就很不错了!"

第六部　落水识贼窝

　　金陵城中，大街小巷亭台楼阁星罗棋布，各式各样的招幌布帘都在迎风招展，充分显示出这座江南六朝盛地的繁华。

　　一个老妇拄着拐杖，迷迷怔怔、跌跌撞撞地奔走着，口中不断发出吃语："小翠儿，小翠儿，你在哪里？快回家啊！"她走过了小巷，奔向大街，人们都奇怪地瞧着她，躲闪着她。

　　一乘官轿从街口走来，前呼后拥的，甚是威严。

　　老妇人发现了官轿，问身旁的人："这是谁的轿子来了？"

　　一四十多岁的汉子回答："老人家，这是江宁知府刘大人，在上元县韩家坟茔判案归来。"

　　"好，我正是要找他！"老妇人说着，便迎着轿子走去。前面开道的衙役班头高喊："躲开！"上前将老太太往一边扒拉。老妇人不顾一切地往上闯，并急问："轿子里坐的可是刘罗锅子？"公差怒喝："你这老婆子，怎么这样称呼大人？快快躲开！"

　　老妇人扑通一声跪在大街中央，挡住了人马的去路，嘴里高喊着："青天刘大老爷，给小民做主啊……"

　　刘墉掀起轿帘询问："怎么回事儿？"

　　陈勇近身禀告："回大人，一老妇人拦轿喊冤。"

　　刘墉："落轿。将老妇人带到轿前来。"

陈勇："是!"走上前去让两厢衙役沿街站好,领过老妇人来。

老妇人吓得战战兢兢,倒身就又要跪拜,刘墉发话说:"老人家不必跪下,在一旁站立说话就行了!"

大街两旁民众都在观看。

刘墉："老人家,家居何处,姓甚名谁? 你有什么冤屈之事,慢慢详细地说来!"

老妇人："青天大老爷,民妇李耿氏,家住江宁福禄巷内,夫主早年病死,只留下一个女儿,取名瑞芬,今年一十八岁,伴在民妇身旁。俺这小女虽然是吃糠咽菜生在俺这穷人家里,可是长得却很水灵又有孝心,街坊邻居没有不夸奖的。只因民妇常年有病在身,最近听说城北的圣仙寺内出了一口出产圣水的泉眼,效力无穷,无论是陈年老病,还是新近得的疑难杂症,只要喝下就好。但这圣水必得是庙里的主持圣水姑姑赏赐才行。"

公差在旁喝道:"休要啰唆,大人是在归衙途中问话,你要简短捷说!"

刘墉："不要催促,让她慢慢地说来。"

老妇耿氏："是了! 小女瑞芬听说到了这事,为着要尽孝心,便去到圣仙寺求圣水为老身治病。可是这一去就是三天不见回来,我和街坊邻居四处访听,也不见踪影。想必是小女路上遇到了强人,只好拦轿求大老爷给民妇做主。"

刘墉："老人家,既然你女儿年少又没出过远门,怎好放她独自一人去求什么'圣水'?"

老妇耿氏说道:"回大人,民妇住处附近没有小女同伴,欲求东院王老伯领着,可是小女又听人家说,圣水姑姑有言在先,只许亲自前往,不准外人跟随。而且,不到初一、十五这两天,还不准任何男子进寺呢。"

刘墉闻听此言,脸色一沉:"竟有此等章法! 是何道理?"转身向站立在轿子两边的书吏、公差问道："你们谁知道圣仙寺的来历？"

一差人跨前一步打了个千，禀报说："大人，这圣仙寺之事，小人略知一二。此寺离城不远，距北门外有五里之遥，就在灵山脚下，张家村旁。是好大一座寺院，坐北朝南，前后五层大殿，都是悬梁吊柱，兽脊飞檐，藏在那苍松古柏之中，显得非常雄伟壮观……"

刘墉："你就简单扼要地说吧！"

差人："是，大人！头层殿，供的是药王；二层殿，供的是送子娘娘，龛前悬挂着一个磨盘大的金钱，有求子者，拿起小罐中的一粒黄豆种子，向金钱孔里投，投进去者即可怀孕得子。那三层大殿，更是最兴旺了得的地方，供奉的是观音菩萨，那可不一般……"

刘墉："哎哎，你的话再精练点儿。"

差人："是！圣仙寺当家的僧尼，法号叫悟净，三十出头的年纪，长得雪白肉胖，只有她才能汲圣水治病，民众百姓送她仙号称作'圣水姑姑'。她手下有女徒十七八个，都在二十岁上下，还有四名挑水做饭的男僧，可都是老的，年纪在五十开外。每逢初一、十五，才让男人进庙烧香，平时只准妇女进庙，提起那圣水可是……"

刘墉："行了，行了"摆手让公差退下，又向老妇耿氏问道："本府准下你的诉状，立刻派员查明，五天之后传你到知府大堂结案！"

老妇耿氏急忙跪下叩头："谢青天大老爷！"

刘墉："你回家去，安稳坐等，不要再对外张扬了。"

老妇："听从大老爷的吩咐。"起身而去。

刘墉吩咐道："起轿回府！"

开道的铜锣响起,大街两侧民众,眼看着大人的轿子离去,有的点头,有的含笑……

刘墉回到知府后衙书房,脱去官服换上便装,坐着饮茶。他额头皱起,双眉紧锁。张承在旁边小心地侍候着。

刘墉:"张承!速叫陈勇到书房来见我。"

张承:"是!"转身离去,不一会儿领着陈勇进来。

陈勇走到刘墉跟前打了个千,问:"大人,叫小的来有何吩咐?"

刘墉:"你坐下,我有事和你商议。"张承搬来凳子,设在刘墉左侧,陈勇谢过坐下。

刘墉:"刚才本府在归衙途中,接了耿氏丢女一案。依我想,圣仙寺中一定有什么鬼名堂,本府必得亲临寺院,实地探访一下不可,不知你有何高见?"

陈勇:"这庙平时只准女人进寺烧香,耿氏女儿瑞芬前去讨药又无端失踪,这事儿是让人猜疑。大人一贯体恤民情,又善于微服暗访,不妨化装了走进庙去……"

刘墉忽地站起,高兴地说:"正合本府心意。进得寺院,才能对众僧尼察颜观色,对圣水之事也能了解到实情。明日正巧是四月十五,你我化装成乡民,就前往圣仙寺去。只是这凶险未卜,老爷要你暗中跟随,保护本府。一旦查到歹徒恶人,好即刻捉拿!"

陈勇:"遵命!"

郁郁葱葱的灵山脚下,青松翠柏掩映着古老恢宏的一座寺院:红漆的院墙,四角设有钟鼓楼和藏经楼,寺内钟声悠扬嘹亮。

前往寺院的大路上,人流往返不断。刘墉一身乡巴佬打扮:头戴一顶白毡帽,脚上是粗布青鞋白布袜,一身蓝布祆袍,腰上系着青布带子,东瞅西望地走在人群里。陈勇装扮成香客模样,远远地跟在后面,不时地瞟着刘墉的行踪。

闹哄哄的人群中,男女老少皆有,穿戴打扮各异。返回者脸上露着笑容,心满意足;前去的人满面虔诚,求神心切。这个说:"圣水姑姑可灵验了,江宁方圆百里没有不知道她的。"那个说:"谁要诚心,求得她赏给一口圣水,保证百病皆无。"这个说:"我有个朋友背上长疮,求医告药也不见效,只喝了她的一盅圣水就好了!"那个说:"我的一个亲戚腿上长疔,已有半年之久,瘫在床上不能下地,喝了两盅圣水,不但毒疔没了,且能行走如飞!你说神不神?"

刘墉随着吵闹的人群,来到了寺院门前。他仔细观察了寺庙的四周,然后,抬腿迈进了山门。陈勇随着男女香客也跟了进来。

烧香拜佛的人啥样的都有:一个青年后生,背上驮着包袱,爬着往前走,为着父母平安长寿,情愿给神仙当牛做马;一老妪,为表心诚,手执高香,弓腰屈膝,一步一叩头爬上台阶;一个村姑,胳膊挎着篮子,里面装着"替身",庄重地款步向前;一个浪荡公子,穿戴华贵,甩动两袖,满脸淫相,邪眼流盼,专瞧俊美的大姑娘小媳妇……

刘墉留意左右,耳听八方,踏入了第一层大殿。里面香烟缭绕,磬声悦耳。仙台上供奉着孙思邈、李时珍两座名医圣像,身上还挂着黄袍,慈祥地看着进拜的善男信女们。围着黄缎子的供桌上,摆设着插满了香的香炉,烛台上两根大红蜡烛长明不熄地燃烧着,旁边还有花瓶、圣盏之类的供物。

供桌旁站立着一位二十多岁的尼姑,白里透红的脸蛋,一双水灵灵的大眼睛。她不是闭目念经,而是斜溜着一双媚眼紧盯着青年后生;那些轻狂的男子,也都朝她挤眉弄眼,不时地发出浪笑之声。小尼姑听了更是魂不守舍,手里拿的磬槌一失手敲向了花瓶,当啷一声将花瓶打了个粉碎,轻狂的后生们哄堂大笑。

刘墉瞧在眼里,微微地摇了摇头,退出大殿。

第二层大殿里香火更旺,磬声悦耳,木鱼响声不绝。大殿内,神坛上供奉着面容带笑的送子娘娘,俊俏非凡的娘娘肩上坐的,身后背的,怀里抱的,脚前站的,左边跟的,右边随的全是神态可亲的娃娃。送子娘娘的左上方悬挂着一枚大大的金钱,四方形的眼孔,拴系着来此参拜求子的妇女们的心思。一群群的年轻女子前来上香,跪拜,掏出带来的银两,诚心诚意地放入功德箱内。有一尼姑站立在桌旁敲磬。

此殿内大都是女人,只有几个轻狂无赖的男子,指指点点、比比划划地说笑着,淫邪的眼光挨个地在女人脸上转悠着。那些奉献上了银两铜钱的求子女人,从一个小罐中虔诚地取出一粒黄豆种子,二指轻捏,举过头顶,对着悬挂的钱孔比量着,嘟哝着,虔诚地祈求神仙的保佑,然后便将手中的黄豆投向钱孔里去。投中了磬响,求子的女人立时满面泛起红晕,高兴地走出殿门;未中的懊丧地低下头,心灰意懒地迈动着沉重的脚步。

刘墉混在人群中,把这一切都看在眼里。突然,他发现那些轻佻后生的目光都集聚到大殿门口,他也随着望去。只见一个十八九岁的少妇正迈步踏进殿门,身边紧跟着一个十多岁的女童。少妇苗苗条条的身段,袅袅婷婷的举止,艳艳丽丽的脸庞,穿着搭配得十分合身、色调鲜艳夺目的衣裙。她进得殿来,女人们也给她让开道儿。她来到供桌前,将手中的整股高香点燃,恭恭敬敬地插入香炉里;再后退数步,挽起裙摆,跪下叩头;然后轻盈起身,伸出白嫩得水葱似的小手,从小丫环拎着的包袱里掏出两锭银子放到功德箱里。那几个轻佻后生伸长脖子,圆瞪着眼睛,往前拥挤观看……

刘墉冷眼观看事态的变化。少妇尖尖的手指捏起一粒黄豆,抬起玉腕一扬,黄豆准准地穿过金钱的方孔。磬声大作,一片欢呼赞叹,少妇也红光满面,抿嘴微笑着,带领小丫环反身离去。狂徒们借机轻佻地推拥着跟随左右,口中不时发出浪言秽语,肆意挑逗。刘墉见事不妙,随后紧跟,并向站在殿门外的陈勇示意。

刚走出殿门,几个浪荡公子哥儿就挤到少妇四周,色相毕露,不仅是言语挑逗,而且有的上前抠抠摸摸、动手动脚起来。少妇躲闪着,怒斥道:"无赖狂徒,躲开些! 光天化日之下,竟敢如此无理,良心道德何在? 躲开,躲开!"一个公子哥儿,反而嬉皮笑脸地说:

"小娘子,大庙场地人多势众,地狭路窄,挤挤碰碰的在所难免,小娘子何必大惊小怪!"

跟随的小丫环也大声喊叫,"你们这帮坏蛋,滚开! 滚开!"一个狂徒把小丫环拖拉到人群外面,其余的更加肆无忌惮,伴随着淫荡的笑声、污秽的语言,竟然动手去拉扯少妇。

刘墉挺身向前,将公子哥儿挡开,说道:"各位,闪一闪,让小娘子先出去!"公子哥一瞧眼前人是个乡巴佬打扮,瘦弱驼背的样子,讥笑道:"我寻思半路里杀出个程咬金来呢,却原来是个武大郎!"

刘墉面不改色,严厉斥责道:"众位既然是来烧香拜佛的,怎能在这圣洁之地,胡作非为呢?"

公子哥儿:"嘿嘿! 这……圣仙寺还能算作圣洁之地? 傻乡巴佬,少管闲事,省得你皮肉受苦!"说着,有人便凶暴地上前去推搡刘墉。

陈勇一看不敢怠慢,冲上去双手一分,把那帮狂生们推得左摇右晃、前仰后合地站不住脚跟儿。陈勇："你们休要撒野！谁敢再动一动，我就扒他的皮抽他的筋！"

公子哥儿们瞧着眼前的彪形大汉，你瞅瞅我，我瞅瞅你，大眼瞪小眼，全都傻了眼。其中一个吞了口唾沫，眨巴了一下眼睛说："好小子，算你能，等以后再找你算账！"说完纷纷扬扬地离去。看热闹的众人随之也渐渐地散开。

在第三层大殿的殿堂里，供奉着观世音菩萨。圣像姿容栩栩如生，手持净水瓶以普度天下，拯救万方生灵。观音菩萨左边是善财童男，怀抱如意；右边站着龙女，手执荷花。此殿香火最盛，供品极丰。

在观音像的右下侧有一神龛，下边坐一尼姑，她的打扮明显地有别于众尼姑：头上戴着五佛冠，身穿大领尼衣，并有黄袍加身；年纪三旬左右，白白胖胖的，亦是眉清目秀，十分的绰约可人。另有两个少女，十五六岁年纪，也穿着大领尼衣，头上用红绒绳扎着两个抓髻，两人各自手捧一口宝剑，威严地分别地站立在神龛两旁。

神龛下的那位尼姑，就是圣仙寺的主持，法号悟净，人送仙号"圣水姑姑"。

凡进此殿的人，都手捧着用黄绫遮盖的小碗，在向观音菩萨烧香跪拜之后，然后给圣水姑姑叩头。她微合双目，紧闭嘴唇，盘腿稳坐在厚厚的大蒲团上，右手拿着一条鲜嫩的柳枝，身旁右侧站立着一个小尼姑，双手托着银钵，里面盛着圣水。

刘墉冷眼瞧着这架式和做派，便感到此尼姑非同一般，不由得暗暗地留起神来。

来求圣水的男女老少排着长队跪倒在圣水姑姑面前，先是三叩首，每磕一个头，前额正好碰到地上放着的一只大木鱼上，发出撞击木鱼之声。女尼听完三响后，才抬手将柳枝伸进银钵里,然后将圣水滴进拜佛求仙者们高举着的小碗之内。

刘墉看罢多时,默默走出大殿,向跟上来的陈勇悄声说:"走,咱们再到后边瞧瞧。"他们穿门过院,到处都是来往不断烧香膜拜的人,到处都有尼姑守着殿堂,敲着磬儿。

西配殿旁有个月亮门,门旁站着一尼姑,不时高声喊道:"各位施主,要看圣水井的请往这边来,此乃真正的圣境仙界,凡间难得一见呀,阿弥陀佛!"

刘墉、陈勇随着人流穿过月亮门,只见四周是一片花草松竹、假山楼台。在一处岩石下面有一眼山泉,泉壁用汉白玉镶着,泉口约有五尺见方,形如大井之状。井水碧绿翻花,如锅中烧开之水,哗哗作响,既好看又神奇。

众人围观着,议论着。

一尼姑站在井边讲解:"圣仙寺有神仙常年守护,圣水姑姑也有半仙之体。这圣水泉更是神奇无比,无论如何翻花涌动也流不出井外,不管汲取多少也永不会枯竭,无论谁人只要喝上一口,就能百病皆无……"

刘墉倒背着手站在泉边,哈着罗锅腰儿正仔细观看,那几个狂生浪荡公子哥儿凑上前来,指着他比比划划地,咬耳嘀咕着。其中一个家伙走到刘墉身后,故意一撞,刘墉扑通一声一个前趴,掉进了圣水泉。

水深五尺有余,刘墉本来身体瘦小,伸仰着脖子,脚将够着底儿。他刚掉下去时。身子一沉喝了几口水。他急忙张开双臂,手刨脚蹬地在圣水泉里扑腾起来。

水花四溅,众人后退躲避,男男女女吵嚷着:"这个人一听说圣水能治百病,就竟然一纵身跳进泉里,去洗他那罗锅子去了!"讲解的尼姑信以为真,赶紧跟着嚷嚷:"谁叫你跳进圣水泉里洗你罗锅子的?脏了圣泉,圣水就不灵验了!快出来,别在里边泡着了!"刘墉听了气炸了肺,真是哑口人吃黄连,有苦说不出。

承差陈勇闻听刘墉掉进泉水之中,两步就蹿了上来。他分开众人,趴在井沿上,趁刘墉一沉一浮之机,探出右臂伸手一抓,抓住了刘墉的衣领,又猛劲往上一提,借着水的浮力便将刘墉轻轻地拎出了水面,又轻轻放到泉井边的地上。

女尼不依不饶地走过来指责道:"你这人想洗罗锅子,可以多讨些圣水,但无论如何也不能就跳进泉里去,把圣水给弄脏了,别的施主还怎么喝?走,见我们当家的圣水姑姑去!"几个狂徒无赖也趁机推波助澜,带头吵嚷,不明真相的香客也围上来一大群,齐声斥骂刘墉污了圣水。

刘墉气不打一处来,那泉水顺着衣襟流了一地,冷得他直打哆嗦:"胡说!我这罗锅别人想长还长不出来呢,我洗它干啥?我是让别人给撞下去的!……"

陈勇一伸胳膊,把尼姑拨弄了个趔趄,说:"一边待着去!"又转问刘墉:"我把撞你的那个狂徒捉起来?"刘墉一摆手:"不用了,快些回去换衣服吧!"

陈勇说声:"是。"扶起大人分开人群往外走去。

路上行人看见刘墉落汤鸡似的样子,纷纷议论:"听说这人跳进圣水泉里去洗他那罗锅子去了。""哧,真是玩命啊!"

刘墉头不敢抬眼不敢睁,低着个脑袋只顾往回奔。陈勇一边捂嘴暗笑,一边紧随在后边。

刘墉和陈勇坐在书房桌前用餐,一边吃一边说着话。

刘墉:"此次进圣仙寺虽说前后看了个遍,可是却也没查出什么破绽来。我想,寺院里多是尼姑,要想探到实情,还须派个女流进去……"思考一会儿,又说:"不过,若是良家妇女进去,还多有不便之处。我想来想去,你饭后速去找一名年轻俊美的妓女过来,让她假扮成大家闺秀的样子前去进香,在寺院里住上一夜,定会看到隐情。"

陈勇:"此计甚好,我马上去办!"说完,放下碗筷便往前厅偏房里走去。

他在那里唤过两个差人朱文、赵武,低声地嘱咐说:"咱们大人叫你们速去花街柳巷,找一名俊俏些的姑娘过来。越快越好!"

朱文:"啊,陈哥,你别耍笑俺俩了,咱们刘大人可是从来不好这一出的!"

赵武:"嘿嘿,咱们大人,平时吃饭除了小豆腐就是菜饼子,连斤肉都不舍得买,他能花大钱开这个洋荤? 陈哥,你别逗了!"

陈勇一本正经地说:"二位,这不是开玩笑。快去吧,耽误了大事,你我都不好交待!"

二公差相视地对看了一眼,嘴里咕哝着:"这可怪了! 今儿个咱们知府大人怎么要松松腰腿,来袋水烟过过瘾呢?"

金陵烟花巷里,妓院和烟馆一家挨着一家,门口都悬挂着各式各样的灯笼招牌。琴箫声、唱曲声、淫笑声……从院墙里、木楼上飞出,充斥在大街小巷的上空。

在会芳苑里,拐角的地方有一座雕梁画栋的三层明亮小楼,通红的栏杆围出天井中心一个花圃,里面青枝绿叶,百花争奇斗艳。二公差走进门洞,径直来到楼前。老鸨儿连忙迎上来:"上差爷请坐,有两三个月没来要了,你老人家光顾发财了吧!"说着转向楼内喊:"孩子们,过来装烟了!"

从楼上走下来几个妓女,脸上抹着口红香粉,身上穿着绫罗绸缎,走到公差面前,满面堆笑地齐声说:"老爷子,您老人家好啊?"两个姑娘各装了一袋烟,分别递给了朱文和赵武。二位公差接过,口中紧说:"叨扰,叨扰! 各位姑娘也坐下吧!"

老鸨子："二位差爷,今晚都住在这儿吧,要挑选哪位姑娘啊?"

朱文吐出一口烟,说:"鸨娘,今儿个俺哥俩不是来受用的。是知府大人差我们到此,要找一位会弹会唱、年轻漂亮、功夫到家的姑娘,到衙中侍候大人一夜。"

老鸨子一怔:"不会吧? 我听说刘大人为官公正清廉,不喜欢风月中事,怎么会如此呢?"

赵武:"也难说哩! 我们大人没带家眷只领个管家的来上任。想必是时间一长,实在熬不住了,才要找个姑娘陪一宿,松松筋骨,泄泄火气呗!"

老鸨子咂咂嘴说道:"嗯,也在情理。谁还没个七情六欲呢,何况大人正当壮年。"

朱文把烟袋磕了磕,说:"不敢多耽搁了,大人还在府衙中等候着呢!"

老鸨子指点着一名妓女道:"兰花是我们会芳苑里最红的姑娘。你快去收拾一下跟差爷进衙,好好地侍候大人。"

兰花站起答应着:"是了,听妈妈的。"

一顶二人小轿抬着兰花,二差人跟随在后到了府衙,一直抬进仪门,刚要落轿,朱文说:"别放下,抬进衙内再落轿。"轿子直抬到书房门口才停落下来,兰花下轿,二公差引着进屋,双双打千禀告:"听陈哥吩咐,遵大人之命,将妓女唤到。"

兰花走前一步跪下说:"大人在上,贱婢给您老人家叩头来了!"

刘墉:"你叫何名?"

兰花:"贱婢名唤兰花。"

刘墉:"起来吧!"

兰花:"谢老爷!"起身侍立一旁,偷偷拿眼看着刘墉。

刘墉对二公差言道："你们也歇着去吧！"

朱文、赵武应声答应着："是！"退去。

兰花："大人，贱婢侍候大人安歇吧！"

刘墉："不。本府叫你前来，非为自身寻欢作乐，只因有一件公案牵涉到城西五里的圣仙寺。本府要你装扮成良家妇女去到庙里上香求水，当晚就宿在那里。你务要小心留神，用心地察看他们的动静，访清庙里的机关地道和尼姑们的根底。事毕回来，本府重重有赏。如若有了什么差错，你切切记住万万不可泄露真情。现在即刻就过去吧，天还不晚。"

兰花："听从大人吩咐，一定遵命行事。"

刘墉："张承，为姑娘准备行装，送她进庙！"

掌灯时分，一顶小轿来到圣仙寺山门停落，兰花钻出轿帘。陈勇似家丁模样，叮嘱道："小姐，要诚心诚意地去拜神仙，求得圣水来，我明天来接你。"兰花点点头，朝庙里走去。

陈勇与空轿子原路返回。

兰花进门直奔大殿，迎面过来一个二十多岁的尼姑，问道："施主，天色已晚，此时进寺有何事情？"

兰花深深一躬，回答道："师父，奴家乃江宁府城中彩石街人氏，因老母患重病在身，已到日不能省事、夜不能安寝的地步，看来在人间阳世没有几天了！"她泪眼涟涟，哭泣着又继续说："为救母亲活命，小女刚听说宝刹有圣水如同还魂仙丹一般，便不顾天黑日晚地赶奔来了，还望师父大发慈悲！"

尼姑闻听，信以为真，说道："难得施主如此孝心，请随我来吧！"于是，她们穿殿过院地来到第三层宝殿的禅堂，拜见了圣水姑姑。

圣水姑姑仔细打量了一番兰花，默默点头，嘴角挂笑说："女施主真乃孝心感天。我看今日天色已晚，你不好孤身归去，而且眼下江宁城门已关,无法回到家中。不如听贫尼之言,今晚暂且宿在本寺,待明天一早求得圣水回去,我管保你母亲喝下后水到病除。"

兰花微微点头施一礼道:"小女子谨遵圣水姑姑法旨。"

圣仙寺后院有三间禅堂,中间开门。进门正中放着一张紫檀木八仙桌,上面摆设着古瓷瓶和一些金银器皿。在两边玉盘、佛手的映衬下,当中立有一尊古铜炉。墙上悬挂着一轴名画,乃是赵子昂的八骏图,左右条幅,上联是:"雅致尘心冷";下联是:"清香古幽境"。东间的雕花木门紧闭;西套间门口挂着挽起的水红门帘,迎有一张南竹制作的圆形桌子,桌后墙壁上还画了一扇门,雕龙画凤,古色古香,很是雅致。

兰花看完禅堂里的一切摆设,不禁羡慕地说道:"好华贵的寺院,想不到这里边竟还有这等住处!了不得!"

小尼姑:"这禅堂是当家的专为留宿的香客准备的。今晚女施主就请在此安歇。"

兰花走进西套间的里边,又吃一惊:一张双人大牙床,一对银钩挂住绣花猩红大幔帐,在铺着白丝绒褥子的床上叠着闪缎绣花被子,被上放着一对绣着鸳鸯戏水、鸾凤和鸣图样的双人方棱大枕头;床头边是一个檀木高脚凳,上面蜡烛高照,檀木熏香。兰花看罢,笑微微地说:"这哪里是禅房,明明是洞房呀!"

小尼姑神秘地一笑,朝兰花斜了一眼,一语双关地说:"女施主,你就在这逍遥床上自在一宿吧!小尼不陪了,还得到前边侍候师爷去呢!"说完,对着兰花一笑。转身临走时又扔下一句话:"凳上的银烛不必熄灭了,那是本寺院的万年长明灯。"

禅堂卧室里只剩下兰花一人。她将房门插牢,撕掉伪装,露出妓女本性:对着梳妆台上的古铜镜,摘去了满头的钗环,松散起长发;又一件件脱去上衣,只留下紧身一件红色短裤,将细皮嫩肉的雪白身子暴露无遗。她双手紧紧握住耸挺得微微颤动的乳房,仰起玉颈,口中发出轻微的声音。

这时,套间墙上的假门突然移动起来,半圆的南竹桌子被推向一边,假门变成了真门。门开处,走出一个袒胸露臂的僧人,胸前一片黑毛,圆眼大嘴,满脸凶相。他直奔兰花,从后面将她身子搂住。

兰花发出一声尖叫,一边扭动身子进行无力的挣扎,一边转脸盯着膀大腰圆的凶僧问:"你,你是何人,怎会藏身禅堂之内?"

凶僧抱起兰花走向大牙床,一边说:"嘿嘿,什么禅堂?这是我们哥们儿的逍遥宫!你问问,寺院里哪个尼姑没在此逍遥过,今晚上小娘子就尝尝本僧的雄风威力吧!"

兰花拽过缎被遮住身子,向凶僧飞了个媚眼说:"师父休急,你要将我刚才的问话告诉明白,奴家就让你享受个够!"

凶僧站直身子,抹了一把秃头顶,嘿嘿一笑说:"这还差不多。你要问我,我就实打实地告诉你,我本是湖州同林寺的和尚,法号净然,因害眼病到此求圣水,和圣水姑姑有了交情,被藏在此禅堂的暗室内。凡有俊俏女子前来,无论尼姑还是香客,都得陪我过夜。嘿嘿,小娘子,这回你明白了吧?"说着,他就如同倒塌的垣墙一般猛压向兰花身上。在幔帐有节奏的闪动中,兰花发出淫荡的呻吟声。

假门被再次轻轻移开,又走出一个文质彬彬看上去如同白面书生一般的和尚,他走到幔帐前叫道:"师兄,该轮到小弟了吧?"

幔帐被搭上挂钩,凶僧净然一边下床一边淫邪地张嘴大笑:"哈,哈,哈,师弟,等不及了!"又转身向仍躺在床上的兰花调笑道:"小娘子的功夫不错,把我这武艺高强的老将都打败了!这位乃是我师弟了凡和尚。他是当地人,刚削发为僧不久。你可别瞧他像个白面书生,就连圣水姑姑也战他不过呀!"了凡和尚也嘿嘿地傻笑起来。

兰花柔声细气地说:"嘻嘻,两位师父轮番大战,小女子怎抵抗得住呀!"

了凡借着明亮的烛光打量了一眼仍然仰躺在床上的兰花,脸上的笑容渐渐僵滞,眼睛吃惊地瞪了起来:"怎么,是你?"

兰花也迟疑地端详起站在床前的了凡和尚。净然追问:"师弟,你认识她?"

了凡:"不瞒师兄,小弟没削发为僧之前,常常进出花街柳巷,她便是会芳苑里顶红的姑娘兰花。"

净然疑惑地:"嗯? 她一个妓女来此做甚?"

了凡:"这事怪了! 她总不会是跑到庙里来接客吧?"

净然:"她娘的! 她到庙里来,那可是做赔本的买卖来了。咱们是锅里煮汤圆儿——白玩(丸)儿。"

了凡和尚一边沉思,一边说道:"她一个花街柳巷的娼妓,为啥假扮成良家女人来寺院求圣水? 莫不是,有人派她来探听庙里的实情? 这若是走漏了风声,你我兄弟加上圣水姑姑她们,可就都脱不了干系了!"

凶僧净然粗鲁地把兰花从床上薅起来:"臭婊子,你到庙里做什么来了?"

兰花战战兢兢地看了了凡和尚一眼。了凡把净然拦开,和颜悦色地说:"兰花姑娘,你我的交情不是一天半天了,看在这个份上,你实话告诉我,你进庙来是受何人指使,干什么事情? 只要说清楚了,我们是不会难为你的。"

兰花想起离开江宁府衙时刘墉的告诫:你到了圣仙寺,无论遇到怎样的凶险,万万不可暴露真实情况。想到这,她唯唯诺诺地说:"了凡师父,奴家在会芳苑里待腻了。想来此讨些圣水清静清静。"

凶僧净然走回暗室,拿出一把明晃晃的钢刀,伸手拉过兰花,恶狠狠地吼道:"他娘的你个臭婊子,你今天要不说实话,我一刀剁你个稀巴烂!"

兰花吓得魂不附体,早把刘墉的叮咛丢在脑后,她哆哆嗦嗦地说:"两位师父,饶命吧!"遂一五一十地说出了真相。

了凡:"师兄,这可如何是好?"

净然:"这若是露了底儿,咱们可就都活不成了!咱不如来它个一不做二不休,搬倒葫芦洒了油。你先把这小婊子看好,不准放她出庙,待我回来后,咱哥俩再好好地受用。"

一个夜行者,蹑足潜踪地行走无声,急行到了江宁城下。城门紧闭,巡更梆子已经敲了三下。夜行者围着城墙查看了一遍,来到一处垛口下,他四肢紧贴城墙,腹部收气,展开贴壁攀援之功,嗖嗖嗖,像个蝎虎子一般,很快蹿上城墙垛口上,随后探头四外撒睃。四处不见守城兵勇,除远处梆声外,没有任何动静。他飞身跳进城里去,如同一片树叶一般,轻轻落到地上。

夜行者顺着城根向东走去,穿街过巷,直奔江宁府衙。

江宁府衙,黑乎乎的一片房舍,寂静中,响起三更鼓声。夜行者来到箭道的墙角处,双脚一跺,嗖的一声蹿上府衙墙头,弯腰屈膝,暗中观看:整个府衙内无一丝灯光,人们都已安然入睡。夜行者观察多时,确认没有危险了,便飞檐走壁穿房越脊地来到后院。他从背后抽出单刀,轻轻跳落地面,潜行至正房门口,推了推,两扇门纹丝不动。他双手端稳单刀,刀尖插入门缝,发出轻微的咯噔咯噔声,尽力想把门插撬拨开。

门扇被轻轻推开,夜行者把单刀一扬就往里闯。只听咣当一声响,寂静的深夜,整个府衙都已震动……夜行者手握单刀,狗抢屎般趴在堂屋地上,有一物将他绊倒在地,身边一个铜盆还在滚动着……

里间卧室,刘墉警醒地翻身下床,从墙上抽出宝剑,隐身在里间屋门后;睡在外间的张承也抄起一根棍子,守卫在刘墉身旁。

西厢房的陈勇大喊一声:"有刺客!"立时率领朱文、赵武等人手执兵器来到院中,正与从正房里退出的夜行人相遇。陈勇二话没说举刀迎将上去。两个人你来我往,你砍我挡地斗在了一起,杀得难解难分。朱文、赵武也各持手中家伙闯上,从左右两边突击,四个人搅在了一处。

陈勇、朱文、赵武围住夜行人攻打,越战越猛;刺客虽然武艺高强,但终因心慌意乱,虚晃一刀跳出了圈外。陈勇哪肯放过,来了个秋风扫落叶,向刺客下身砍去。夜行者反腕用刀一挡,只听当啷一声,他的刀已被打落在地。夜行者吃惊地纵身上房,越脊而去。朱文、赵武欲要跟踪追赶,陈勇忙制止道:"休要追赶,小心暗器!"

此时,府衙后庭正房卧室中已经灯火通明,朱文、赵武仍在庭院里巡视。房中,陈勇将钢刀递与刘墉,说:"大人,刀柄上刻有'圣仙'二字。看来刺客是圣仙寺的恶僧无疑!"

刘墉一边查看钢刀一边深思,良久,抬头对陈勇道:"看来妓女兰花在圣仙寺已泄露了实情。这是歹人先下手为强,想要先将大人我除掉,以解他们的灭顶之灾。"

张承开玩笑地说:"大人,您平时在门口上设置的这铜盆,到节骨眼上还真管用哪!"

刘墉也微微一笑,轻松地说:"这就叫有备无患嘛!"又对陈勇吩咐道:"陈勇,此刻事不宜迟。命你和朱文、赵武三人率领三班衙役,乘夜奔袭圣仙寺,先将寺院暗暗围住,以防恶僧潜逃。你们届时可以见机行事,等待天亮后我请金陵守备王英发兵过去,一举擒获庙中所有的恶僧孽障!"

陈勇答应:"小的听命!"急转身走出卧室正房,来到院中告知朱文、赵武二人:"二位头领,遵大人之命,你我分头召集三班衙役速到前厅集合,然后急奔圣仙寺。要悄悄行动,不可走漏风声。"

朱、赵同声答应:"是,马上就去!"

圣仙寺后院禅堂里,了凡和尚一手搂着兰花,一手搂着个女尼,正在嘻嘻哈哈地寻欢作乐。床边地上还捆绑着一个眉清目秀的姑娘,她的脸腮上泪痕累累,那就是耿氏的女儿瑞芬。

了凡用脚踢了踢瑞芬,口中骂骂叽叽地:"死丫头!真死心眼儿。你若顺从了我,不但整天吃香的喝辣的,舒舒坦坦地过日子,还能像她们一样地享受到人间乐趣。"说着,在搂着的女尼脸蛋上捏了一把,瑞芬毫不屈服地瞪了了凡一眼,将脸扭向一边。

了凡:"小贱货,不用你拔梗儿,等一会儿我净然师兄回来,看俺哥俩怎么收拾你!"

正在此时,凶僧净然闯了进来。他赤手空拳,狼狈不堪。了凡和尚一见这情景,吃惊地忙问:"师兄,怎么这等模样?"

凶僧净然疾步走至桌边,提起桌上的酒罐倒了一大碗酒,脖子一扬,咕咚咕咚灌进肚里,又抬手抹了一把嘴巴,喘出一口气说道:"咳,打了一辈子雁,反叫雁啄了眼。我进江宁府行刺实在是难以得手,刘罗锅子在卧室门口下了暗器,还有几个鬼差役!"

了凡和尚眼瞅着凶僧净然,心神难以安定。

净然:"老弟,我看咱不能在此坐以待毙了。趁官兵还未来到,倒不如趁早远走高飞,另投他处吧。不知师弟意下如何?"

了凡:"师兄此言差矣。现在这小婊子还扣留在庙里,还在咱的掌握之中。你虽行刺没成,但他们一时还难以寻觅到此。

你倒是慌的什么劲儿？"

净然："你哪里知道！刻有'圣仙'字样的镇寺宝刀已被打掉。那刘罗锅子是何等人物，他怎能不依物追踪，派兵到圣仙寺里来捉拿我们？"

了凡和尚还是不以为然地说："哎呀，师兄，你枉在绿林中称王称霸了！我虽然武功不及师兄，但也是个男子汉大丈夫，怎会畏刀避箭，知难而退呢？再说，此庵尼姑年轻貌美，又暗藏着众多民间俊俏佳人，任你我兄弟享受欢乐，人生能得几回？怎可轻易就放弃了？"

净然："了凡师弟，你寻思我乐意离开此地吗？不过事情已经闹到这步天地，咱得赶快禀告当家的得知，让寺院上下好有个准备。"

了凡挤了挤眼，向西套间的假门暗室里示意说："圣水姑姑已见到了婊子兰花，刘罗锅子私访圣仙寺和派妓女进寺打探隐情等情节，她都已知晓了，她刚传出来话说，叫咱们稳住架势呢！此刻她正和火头僧老大在里边颠鸾倒凤、行云布雨呢？等过足了瘾，她自会出来商议对策的。"

西套间假门敞开，圆头大脸、虎背熊腰的火头僧老大，搀扶着袅袅婷婷、妖里妖气的女魔圣水姑姑走了出来，她青丝零乱、衣服不整："刚才你们的对话我已听到了！"她一拂长袖，火头僧老大赶快垂手站立一旁，凶僧净然也弯身恭命，了凡搬过太师椅，口中喃喃说道："请圣水姑姑入座。"

圣水姑姑稳稳坐下，不慌不忙地斥责道："你们哪里还是个男子汉？简直像个尿泥！自古道，水来土掩，兵来将挡，别无二话。大家都听好了，先把那两个民女押回后院地牢里，派人看守，其他的人都拿起兵器做好准备！"

火头僧老大双手合十，念了一声："阿弥陀佛！"然后一手薅着一个民女走出禅房。

兰花被他拖着，连声地喊叫："不要把我关进地牢，饶命啊！"

圣水姑姑继续分派："净然、了凡！不然，你们就先将小婊子兰花绑在此屋，若是官兵果然杀进寺院，咱就先把她宰了祭刀！"

净然、了凡将兰花捆绑在床头柱子上，又从她胸前撕下衣襟，堵住了她的嘴。

圣水姑姑："净然、了凡，你们这两个色鬼呀，事到如今，老娘也不好说别的了！跟我到前殿后院召集全寺的女尼男僧，各持自己的家伙，把好前后门，守住寺院。要知道，姑奶奶可不是好惹的，刘罗锅子要是来了，我就先直了他的罗锅再说！"说着，她手执宝剑，双脚轻轻一跺走了出去。净然、了凡也各展武功，紧紧跟上。

天色渐明，深山古刹的圣仙寺，山门紧闭，院墙外有江宁府衙的差役在游弋巡守。

陈勇走到朱文、赵武近前："二位，外面请多照应。我趁天色还未大亮，先潜进寺院探查一番，尽量保护被抢的民女安全，等候大人带兵来擒此贼！"

朱文、赵武："理当如此。请大哥放心去吧！"

陈勇一纵身跃上墙头，跳进寺院。他正巧落到一个手持单刀的女尼身边。女尼刚要喊叫，被陈勇快捷地伸手点了穴位，只能老老实实地站在那里，张口结舌，瞪眼瞅着陈勇向后院的禅房蹿去。

陈勇小心谨慎地查看着，见有人影走动便躲避起来，待人过后，他便蹑手蹑脚地来到禅房，从敞开的窗户往里探看。屋里的情形一目了然。

他潜行地来到禅房卧室的大牙床头，发现被缚的女人正是妓女兰花。他把她口中的衣襟搜出来,又割断了绑绳。兰花抬眼细瞧,发现眼前站的是江宁府衙差官,便扑通跪倒在地,连连求告说:"老爷,救命啊! 是他们逼迫我招出真情的。实在是……"

陈勇:"别说了,我问你,这庙里有何隐情弊端,从实相告,将功补罪!"

兰花磕头如同鸡啄米:"这庵中女的都是淫妇,魔头就是那圣水姑姑;男僧都是些杀人越货的强盗和色鬼,不但庙里的女尼任他们奸宿玩弄,连我也叫那两个秃驴轮番折腾了整整一夜。我这风月场中的老手,都招架不住啦……"

陈勇厌恶地:"谁问你这个! 那些抢来被扣留的良家女子藏在何处?"

兰花:"听说,那些民间女子都被关押在后院的地牢里,有个秃驴把守着。"

陈勇:"好,你先候在这里,待俺去把秃驴宰了,救出民女再说!"说着提刀转身欲走。兰花赶紧跪爬过去抱住陈勇的大腿,央告道:"差爷,万万使不得。你要一动手,他们就要杀死我呀!"

陈勇:"你暂且躲避起来,等我们擒拿住恶僧们,再带你一起回江宁城里。"正在此时,忽听有人大喊:"哈哈,送上门来了!"随着一声号叫,火头僧老大手持长棍抢进禅房,照着陈勇迎头盖脑便打。陈勇急忙举刀迎将上去,二人战在了一处。兰花东瞅西望,吱溜地钻进了床底。

禅堂内的各种摆设,均成了两个人的顺手武器:花瓶打在窗上被摔得粉碎,凳子也飞到了墙上……差官陈勇越战越勇,渐渐把火头僧老大逼到墙角。陈勇救人心切,朝着老大虚晃一刀,飞身跳出窗外。老大穷追不舍,夺门奔向院中,截住陈勇的去路。两个人又你来我往地搅在了一起。

火头僧老二、老三顾不得看守地牢,闻声赶来助战,各举长棍抢上来,口中大喊:"老大,不用怕! 老二、老三来助你一臂之力了!"

三个火头僧将差官团团围住。陈勇毫不畏惧,一口刀上下飞舞,左右闪动,杀法凌厉,寒气逼人。

东方红日腾空升起,江宁城门大开,一彪人马飞奔出城,前是哨兵,后有卫卒,中间两匹高头大马,坐着一文一武两位官员:江宁知府刘墉和金陵守备王英。

出了城门,刘墉勒住马头停步,向守备嘱咐说:"王大人,本府就送你到此处了。大人率兵赶到圣仙寺后,要协同陈勇、朱文、赵武他们,尽力捉拿凶僧恶尼。这帮贼徒非是等闲之辈,望大人多加小心!"

王英:"刘大人放心。守备王英谨遵大人之命,定将众贼如数擒来归案。"刘墉坐在马上举目远送,大路上一片尘土飞扬。

寺庙院中,差官陈勇与三个火头僧仍在大战。他一刀抵三棍,嗖嗖嗖如同风车飞转,发出尖啸的响声。忽然,陈勇使了个神龙探爪,直取火头僧老大前胸,老大也不示弱,来了个丹凤朝阳的招架,火头僧老二、老三趁机从后边两侧抢棍拦腰向陈勇打去,陈勇不敢怠慢,变换了招式,使出旋风般的抡劈花刀。老三躲闪不及,长棍被削去了半截,气得跳出圈外哇哇大叫。老二一愣神儿,陈勇宝刀已至,将火头僧老二砍翻在地。

陈勇且战且向后套院退去,火头僧老大、老三随后追赶,并高声喊道:"不能让这小子跑了!""狗差官,休想逃走!"在前后两层大殿的夹巷中,陈勇又遇上了前来截杀的凶僧净然和了凡和尚,净然双手舞动禅杖,了凡单臂高举四方锤。这下子,前头俩后边俩,将陈勇堵在巷道之中,四个对付一个,大打出手。

凶僧净然渐渐看出了门道,指着陈勇说:"哈哈,昨天晚上就是你和我作对,救了刘罗锅子一命!"

陈勇怒目而视,吼道:"原来是你这个秃驴行刺,还不赶快束手受擒,更要等待何时?"

朱文、赵武闻得寺庙内杀声阵阵,急得在墙外团团乱转。忽然大路上飞来一彪人马,为首的正是金陵守备王英。朱文、赵武急忙上前施礼道:"王大人驾到,可解了我等之围了!"

王英跳下马来问:"情况如何?"

朱文:"陈头领已单身进庙多时,我们只听见寺院内杀声四起,不知陈头领在里面怎样了?"

王英:"你等火速进到寺院,寻找陈头领,擒拿凶僧恶尼!我暂且率兵在院墙外围困巡防,如有潜逃之徒,定拿不误!庙中要是余党势众,顽抗死守,难以擒捉,我再率兵突进!"

赵武:"好主意,我等去了!"说完,协同朱文,肩踏身扛,互相提携,越墙进寺。

他俩双脚刚刚落地,已被守卫在院内的圣水姑姑发现。淫尼手执月牙双剑,率领两个尼姑杀奔过来,边走边喊:"好两个贼子,竟敢闯进庙里前来送死!"

朱文、赵武也不答话,各持兵器迎上前去格斗起来。不想这圣水姑姑的月牙双剑上下翻飞,银光闪耀,杀法十分厉害,真有滴水不漏之势。战了十余回合,难于取胜,赵武便把双戒尺一推,将一个小尼姑打倒,只见她四仰八叉地躺在地上,僧袍裂开,里面露出大红的兜肚和两只高耸的大奶子。小尼姑抱着脑袋哀求道:"爷爷,手下留情。只要饶我小命,让我干啥都行。"赵武欲上前答话,朱文抢上前一步,一把拽过赵武说:"快走,找陈头领要紧。"说过,二人便向后殿蹿去。圣水姑姑追了两步又站住,吩咐身旁的尼姑们说:"快去传我的话,所有僧尼要奋勇截杀官差,保住寺院。地牢里的民女全部杀光,不留活口!"

巷道中仍在混战,陈勇不能杀退前后夹击之敌,眼见得前进不得,后退不得,只得纵身跃居高壁,施展壁虎之功,爬上大殿房顶,然后又穿房越脊,飞向最后一道庭院。

后院地牢前,石板牢门紧闭,两个尼姑手持兵刃,警惕地守在牢门两边。陈勇飞身落到牢门前,大吼一声:"淫尼,快快把牢门打开,饶你们一死!"两个尼姑也不答话,迎上去便打。

几招过后,两个女尼渐渐不支了。陈勇臂膀一抡,劲腕左右一抖,只听咕咚一声,两个尼姑同时中刀倒下。

朱文、赵武飘落院中,陈勇一转身看见了他们,急忙问道:"二位怎么也来了?"

朱文:"王守备已带兵在寺外接应巡防,谅贼人一个也逃漏不出去。我兄弟怕陈大哥有闪失,故来协同擒贼!"

陈勇:"好,快打开地牢,放出民女!"

三人刚要动手破开牢门,净然、了凡在前,火头僧老大、老三殿后,四个凶僧已经赶到,边走边吵嚷着:"狗官差,休要逞强!""快快拿命来!"

陈勇、朱文、赵武不敢松懈,挥起手中兵器就打,四僧也紧忙相迎。庭院里刀光剑影,噼里啪啦,叮叮当当,响个不停,双方混战在一起,真是难解难分。

墙外的公差衙役此时也纷纷搭起人梯,攀墙进寺,在前殿的庭院与圣水姑姑带领的众僧尼交上了手。杀声不断,双方均有伤亡。

寺庙门口,守备王英指挥兵士,抬着粗壮的大木头撞击山门。咕咚,咕咚,山门发出巨大响声,伴随着兵士们的"咳哟,咳哟"的喊号声。

后院鏖战正酣,前庭武打激烈。忽然,哗啦啦一声巨响,山门被撞倒塌,王英率领兵士进入寺院,纷纷参与到混战之中。僧尼等武功不济,许多人被砍倒在地。

王英手使金龙爪,同圣水姑姑交战在一起。圣水姑姑身手不凡,舞动月牙双剑,前蹿后跳缠住王英。王英乃是一位坐骑之将,现在徒步在地,双手挥舞着金龙爪十分地卖力,你看他遮遮挡挡,一心想要活捉住这个淫尼。

十几个回合过后,王英使出了个绝招,突然来了个旋转拨云之势,一把金龙爪早已缠住圣水姑姑的僧袍,他趁势急往怀里一带,便将她摔倒在地。王英大喊一声:"绑了!"没容圣水姑姑翻身,兵士们蜂拥上前,按的按,捆的捆,一齐将她抓住。

寺庙的最后层套院里,陈勇、朱文、赵武仍在和四个凶僧拼杀。凶僧们听到前殿杀声、呐喊声震撼整个庙宇,还不时传来女尼们的尖叫声,便有些心慌了。

瞅准这个空隙,三位好汉一齐奋勇进招,火头僧老三便首先发出啊呀一声惨叫,一头栽倒在地,一命呜呼了。不久,了凡和尚的小腿也中了戒尺,他撇掉手中的兵刃,坐在地上抱着腿"哎哟,哎哟"直叫唤。

凶僧净然一见情形不妙,知道败局已定,不敢恋战。三十六计走为上,他双手一用劲,禅杖竟脱手凌空朝陈勇面门打去。差官赶快旁跳挪闪,禅杖便飞向地牢铁门,哐当一声巨响,牢门被铁禅杖给撞开,净然趁势一纵身跳上后殿屋顶,陈勇哪肯放过,也施展功夫飞身上房。地上火头僧老大一慌神,也被朱文、赵武击倒。

朱文、赵武奋力砸开牢门,民女们被解救出来,一个个披头散发,满面泪痕。

一个衙役将妓女兰花从床底下拉出来,领到后院。

房顶上,凶僧净然为了逃命,行走如飞,好汉陈勇在后面紧追不舍。陈勇轻功非凡,很快赶至凶僧身后,猛出一拳向其后心打去,净然亦是绿林高手,武艺甚强,听到脑后风声,回身举拳招架相迎。陈勇虽然站在檐瓦上,却步稳身正,手变步随,手、眼、身、步配合得十分协调,一套炉火纯青的罗汉拳,一招一式地紧逼上去,刚中带柔,遒劲有力。

凶僧净然已力不从心,以长拳破解了陈勇几招后,转身又逃。陈勇不肯放松,紧随其后。就这样追追打打,斗了三五回合后,净然往前奔逃时脚下一滑,笨重的身躯一个趔趄。陈勇眼疾手快,趁势轻舒猿臂,从后面赶过去将凶僧狠狠地揪住。

陈勇将凶僧净然举过头顶向院中扔下,口中大喊:"将这个刺杀刘大人的恶贼绑了!"净然像黑熊一样摔落尘埃,瘫卧在地上,只有哼哼几声的份儿了。

江宁知府衙门内,三班衙役分列两侧,书吏、承差也都到位。堂威声起,刘墉升堂。

陈勇出班,朱文、赵武跟随左右,三人躬身参拜。陈勇禀告:"大人,圣仙寺的凶僧淫尼,除毙命者外已全部擒获,听候发落。"

刘墉:"带人犯上堂!"

承差向外喊道:"带人犯上堂!"圣水姑姑、凶僧净然、火头僧老大和一瘸一拐的了凡和尚,被衙役押上堂来,跪倒在公案前。

刘墉:"净然!你等违犯佛门清规戒律,为非作歹,罪恶昭彰,铁案已定,现待本府上报朝廷,等候惩处! 衙役们,给囚徒加上刑具,打入大牢!"

公差答应:"是!"分别给凶僧恶尼上枷戴铐,押了下去。

刘墉:"那些被抢民女何在?"

陈勇:"在堂下听候安置。"

刘墉:"告知她们的家属前来领人。那位李耿氏是否传到?"

陈勇:"已在堂下。"

刘墉:"传李耿氏上堂!"

承差向外喊道:"李耿氏上堂——"

李耿氏战战兢兢走到堂前跪拜:"民妇叩见知府大老爷!"

刘墉:"老人家,快快站起来回话。"差役上前搀起老妇。

刘墉微笑着:"老人家,从你拦轿申冤至今,已有几日了?"

李耿氏顺口答道:"老妇计算在心,已过了四天。"

刘墉:"本府答应你几日结案?"

李耿氏:"五天之内。"

刘墉畅快地说:"好!今天本府还你一个完璧无瑕的女儿!让李瑞芬上堂!"

承差向外喊:"李瑞芬上堂——"

李瑞芬走上大堂,伏地叩头:"叩谢大人救命之恩!"

刘墉:"罢了,你小小弱女子敢于同凶僧恶魔抗争,保住贞节,难得啊!本府嘉奖你五十两纹银,回家去好好孝敬母亲,安心度日吧。"

李瑞芬再度叩拜,感激地说:"叩谢青天大老爷!"起身与母亲紧紧拥抱在一起,泪流满面。李耿氏自言自语地说:"这不是做梦吧?"女儿流着眼泪,又伸手给母亲抹去泪珠,口中喃喃地说道:"这是真的,妈妈!这是真的!"

刘墉欣慰地一笑,向左右看了看,低声说:"退堂!"

在退堂鼓声中,堂下观审的众百姓齐声欢呼:"青天大老爷——"

第七部　瓦盆案中情

清晨,乡间土路,路边有一大片瓜园,青翠的叶儿,弯曲的秧蔓,滚圆的西瓜和溢香的甜瓜,遍布其间。路上,一乘四人大轿匆匆而行,轿前四个挎刀的官差是陈勇、楚雄、朱文、赵武。两面开道的铜锣,不时响彻四方,警醒着来往行人和车马闪避。轿后高举着一柄遮阳蔽日的红罗伞,三班衙役们紧紧跟随。

官轿行至瓜园处,瓜园主拽着一个怀抱婴儿的年轻妇女,一手提着一筐西瓜,从看瓜的窝棚里走到土路上,将轿子拦住,口喊:"小民有状要告!"

轿子停下,刘墉走出轿来,打量着眼前这两个人。瓜园主急忙跪倒,口中说道:"真不知是府台大人的官轿,为着这点儿小事本不该惊动刘大人。"

刘墉:"既然你敢把本府官轿拦住,那还有什么该不该的。有状你就告吧!"

瓜园主:"小民谢过大人。"他又指着抱孩子的妇女说:"小民辛苦了一春一夏,好不容易将瓜侍弄熟了。想不到,瓜还没开园呢,这小女子就来偷摘了一筐的西瓜,刚被小民捉住,特请刘大人给予惩治。"

刘墉:"唔,有这等事?"面向抱小孩的妇女问:"刚才瓜园主

309

所说的话,可是真的?"

抱孩子的妇女立即跪下,陈述道:"民女抱着孩子去前边村子串亲戚,路过这里天热口渴,向园主大叔讨要一个瓜解渴,他从早已摘下的一筐瓜里拣出一个切开给了我一半。民女吃下几块这瓜,谢过之后起身要走,园主却将小女子拉住,硬要在奴家身上讨便宜,被民女严词拒绝,瓜园主恼羞成怒,反咬一口,请大老爷明察。"

刘墉:"啊,你说的可是实话?"

抱孩子的妇女:"大老爷在上,小女子不敢撒谎,瓜棚里还有吃剩下的瓜。"

刘墉又问瓜园主:"方才你讲的是不是谎言?"

瓜园主:"小民怎敢诓骗刘大人!"

刘墉:"嘿嘿!你说你的话是真,她说她讲的是实,那么说,假的倒是本府不成?"

瓜园主、抱小孩的妇女同时互相指责:"大人,是她在说假话!""老爷,是他在说假话!"

刘墉传唤:"张承!"

张承从轿侧转出,应声道:"小的在!"

刘墉:"你去瓜棚看看,是否还有切开的西瓜?"

张承:"是!"转身走进瓜园。

刘墉端详着二人,又审视着一筐瓜,良久不语。

张承回来,手举一半西瓜禀告:"大人,瓜棚里面有一半没吃的西瓜。"

刘墉脸上渐渐露出了笑颜,侧头问瓜园主:"这筐瓜真是这女子抱着孩子偷摘你瓜地里的?"

瓜园主连忙回话:"正是!"

刘墉:"好,好!"说着,哈腰伸手将一筐西瓜掀到地上。瓜园主、抱孩子的妇女都惊疑地盯着刘墉的举动。

刘墉命瓜园主:"你站起身来,一手放在胸前不准动,用另一只手将瓜捡进筐里!"

瓜园主从地上站起来,迟疑地瞪大眼睛,站在那里一动不动。刘墉严厉地放高声音:"快! 快把所有的瓜都捡进筐里!"

瓜园主只得从命,弯着腰一只手去拿西瓜,却怎么也抓不住、拿不起。他只好就地将瓜滚到筐边,再用脚将筐沿踩住,好不容易把西瓜滚进了筐里。他再用此法,但再装进去一个西瓜时,原来筐里的那个又滚了出来。他左赶右撵,奔来跑去,闹得满地西瓜乱滚……汗珠一滴滴从瓜园主的额头上冒出来,又顺着脸颊落到地上,公差、衙役们被逗得哄堂大笑。

刘墉厉声喊道:"住手吧! 你一个大男人,用一只手都不能把这西瓜捡到筐里,她一个弱女子,怀里还抱着婴儿,如何能偷摘你这些西瓜? 又怎么会拿得动? 分明是你借机向女人求欢,遭到拒绝,反而诬陷好人。你该当何罪?"

瓜园主慌忙跪倒在地,连连叩头哀求:"大人息怒,小民一时糊涂,饶过我这一回吧!"

刘墉吩咐道:"来人! 将这狂徒刁民重责二十,秋分前后赔偿这妇人纹银十两,通知地保监督执行!"

众衙役呼应,上来四人把瓜园主扳倒在地,分别按住四肢,另两名差人站在两侧,高高举起刑棍,一棍一棍地打了起来。在瓜园主的惨叫声中,刘墉笑望着抱孩子妇女离去的背影渐行渐远。

刘墉的轿子继续前行。他忽然从轿窗中发现两个汉子在路边的桃林旁撕撕扯扯,争夺着一筐桃子。刘墉吩咐落轿,叫过两个汉子问话:"是怎么回事?"

甲汉:"我俩紧毗相邻地侍弄桃林,他却到俺家桃林里偷摘了一筐桃子,被我当场捉住。"

乙汉:"这桃子是我自己桃林的。"

刘墉看看那筐桃子,又伸手翻弄着,最后盯着乙汉喝问:

"这桃子分明是你偷人家的,还敢耍赖? 要是你自家的桃子,怎舍得连青而不熟的也摘了下来?"乙汉哑口无言。

刘墉:"罚你在自己桃林里摘熟桃十筐包赔,还要向人家赔礼道歉!"

甲汉、乙汉同声:"谢大人明断!"

大道上,大车小辆,人来人往。张老汉推着一小车瓦盆瓦罐赶路,车旁是一个挑着柴担的后生,两个人并肩向前,疾步走着。

突然,一伙穿着打扮都挺花哨的人说笑着、打闹着从后面追赶上来。这个说:"快走啊,看金花圣母降神去啦!"那个吵吵:"嘿,那小寡妇装神弄鬼的,可招人爱了!"其中一个家伙吵吵嚷嚷的,竟昏头昏脑地一下撞到担柴的后生身上。后生一个趔趄没站稳,碰到小推车上,推车老汉推着车向道边一躲,没想到,小车栽翻在沟里,车上的盆罐稀里哗啦打了个粉碎。

张老汉一把拽住了后生:"你,你撞翻了我的车子,打碎了瓦盆瓦罐,你得赔!"

后生哭丧着脸:"这能全怨我吗? 是他们撞了我,我才碰了你的车呀!"

两个人拉拉扯扯吵吵闹闹起来,来往站住了一些围观的行人,把大道都给堵得严严实实。

刘墉的官轿行到此,轿子停下来,刘墉在轿里问:"怎么又停下了?"

张承忙到轿前回话:"有一老一小厮打起来,挡住了去路。"

刘墉一边走下轿,一边嘟哝着:"今天这是怎么了?"

张承附和道："净遇这些鸡毛蒜皮的事儿！"

刘墉马上纠正道："话可不能这么说，小事情也可能演变成大事情。咱当这地方官的，就是给平民百姓做主，平息纷争，除恶扬善。不管是大事，还是小情，既让咱爷们儿碰见了，就都该管，而且还要管好！"说着，他走到众人跟前，后面跟着四位承差，旁边是张承。

刘墉："哎，你们一老一少为何厮打起来？让众人看着不笑话吗？"

推瓦盆车的张老汉撒开了手，瞅着这位貌不惊人、但气度不凡的官家来到面前，竟然不知所措了："这……"

张承在一旁说："这是朝廷四品大员、乾隆爷钦点的江宁知府刘大人！"

张老汉吓得一哆嗦，弯腰屈膝就要下跪，口中念叨着："不想大人官轿路过这里，多有冲撞，求大人高抬贵手。"

刘墉："哪里话，在此大路之上，不必拘泥礼节。"说着，用手示意老汉不必下跪，又问："不知为何事争执，能否如实说明，由本府给你排解排解？"

老汉："小人叫张老厚，以贩卖瓦盆为生。今天去赶集，车推到这儿被小伙子将车撞翻到沟里，盆罐全都打碎了。我是小本生意，现买现卖赚几个钱养家糊口，现在连本钱都搭上了，一家老小也就断了生路。"

青年后生急忙分辩，说话磕磕巴巴的："小人王、王朴，靠打点儿柴火卖养活家中老母。刚才走到这里，是有一伙人吵吵嚷嚷地要去看什么金花圣母跳大神儿，癫癫狂狂地横冲直撞，小人被碰了个趔趄，躲闪不及撞到了瓦盆车上。我也不是故意的呀！再者说了，家里吃了这顿没下顿的，时常揭不开锅，哪还有钱赔他老人家的瓦盆呢？"

313

刘墉摸索着下颏瞅着二人,慢吞吞地说:"你们两个都是贫苦良民,这件事儿虽说不大,却让本府为难了。叫你张老厚白打了这车瓦盆瓦罐吧,于情于理说不过去;叫你王朴赔他吧,你又连饭都供不上嘴,哪来钱赔得起呢? 这就难了,难了!"

张承在旁插话:"大人,不能老在此地耽搁呀! 咱回府衙还有事呢!"

刘墉一点头,吩咐道:"好,带着张老厚和王朴一同回衙,待本府想个两全其美之法。"

刘墉的轿子继续前行,进了金陵城南门不远,路旁有一处高大门面的瓦房,门窗都大敞开着。在正中的堂屋里,"金花圣母"正在请神作法:钟磬交响、鼓铃齐鸣、香烟缭绕、烛火通明。窗外门口聚集着众多攒头跷脚的男女,闹闹哄哄的⋯⋯

刘墉掀起轿帘,探出脑袋观看,轿子缓行。刘墉问:"这又是做什么? 吵吵嚷嚷、闹闹哄哄的?"

一个公差走到近前,手扶着轿杆答话说:"大人,这就是那自称'金花圣母'的金寡妇家,她正在自己家里设下道场,请神闹鬼地给人治病呢!"

刘墉:"真有此等神灵!"

公差:"这一带城乡民众可信她呢! 她还有一个什么教,入她的教的人挺多,无论白天黑夜,男男女女都混杂在一起,热闹着哪!"

刘墉:"哼! 装神扮鬼,愚弄民众! 又是妖言惑众、骗取财物之徒造出这许多蹊跷怪事,无端地助长民间恶习刁风,影响社会太平安宁。"他随即在轿内高声喊道:"速速回衙!"轿夫加快了脚步,大轿微颤飞行。

刘墉回到江宁知府衙门,立即脱去官服,传唤书办何英与承差陈勇等人,共商对付金花圣母的策略。

　　金寡妇家，一连三间大房，中屋设着神坛，西屋为佛堂。泥塑木雕各路神像，坐的站的、大的小的，摆满了屋里的墙壁佛龛之内。条桌上摆放着炉瓶、供器、海灯、木鱼、铜磬、经卷，此外还有宝盖、幢幡等物，真是佛、道、仙、神各界的法器神具，无所不有。

　　东间屋是金花圣母的寝宫，古色古香、富丽堂皇。金寡妇二十七八岁，妖里妖气的，油黑的头发绾着云卷，插着银簪、绢花和各种首饰；脸上搽胭抹粉，脑门上残存着并排的三个火罐子印。她嘴里含着一根长杆旱烟袋，正四仰八叉地躺在床上吞云吐雾。两个小徒弟都是八九岁的女童，分立两边给她捶腿。四个道婆坐在佛堂前，嘟嘟囔囔地念着什么经语。金寡妇从嘴里挪开烟袋，眯缝着眼睛问："那老财主孝敬神的供品、花红、银两，都带回来了吗？"

　　道婆甲："圣母娘娘，一样儿不少，全都拿回来了！"

　　金寡妇："好啊！今天把老娘累坏了，各位道姑也挺辛苦。把那些鸡鸭鱼肉全都炖上，烫上烧酒，咱娘们儿好好大吃大喝一顿，歇歇乏儿，解解馋！"

　　两个公差匆匆走进荷花巷，一个说："大哥，你看咱老爷自上任以来，真是秉公执法、不畏权贵。"另一个说："官清，吏也要勤！咱哥俩也要认真仔细办事才是。"

　　两个公差说着，来到金寡妇门口，推开院门，大步流星地径直走进了屋里。

　　堂屋里，神坛之前放着八仙桌，满桌子鸡鸭鱼肉，四碗八碟，热气腾腾，香味扑鼻。金寡妇坐在首位，举着筷子，端着酒盅，吃得红光满面，满嘴流油。四个道婆坐在两侧作陪，两个小女童站在下手侍候。两位承差一瞧这场面，愣住了。道婆忙站起来让座。

金寡妇已喝成半仙之体。她放下酒盅，又端起长杆旱烟袋，叫两个小女童给她点烟。一个女童拿纸媒在蜡烛上点燃，一个小女童扶正烟袋，点着了烟袋锅。金寡妇深深吸了一口，喷出浓烟，在腾云驾雾中慢悠悠细声尖气地问："二位公差来此圣母神坛之前，有什么公事啊？"

两个差人相互捅了一把，齐声说："受我家主人差遣，来到神坛之前参拜圣母娘娘，给娘娘请安！"说着，深深一躬。

金寡妇哼了一声说："罢了，有什么勾当就直说吧！"

差人甲："我家主人得病，请圣母娘娘去给瞧瞧。"

金寡妇："他不能来神坛求治吗？"

差人乙："禀告娘娘，他老人家重病在身，已卧床不起，走不动了呀！"

金寡妇："噢，是这样。你们想要启动圣母娘娘神驾，远途跋涉地去到你们那儿呀？那可就……"

差人机灵地赶紧接过话来说道："请圣母娘娘放心，大发慈悲走一程吧，少不了你的供奉花红就是了！"

金寡妇："啊，那好吧！二位明日雇一顶轿子来，我到府上跳神，请圣母娘娘降临，给你家主人看病。"

两公差哈腰行礼，同时说道："谢娘娘恩典，我们哥俩告退了。"说完转身要走。

金寡妇娇声贱气地叫道："二位何必如此匆忙。来，到桌上来陪娘娘我喝上几杯，求欢寻乐乃是人间天上共有的事儿。天色晚了，就在此安寝，明晨正好雇了轿子引导娘娘我到你主人家里去就是了。"

差人乙已经露出了淫相，眼睛直勾勾地盯着金寡妇漂亮的脸蛋和袒露的胸脯,口中不由自主地说:"那……"

差人甲瞪了他一眼,又拉了他一把,忙说:"谢娘娘好意。无奈主人家法严厉,命我兄弟赶紧回报办事结果,不得有误。就不叨扰娘娘了。"说着,拉起差人乙便走出屋去。

差人乙仍恋恋不舍地频频回头张望着,差人甲斥责道:"老弟,来时路上的话你忘了? 官清吏要勤! 刘大人清正,咱当衙役的就要勤勉呀!"

一顶小轿在二公差引导下,抵达江宁府衙后门,张承在门口迎候着。两个女童、四个道婆手里拎着、怀里抱着各式法器神具:木鱼、铜磬、经卷、神鼓、圣像等等,前呼后拥地陪伴着金寡妇,摇摇晃晃、款款摆摆地走进府衙后庭堂屋里。张承搬过太师椅,请金寡妇落座。刘墉侧卧在床上,身上盖着被子,脸上一片灰一片白的,紧闭着眼睛,发出痛苦的呻吟。

张承到床前俯下身说:"老爷,把圣母娘娘请来了!"刘墉微微点头,眯缝眼睛偷着瞧瞧金寡妇。

金寡妇只瞄了病人一眼,便东瞅西望着屋中的简单摆设,迟疑地问:"怎么净些老爷们儿,奶奶太太们呢?"

张承赶忙回答:"我们家的奶奶太太们,被亲戚家请去吃喜酒了,傍晚才能回来。"

金寡妇凝神注视了一眼床上的刘墉,刘墉立即闭上眼睛哼哼起来。金寡妇瞧了一会儿,问:"病人多大年龄,病了多长时间了?"

张承:"已是年逾古稀之人,病了半年之久了。"

金寡妇:"那怎么才想到圣母娘娘啊?"

张承:"东奔西走地到处求医讨药,但都不管事儿,家主人的病是越来越厉害,是最近才听说金花圣母的灵验,所以……"

说到这儿,差人进来对张承禀告:"管家,客厅里已设下香案,一切都已备齐!"

金寡妇打量着张承,问:"你是……"

张承点头哈腰地说:"我是府上的管家,也是老太爷的义子。为娘娘请神的香案已经预备好了,有劳娘娘和道姑们大驾,请到前边用茶。请!"

客厅香案上除香炉、烛台外,道姑们带来的法器神具都已布置摆设完毕,金寡妇也已装扮好了:头戴金翅凤冠,身穿红锦绣花霞帔,系着腰铃,手持太平单鼓,端坐在香案正中,开言道:"你家老太爷病得不轻,得请菩萨天神降临,才能问清他得的是何病症,寿缘多长。这就需要有丰厚的供品和贵重的花红,好孝敬天神菩萨!"

张承:"请圣母娘娘明示,都需要何等物件,我好派人出去操办。"

金寡妇:"你既然是管家的,又是老太爷的义子,我就对你明言:供菜是四素四荤:素菜要金针、银耳、猴头蘑和炸面筋,这是专给菩萨用的;荤菜不外乎鸡、鸭、鱼、肉等等,这是预备给先锋白马天神享用的。此外,还要有半斤重的雪花馒头二百个,全羊、全猪、全牛三牲供物一样也不能缺;外加五两重的四锭金锞子,十两重的八锭银锞子。"

周围差役、家人听了都挤眼咂舌,张承也吓得睁大了眼睛:"哎呀,怎么这么多啊!"

金寡妇:"这就看你们心诚不诚了?俗话说,心诚则灵嘛!你们要是把我说的那些东西都备齐了,供奉上来,还得让老爷子跪到香案前,由我燃烛焚香,敲鼓摆铃,感动得菩萨天神下界了,我就会保佑你家老爷立马病除。要是心不诚,你家老爷子的命也就难保了!"

张承哀求道："实不相瞒，金花圣母娘娘，我家老爷子半年多来，求遍名医好药，把家财都花尽了，实在无力摆此厚重供礼。心诚不在钱物多少，只要有一颗诚心，菩萨天神便能怜悯我们一家老小。我看能不能咱就简单地置办一点儿东西，略微地表示我们的诚心就行了！再说老太爷也病得起不了床，哪能跪香呢？我看，也就免了吧！望娘娘多加恩典。"

金寡妇一听来了气，把手中的太平鼓往香案上一摔，起身要走。身旁的道婆子忙拽了她一下，递过一个眼神说："既然娘娘大驾来了，他家境况不佳，钱财枯竭，娘娘就将就一二吧！荤素菜和馒头不能少；三样大牲畜可往小里改，换成羊、狗、兔也行，金子银子拿不出来，就让他家拿出一千铜钱，左右各供献一串；病人不能跪香，就叫他的义子管家来代替。"

见金寡妇还在思忖着，张承忙说："这位道姑说得极是，咱就这么办吧！"

金寡妇借高下驴，嘴里嘟哝着："没捞着个大的，只好将就着小的吧！"朝张承下令道："好，但愿菩萨她老人家能够以慈悲为怀，姑念你们家贫无助。"

张承向外喊道："奉献供品……"

衙役改扮的家人们，端着各类供品鱼贯而入，逐一摆到香案上来。

金寡妇点蜡焚香后居中坐下，一手持鼓，一手举鞭，仰脸闭目静坐，嘴里不停地嘟哝着。四个道婆分坐两侧，也随着念着咒语。念着念着，只见金寡妇将头一甩，嘴里呵呵一声，喷出一股白气，上身开始抖动，轻声唱道："当家人赶快净浴洗手来跪香！"一个道婆马上示意，叫张承在香案前跪下。金寡妇看了一眼张承和香案上的供品，又合眼继续唱道：

　　七撮高香请动神灵。

鼓响咙一声一合惊天地，

二声二合各路来了神仙空中急行。

鼓响三声三合白马先锋前头走，

四声四合他就闯进了神堂。

鼓响咙五声五合菩萨上了路，

马蹄阵阵赶赴坛场！

唱到这里，金寡妇站起身来，随着鼓点身摆手摇，腰铃叮当三响，配合着太平鼓嘣嘣、嘣嘣的响声，煞是悦耳动听。接着，那唱词的声音又由小变大：

弟子金花圣母坐坛场，

请来了九霄天外菩萨娘娘。

只因善民遭劫有灾难，

求菩萨拯救善民大发慈悲心肠！

金寡妇口中"嘿，嘿嘿"一迭连声地叫着，摇头晃脑吁着大气儿。等到一阵鼓响铃声过后，她又换了个调儿，继续唱道：

手拈高香忙插住，

纸画布帘放下来。

天上打雷地上颤，

奉请东家备金鞍。

备金鞍来跨银鞯，

迎我天神菩萨下殿堂。

张承叩头禀告："菩萨娘娘在上，这一千铜钱还是求爷爷告奶奶从外边借来的呢，再多要一个也没有了。"金寡妇继续唱道：

忧时急来抱佛脚，

好时再不肯烧香。

既然当家的无银两，

吾神难以保安康！

张承赶紧哀求:"菩萨娘娘大发慈悲! 等家主大病好了,再给你老人家重新摆供吧!"

金寡妇接着往下唱:

> 抠抠搜搜的穷酸相,
>
> 旧病不除还要把新病添;
>
> 吾神也难替你免灾难,
>
> 三五天内就会赴黄泉!

张承听了低声暗骂道:"这个养汉精!"表面上又装作向菩萨求救:"菩萨娘娘,金花圣母,请施展神法妙术,解除家主的病灾危难吧! 等到那时,我们再到神坛佛堂献供酬谢。"

后堂卧室里,刘墉坐在八仙桌旁饮茶,脸上的灰尘已经洗涤干净了。有一差人跑进来,打了一个千说:"大人,神婆子金寡妇正在胡说八道,咒生咒死的,看样子快要收场了!"

刘墉:"这些害人精! 你快去告知陈勇、楚雄、朱文、赵武,叫他们瞅准时机,不要让这神婆道姑跑了,全部给我拿下!"

差人:"是!"快步离去。

客厅香案前,一阵单鼓腰铃响过后,金寡妇心里边琢磨着:看来是挤不出再大的油水了,便要想趁早收摊儿。她向左右看了看道婆,口中唱道:

> 各位道姑仔细听,
>
> 老倌子没钱再进贡。
>
> 偃旗息鼓收兵罢,
>
> 收拾供品花红转回程。

此时右侧的一个道婆,趁人多杂乱之际,将挂在香案上的那串铜钱拿下,偷偷揣进道袍里。她悄悄溜出客房,东瞅西望地顺着甬道,奔向了府衙的后门。

道婆刚迈出后门,就被佩刀的朱文、赵武挡住了。

朱文问:"哎,道姑,事还没完怎么就溜走了?"

道婆惊慌地捂住胸前的道袍,打量着眼前的官府承差,还没明白过来是怎么回事儿,便诺诺地说:"金花圣母正在给这家跳神,我有事儿先走一步了。差官,你们这是……"

赵武:"这家?这家可大了!这是江宁知府衙门!"道婆吓得一哆嗦,那串铜钱从道袍里哗啦一声掉在地上。朱文哈腰捡起铜钱,盯着吓呆了的道婆说:"呵哈,你这道姑,本是行善之人,怎么还是个窃贼呢?"客厅内香案旁边,金寡妇仍在喋喋不休地唱着:

> 菩萨娘娘转驾返天官,
> 吾神临行再留一段大实话你们听。

她一边紧敲单鼓,急摆腰铃,一边应付差事地唱念道:

> 一请东方甲乙木,
> 二请南方火丙丁,
> 三请中央戊己土,
> 四请庚辛秉虔诚,
> 五请北方壬癸水,
> 六请家堂众祖宗。
> 烧上高香冒青烟,
> 点上蜡烛屋里明。
> 人吃了五谷杂粮要生病,
> 遇见了打架斗嘴别吱声。
> 天上下雨满地水,
> 一不小心就滑个倒栽葱!
> 父母生病有了灾,
> 不花铜钱必遭殃,
> 断饭缺水七八天,

管保他老命活不长。
人家草垛着了火，
好比黑夜点明灯。
结仇贪财害人命，
官府捉你进牢笼。
架打不过你就跑，
酒喝多了别行凶。
许下长斋吃到老，
天天晚上动荤腥。
十冬腊月喝凉水，
死到临头蹲灶坑。
吾神乱七八糟说一套，
谁要信谁是个愣头青！
你无供奉治的哪份病，
神佛无力也难应。
吩咐住鼓灯吹灭，
菩萨娘娘起驾回天庭。

　　金寡妇又甩头仰脸，向苍天嗷嗷两声，表示已把菩萨天神送走了，最后复又唱道——

来也空，去也空，
头上抹下凤凰翎。
稀哩哩，哗啦啦，
腰中卸去响串铃。
来也慌，去也慌，
解下仙裙脱神装。
紧梆当，慢梆当，
梆当几吊钱还酒账。

　　　　紧扑腾,慢扑腾,

　　　　扑腾几吊钱补窟窿。

　　　　大烧香,小烧香,

　　　　烧完高香就收了那坛场。

　　金寡妇还在那嘟嘟哝哝扭腰晃脑,哆哆嗦嗦、敲敲打打地送走天神呢,从外面忽地拥进来一群衙役公差,为首的便是陈勇、楚雄,他俩也不容她分说,拿着铁索哗啷啷就往金寡妇和道婆的脖子上套去。

　　金寡妇的神也没了,人也呆了,张嘴结舌地说不出一个整句子:"你们,你们……"

　　陈勇:"别你们我们的了,知府刘大人正在大堂上等候圣母问话呢!"

　　金寡妇这时才明白过来:"这是,这是刘罗锅子的官衙啊?"楚雄:"住嘴! 快走吧!"

　　刘墉在江宁知府大堂案桌前端坐,三班衙役分别站立两侧,书吏们在两旁侍候。一个道婆低着头,脖子上挂着一串铜钱,跪在堂前。陈勇、楚雄押着金寡妇和另外三个道婆来到大堂上。三班衙役发一声威喝道:"金寡妇、道婆们赶紧跪下!"刘墉一拍惊堂木,怒冲冲地喝问:"你们这伙装神弄鬼、造谣惑众的妖妇,哪个是领头的?"

　　四个道婆一齐指向金寡妇,乱嚷嚷道:"是她!""就是这个小寡妇!"

　　刘墉又一拍惊堂木,喝道:"别乱嚷嚷,由一个人说!"

　　其中一个道婆跪爬了半步,说:"她前几年死了丈夫,年轻守寡,独身难熬,就假借菩萨娘娘附体,自称金花圣母,立佛堂、设神坛、收徒弟、传邪教,把我们四个道姑网罗在身边,帮她装神弄鬼,骗取吃喝钱财。以上说的都是实话,不敢谎言欺骗大人。"

刘墉:"好你个妖妇! 现在你还有何可言? 今天在本府里的胡言乱语一通,已经完全证实了。来人啊! 先把妖妇拉下去,打她二十板子! 四个道婆子也依次照办!"

差人答应着,把金寡妇拉到隔扇后边,不一会儿传出啪啪的用刑声音,有人在旁喊数:"一、二、三、四……"金寡妇爹啊娘呀地大叫不止……

金寡妇被两个差役架回堂前,趴伏在地。然后四个道婆也跟着依次行刑,哭叫连天。

刘墉对书吏吩咐道:"准备笔墨。本府口述,由你录写。"

书办应承,提笔等候。刘墉从座位上站起,慎重地思索片刻,口中念道:"告示。江宁府正堂晓谕民众周知:江宁本属金陵一郡,物阜民安,白叟黄童,尽知礼仪,堪称鱼米之乡,诗礼之地。今有兴风妖妇,自称金花圣母,立教设坛,收拢弟子,装神弄鬼,蛊惑人心,致使风俗败坏,城乡不宁。若不尽早禁止,除去恶腐,唯恐贻害民众非浅。故此,晓谕各界,各安生理,不得谣传。特示布告。"

刘墉:"复抄数份,迅速张贴到府衙街前和四方城门之上!"

书吏:"遵命!"

刘墉:"衙役们! 将这几个犯妇关进监牢,等候裁断。那两个女童,传其大人领回家去。"

众差役齐声应诺,将金寡妇和四个道婆从地上提起来押解出去。

刘墉:"有事无事? 无事打鼓退……"他的"堂"字还没喊出来,立时住了口,身子又慢慢坐下了,向左右的人说道:"还有那瓦盆官司没给断哪! 来人呀,把张老厚和王朴叫上堂来。"

承差传喊:"传张老厚、王朴上堂——"

随着喊声，王朴扶着张老厚走上大堂，一齐跪到堂前："叩见知府大人！"

刘墉："你们两个这事儿怎么办呢？"

张老厚、王朴："听大老爷明断！"

刘墉一边沉思一边自言自语："一个指望着瓦盆糊口度日，一个又是穷得吃了这顿没那顿的人，一句话，都是没钱的主儿，怎么办呢?!"忽然，刘墉眉尖一挑，露出笑容，口中也喃喃说道："有了！何不如此这般。"随后高声道："你们二人不必争执谁是谁非了，本府不偏不向，自有公断！"又告诉身边差人："快去，叫张承找一把酒壶拿过来！"

差人疾步离去。

刘墉："王朴啊，这府衙旁边就有一家店铺，你去它四两老白干，回来给张老汉赔个不是，彼此两个就此也就相安无事了。哎，这是酒壶和十个铜钱。"

王朴虽有不解，但也不敢多问，上前接过壶和钱，快步流星走出知府衙门。

张老厚也疑惑地瞅着刘墉，迟疑地："老爷，那我的瓦盆钱就……"

刘墉笑呵呵地摆手制止他说下去，安慰道："老汉，放心吧！我一定会让你满意的。"

王朴提着酒壶，急匆匆走上大堂，复又跪下，说："大人，酒已打到。"

刘墉："王朴，你打了多少酒啊？"

王朴："遵照老爷的吩咐，四两整，一点儿不多，一点儿不少。"

刘墉摇着头："你说打了四两，本府不信，本府要当堂称一称。"

王朴红头涨脸,抱屈地分辩说:"大老爷不信,尽管称吧。小人是决不敢少买半两的!"

刘墉朝后堂喊:"张承,快取一杆秤来!"

张承答应着,拿着秤走到堂前。

刘墉:"你把王朴买来那酒称一称,看够不够四两。"

张承从王朴手中接过酒壶,用秤称了称,把壶中酒倒进碗中,又把那空酒壶称了称,计算了一下,这才开言道:"回大人,这酒只有三两四钱,少六钱不足四两。"

刘墉:"王朴啊,你还有什么话可说? 当面撒谎,是不是该掌嘴啊!"

王朴赶紧叩头,说:"大老爷,小人就是长了豹子胆,也不敢撒谎哄骗大人啊。我确实打的是四两酒,不信大人可派人去酒店问问。"

刘墉一笑,叫道:"赵武,你快去把酒店掌柜的传来,本府在堂上立等。"

赵武跑到酒店,掌柜的正在向伙计传授如何少斤短两、加水假冒的办法。赵武二话没说,上前抓起他来便走。酒店掌柜的被拖得直叫唤:"哎,哎,老赵兄弟,你这是干啥呀?"

赵武:"哼,一会儿你就明白了!"

大堂上,酒店掌柜低头跪在那里。

刘墉:"掌柜的,做买卖就得讲天理良心,诚信公平,不得短斤少两,以假充真。你倒好,打你四两酒,你就少给六钱! 你说应当怎么办吧?"

酒店掌柜的一个劲地叩头:"大人息怒,小人一时糊涂,财迷心窍,确实没给足分量。以后改过,以后改过!"

刘墉:"你既然知错,是认打呢,还是认罚?"

掌柜仰起脸问:"认打怎么讲,认罚又怎么讲,请大人明示。"

刘墉讲解道:"认打,就打你四十大板,然后在府衙门口号枷一个月,解枷时再打四十;认罚嘛,就罚你十两纹银,交出完事,回去还做你的生意。你是挑哪一样啊!"

掌柜的赶紧答:"小人愿罚,小人愿罚!"

刘墉:"好吧! 把银子交上来,当堂兑现!"

掌柜的:"小人身上没带那么多银两,容小人回柜上去取。"

刘墉:"赵武跟着,快去快回。"

张老厚、王朴早已站到一旁,你瞅我我瞅你的,一时间里是丈二和尚,摸不着头脑。差役们也交头接耳,互相嘀咕着。

刘墉严肃地:"公堂之上,保持肃静!"

赵武带着酒店掌柜的返回,手中捧着十两银子交到公案上。掌柜的说:"禀大人,十两纹银如数交上。"

刘墉吩咐书吏:"你用秤称一称。"

书吏照办,称完禀告:"大人,十两不多不少!"

刘墉对酒店掌柜说:"看起来,这一打一罚还真起作用。今后你再不会短斤缺两了。咳,本府用你这十两银子,不是自家添点儿什么菜码,而是要用于救苦济贫,行些积善积德之事!"

酒店掌柜的:"大人,小的这一次是牢牢地记住了,以后我决不贪图便宜,以少顶多。如果再有此事,你罚我多少,我都甘领。"

刘墉正色道:"那就好,你先退到一旁,听我宣判:王朴因被冲撞,躲闪不及,碰翻了张老厚的推车,打碎了车上的瓦盆瓦罐。王朴因家境贫寒包赔不起,两下里争吵起来。今有酒店掌柜少斤短两,欺骗买主,将其罚银十两由你二人平分,每人五两,回家各自谋生度日,供养老小。现在你们就各自回家安生去吧!"

第八部　风雨秋娘渡

波浪汹涌的运河水，一艘大木船逆流而上，几名兵丁站在船的四周，巡视着水面和岸边……河岸上，七八个壮汉只穿了一条仅能遮住羞处的短裤头，赤足光背，撅腚弯腰，脑袋耷拉得将至触地，吃力地拉着纤绳，艰难地向前迈着步子。汗珠流到他们的脸上、胸膛，又落到泥沙石砾之中。

船舱里，押船总管坐在毛皮褥子上，怀里搂着个如花似玉的水上妓女，正在饮酒作乐。

妓女尽意卖弄风骚，扭捏作态。她娇滴滴地端着酒杯送到总管唇边："总管老爷你就开怀畅饮，多喝几杯吧！等一会儿办事劲头可更足啊！"

总管粗野地推开妓女端着酒杯的手，在她脸蛋上啃了一口："你个水婊子，真会卖乖。你是想把我灌醉，不让我好好地过过瘾哪！"

妓女淫荡地笑着："嘻嘻，我心甘情愿地陪伴总管老爷，到时候让你好好的舒服舒服。"说着，又将矮脚桌上的一个杯子斟满酒，递给总管一杯，自己端起一杯，说道："来，我与爷干杯交杯酒吧！"

总管一扬脖子，将酒灌进肚里。妓女也装作豪饮之状，但酒没有送到口中,她手腕稍稍一抖,酒水便从颈项边飞过,泼到了身后船板上。两只酒杯再次斟满后,总管端起又干,并张着大嘴哈哈地大笑起来,但眼睛却越眯缝越小,渐渐合上了眼皮,身子向后一仰歪,靠在锦缎被子上就睡着了。妓女对他又拉又扯,口中喊道:"总管老爷! 总管……"总管死猪似的发出雷鸣般的鼾声……

妓女阴险地笑笑,又把另一杯酒倒进总管的嘴里,酒水顺着总管的嘴巴直流下来。她麻利地抽出总管腰中的挎刀,一只手将刀藏在衣裙之内,走出船舱,用另一只手扬起丝绸手帕,向岸上纤夫们喊:"拉纤的大哥们,总管有令,让各位到船舱里喝几杯酒,歇歇脚儿,解解乏儿!"

纤夫们一听,扔下纤绳,争先恐后地跳进河里,游向木船这边来。

靠近舱棚的兵丁喊:"哎,哎,不行! 没有拉纤的,船不就顺水漂走了吗?"

妓女对兵丁们骂道:"你们都是蠢猪、死人呀? 总管方才已经下令,让你们撑篙支住,就地下锚啊!"兵丁们听了个个心情不愉,嘴里不住地嘟哝着,但也不敢违抗命令,只好有的哈腰摸船篙,有的去放铁锚。这时,纤夫们已经蜂拥地登到船上。妓女忙从衣裙中亮出大刀,递给为首上船的一个纤夫,他手起刀落,将一个兵丁砍于船下水中。

兵丁们一见不妙,有的抽出刀剑,有的举着船篙,纷纷地与登到船上来的纤夫们大战起来。纤夫们露出恶狠狠的凶相,而又个个身手不凡,出招亮相,各有路数,南拳北腿,上下交攻,不一会儿的工夫,有的就夺下兵丁的利刃,将对方杀死,踢入水里;有水量大的,就抱着兵丁一起落入水中,像蛟龙一样翻浪逐波,将对方溺于河水中。

船舱里,总管仍醉于梦乡中想着美事呢!这时,忽然闯进一个大汉,将他拽起,他揉着惺忪的眼睛,口中骂骂咧咧:"妈的!你们找死啊!"

壮汉抡圆了胳膊就是一个大耳光子,打得总管一哆嗦,酒醒了一半。他睁大眼睛看清眼前的架势后,赶忙去抽腰刀,但摸了半天,只摸到了刀鞘。但他仍然强作镇静地说:"这是抚院的官船,运的是抚台高大人从苏州调集的官银,你们胆敢拦路抢劫?"

壮汉:"少废话,小买卖我们做够了,这回劫的就是抚院的官船,抢的就是抚台高名远老小子的官银!"

总管:"你们是……"

壮汉:"我让你死个明白,我们是从石臼湖下来的水上好汉!"

另一大汉说:"他就是我们的首领蛟龙大爷!"

总管:"强盗!"

匪首蛟龙手起刀落,斜肩带臂将总管劈倒,鲜血喷溅到锦被和舱棚上。

江宁知府衙门的后院书房里,张承侍候府台大人刘墉用餐:两碗光面,半碗葱花大酱。桌子上还放有一本打开的书。刘墉将葱酱拌到碗里一半,刚要动筷子扒拉面条,书办何英走进书房禀告说:"大人,抚台高大人为修建抚台衙门,要各府县都派五百民工去应差。十日内就得到齐。"

刘墉:"今年咱这一带时逢大旱,城里的市民忙着养家糊口做买做卖,乡间的农户车水插秧还忙不过来呢,哪有人力去应差啊?"

何英:"别的府县都已陆续将民工派来了,我们江宁是首府,按照惯例还要多派些呢!"

刘墉气忿地:"这个时候修什么抚院?其他府县咱管不了,江宁府受旱灾严重,咱一个人工也不派!……到时候,我自有办法应付。"

抚台府衙客厅里,巡抚高名远腆胸拔肚地倒背着双手,心情焦急地来回踱着步子。

差役进来禀告:"大人,江宁知府刘大人已经到府上来了。"

巡抚高名远走到太师椅前坐下,傲慢地拉着长音儿说:"请他进来——"

承差至门口向外喊:"有请刘大人!"

刘墉微哈着腰大步流星地踏进客厅,朝高名远参拜道:"抚台大人,不知紧急召见卑职有何教诲?"

高名远抬了抬眼皮,捋着胡须,慢条斯理地说:"坐下吧!"

刘墉从椅子上欠了一下身,有礼貌地解释说:"抚台大人,江宁一带正遭受旱灾,关于民工应差一事……"

高名远将大手一挥:"此事后议。巡抚衙门年久失修,今要动工修建抚院,特从苏州调集官银二万两,由总管押运回宁。不料昨日船在运河上行驶时被一伙强盗抢劫,总管和船上兵丁被杀,官银全被劫去。现请贵府前来就是为着查办此案。你看……"

刘墉:"高大人,这运河上的事不属本府管辖呀!"

高名远:"不,被劫处的那个河段正是制下所属,这样,我就不好让其他的衙门插手办案了。刘大人一向贯于私察暗访,妙计无穷,由贵府直接查办,定能迅速破案,也省下了府县往返呈报审批的手续。贤契莫要推辞,你就能者多劳吧。"

刘墉沉思片刻,起身正色应承道:"卑职遵命!"

高名远紧接着说:"为了不使盗贼们转移银两远走他乡,限贵府在七日之内，务必将这伙强盗们捕获归案，官银是一两也少不得的，务必如数追回！"

刘墉为难地啊了一声。

高名远脱口而出："如贵府能在限期内全部追回官银，捉住强盗，本宪会格外赏银五千两！"

刘墉深知高名远用心险恶，有意要在此时进行报复，知道再作争辩亦是无用，遂硬起头皮反诘道："此案重大，又涉及水域地面广阔，有些关口要害之处，非卑职力所能及。还请抚台大人调动官兵和其他府衙捕快，下至常州戚墅堰，上自扬州的运河口，将河道、江口统统把住，使盗贼既不能从运河返回，又不能沿下游长江流窜，更不能让他们登陆潜逃，这样才能保住官银不受丝毫的损失！"

高名远被他将了一军，待了半天，只好应承下来："好吧，本宪即刻派人传令，调遣布防。刘大人，你可要切记七日之限啊！要是超过期限，可别怪本宪执法无情了！我将上本朝廷，治你办案不力，放纵强盗之罪！"

刘墉冷眼看着高名远阴沉的脸色，突然一抱拳，高声说："谨领大人指教，下官告退了！"

长江，如同一条凌空翻转的银龙，在峡谷、山川、丘陵、平原中从西到东飞腾穿过。大江两岸的城市、集镇、乡村，星罗棋布；沟谷、河汊、港湾、芦荡交差纵横。

大江的下游南岸，有一处岩崖陡立连绵、古树密集成林的地方，四野苍茫，远近不时发出瑟索凄凉的响声。这时，在蜿蜒如蛇的小路上走着一老一少两个道士。他们满身尘土，看样子已走了许多的路了，年长者后背微驼，已显出疲惫不堪之相。这两个道士不是别人，正是江宁知府刘墉和承差楚雄。他们一路辛苦地来至一个林木葱郁、巉岩壁立、幽雅清静之处,楚雄向四周观察了一番,说:"大人,这儿就是断魂崖。我们在此坐下喘口气儿,也等等陈勇来此碰头?"

刘墉点点头儿,一撩道袍,坐到一块岩石上,楚雄将腿一盘席地而坐。

刘墉压低声音道:"咱们现在的身份是道士,我是师父,你是道徒!"

楚雄不好意思地:"嘿嘿,徒弟牢记就是了。"接着一揖到地,表示赔罪。

不久,陈勇也是一身道士打扮,沿着那条崎岖蜿蜒的小路攀登而上,他行动轻捷,步履如飞,只辗眼的工夫很快就出现在刘墉面前。

刘墉眼前一亮,忙问:"可有消息?"

陈勇施了一礼,机警地向左右看了看,先低声叫了一句:"师父,"然后接着说:"运河上下及长江口岸,上从河口起下至常州的戚墅堰,所有的要塞全都卡住了,检查严格,被劫的船也只能回溯向上游行驶。不过检查了一天,这一带沿岸确实没有发现盗贼的踪影。"

刘墉:"这一伙水上行劫暗中杀人越货的强盗,可是诡计多端呀!只有把外逃的水路严严实实地封住,他们又不能轻易地登陆上岸,这才能够逼得他们只能逆流而上,使其行动大大地迟缓……"

陈勇:"师父说得极是!不过,盗贼们也有可能回窜到他们的老巢石臼湖,咱们还得特别注意从河口到江宁水寨这一段长江水路。"

刘墉点头赞成,边思考边自语:"那样一来,最能隐蔽之处,当是燕子矶无疑了!"

忽然,从崖岩的密林深处传出"救命啊——"的女人尖叫声,并掺杂有男人凶狠的打骂声。

刘墉等三人同时一怔,陈勇、楚雄机警地跳起来:"师父,你在这里稍候,我们师兄弟前去查看一番!"

苍松翠柏遮天蔽日,奇形怪状的岩石嵯峨纵横,狼牙交错,在一棵粗大的古松前,两个面目狰狞的凶汉正在往树上捆绑方才在船上的那人妓女。妓女一边挣扎一边破口大骂:"你们这群没良心的畜牲,强盗!把老娘用完了,又要杀害老娘!快来人呀,救命啊!"

强盗浪花漂抡起巴掌给了妓女两个耳光,妓女嘴角流出了鲜血。两个家伙像捆粽子似的把她捆绑在树上。妓女身子一动不能动了,嘴里还在不停地骂着:"你们这些挨刀杀的!我到阎王老子那里也不会放过你们!"

盗贼黑泥鳅扯下自己的头巾,塞在妓女嘴里,口中也骂道:"臭婊子!因为你知道我们窝里的事儿太多,不能放你活着出去。俺哥俩是奉蛟龙大爷之命在此来结果你的。怎么样,俺哥俩给你选的这个地方不错吧?你可以踩着高高的断魂崖,望着滚滚的长江水,靠着青青的大松树,头顶悠悠飘荡的白云,然后就忙忙地走上仙境啦!"

妓女两眉紧扣,杏眼圆睁,晃动着脑袋,嘴里发出唔唔的声音。

浪花漂:"黑泥鳅,少与她瞎啰唆!蛟龙大爷吩咐,杀了她还得赶紧赶回船上呢!"说着,他从地上拾起砍刀举了起来,正在他手起刀落之际,一块飞石打来,正好打在他举刀的手腕上,当啷一声响,随着响声那口砍刀落了地。浪花漂和黑泥鳅一愣神儿,两个黑影已飞落到跟前,照他们挥拳便打。两个强盗紧忙抄起砍刀迎战。一对一,几个回合过后,浪花漂和黑泥鳅已力不从心，渐渐有些不支了。

浪花漂一边招架一边说："你们出家之人，怎么插手我们俗家之事？住手吧，咱们是井水不犯河水。"

陈勇一面挥拳进招，一面说："光天化日之下，竟敢杀人灭口，我等必得擒你俩去见官！"

黑泥鳅一边拼搏，一边说："哎，哎，我说小老道啊！这小娘们儿偷汉子谋害亲夫，我们怎能容她！"

楚雄招招紧逼，不容对手缓气儿，大声斥责道："她犯了国法，可以扭送衙门，你们怎能私自杀人？"

四人越打越凶，陈勇、楚雄的拳脚功夫甚精，越战越猛，很快，两个强盗就只有招架之功没有还手之力了。陈、楚两位壮士，瞅准对方的迎招有了破绽，陈勇立即在下边来了一个"击步"，随着上边又是一个"反臂撩啄"，上下配合得天衣无缝，空手将浪花漂的砍刀夺了下来；楚雄也不示弱，趁势也将黑泥鳅的利刃夺了过来。两个强盗慌忙后退，陈勇、楚雄提刀紧逼，渐渐到了悬崖边缘。两个家伙回头看了一眼，互相暗示，黑泥鳅大喊了一声："浪花漂，咱们逃命吧！"反身一跳，二人双双跳入波浪滔滔的江水之中。

刘墉仍坐在原地，陈勇、楚雄站在旁边，妓女立于对面，深深施了一礼，口中喃喃说道："谢谢三位道长的救命之恩！"

刘墉："免了，免了。出家人本是慈悲为怀，普度众生为本嘛！区区小事，不足挂齿。我倒要问你，一个小妇人弱女子，怎能不守三从四德之道，竟然通奸犯科，谋害亲夫呢？"

妓女："奴家尚未成婚，哪来的亲夫谋害呀！"

刘墉："那……为啥那两人要杀害你呢？"

妓女不敢实说，支支吾吾："这个、那，因为……"

陈勇："到底是怎么回事儿,你就实说吧,有什么为难之处,让我师父给你排解排解。"

楚雄："是啊,要不我们走了,那两个家伙还会追杀你,你还逃得了一死啊!"

妓女仍然低头不语。

刘墉："看你穿着打扮和长相举止,不是一般人家的普通女子。只要你把隐情如实说出,贫道可以施法为你消灾去难、逢凶化吉。不然你还会有杀身之祸和血光之灾啊!"

妓女忙跪下央告道："道长真是眼明心亮,如同神仙,眼下里只能求道长救奴家一命了!小女乳名水花儿,生在船上,随父母打鱼为生。我七岁那年,船遇风浪触礁,父母双亡,我被江边一个钓鱼老翁救起,认做义女。十六岁时,义父患病又死了,撇下小女一人,为了活命,只好在水上做起卖身赚钱的生意。前两天,从石臼湖下来一帮水上强盗,为首的大爷名唤蛟龙,下面有七八个兄弟,什么水上飞、混江虫、浪花漂、黑泥鳅、大白条、淹不死、踏波涛、河底游等等,逼我跟他们做一笔水上买卖,说是事成后分我五百两银子。

"那巡抚衙门总管是个老色鬼,我略一施展手段,他就把我叫到船上去陪伴他。就这样,船行到僻静之处,我将老色鬼灌醉,里应外合,轻巧地抢夺下一箱一箱的银子。我要求分得他们答应下的那五百两银子,这帮该杀的非但一两不给,还轮流糟蹋玩弄于我。小女子实在忍受不住了,哀求他们放了我,钱一个子儿也不要了。那个强盗头子蛟龙,假意派浪花漂、黑泥鳅护送我上岸,但却把小女子骗到这里,要杀人灭口……"水花儿一面诉说,一面痛哭流涕。

刘墉："那,这帮盗贼现今身在何处?"

水花儿："他们听说江上设卡封锁太严,长江下游去不得,运河上下也难以藏身,所以只好顶水向上,要返回老窝儿石臼湖。"

刘墉:"这些官银还都在船上吗?"

水花儿:"逆水行舟,载物又重,走得很慢。昨晚宿在秋娘渡的三官庙里,因他们一夜没让我睡觉,听动静,许多银箱都被搬进庙里隐藏起来了。船上还有多少,我也不知道。"

刘墉:"水花儿,这回你的祸可惹大了!先是协助盗贼抢劫官银,杀害官兵,这是死罪啊!后来同强盗反目成仇,他们又要杀你灭口。看来你是左右都无法解脱了!如果你还想要求得活命,眼下里就非得听我的言语行事方可。"

水花儿:"只要能够保留下一条小命,小女一切都愿听从道长安排。"

刘墉:"徒儿!"

陈勇、楚雄:"师父!"

刘墉:"你们两个速去江宁府禀报守备王英大人,要他立刻率领人马前往秋娘渡三官庙,将所藏官银如数缴回,不得散失。然后你俩再回到咱们的庙里,带领师兄弟们赶到燕子矶来接应师父我!"

陈通:"师父,你一个人去燕子矶?"

楚雄:"大人……"

刘墉盯着楚雄,不满地:"嗯——"

楚雄麻利地改口:"啊,师父大人!徒儿我一人前去江宁府报信即可,让师兄伴随师父前往燕子矶吧。"

陈勇:"师父,师弟言之有理,也正合徒儿的心意。"

刘墉略一停顿,果断地说:"好吧,就按你们的意思办!"

水花儿听着对话,眼神疑虑地瞅着这三位不同一般的道士,疑惑地问:"道长,你们是……"

陈勇推她一把,斥责道:"少啰唆,到时候你就明白了!"

抚台衙门中，高名远愁眉不展地坐在案前的虎皮椅上，一个承差匆匆地走来跪倒禀告："大人，刘墉沿江游逛三四天了，仍无半点儿破案擒贼迹象。现他又至燕子矶与几个文人名士们饮酒赋诗、下棋消闲去了！"

高名远一拍案桌，怒气冲冲地喝道："岂有此理！我像热锅上的蚂蚁，他倒清闲自在。你去告诉他：过了限期不能将强盗抓获，官银追回，我定要奏本当今皇上，参他办案不力，贻匪作乱！要他小心头顶上的那顶乌纱帽！"

金陵江岸城外的燕子矶，面临荡荡漾漾的江水，越发显出它那得天独厚的神奇。一块巨石如同春燕展翅般拔地而起，凌空显赫赫的斜立在大江之上。在那燕子矶下，数只木船停在长江边上，船工、渔民踏着跳板上上下下地搬运着货物和鱼虾。几艘小舟，有的扬帆，有的划桨，在江面上往返穿梭。沿岸散落着许多家饭馆、酒楼，布幌儿随风飘摆，食客们猜拳行令的欢声笑语，伴随着卖唱女的哀怨凄婉小调，随着江风飘洒向远方。

崖头上，一座飞檐凌空的望江亭探进水面，八角亭台，耸立在红柱围栏中间，亭子中间一圆形木桌上放着棋盘，几位老者围坐着正在观看刘墉与一名绅士对弈。刘墉面对滔滔江水，仍是道士打扮。他只要略微地抬眼向左右一看，数里之内的水面便可尽收眼底。棋战正酣，名绅布局高超，棋观三步，步步紧逼；刘墉棋艺精湛，时现绝招，招招难挡。真可谓棋逢对手，将遇良才。但刘墉精力没有集中在棋盘上，而是不时地抬头观望江面上的往来船只。

绅士揶揄地说："道长，您的精气神儿在江上，难道江上船里有娇娘美女等候相会？"

刘墉风趣地："取笑了！出家之人脱离凡尘、六根清净，即使有此桃花运也不敢操持了。哈哈,哈哈……"周围众人也随之大笑。

绅士:"你可要小心了,车马炮临门,不死也发昏啊!"说着拿起一棋子,高高举起又重重地落下,啪地一声,口中喊道:"将军!"刘墉戛然止住了笑,愣怔怔地瞅住棋盘。

距此不远的江边酒楼上,陈勇和水花儿在吃饭。陈勇一边吃,一边时不时地往刘墉这边瞟上几眼。

秋娘渡上的三官庙,山门大开,庙里庙外均是官兵,正在从后殿库房里往外搬运仍然贴着巡抚衙门封条的一箱箱官银,装载到庙门外长长的一串小推车上。一个头领正在细心清点,核对银两数目。庙中间的大殿里供奉着"三官"塑像:赐福天官紫微大帝、赦罪地官清虚大帝、解厄水官洞阴大帝。传说,他们都是陈郎的儿子,是龙王爷的三个公主所生,三兄弟均神通广大,法力无边。

一身戎装的守备王英威严地站在"三官"神像台前,告诫庙里的主持道人;手持刀枪的官兵,看押着缩在角落里佝偻成一团的两个水上强盗。

王英手指着殿外说:"这都是抚台大人从苏州调集过来的修缮抚院大衙的官银,不意被这伙强盗从水上给劫夺去了。道长,你怎么敢窝藏贼赃呢?"

主持道人:"大人,我哪里知晓!前天晚上他们气势汹汹闯进庙门,说船逆水而上,货物太重,行驶困难,硬卸下二十个箱子存放在后殿库房里,还派了两个壮汉在此看守,不准我们靠前。贫道哪里知道箱子里装的是什么。"

在外清点的头领进来,单腿跪拜道:"禀告守备大人,官银已经装好车辆,共计二十箱,一万两。"

王守备:"好,马上启程速返江宁!"

头领答应着离去,兵丁们推操着被捉的两个强盗走出大殿。

小路上浩浩荡荡的官兵、车队,守备骑着高头大马,压阵在队伍后面;两个强盗关在囚车里,夹在队伍中间。一个头领跑到守备马前禀报:"大人,前边已来到去燕子矶的岔路口。"

王守备:"你领着一哨人马,速奔燕子矶禀告知府刘大人,就说隐藏在三官庙的盗贼和官银已经全部缴获。其余的十几名强盗正驾船逆水而上,欲潜回巢穴石臼湖。船上还有被劫的官银一万两。"

头领:"是!"率一哨兵马奔上岔路,身后尘土飞扬……

燕子矶望江亭上,刘墉与绅士仍在棋盘上拼杀。

一只眼熟的大木船逆水行驶过来,渐渐靠上了燕子矶码头。岸上只有四个拉纤的纤夫,船尾上站立着一个掌舵的,船头有一人手搭凉棚远近地瞭望着……这群人,正是抢劫官银的那伙水上强盗。

船在离望江亭不远的地方拢了岸,刘墉早已看在眼里,不时警觉地扫上几眼。

绅士不耐烦了:"我说道长啊,你是下棋呢,还是观望来往船只呢? 一心不可二用啊!"

船已经完全靠岸,拴好了缆绳。几个拉纤的壮汉朝船上喊:"大哥! 我们到酒楼上喝两盅,解解乏儿。"

从舱门里走出一个满脸胡碴子的家伙,他朝向岸上走去的几个人高声地嘱咐说:"不能贪杯呀,我们还得赶路呢!"

刘墉从石礅上站起来,朝绅士一揖说:"对不起,贫道憋不住了,得去方便方便。"又随手拉过一个观阵的老者,说:"来,你替我下几招!"

刘墉走出望江亭,径直下到岸边,朝船上观察起来。只见船桅与舱顶拉起一条长长的绳子,上面搭着一床蜀锦缎子被,整个用水洗过,有许多苍蝇围着这床被子嗡嗡地乱飞乱叫……刘墉静静地观察了一会儿,倒背着双手,悠闲地踏着跳板走上木船。贼首蛟龙正与瞭哨的水上飞、掌舵的混江虫两个喽啰在舱棚里行令喝酒,见有一个老道出现在船舱门口,都停下酒杯不动了。

刘墉伸脑袋向舱里看了看,微笑着道贺说:"施主,发财啊!"

蛟龙:"师父,有何见教啊,请里边坐。"

瞭哨的盗贼水上飞蛮横地说:"去,去!我们还没捞到钱呢,哪有零钱给你?到别的船上去吧!"

刘墉站在门口没动,说:"贫道并非是来此化缘的。"

掌舵的盗贼混江虫不解地问:"那你上船来干什么?"

刘墉不紧不慢:"你们晾晒的这床蜀锦缎被子,可不是一般的物件啊!"

蛟龙:"啊,那是东家赏给我们的。昨天一不小心掉进了江里,湿透了……"

刘墉:"不对吧,好像是沾上了血腥之后,特意清洗的?"

蛟龙:"对,对,昨天杀狗时沾了点儿狗血。"

刘墉:"是人血吧?"

蛟龙有点儿稳不住架了:"这位道长,怎可如此胡言乱语!"

另外两个盗贼更是沉不住气了,一个高儿蹦了起来。水上飞嚷道:"老杂毛儿,是什么血你管得着吗?"混江虫也凶狠地说:"我看你是不是舌头太长了点儿?"

刘墉仍然不慌不忙:"并非贫道多嘴多舌,只是提个醒儿。这段江面上衙门里的差人和官兵可是不少呀,他们可是能管得着的吧?"三个家伙一怔,都转脸朝舱外望去。

不远处的酒楼上,水花儿的脸越发红扑扑的了,桌子上已经是菜光酒尽。这时,从船上下来的四个强盗突然闯了进来,吵吵嚷嚷地:"掌柜的,掌柜的,快把好酒好菜端上来!"

跑堂儿的赶紧过来抹桌子侍候。水花儿一眼瞧见了水上强盗,其中还有谋杀过她的浪花漂和黑泥鳅。她吓得往陈勇身边靠了靠,压低声音说:"小师父,他,他们来了!"陈勇已经注意到了,并认出了就是在断魂崖上行凶的那两个盗贼。

浪花漂也已看到了水花儿和陈勇,对另几个强盗说:"哎,你们看,小婊子黏糊上小老道了。在断魂崖上就是这个小老道救了小婊子!"

黑泥鳅:"啊哈,真是冤家路窄!咱哥们儿在这儿把小老道和小婊子一勺烩了吧!"

四个强盗一齐亮出家伙就要往上闯,跑堂儿的在中间磕头作揖地哀求:"诸位,千万别在屋里动手啊!"

浪花漂上前一把拎起跑堂儿的,一用劲儿将他从门口扔了出去,整个的人顺着楼梯一直滚落到楼下。黑泥鳅一个箭步冲到陈勇跟前举刀便砍,陈勇一闪,刀落到桌子上,唏里哗啦地满桌杯盘纷纷飞迸。水花儿抱头鼠窜,陈勇一边护着她,一边拿着凳子抵挡。

一时间,酒楼上刀光剑影,碟飞凳舞,食客们纷纷夺路躲逃。陈勇无心恋战,大喊一声:"嘿!着家伙吧!"一用劲儿,手中的凳子飞出去,正砸在最前面的盗贼黑泥鳅身上,把他打了一个趔趄。趁着二贼一愣神的工夫,陈勇用胳膊夹起水花儿飞身从楼窗口上跳出酒楼,轻巧地落到地上后,拉着水花儿就跑。水花儿一边被拖着跑,一边问:"小师父,往哪儿跑呀?"

陈勇:"去找我师父去!"

众强盗也都纷纷跳下酒楼,挥舞着手里的兵器,狂喊乱叫地追上来。陈勇拖着水花儿,脚步越来越慢。水花儿实在跑不动了,无奈地说:"小师父,扔下我吧,你快逃命!"陈勇仍死拽着她向前飞奔,对她说:"咬咬牙,还等着你当见证,活捉那群水匪海盗呢!"

强盗们越追距离越近了。就在这千钧一发的当口,迎头斜刺里冲出两支人马。一支是楚雄、朱文、赵武等率领的江宁府承差,一支是由秋娘渡三官庙赶来的守备营中的一哨兵丁。

陈勇精神大振,对迎上来的楚雄等人吩咐道:"各位弟兄,你们先截住抢劫官银的盗贼,务必要活捉生擒!我去找大人。"

楚雄、朱文、赵武齐声应道:"陈大哥,你就放心吧!"说完,率领着衙役承差,堵住了众贼的追路,两下里也不搭话,举起兵器便打。守备营的一哨兵丁也冲了过来,参与楚雄等人的捉拿强盗的大战。

望江亭里的老者、绅士仍然头不抬眼不睁地在下棋。陈勇与水花儿来到望江亭上,陈勇问绅士:"施主,我师父哪里去了?"

绅士向靠在岸边的木船上用手一指:"上船消遣去了!"

水花儿随着绅士的手指抬眼一望,对陈勇说:"这就是那只被劫持的官船。"

陈勇啊了一声,搂起道袍从望江亭一跃飞身而下,稳稳当当地跳到船板上,疾步走进舱棚。水上飞和混江虫正欲拿绳子捆绑刘墉,陈勇见状大喊一声:"住手!你等怎好加害出家修行的道人?"说着,上前猛力振臂推开两个盗贼,护住刘墉,问道:"师父,他们这是为何?"

刘墉:"我上得船来,见此蜀锦缎子被上招引了许多苍蝇,虽然用水洗过,仍残存着血腥味儿,只有人血才会引得如此多的苍蝇。师父我如实说了出来,惹得施主恼怒,嫌我多嘴多舌,就要动手惩治为师。"

陈勇:"岂有此理!抑恶扬善,不说谎言,乃出家人的根本。

我们师徒云游到此,你等如此对待,是要遭到报应的!"

水上飞粗野地骂道:"可恶!谁叫你们不蹲在庙里吃斋念经,出来东游西逛地惹是生非?"

刘墉:"施主,贫道再奉送两句话,望你等要三思而行,要想人不知,除非己莫为。善有善报,恶有恶报,不是不报,时辰不到。"

混江虫向贼首蛟龙说:"大哥,别听牛鼻子老道瞎白活了,把他们宰了算啦!"

蛟龙摆手制止说:"慢!"怀疑地问刘墉:"我看你们气度不凡,眉宇轩昂,二位到底是做什么的?"

刘墉一抖道袍,回答:"出家之人,云游四方的道士啊!"

突然,水花儿跑了进来,惊喜地对刘墉、陈勇说:"二位道长,岸上的那几个家伙都让官兵抓住了!"

船上的三个强盗一听,吃惊不小。贼首蛟龙凶相毕露,恶狠狠地说:"好哇,小婊子!断魂崖上黑泥鳅他们没把你送进地狱,原来就是叫这几个老道给救了。这回你们自己送上门来,真是捡粪的打灯笼——找死(屎)啊!"

水花儿冷冷一笑,说:"蛟龙大掌柜的,你们也太歹毒了!现在你们是恶贯满盈,浪花漂、黑泥鳅他们已被活捉,官兵很快就会追杀过来,你就看看是谁死谁活吧!"此时,大家都听见了岸上传来的嘈杂喊叫的人声。

混江虫立时穷凶极恶地举刀朝水花儿砍去,陈勇手疾眼快,飞起一脚,将混江虫手中的刀踢飞,又一个旱地拔葱将刀抢到手中,警觉地站立在刘墉身旁,保护大人。

蛟龙大声号叫着:"不好了!水上飞,快砍断缆绳,把船驶向江心,让这些旱鸭子们瞪着眼睛,着急去吧!"

水上飞蹿出舱棚,一刀将缆绳砍断,拿起长篙一撑,木船飞快地离开了岸边,顺流向江心漂泊而去。

混江虫还要去抓水花儿,贼首厉声喊道:"混江虫!快去掌稳船舵,底舱里还有一万两银子哪,千万不可打翻了船。"

混江虫答应着奔向船尾,吃力地扳动着舵把子。

蛟龙轻松地喘了一口气说:"咱们这叫什么来着?对了,叫什么'同舟共济'吧?你们几个,就老老实实地待在这船上作为人质,那些官兵都是些旱鸭子,一时半会儿上不了船。我也不杀你们,凡是遇到堵截和关卡,你们就出头给应挡应挡,等躲过官兵,回到石臼湖老窝儿,每人赏给你们五百两银子。这回绝不说假话,到那时放你们归庙的归庙,回家的回家。"

水花儿一扭头,用鼻子哼了一声,刘墉和陈勇沉静地观察着。

由于是逆水行舟,水深浪急,又没有拉纤的,船不是摇晃就是打旋儿,三个家伙都跑到船板上去忙着划起船桨以逃脱追捕。没有多久,他们便个个都累得满头大汗,船行驶得却仍然很慢。陈勇向刘墉提醒说:"楚雄他们和守备营的一哨人马现在岸上,咱得设法与他们联络上,将这艘船截住,把强盗一网打尽!今天已离巡抚高大人的限期仅差一天了。"

刘墉沉思着,他把目光落到水花儿身上,停了一会儿,低声问:"你从小就在水边上长大的,水性一定很好吧?"水花儿:"嗯!我在水底下一口气儿可以游三里五里。"

刘墉点头:"好,你就替俺出点儿力,也好保住你的性命……"

水花儿奇怪地追问:"你们到底是什么人啊?"

刘墉朝陈勇努嘴示意。

陈勇:"好,实话告诉你吧!我们是江宁府衙门里的,这位就是知府刘大人!"

水花儿啊的一声急忙跪倒叩拜："大人，犯妇罪孽深重，该死，该死！"

刘墉使了个眼色说："快起来，现在不是说这个的时候！我们此刻还不能暴露身份。不过，眼下就可以给你个立功赎罪的机会：你立刻跳进江里游上岸去，找到楚雄头领，哎，就是救你的那个小道士。传本府的口谕：马上与上下水寨的守备营水军联系，除长短武器之外，还要多备弓箭，迅速乘船截围住这艘大船，协同一起作战，将船上的这伙强盗擒住！"

水花儿答应："好！可是，这些盗贼水性都好啊，我跳下去之后……"

刘墉："不要怕，他们现在还顾不上追杀你。你只要按我的话去办，本府说的话算数，一定免你的罪，还要另加重赏。"

水花儿轻捷地蹿出舱棚，跑向船帮，一个鲤鱼打挺跳入江水中。

混江虫慌乱地叫喊："不好了，那水婊子跳进江里了！"

贼首蛟龙骂道："妈的，你叫喊什么！小泥鳅能翻起大浪？让她找死去吧！"

战鼓咚咚，号角齐鸣，响彻了整个江面上，燕子矶上下数十艘木船，载着衙门的差役和水寨的兵丁，快速向强盗的大船夹击过来。在顺流而下的船头上站着朱文、赵武；下游逆水而上的船头上站的是楚雄，还有水花儿。

大船上的水上飞、混江虫慌神了，向蛟龙吵嚷喊叫："大爷，怎么办？他们都围上来了！"

蛟龙横端着船篙，充硬地说："看你们那熊样儿，稳住架！他们要是往上靠，你们就把守住船边，上来一个捅他一个！"

舱里，刘墉和陈勇弓着腰，圆睁着眼睛向外察看。陈勇说："大人，弟兄们靠近了。你老先下到底舱，一来躲避一下，防备盗贼狗急跳墙,二来亦守卫着官银。我呢,就可以全力拼杀,配合弟兄们擒拿强盗。"

刘墉看了看周围情形,幽默地说:"我看这么办行,不然我在上面反而碍手碍脚,弄不好还给盗贼当了活靶子。"

陈勇反身挪走舱中间的木桌,掀开底舱盖儿:"大人,快下去,请先委屈一时。"

刘墉踏着木梯走下去,又仰起脸风趣地说:"这里既避刀枪又避风雨,何言委屈?"说完笑着将脖子一缩,下到舱底。陈勇又把桌子恢复成原样。

江面上,战鼓声、号角声、喊叫声连成一片,前边的几只小船已靠近大木船,稍远点儿船上的弓箭手,已经拉弓放箭,箭头纷纷落到大船的船板上和舱棚上……

水上飞和混江虫惊恐万状,口中不停地叫喊:"大爷,怎么办呀?"

贼首蛟龙也沉不住劲了,忙吩咐:"混江虫,你去把那两个老道拉出来,让他俩给咱哥们儿遮挡一阵子!"

混江虫刚迈步进舱门,只听嗖的一下风声响起,他急忙向后躲闪。陈勇劈刀落空,随着跳了出来,两个人打在了一起。蛟龙和水上飞只一心地躲避着远处船上射来的箭,也顾不上防备靠上来的船只了。很快,已靠近前来的楚雄、朱文、赵武等人分别地从大船两侧跃身上来,猛扑蛟龙和水上飞。远处船只上停止了放箭,围在左右呐喊助威。盗贼虽然武艺高强,气势凶悍,但衙役官兵们更是奋勇善战,极力搏杀,盗贼们渐渐显出有些寡不敌众了。

陈勇现已无后顾之忧,且功夫极佳,便一心要擒贼报效刘大人。他趁楚雄等承差官兵纷纷登船,混江虫一慌神儿的空隙,将钢刀一转,右手持刀,臂弯曲于胸前,虎口朝下刀尖朝前,而后闪电似地内旋使劲，将刀抡圆转了一圈。这一动作连贯、迅速有力，没等混江虫缓过气来，早已将他的刀打飞落入江中，他又一个鸳鸯扫堂儿腿，将混江虫打翻在地，马上被赶上来的兵丁按住捆了个结结实实。

楚雄正与水上飞厮杀，陈勇急忙跑来助战。几个回合之后，水上飞也是力不从心了。陈勇来了个泰山压顶，楚雄使出了古树盘根，二人配合默契，水上飞招架不住，被掀翻在船板上，几名衙役上来也绑了个结结实实。

正在力敌朱文、赵武等二人的贼首蛟龙，一见手下的弟兄们均被活捉了，哪里还敢死拼，逃命要紧，他虚晃一招，跳出圈外，退至船边，反身跃入江中，踩水踏浪，欲要潜逃。

陈勇、楚雄、朱文、赵武等围着船边干着急，因为不会水，便向下面船上的守备营水军们大喊："贼首跳到江里去了，千万不可让他跑掉！"

江面上船只朝贼首围拢过去。蛟龙在水中真就如同蛟龙得水一般，上下翻腾，如履平地。

从官兵船上，分别跳入水中的有数名水军头领，他们很快游至贼首四周，将其紧紧地包围在中间，展开了一场激烈的水战。只见水花四溅，波翻浪滚，蛟龙虽然水性好，武艺高强，但怎奈"好虎架不住一群狼"，众水寨军士困住蛟龙，抱胳膊拽腿的，按脑袋搂腰的，硬是在水中活生生地把个贼首擒住。

大船上，底舱盖已揭开，兵丁衙役们正在往外搬运银箱。刘墉稳步踏上船头，左右有陈勇、楚雄、朱文、赵武四个承差护卫着。

蛟龙像只落汤鸡似的被抬上船来，扔在了刘墉面前。他虽被捆上了绑绳，但却仍不服输地站立了起来。众人呐喊："贼首！还不快向大人跪下！"

在衙役强迫下,蛟龙跪下了。他仰起脑袋,仔细地打量着刘墉,似乎明白过来,惊骇地问:"你,你是乾隆老儿钦点的江宁知府刘罗锅子?"

刘墉嘿嘿一笑,幽默地:"贫道正是。"

高名远:"什么?少了五千两?"他转向刘墉正色问:"刘大人,这是……"

刘墉不慌不忙、心气平和地:"确实如此。"

高名远:"是你没有如数夺回?"

刘墉:"二万两银子一钱不少!"

高名远:"是转运途中遗失了?"

刘墉:"下官不会如此疏忽职守!"

高名远声色俱厉:"那是何故?"

刘墉:"大人,容下官详细陈述,江宁一带今春大旱,地裂水干,秧苗枯死,粮食不接,民不聊生,百姓空腹,家无炊烟,路有尸骨。近有百万民众饥饿难忍,推举出十余人前来抚院,求巡抚大人解救民众于水火。卑职怕饥民惊扰了大人贵体,又深知大人爱民如子之情,所以特地从强盗劫去又夺回的官银中拨出了五千两,以巡抚大人的名义,下发灾区,赈济灾民,以度荒年。为官一任,造福一方,这正是你我效力于朝廷,报恩于圣上之明举啊!"

一席话说得高名远无言以对,只好说:"好,好……"

鼓乐声震天动地,千余名民众沸腾涌动,渐渐来到了巡抚大衙门口。高名远惊慌失措地躲到刘墉身后,连忙追问:"刘墉,这又是为何?"

刘墉:"大人,休要惊恐。"他用手一指民众,说道:"您瞧——"

　　只见众百姓跪倒在地，黑压压的一大片，齐声喊道："谢抚台大人救命之恩！谢抚台大人救命之恩！"

　　百姓的最前面，有人抬了一块巨大匾额，上书"爱民如子"四个大字。

　　高名远看明白是怎么回事了，惊魂甫定的他，大摇大摆地从刘墉身后走出来，问："他们喊的是抚台大人呢？还是府台大人？"

　　刘墉微笑道："您没瞧见那匾额上写着：'敬献巡抚高大人'吗，当然是喊抚台大人了！"他接着又对高名远说："请大人向灾民讲几句话，以安抚他们退去！"

　　高名远："好，好。各位父老乡亲们，遇到大灾，救济灾民，是本宪为官一任，造福一方之本分。大家回去吧，传我口谕，定要安分守己，务农救灾，不可枉费本宪的一番好意。当然了，还有，还有圣上的皇恩！"

　　巡抚衙门的客厅里，高名远与刘墉对坐饮茶，旁有差人侍候着。巡抚大人将了一把胡须，看着靠在墙上的"爱民如子"的巨匾，微笑着说："刘墉啊，就你罗锅子里的鬼点子多，拿我的官银去救济灾民，这实乃借花献佛呀！"

　　刘墉指指匾额道："大人，实际受惠的是您老人家啊！可救灾的银子却是本府的呀！"

　　高名远一怔："哎，刘墉！你怎么还与本院耍起赖来了？"

　　刘墉："大人忘了？您限期下官破获抢劫官银盗贼一案时，曾经许诺过什么？"

　　高名远想了半天，才说："啊，老夫曾经说过，七日之内破获此案，全数夺回官银，且能生擒活捉强盗者，本宪赏银五千两！"

　　刘墉："这就是了。那救济灾民的五千两银子，就是大人给江宁府的赏银啊！"

高名远:"一句激将的顺口之言,你却也当真了?"

刘墉:"君子一言,驷马难追啊?何况大人您哪!哈,哈,哈……"

高名远尴尬地笑:"啊,哈哈,哈,哈……"

刘墉狡黠地:"大人,下官还有一事请大人明示。"

高名远:"我说刘墉啊,你的事怎么这样多哪!"

刘墉:"那修筑抚院的五百民工还……"

高名远:"官银已短缺了五千两,还修什么抚院府啊!来人!"

差人:"在!"

高名远:"通告下去,抚院的开工日期暂缓,已派上来的应差民工,立即返回原籍府县!"

差人:"是!"

刘墉掩嘴偷偷一笑,深施一礼,说道:"大人,卑职告辞了!"

高名远哭笑不得,无可奈何地摇了摇头。

第九部　冤结沙土袋

刘墉坐在接官亭内，何英等坐在两旁，陈勇、楚雄、朱文、赵武等在亭前站立。差役跑过来禀报："回大人，钦差官已到。"

刘墉站起身来，说："马上排队迎接。"说罢率领众人迎候到官道旁。

身穿黄马褂的钦差官在几名差役的护卫下策马飞驰而来，在接官亭前下马。刘墉施礼相迎，将钦差官迎进接官亭里。

钦差展开圣旨说："刘墉接旨！奉天承运，皇帝诏曰：几经各路贤臣保举，江宁知府刘墉为官清正廉明，爱民如子，断案拆狱，治理有方，黎庶称颂，声誉载道，现升迁为河运按察使，即日赴任署事，督察河道疏浚及漕运畅通等有关事宜。钦此。"

刘墉叩首："谢主隆恩！"站起身来接旨，面对钦差官说："钦差大人一路辛劳，请到府衙里安歇几日，卑职为大人洗尘。"

钦差官："近日运河有几处淤阻，漕运不畅，圣上甚为忧心。请刘大人能够立即交割赴任，疏通河道，以解圣忧。本官不敢打扰了，要马上回京复命。"说罢，有差役服侍上马而去。

江宁府衙门院里上下一片忙碌，捆箱束裹，收拾行李用具，刘墉左右指点。张承从包裹里扔出去一个旧笸箩，刘墉走过去拾起来，敲打敲打灰土，用手拂拭几下，又放回原处，对张承说：

"你去通知：明日辰时即刻启程。注意，这次迁署河运，千万不要大肆声张，衙门内外一律不要送行。"

张承："此事小的已经吩咐过了。"

刘墉满意地点点头，刚欲转身，有差人来报说："禀大人，巡抚大人率众官员前来送行。"

刘墉："这老家伙，真会做样子！去传话，说本府在大堂迎候！"说着，率差役走出去。

刘墉率领着差役在堂前侍立，巡抚带领刑道、盐道，徐、陈二书办等人鱼贯走进。刘墉连忙拱手相迎道："有劳抚台大人亲自来送，卑职实不敢当！实不敢当！"

巡抚坐到正堂上，刑、盐两道坐在两侧，刘墉坐到下首，张承进来一一献茶。巡抚端起茶盏得意洋洋地说："恭贺刘大人高升河运按察，官阶几乎与老夫相比了，而贤契春秋正旺，前途实是不可限量呀！"

刘墉："这都是巡台大人美意，连连向朝廷保举才有今日。卑职实在汗颜愧受，有负众望。"

高名远："贤契过谦了！刘大人到江宁府上不到三年，便治理得如此海偃河清，民安财阜，实在是罕见的治世能臣。几次拆狱断案，洞若神明，远近传颂，连老夫也深为敬服呀！"

刘墉："巡台大人过奖了。卑职并无多大德能，外面的一些传说均都是街巷之言，不足论道。"

刑道："刘大人足智多谋，明察善断，很是令人钦佩和敬服的！"

高名远："我江苏能出贤契这样干才，也是老夫我面子上的光彩和咱这一方的荣耀，今日特备了白银千两、锦缎百匹、食盒子十余个，以作为贤契一路上的盘缠，定请笑纳了！"

刘墉诚惶诚恐："抚台美意，下官是心领神受了，但是这样的厚礼,却实在不敢收纳!"

盐道:"既然抚台有此美意,刘大人就不必谦让了。"

刘墉:"非是在下有意推辞,实在是无功而受禄,享之有愧呀!"

高名远:"哪里?贤契何必过于谦虚!"

刑道:"刘大人今日高升,我们都应当备礼祝贺才是。"

刘墉:"各位大人,现有抚台大人在此,我刘墉当面讲清,各位的馈赠我是一概谢绝了!不是刘某人想博得什么声名美誉,而是官场上实在是不需要这一套!我刘墉是骑着毛驴来的,明天还是要骑着毛驴走。张承!毛驴已经备好了吗?"

张承:"回老爷,两天前就已经付下了订金。"

刘墉:"张承,唤人来送客!"

张承:"是。"转身下。巡抚与刑道等面面相觑。

刘墉站在江宁府衙门口拱手送客。巡抚等灰溜溜地一个个走出去钻进轿内,差人抬着礼盒随轿而去。刘墉望着一群狼狈而去的人影,狡黠地向张承眨了眨眼,满意地笑了笑。

第二天一早,官道两旁及接官亭前聚满了黎民百姓,士农工商,人山人海,万头攒动。百姓有的担酒牵羊,有的挑着各种礼盒食盒,皆都摆在道路两旁。刘墉、张承骑着毛驴而来,陈勇、楚雄、朱文、赵武步行在后。行至接官亭上,众人皆都蜂拥上来。白玉莲领着铃儿、周顺父女、马掌柜、李有义、侯青和李瑞芬母女等,皆都夹在人群之中。

李有义走上前去拦住驴头,眼含热泪地说:"青天刘大人,小民等仰赖公祖廉明,近几年来才得见天日,感受到治化之恩,百姓们皆都过上了几天安居乐业的日子。大人今日解职离任,小民等无不是又喜又忧。喜的是大人今日荣升按察,将来必定还要官高一品;忧的是自今后不得沐浴大人的恩德,感受你亲民的治化了,再见不到有像大人这样的清官了!"说罢失声痛哭。

马掌柜牵着羊,侯青担着酒瓮上来说:"明公大人,我们远近乡邻,聊备一些猪羊美酒,供大人路上享用,一定不要拒绝乡亲们这一片诚心厚意!"

刘墉跳下驴来,一手拉着李有义,一手拉着马掌柜,深情地说:"我刘某人有何德能,敢劳这么多人来此相送?多谢众位乡亲这片深情厚谊了!这情,我是领了,但这礼物,我是万万不能接受的。"

李有义:"大人一路上山高水长,风餐露宿,这点儿小小礼物正是路上所需,实在算不了什么!"

刘墉:"路上各处自有驿站安排食宿,这些礼物就请乡亲们各自拿回去吧,你们家里的日子也都不宽裕。"

瑞芬娘从人群里挤过来,扑通一声跪到地上,颤颤巍巍地捧过一双新制的鞋子递上说:"青天大人,你别的礼物可以不拿,可以不要,但老身我这双鞋子你却务必要穿上。"

李有义:"这是为何?"

瑞芬娘:"大人穿上咱这民间的鞋,脚跟就站在咱老百姓这一面。"

马掌柜:"瑞芬娘说得对,刘大人就请你换上咱民间这双鞋,永远跟咱老百姓站到一块儿!脚踏实地,步步踏实!"

刘墉高兴地接过鞋来说:"好,好,我这就穿上。今后不论走到哪方土地,都和老百姓站到一块儿,一步一个脚印,绝不走歪了。"说过,脱下靴子,穿上新布鞋,在地上试着迈步。

李有义:"明公,就请将这双旧靴子赠送给小民吧。我将它摆放在清风店里,给咱江宁父老做个念想,也让往来过客都瞧瞧,咱江宁前任知府,一步一步是怎么走过来的!"

刘墉真的将一双旧靴子赠给李有义,李有义接过前后都补掌的靴子,高高举到头顶,眼含热泪地说:"各位乡亲,你们都来看看! 这就是我们本府堂堂四品大员穿的靴子!"

众人都挤上来观看,无不啧啧称赞。

李有义:"老汉我在客栈里六十多年了,送往迎来的客官见得多了,还没见到有哪位为民父母之官者,穿过这样的靴子!"

白玉莲拉着铃儿和许多百姓都跪到路旁,一片唏嘘啜泣之声,铃儿爬过来拉住刘墉的腿说:"刘大人,我们舍不得让你走呀,舍不得!"

刘墉俯下身拉起铃儿,又搀扶起几位老汉。向周围的人拱手含泪说:"多谢了,各位父老乡亲,我刘墉实在无甚德能,有劳众位来此十里相送! 今后不论走到哪里,刘墉都不会忘记了父老乡亲们的这番谆谆告诫!"

众皆含泪齐呼:"刘大人! 刘大人!"

刘墉骑在毛驴上,边走边回头向民众挥手,众乡亲都引颈而望,含泪目送刘墉身影逐渐远去。

一艘高大的官船,船头上插着两面杏黄旗,一面写着:"河运",一面写着:"按察。"刘墉站在船头上,陈勇、楚雄、朱文、赵武分立在两旁。刘墉望着来往的漕船、客舫和两岸的桑青麦绿与茅舍人家。

岸上界碑露出"淮安"二字。河道渐窄,两岸水边露出淤泥,岸上有拉纤的纤夫,弓腰赤臂,拉着纤绳吃力地迈着步子,苍凉的号子声不绝于耳。

刘墉问陈勇:"为何这里这么多拉纤的人?"

陈勇:"小的曾在运河当差多年。此地河道原是很好走的,只是近几年来欠于疏浚,才逐渐淤塞起来,成为漕运的一道难关。"

刘墉舍舟登岸,陈勇等护卫左右,一路行走。只见四处张灯结彩,每隔半里路便搭一座凉棚,里面摆放各种奇花异草和纸扎的、泥塑的各种造型。

艺人们在吹吹打打,演唱升官贺喜等各种吉利的莲花落子、快板书、鼓词等。刘墉望着这豪华富丽景象,开始疑惑不解,后来渐渐皱起眉头。

淮安驿馆门前更是热闹非凡:吹吹打打,锣鼓喧天,一座松枝搭成的过街牌坊迎立在门前,上面悬灯结彩,旗帜飘扬。牌坊两旁张贴一副斗大的对联:"位在国公礼乐体,官居经讲圣贤心。"横批是:"一人之下。"

刘墉看了,眉头隆起如两座山峰,怒气冲冲地对陈勇等说:"快!快!都给我撕去!我不过是个河运按察,因有圣上的格外开恩,才赐给了一个二品,还不是正的,而是个从的!怎么就成了'一人之下'了?这样阿谀奉承也太过分了!实在是令人恶心!"

陈勇等上前,七手八脚地将对联撕去。

刘墉:"陈勇,这驿站我们就不进驻了。方才路上我见有座火神庙,里边倒也清闲。我们就去那里安歇吧!"

火神庙庙宇破旧,阶残廊圮。正殿中,火神爷爷被烟熏火燎得面目焦黑,金装半已斑驳脱落,两旁几位神祇也是如此,有的甚至手足断缺,执杖脱落。神前有两个小沙弥衣衫褴褛,面黄肌瘦,在神像前焚香念经。后屋数间也是破旧不堪,刘墉住在紧靠东边的一间明堂里,张承端茶进来给他放到桌上。

张承:"老爷,淮安知府梁大人前来求见。"

刘墉端起茶盏,略微思忖一下,说:"请他进来。"

张承:"是。"走到庙门外,高声唱道:"有请梁大人。"

淮安梁知府从轿内走出,整整头上的纱帽和身上官服,小心翼翼地向庙里走来,几个差役紧随其后。他回身见到张承,立即挥了挥袍袖,阻令差役们停步,自己紧随张承走进屋内。

梁知府:"下官梁上钩参见按察大人。迎候不恭,请大人多多海涵!在下日前就已接到旨令,说朝廷要派官员来督察河道,想不到大人行动如此神速,使下官们迎候不暇,真是多有得罪!"

刘墉:"河运是南北交通的大动脉,不可一日阻隔,拖延不得呀。"

梁知府:"刘大人办事如此认真,雷厉风行,实在令人钦佩,为下官们树立了良好的楷模。"

刘墉:"梁大人,驿馆门前那副对联实在是——"

梁知府:"都是书办们无知无识,闹出这等荒唐之事,冒犯按察大人尊严,实在是叫人汗颜,难见大人。卑职已经将他们痛斥了一番,我这次来,就是向大人负荆请罪的。今晚,已在清音阁聊备水酒,为大人接风洗尘,希望大人多多赏脸。现在,轿子已经迎候在门外了。"

大运河岸上一座雕梁画栋的楼阁高耸入云,椽牙大柱,朱栏绣户。最上一层的楼阁正中,高挂金匾,上书"清音阁"三字。阁内大摆筵席,正中一桌上坐着刘墉、梁知府和府里一些幕僚书办,陈勇等散坐在两边陪席上。桌上山珍海味,金樽玉垒;席下有歌女慢启歌喉,轻舒广袖,清音袅袅,绕梁穿户。

梁知府端起玉杯,连连向刘墉敬酒,道:"几杯薄酒,不成敬意,刘大人请多赏光!"

刘墉端起杯子,只沾了沾唇,又把酒放下,面色一直不悦。

仆人端上一盘热气腾腾的炒肉丝,放到刘墉面前。

梁知府:"按察大人,请品尝一下,这肉很有些名堂哩!名叫'千锤百炼肉'。"

刘墉:"怎么个'千锤百炼'法?"

梁知府："选上等好猪,杀之前让几名壮汉用木棒猛捶其脊背。猪背突受打击,必将全身精气血脉运至痛处,这时立即杀之,取背部的里脊肉来爆炒,不仅味道异常鲜美,而且滋补营养尽在其中。"

刘墉鄙夷地一笑,道："想不到这么一道菜,要下如此大的功夫! 梁大人,也真够你'千锤百炼'的了!"

梁知府尚未听出话中的味道,笑着说："哪里,大人过奖了。"

刘墉："不是过奖。凭庄子那么高的才华,也还只想出个'庖丁解牛'来,而梁大人竟然胜过庄子,端出个'千锤百炼肉'来!"话犹未了,仆人又端上一大盘鹅掌,放到桌上。

梁知府："大人请尝,这道菜也有个名堂,名之曰'火板百步鹅'。在下先让人选好一只上等肥鹅,洗干净后,将它赶到烧红的铁板上。鹅掌受到炙烤,必然将全身的精气血脉运至掌部,待其走过百步,立即将其掌砍下,放到锅里烹饪调制而成。大人请品尝!"

刘墉放下筷子说："如此残酷地敲骨吸髓,实在是难以下咽。"

说话时,两个仆人又用小车推出一个活猴来,其腿脚皆被牢牢地捆缚在四周木架上,颈部还戴上了个囚禁犯人用的木枷,只有脑袋露在外面。

刘墉更惊异地问："这又是做什么?"

梁知府："请大人品尝生吞猿猴脑。"

刘墉："噢,不仅是敲骨吸髓,还要生吞活剥! 但不知怎么个吞法?"

梁知府："你看,那不是一盆滚烫的开水吗?"他用手指了指站在车旁边的仆人,其手里正端着一盆开水。

梁知府："将开水浇到猴头上,猴子立刻毛发脱落,然后用锤子敲开其头盖骨,大家就可以用勺子舀取那猴脑子吃了。"说过回身向仆人说:"把专用银匙递给按察大人!"

刘墉接过银匙,砰地一声摔到地上,怒喝道:"行了,快住手!"

四座大惊。端开水的人吓得把水洒了自己一身,疼得直叫。

刘墉:"快把猴子给我放了!"

梁知府亦惊恐万状,连向仆人下令:"快快,推下去,把猴子放了! 不要惊了大人。"

刘墉:"梁大人,河道因为无款,连年失修,你怎的倒有这许多银子拿来摆出这样多的山珍海味接待我?"

梁知府一时不知所措,茫然地说:"凡有钦差过往,本府都是遵循此例迎送的,并无什么特殊呀!"

刘墉站起身来怒斥道:"河运是国家的动脉,南粮北货,全靠它来转运。你放着河道不修,倒有心计把银子花到迎送上。如此下去,国何以兴,民何以安?"

说罢,拂袖而去。陈勇等也罢宴尾随刘墉走了出去。

晚上,刘墉坐在火神庙灯下,俯首翻阅案卷——《河道变迁卷》。

张承进来为大人续茶,又用剪子把烛芯剪短,烛光顿时更加明亮起来。

张承:"老爷,你在这火神庙里一坐就是两天,可曾查出点儿什么来?"

刘墉:"有些破绽。明天一早,你派人去找梁知府,让他把钱粮和库府的案卷都拿过来。"

张承:"是。"走下。

刘墉埋头细读桌上堆积如山的案卷,窗外传来声声梆子响,静夜的风吹得树叶沙沙颤动,屋顶饥鼠跳梁啮物,咯咯有声。窗外渐渐露出拂晓的微明晨光。

刘墉坐在淮安府衙正堂上,桌案上摆放着一摞子案卷,何英站立在身旁,梁知府坐在桌子前面,浑身发窘,额头上渗出汗珠。刘墉一处处指点着案卷讯问,何书办亦不时地帮助找出破绽之处:"梁大人,这笔款项又挪用到何处去了?"

梁知府脸色更加难看,口吃地说:"这,这……"

刘墉又指出一处问:"还有这笔,这是朝廷拨下的河道专款呀!"

梁知府汗如雨下,说:"下官觉得为数不多,本想等到积累足够数目时,再破土动工。"

刘墉问何英:"这几处挪用款项加起来,一共该有多少银子?"

何英:"几笔合起来,共得银四十三万八千两!"

刘墉:"梁知府,你听见了吧? 一共有四十三万八千两银子,难道数目还小? 存到钱庄票号里去,一年就得生息——"

何英:"按时下厘金来算,一年可得生息三万六千两! 这不是个小数目了!"

梁知府:"不、不、不小。"

刘墉:"既然不小,为何不用此款来疏浚河道,反让运河长期在你辖内淤阻搁浅? 贻误国事,该当何罪?"

梁知府:"卑职知罪!"

刘墉:"挪用库款生息,罪亦不轻!"

梁知府扑通一声跪下:"卑职知罪,知罪,求按察大人从轻发落!"

刘墉:"哼,知罪就好。本院暂且将你渎职之罪稽存在案,让你戴罪立功,限三月之内立即将河道疏浚好。如有迟期误限,一定两案并举，一起奏禀圣上，将你押解京城治罪。"

梁知府："多谢大人恩典，卑职一定戴罪立功，立即招募民工，亲自督导，率领民工按限完成疏浚工程。"

刘墉："那好，你且起来，在这文书上具名画押，三月为限。"何书办递过文书，梁知府两手乱颤地写了名字，按了手印。

刘墉坐在官船的船舱里，何英、楚雄站立在案前。

刘墉："梁知府迫于压力，河道总算动工了。但我看此人生性奸诈，难保日后不借故拖延工程，因此命你二人留在此地，监察督导疏浚之事，务必不要使其旷日持久，或者是半途而废！"

何、楚："卑职遵命！"

刘墉："你们就住在火神庙里署事，也不必另找驿馆过多破费！"

何英笑笑说："跟随大人三年，早已习惯按照大人的规矩行事了！"

刘墉也笑说："那就好！你们去吧，我们就要开船了。"

官船沿着运河一路北上。残阳西坠，红霞满天，张承指着岸上路牌说："大人，已经来到泗阳县界内了。"

船至泗阳码头，县丞郑树明率领着差役数人在岸上迎候。望见船停靠岸了，郑树明马上奔到舱里，向刘墉揖礼道："卑职泗阳县丞郑树明拜见按察大人！"

刘墉："你家县令呢？"

郑树明："县令大人有病不能前来，特命卑职代为迎候。请大人上岸！"说过先退出，前面引导着刘墉等舍舟登岸。

泗阳县后衙客厅里，知县宫喜春坐于案前，焦急地问："你看这位按察大人到底怎样？"

郑县丞坐在对面椅子上，手托茶盏，摇摇头说："依我看来，果然厉害,怕真是个石狮子灌米汤——滴水不进呀。难怪梁知府不识好歹,吃了他一记闷棍!"

宫知县:"真的软硬不吃?这可不好办!"

郑树明:"你说不好办,倒也好办。咱们就一是一,二是二,公事公办呗。"

宫知县:"那怎么行呢?你在这运河边上做官也不是一年两年了,送往迎来也不是三次四次了,有这样迎候钦差大臣的吗?"

郑树明:"可我们也别抹上黑脸照镜子——自己吓唬自己呀!他来检查河运,我们又没偷截漕粮,又没乱收漕税。至于疏浚河道之事,有他梁知府在上头顶着,按察大人又怎能奈何到我们这些七八品小芝麻官的头上?"

宫知县:"话可不能这么说!你这么做,可不是上坟不烧纸——自惹祖宗生气吗?他是朝廷派下来的钦差,你在漕粮上没事,河道上保不定有事;河道上无事,刑名上保不定就有事。何况有没有事,你我也都心里有数,谁能说没有个三长两短的?"

郑树明:"那怎么办?总不能再像梁知府那样,捧着木炭亲嘴——自讨一鼻子灰。花尽了银子,丢尽了丑!"

宫知县:"所以我说叫人作难嘛!左也不是,右也不是。"

郑树明:"我看,咱们来他个一把钥匙开一把锁,投其所好。"他凑上去小声地说:"他刘墉是个爱惜名声的人,自然不会贪图钱财美女。可清高的人,也有清高的癖好。我听说他本人就是个有名的草书圣手,行草隶篆都有绝活,他不会不喜欢书画吧?我看咱们就拿这把钥匙去开他那把老铜锁。"

宫知县:"只怕是照样要碰一鼻子灰!他肯接受你的?"

郑树明:"这个,我自有办法。"说着,他凑近宫知县身边耳语。知县听着,不住地点头说:"还真有你的!那好,不妨去试一试!"

夜晚，刘墉俯在泗阳驿馆灯下翻看案卷，张承进来说："老爷，郑县丞求见。"

刘墉："请。"

县丞走进屋内，鞠躬道："给按察大人请安。"

刘墉："郑大人请坐。张承给郑大人献茶。"

张承："是。"端上茶，放至郑县丞面前茶桌上。

郑树明取出一摞子案卷双手送给刘墉说："大人，你所要的本县钱粮、河运、库府的案卷，全部拿过来了。"

刘墉翻翻卷案说："好。你先放下，待本按慢慢看来。另外，你把刑狱案卷也拿过来！"

郑树明颇感意外地说："大人要刑狱的案卷？"

刘墉："是的，你把近一两年的刑狱案卷，都一并地拿来！"

郑树明故作镇静地说："是！明日一早送到。"他一边品茶，一边又赔着笑脸说："久闻按察大人的书法妙绝天下，世人皆视为无价之奇珍，不知大人肯赐一尺墨宝否？"

刘墉摇摇头说："这全是讹传，绝无此事！"

郑树明："大人实在是过谦了。这正是所谓大智若愚，大巧若拙，此非大贤之人不能也！"

刘墉："郑大人，益发说得离谱了！刘墉不过是一个书生，二品执事，哪里说得上什么大贤之人？以后不要这样评论本院了。"

郑树明："是，是，不过……大人的书法之道确实是远远超过当今名噪一时的名士呀！"

说着说着，他从包袱里取出几幅水墨画，谦逊地递过去说："这是卑职几个好友胡乱涂抹的字画。因为他们都久慕大人盛名，又无缘晋见，因此托卑职转呈给大人，冀望大人方便之时，给予一两句名言指点。"

刘墉推辞说："不可,不可,万万不可! 我怎好平白无故受人赠品!"

郑树明:"都是些草野之人,唯恐拙笔笨墨有碍大人的眼目呢! 谈得上什么赠品? 完全是求教之意! 求教之意!"说过,站起身来,连连鞠躬,倒退着走出去。

刘墉将字画一幅幅展开,越看越感到诧异,他举到灯前仔细辨认,一边自言自语地惊赞道:"好字,一笔绝妙的好字! 这画也绝非等闲之辈呀! 好像在哪里见过? 在哪里见过呢?"

张承在一旁莫名其妙地望着,说:"荒城小邑之中的一些草野之辈,能有什么好字好画?"

刘墉:"好了! 终于找到落款了。张承,你可知道金农这个名字? 还有高翔,你都听说过吗?"

张承摇了摇头。

刘墉:"郑燮呢?"见张承又在摇头,便连忙补充说:"郑板桥,你总该听说过了吧?"

张承连忙说:"听说过,听说过,他是——"

刘墉:"他们都是当今鼎鼎有名的大画家,被人称作扬州八怪。这是郑县丞有意搞了个调包计,以真充假,来变相送礼!"

张承仍然不解地说:"怎么就以真充假,变相送礼呢?"

刘墉:"这些字画不是三钱两钱的事儿,都是价值千金的真品。"

张承惊得嘴都合不上地说:"啊!"

刘墉:"张承,明天一早,就把这些字画统统给郑县丞送回去!"

黎明时候,乳白色晨曦透过乌云,闪烁着苏醒的亮光。一艘快船,停泊到泗阳码头,楚雄从船头跳下,急匆匆地向岸上走去。他来到驿馆院门,只见院内后排有正房五间,青砖亮瓦,虽无雕梁画栋,抱厦回廊,但还清洁幽静。

　　张承从后院走出,招手说:"老爷请你进去。"

　　楚雄随张承走进后院,顺着甬道走进正房,刘墉已坐在案头,正翻阅案卷呢。

　　刘墉:"你这么早来,有何急事?"

　　楚雄:"启禀大人,你走之后,疏浚工程在何书办的督促下,已于日前开工。但没过两天。就出了件怪事,工程已经无法继续下去了!"

　　刘墉大惊地问:"出了什么怪事?"

　　楚雄:"前天夜里,河里突然钻出两只水怪:血盆大口,青面獠牙,嘴里不停地怪叫。吓得工棚里的民工惊逃四散,天亮后勉强寻找回来一些。第二天夜里,水怪又出来作乱。现在民工已经逃散一多半了,工程不得不停了下来!"

　　刘墉:"啊,有这等事?"说着站起身来,在屋里走动,回过身又问道:"你见过那水怪?"

　　楚雄:"第二天夜里,我曾在岸上等候。三更天时,果然从水里钻出两个怪物来,一路怪叫着直奔民工的窝棚跑去。民工闻声又是四处逃跑,水怪走过去拆下窗户门板等木料投进河里。等我持刀赶上前去时,水怪已经躲进水里去了。"

　　刘墉在屋里不停地走动,嘴里叨念着:"水怪,水怪! 是谁在作怪哩? 楚雄,你相信真有什么水怪?"

　　楚雄:"卑职自然不信,可那情景看来确实吓人!"

　　刘墉:"自然不会真有什么水怪,如有,他不伤人,只拆那些窝棚干什么? ……很明显,这不是妖精作怪,而是有人在作怪。张承,去唤陈勇进来!"

　　陈勇进来:"大人,唤我何事?"

　　刘墉:"你立即随同楚雄返回淮安,不要声张,夜里务必捉住个水怪前来见我!"

陈、楚:"遵命!"

泗阳驿馆内,张承进来送茶,只见老爷用手敲着桌子,反复吟诵着:"孙曹共邻一堵墙,让他三尺亦何妨。万里长城今犹在,不见当年秦始皇!"

张承将茶放到桌上问:"老爷,查了几天案卷,不知可曾查出什么破绽? 怎的有闲工夫吟起诗来了?"

刘墉抬头见是张承,不觉地笑了,端起茶来慢慢呷了两口,又放下说:"都查过了,只在河道款项上找出几笔漏洞,数目都不很大。"

张承:"那怎么又吟起诗来了?"

刘墉:"钱粮、府库上边虽然没见多大弊端,但刑名典狱案上却事情不少! 就曹士元一案,可疑之点就很多。曹士元是城南的一个秀才,与一个姓孙的绅士为邻。孙家翻修房屋,将院墙向曹家院内侵进三尺多地,两家争执起来。曹秀才家人曹鲁一时火起,将强行占地的孙宅家人打伤。状子告到县衙,县令以唆使家人行凶之罪将曹秀才押到监里,一押就是两年,一不刑、二不断,硬是拖着。这曹秀才在狱中也认了错,还写了这首《悔恨诗》。"

张承:"两家因争地吵架这是常事,家人打伤邻人,只当问罪当事人,怎的就将其主人扣押了两年?"

刘墉:"正是哩! 多少年来,还很少见有这不捉小鬼,专捉城隍的! 况且……张承,我打算……"

张承:"又要下去私访?"

刘墉扑哧一声笑了。

两座毗邻的高大宅院,大门皆朝向官道。西边一家朱漆门楼,一排新修的重檐宽瓴的房屋,亮瓦粗椽,气势夺人。东边曹家宅院相比之下,虽也是庭院深深,树木蓊郁,有一定的蕴涵,但就显得低矮破旧得多了。

张承用独轮车推来一车柴草,停歇在曹家门外。大门启开,年近五十的老家人曹鲁挎着竹筐走出门来,埋头向前走去。张承急忙推起柴车从后边撵来,将要擦身而过时,他有意装作不慎将曹鲁撞倒。张承赶忙放下车,跳过去将曹鲁扶起,一边连连地赔不是。

曹鲁:"小哥,不必在意,走路撞人也是常有的争,你就赶你的路吧!"

张承:"那怎么行? 你老这么大年纪,恐怕会有哪块伤筋动骨的地方? 还是去前面药铺里瞧瞧郎中为是,我陪着你去。"

曹鲁活动活动身子,说:"一点儿也没有毛病。我们这些干粗活的下人,哪有那么娇嫩的身板? 小哥,你只管走你的路吧。"

张承:"那可不成,平白无故将你老撞了个跟头,无论如何也得给你赔个礼才是。老叔,你看前边就是一家店铺,咱爷俩喝两盅热酒,给你老人家活润活润筋骨。"

曹鲁:"怎好叫你破费?"

张承:"看你说的。你老要不赏脸喝两盅,我心里还真过意不去。"

曹鲁实在勉强不过,只好点点头说:"既然小哥有这番好意,我只好领情了。"

王家酒铺里一个曲尺柜台,上边摆着酒坛、杯盏之类器物;里面有两个货架子,放着各种下酒小菜。有顾客买一碗酒,就着一碟小菜,站在柜台旁边饮边吃。柜台外面有三五张方桌,坐着稍稍阔绰点儿的食客。张承与曹鲁坐在紧靠里边的一张桌子上。

张承一边为曹鲁斟酒，一边说："老叔，曹秀才怎的就得罪了县令，将他一押就是两年？"

曹鲁叹口气说："也都是我家主人性情过于耿直，遇事不肯通融。郑县丞进牢内曾亲口对我家主人讲过，只要肯出五千两银子，就把他放出来。不然再拖两年，一切功名可就都给拖垮了，到时候想要再去会考，肚里的那点儿书底也忘光了。"

张承："他这么明码实价地要银子，不怕人传出去，告到府里去？"

曹鲁："他们上头有人呀！梁知府就是县令的亲家，再往上头又是梁知府的姻亲故旧，因此上是绝对不怕你告到府里、道里，还是省里去，全都无用。"

张承："你们曹家也是书香门第的世家，难道就没有一个做官为宦的亲朋好友出来襄助？"

曹鲁："曹家人丁自来稀少，老爷过世早，到了小主人手里又不善经营，家业早就衰落下来。远亲从不走动，没听说还有哪位居官为宦的了。只有一位姑表兄，现在朝廷工部衙门里做事，但官阶太小，听说只是个八品官，且又山高路远，如何能有所帮助！"

张承："难道这个冤狱就这么给拖下去了？"

曹鲁："有什么法子呢？牢狱里的冤案多着呢！如果牢房的屋顶有个洞的话，冤气会直冲牛斗，把天都给熏黑了。"说着，他拿起杯子，猛地苦咽了一大口酒。

黑夜，星光黯淡，运河堤岸上，闪烁着点点星火，那是淮安运河工地民工窝棚里的灯光。陈勇、楚雄手持朴刀在堤岸上巡走，远处传来凄凉的梆子声，三更三点，正是夜静更深之时，工棚里的灯火也在逐渐熄灭。突然，运河里哗啦一声，从水中钻出两个怪物来:青面獠牙,披着长发,发出瘆人的怪叫声,直奔工棚扑去。静夜之中凄厉的叫声传得很远,很远,还未等怪物蹿到窝棚前,许多民工就已闻声仓皇地从窝棚里钻出来,豕突狼奔地向四处跑散。

水怪挨着窝棚号叫,看看人都跑散后,便动手拆卸窝棚,将一些绳索木料等物乒乓地往河里扔。陈勇用手一捅楚雄,说:"你去上前厮杀,我在来路等着他们,务必捉个活的!"

楚雄点了点头,一亮手中的刀,大喝一声直奔过去:"哪里来的怪物,胆敢扰乱朝廷疏浚工程! 看爷来捉你!"

水怪举起拆卸下来的木棒相迎,三个人在工棚前打斗成一团。两个水怪看看势力渐渐不敌,转身便向来路逃去。眼看到了水边,有个水怪扔掉木棒,正要投身下水,被陈勇轻舒猿臂,一把抓住后背,按倒在地。另一个见势不好,扭头便往回跑,楚雄赶过一刀砍伤其大腿。他跟跄倒地,被楚雄上前擒住,用手扯下头上的面罩,露出了人形。

刘墉坐在泗阳驿馆案前,朱文、赵武站立两旁,陈勇、楚雄各押一个水怪走上,二怪进屋后立即在案前跪倒。

刘墉:"你们两人都叫什么名字? 家住何地? 为何要扮成水怪出来作乱?"

水怪叩头说:"小人名叫陆大兴,他叫黄阿狗,家都住在淮安东乡黄天荡里。梁知府知道荡里的人水性都好,便花钱雇我们扮作水怪夜里出来作乱,目的是吓走民工,让疏浚工程无法进行。"

刘墉:"除了你俩之处,还有人出来干此坏事吗?"

水怪:"还有四个荡里的人受雇。大家说好,每夜轮流出来作乱。"

刘墉:"着实可恨。朱文、赵武! 先将陆、黄二人押到泗阳县监牢里面,待此案全部了解之后,一并处理!"

朱、赵:"是。"说罢押着二怪走出去。

陈勇:"那个梁知府怎么办?"

刘墉:"先冷眼观他三个月,等三个月疏浚工程稍有个眉目之后,再做统一处理!"说完转过身来,复又面对着陈、楚二人。

刘墉:"陈勇、楚雄!你二人速返淮安,继续督察疏浚工程,晓谕民工速返工地,抓紧工期,不得有误!陈勇代行何英职务!将何书办召回泗阳。"

陈勇、楚雄:"遵命。"

刘墉扮成庄稼院财主模样,与曹鲁一前一后走至监狱门前。刘墉用手捅了下曹鲁,小声说:"你先过去!"

曹鲁点点头,走进监狱门。牢头阎六把住牢门,曹鲁赔着笑脸打招呼说:"六爷好!"

阎六伸手将曹鲁提着的食盒子盖掀开,向里望了望,又把鼻子贴近碗边嗅了嗅说:"老梆子,今天怎么舍得花钱给你家秀才做这么多好吃的东西?"

曹鲁用手一指站在远处的刘墉说:"他的岳父从远地探监来了。"

阎六顺着曹鲁所指的方向,见那边低头站着一个乡间财主模样的人,心里不由一亮说:"干吗不让他进来,既然是远道来的?"

曹鲁从怀里掏出一块银子悄悄递过去说:"老亲翁让我先跟监里的人打好招呼,互相都好有个关照。"

阎六:"看来,老丈虽是个乡下人,心里倒还明白。那好说,好说!你让老丈进来吧,狱里边我会关照的!"

曹鲁向刘墉招招手,刘墉跟着走过来,向阎六点点头,走进监内。

曹鲁先走至曹秀才号子前,对秀才说:"少爷,你家岳丈大人王老亲翁来监内探视你来了。"

秀才听了一愣,抬头望了望刘墉,见面孔生疏,不觉又是一愣,刚要说话,曹鲁忙使了个眼色。秀才马上把嘴闭住,呆呆地望着曹鲁。曹鲁从怀中掏出两串钱交给狱卒说:"小哥,拿着去喝杯酒吧!"

狱卒接过了钱,犹自迟疑不动。牢头阎六过来说:"去吧!去吧!让他们翁婿两个好好唠一唠。"狱卒这才走出去。

曹鲁将食盒放下,领刘墉走进号子里,又将食盒打开,服侍秀才坐下吃饭,然后附在他耳边悄语了一阵。曹秀才惊奇不已,两眼放出亮光,感激地望着刘墉说:"岳丈老泰山,请坐,请坐!先受晚生小婿一拜!"刘墉坐在铺上,秀才果然匍匐在地,行大礼叩拜。

刘墉:"贤契只管坐下吃饭,我们慢慢地叙话。"

秀才:"多谢大人老泰山。"

刘墉:"进监可有两年了?"

秀才:"到这个月十八日,整整两年。"

刘墉:"缘何不审不判?也不放你出去?"

秀才长叹一口气,说:"狱中黑暗,冤魂岂止晚生一人?两年之中,所见所闻太多了,真是触目惊心,骇人听闻呀!我早已存下念头,等出去后写成文章,让世人皆都知晓知晓。"

刘墉:"贤契不妨先说说,趁这里无人。"

秀才:"县里设一监狱,竟是设一摇钱树、聚宝盆,上自县宰、县丞,下至胥吏、禁卒,都从这座狱中掏钱。上下合谋,不把入监的人敲骨吸髓、剥下两张皮来,是不会放你出去的,也不管你是死罪还是活罪,是有罪还是无罪。"

刘墉:"真想不到!"

秀才:"同是受杖刑的,因为花钱多少,伤势就有天壤之别。去年与我同时收监的,有三个人同受杖刑四十,其中一人送上二十两银子,杖后皮开肉绽,骨头受些轻伤,狱中将养了一个多月,方才恢复。"

刘墉:"若是不送这二十两银子,恐怕伤得还要重些!"

秀才:"大人明鉴。第二个人有鉴于此,交出四十两银子,同样杖数,刑后将养十来天就好了。第三个人交出一百二十两银子,刑后竟然丝毫无事,当晚就行动如初,好人一样。"

刘墉不住地摇头说:"真想不到! 想不到!"

秀才:"不仅如此,就是判了死刑的人,也要从他身上把油水尽刮下来。"

刘墉:"贤契方才说的杖刑还可以理解,人为了免受伤残,即使倾家荡产也愿拿出钱来孝敬掌刑之人。但这死刑的人,左右不过一死,还交什么求死的钱?"

秀才:"大人有所不知,定了死刑的人,虽然终究难免一死,但死法却各有不同。判凌迟的人,送上钱的,处决时用刀先刺其心,下手即死,人不受痛苦折磨。不交钱的,就先从手脚处动刑。一刀一刀地割肉断肢,人痛楚不堪,而心犹不死。所以凡有钱人家,刑前都要送一笔钱过来,胥吏管这笔赃款叫'撕罗'钱!"

刘墉:"也亏他们想得出这刁钻古怪的名字来!"

秀才:"被判处绞刑者,凡是花了钱的,上了绳索即刻勒死。没有花钱的,他们会绞你三次:绞绳套上稍微勒紧,又把你放下,然后再绞。想尽了折磨人的花招儿。"

刘墉:"砍头的人,该没有什么花招可以榨取'撕罗'钱了吧?"

秀才:"按说砍头之罪,是不好有什么差别可施的,但也还是可以拿人头作抵押。不交钱的,他们留下人头,让家人不得全尸!"

刘墉:"真是一帮恶鬼!"

秀才:"交了钱,有罪的可以免你无罪;不交钱,无罪的也可以定你有罪;实在定不了的,还可以像我这样,不审不判,长期押在监里!"

刘墉:"怎的,他们就不怕犯事?"

秀才:"有一次郑县丞来劝诱我交钱时,曾夸口说,他经营此道,已有三十多年了,从无丝毫差失。"

刘墉:"老吏刁滑,天网难罗呀!"

秀才:"他曾夸口说,只要交足银子,死罪之人他也可以给你救活。"

刘墉又大吃一惊:"噢!"

秀才:"有一姓焦的江洋大盗,按律是定斩无疑的了,而郑县丞却当面对那姓焦的说:'你只要能拿出一万两银子,我就可以救你一命!'开始人们都疑惑他是夸口骗财,未必真能办到,于是焦姓家里的人先凑足五千两送给郑县丞,郑县丞竟然真的就买下了姓焦的一条命。"

刘墉:"他有何手段,能干出这偷天换日的事来?"

秀才:"说起来很难,但也不难。大人知道,按大清律令,凡有一伙强盗同时被捕入狱的,向刑部开具呈奏名单时,刑部大都批示斩其主谋一二人,后列诸人及其他同谋者,一般都是等候秋审时再作减等发配从军处理。郑县丞在上呈报文书时,只将姓焦的名字向后稍稍移动几位,便从'斩立决'减下等来。"

刘墉:"真是秃和尚打伞——无法(发)无天!"

秀才:"我进监狱时,还见到那个姓焦的,每天在狱中大吃大喝,哼着小曲,甚有得意之色。有人指其背告诉我说:'这就是那花一万两银子买下了命的人。'"

刘墉:"想不到在我大清康乾盛世里,还有这样的暗狱!"

秀才:"因有姓焦的这个先例,后来,监狱里边竟然还有专门代人坐牢打人命官司的人,因为他们知道,笃定能够花钱买出命来的。"

阎六忽然走进来,急说:"曹秀才该送老丈走了!郑县丞下来查监了!"

刘墉连忙站起身来,说:"好!好!贤婿,你就多注意自己的身体,我回去了!"说过,便同曹鲁离开了号子。秀才把着栏杆激动地说:"岳丈老大人,您走好!"

郑县丞走进泗阳县衙书房,惊慌地说:"县宰,大事不好了!"

宫知县:"何事如此惊慌?"

郑树明:"方才我去南牢里查监,遇见按察大人去探访。他扮成一个乡村老财模样,自称是曹士元的岳丈,去牢中探视那个瘦驴拉硬屎的秀才。"

宫知县:"没听说曹士元有做官的亲戚,除了工部里那个小小书办,哪里又来了个做按察的岳丈?一定是你看错人了!"

郑树明:"我的眼睛不会有错,一辈子没看错过人。何况他怎么乔装打扮,也不会把那罗锅子变没了。早就听说这个刘罗锅子惯于私访,断案如神,是不是……"

宫知县点点头,说:"可也是。但不知他去监牢里做什么?又怎的和这酸秀才连到了一起?这案子可是与知府梁大人有着瓜葛,不知按察怎地就嗅出味道来了?"

郑树明:"挂碍之处,恐怕还不止这些。这些年来,我们在狱中做的这些手脚,那个鬼秀才一定知道不少,只怕他也会向按察大人说的!"

宫知县更加惊恐万状："这可如何是好？ 如何是好？"

郑树明："事到如今，不能再犹豫了，只好来个快刀斩乱麻！"

宫知县："怎么个斩法？"

郑树明咬咬牙，说："今夜即将这鬼秀才处死！ 来日没有活口供对证，他刘罗锅子再厉害，也无可奈何我等了！"

宫知县："恐怕这很难办，来日按察出来查问：曹士元怎地一夜之间就死了，如何交待呀？"

郑树明："这事好办！ 只要把牢头买通，保管手到病除！"说着，附到宫喜春的身边耳语，知县不住地点头。

牢头阎六手提一瓶酒，一只烧鸡，一包猪头肉摇摇摆摆地从外面走进监牢，来到曹秀才号前，对两个狱卒说："六爷今天得了点儿外财，心里痛快，想到这里畅饮一番，自找个乐儿。你们呢，这有几串钱也拿去到外边喝点儿酒，今晚就不用过来了。"

两个狱卒喜出望外，接过钱说："多谢六爷关照！"说过，嘻嘻哈哈地相继走了出去。

阎六打开号子走进去，将酒菜往土台上一放，说："曹秀才，今天你岳丈临走时留下两锭银子，让我多多关照你。想你来到狱中已有两年了，苦也吃了不少，也难为了你。今晚我想趁着没人，好好犒劳犒劳你，咱们俩好好地喝一顿，为你两年来的狱中磨难道个歉。"

秀才怀疑地望着阎六，对牢头这一反常的举动不得其解。

阎六："你不用这样看着我，我跟你说，我这个人一向是刀子嘴，豆腐心，架不住人家两句好话，更架不住人家拿银钱来买好！这么跟你说吧，我拿了谁的钱，就实心实意地为谁办事，决不是属狼的，吃红肉拉白屎，白拿人家的。这不，你岳丈给了我银子，我不能不听他的话，在你跟前买个好。来吧，别疑神疑鬼的了！

今天夜晚,就我们两个人,喝它个痛快!"

秀才疑心渐释,与阎六坐下来对饮。阎六不住地往秀才碗里倒酒、劝酒:"喝!喝!"

外面梆敲二更,秀才放下酒碗说:"牢头大哥,天已不早了,今晚咱们就喝到这儿吧!"

阎六:"难得今宵,难得今宵!今宵有酒今宵醉,咱们头一次一起喝酒,一定要喝它个痛快。"

秀才为难地端起酒碗,不得已又喝下去。渐渐,他醉得摇摇晃晃,东倒西歪,后来竟伏到土台子上睡着了。

外面传来梆子的响声,天已交到三更,阎六站起身来,摇了摇秀才肩膀说:"怎么,你醉了?那你就上床去睡吧!"

秀才口里嘟囔着话,任凭阎六将他放倒在床上,阎六却随手从怀中掏出绳子,将他牢牢地捆缚到床上。

秀才:"牢头大哥,你,你这是做什么?"

阎六:"你醉得太厉害,我怕你夜里摔倒在地上,故而捆你起来。"

秀才开始挣扎,渐渐地就不说话了。

阎六:"秀才,你先等着,我去拿儿样东西过来。"

秀才:"你,你,你就不用回……回来了。"

阎六走出去后,拿来一大碗凉水。一摞子毛头纸和两个沙口袋,然后喝了口水猛地向秀才脸上一喷。秀才一激灵,清醒过来,挣扎着说:"牢头大哥,你这是干什么?"

阎六:"曹秀才,我是明人不做暗事,今天我就是来要你的命来了。这不怪我,我是受了宫知县、郑县丞之托,他们花了银子,要在今天半夜三更时候结束你的性命。"

秀才大吃一惊,酒已经全醒了,瞪眼望着阎六说:"牢头大哥,你在衙门里当差也不是一年半年的了,岂不知'杀人偿命,欠债还钱'这两句话？"

阎六笑了笑，说："这个就不用你秀才老爷担心了，郑县丞早已把主意想好。他让我把毛头纸蘸上凉水，一层层蒙在你脸上，叫你透不过气来。喏，你瞧！最后再用这沙土袋子一压，就把你闷死了。"

秀才："就不怕验尸时发现了？"

阎六："郑县丞说了：只要人一憋死，立刻将沙袋子移开，就一点儿也看不出痕迹了。第二天来个病呈，说是毙于狱中，全没事了。"

秀才："好狠毒的郑县丞！拿着朝廷的俸禄，干着伤天害理的事情！有这样的父母官，黎民百姓还能活得下去吗？他今天害我，明天不定又害了谁？牢头大哥，不是我说，你在他手下当差，不怕他有朝一日对你下毒手吗？"

阎六也不由地有了触动，说："这也就难说了！谁叫咱端人家的碗，就得受人家管来的？日后如何，谁也想不到那么许多了！"

秀才："我说牢头大哥，光骂也解不了我心中的怨气。我求求大哥，再宽限我一个时辰，让我检讨一下我这一辈子的经历，看看我有什么对不住苍天厚土和父老乡亲的地方，该求他们宽恕的就求宽恕，该原谅的就求他们原谅，而后我也就死心塌地闭上眼睛了。"

阎六也有感触，说："看起来还是你们读书人想得周全，这么活一辈子，也算不枉做人一场了！那好吧，我就再容你一个时辰，到四更天我再动手！"

秀才闭目，嘴里不住地嘟念着。

外面梆敲四更。阎六站起身来说："时辰到了，不能再等了，不然天亮我就没法交差了！"说过向秀才脸上喷了一口凉水，蒙上张毛头纸,再喷一口水,再蒙上一层毛头纸。还要再盖时,秀才在里面喘着粗气说:"牢头大哥,你不就是为了几两银子要害我的命吗?你若是救了我,等事完之后我出了狱,情愿将家产平分给你一半,不远胜过这十几两银子吗?"

阎六:"你好糊涂。我方才跟你说了,这是县官跟你有仇,要我来害你的命,这与我无干?我今天救了你,明天他们追究起来,谁来救我?"

秀才:"他们与我何仇?不就是为那五千两银子吗?你放了我这把,明天我就叫家人把五千两银子付给他们。"

阎六:"秀才老爷,你这就叫作正月十五贴门神——晚了半个月了!如今他们急着害死你,已不再是为那五千两银子了。"

秀才不解地问:"不为银子又为什么?我与他们远日无冤,近日无仇。"

阎六:"都只为来了按察刘大人,听说昨天还来监里探视你。他们怕你走漏风声,先来个杀人灭口。消灭了活口,来日就查无对证了!你想,在这种情况下,我能救得了你吗?"

秀才:"天呀。我曹士元是命中注定,非死在这冤狱里头了!我死之后,化成厉鬼,一定要找这班贪官污吏算账不可。我先从十殿阎君那里,搬来鬼兵鬼卒,非把这座冤狱拆毁不可!"

阎六:"秀才,像你这样冤死的人,我见得多了!"说罢又动手,一层层地往秀才头上蒙盖毛头纸。秀才憋不过气来,两脚乱蹬,但因全身捆着,动弹不得,蹬了一阵,逐渐无力了。

阎六:"想是没气了!"俯下身子仔细望了望。忽见毛头纸又动了几下,原来秀才在里面用舌头舔破几层纸,露出一个小洞来,顺着洞口大口喘粗气,吹得毛头纸呼呼地乱颤。

阎六:"我说秀才,你卖过糖人吧?不然怎么会吹出这么大的气呢?"说过,从地上拾起沙袋子压到秀才头上,说:"我看你还吹不吹了？今天你是遇见了我,不然还真叫你给瞒哄过去了。"

秀才在里面惨叫:"牢头大哥,饶命吧！饶命吧！我不想死,不想死呀！"

阎六:"不想死也不成了！谁叫你命里该着呢！"说过,又压上一个沙袋子。

秀才挣扎了几下,终于全无动静了。阎六俯下身子看了看,只见他胸脯憋起二寸多高的气包来,便开始把沙袋子拿下,说:"郑县丞吩咐不能压得时间过长,不然脸憋红了,验尸时就麻烦了！"

几声凄凉的梆响,划破黎明前黑暗的夜空,传到了泗阳驿馆中。刘墉从梦中突然惊醒,望望窗外晓风残月中模糊的树影,有如鬼怪一般的狰狞。不由得激灵地打了一个冷战,口中连说:"不好！不好！昨天去牢里探监,被郑县丞看到了个背影,他一定会认出来。夜里他如要加害曹秀才,竟如何是好?"说着连忙穿衣下床,连喊:"张承！张承！"

张承睡眼惺忪,系着衣扣走进来说:"老爷,唤我有何急事?"

刘墉:"你马上去通知郑县丞。要他赶快过来,明天一早就陪我去南牢查监！"

张承:"老爷,你这是……"

刘墉:"快去！快去！人命关天！"

张承莫名其妙地说:"好吧。"说过嘟嘟囔囔地走下。

天刚破晓,郑树明在前,刘墉在后,身边跟随承差朱文、赵武,直奔监狱南牢走来。郑树明走路磨磨蹭蹭,赵武用手捅他,说:"快些走！别磨蹭！"

到了牢门,郑树明用手敲门,半天无人答应,刘墉动怒说:"全无规矩,成何体统?"

郑树明又狠命地砸门,狱卒这才醉醺醺地走出来,将牢门打开。郑树明恼怒地说:"怎么才开门。夜里喝酒偷懒,瞧我明天不狠狠责打你们一顿才怪!"说过,忙赔笑脸向刘墉说:"按察大人,快请进,请进。"

刘墉不理睬他,疾步向里走去,径直来到曹士元号子前。只见秀才被捆缚在床上,头上蒙着厚厚的一层毛头纸,牢头阎六醉倚在沙袋上睡着了。

刘墉大怒地说:"快把门打开!"

狱卒找了半天钥匙,将牢门打开。刘墉走上前将秀才头上的毛头纸揭开,但见其脸孔发红,胸口憋有老高的气胸。用手摸摸鼻孔,说:"啊!还有一些微弱气息!朱文,快给他松绑!"

朱文解开绳索,帮助秀才活动手脚。

刘墉:"给他揉揉胸口,顺顺胸里的气!"

阎六已经醒来,忙过来说:"大人,让我来给他缓气!"说过,走上前,活动秀才两肢,揉抚胸口,最后又嘴对嘴为秀才往外吸痰。

一个时辰后.秀才缓缓睁开眼睛,望着眼前的一切,悲怆地呼叫了一声:"冤枉呀,冤枉!青天刘大人,按察老泰山!"

刘墉俯下身子说:"贤契,别动气!别动气!身子要紧!"

秀才:"大人再晚来一个时辰,我就彻底地冤死在这冤狱里边,永无昭雪之日了!"

刘墉回身说:"朱文,赵武!"

朱、赵:"在。"

刘墉:"将郑树明、阎六立即押解到大堂!"

刘墉坐在泗阳县衙正堂上,何书办站在一侧,朱文、赵武等差役站立两旁,宫知县坐在另一侧,郑县丞、阎六跪在地上,曹秀才站在阶前。

刘墉："宫知县！方才曹士元秀才的控告你都听见了吧？无辜地残害良民罪已不轻,何况秀才还有功名在身,是个正儿八经的缘秀才？"

宫知县："此事卑职实在不知,都是他们……"胆怯地用手一指郑树明、阎六。

刘墉："大胆,还想狡辩？阎六！你快从实地招来！"

阎六："是,小的愿意从实交待。前天夜里,郑县丞把我找到县令书房里,县令亲自交给了我五两银子,言说与曹秀才有仇,要在半夜三更用沙袋子将曹秀才憋死,然后报个病呈了事。这是小的知道的全部实情。"

宫知县："曹士元一案,都是受知府梁大人的指使。他因曹士元常给工部他的表兄处寄信,状告淮安地区河道失修,因此怀恨在心;又担心他继续往上捅,便令我借机将他长期关在牢里。"

刘墉："宫知县,你身为一方父母,竟如此歹毒,残害子民,还有何颜居官为宰？不早铲除你这祸害,百姓就无法生存。来人呀！摘下他的纱帽,扒下他的官服！"朱文、赵武走过去,将宫知县的纱帽摘下,官服脱掉。

刘墉："何英！"

何英："卑职在。"

刘墉："在朝廷还没有派命官下来之前,你先在泗阳正堂里署事。"

何英："遵命！"宫知县走上案前,将官印双手交给何书办。

刘墉："县丞郑树明,一贯制造冤狱,营私舞弊,亵渎国法,出卖天良,实属十恶不赦。现立即押进监牢,待本院奏过刑部,秋后定斩不饶。来人呀,将这个害民之贼押下去。将牢头阎六也押下去,听候处理！"

朱文、赵武："是。"给郑树明、阎六套上枷锁,押下。

刘墉:"秀才曹士元!"

秀才:"晚生在。"

刘墉:"你案纯属冤案,本院断你当堂释放。回去之后要认真读书,好生做人!"

秀才:"谨记大人教诲。"

刘墉:"何英!泗阳县监狱里冤气冲天,错案盘结,不把它揭开盖子,定会酿成大乱。你从即日起,立即将其梳理清楚,还它个法正刑清,公正廉明!"

何英:"谨记大人指教,卑职即刻就去清理冤狱。"

刘墉:"退堂!"

众承差:"退堂!"

第十部　巧审石头记

　　一艘插着"河运"、"按察"两面旗帜的官船,在大运河里行驶,刘墉站在船头,身边站着朱文、赵武、王大龙。岸上界碑显出"山东聊城"字样。刘墉放眼四望,只见两岸禾苗半已枯焦,田干地旱,龟纹裂缝一条条,灾民们扶老携幼,担着锅碗瓢盆,背着骨瘦如柴的儿女,一路上三五成群,络绎不绝。

　　刘墉:"今年山东遭灾,朝廷已经拨下赈粮,怎么还有这么多的难民逃荒呢?朱文!你上岸去问问,这些人为何不肯守住家园,而要背井离乡逃荒在外?"

　　朱文:"是!"船靠岸,朱文跳下船去。

　　朱文很快领着两个老汉来到岸边,叩头说:"小民给按察大人叩头!"

　　刘墉:"两位老人家,为何这么大年纪还要抛家舍业去到外地逃荒?岂不闻'在家千日好,出外事事难'两句话吗?"

　　老汉:"禀大人,我等皆都家住莱州,那里是赤地千里,颗粒无收。小民们连草根树叶都吃光了,实在是无法渡过这荒年了!"

　　刘墉:"朝廷不是已经发下赈粮赈款了吗?"

　　老汉叹口气说:"休提那赈粮赈款之事了!提起来更是叫人

伤心。黎民百姓家家断粮，户户断炊，官家却把那粮食偷着运往外地私卖了。赈款都被拿去放了印子钱了。明码实价，借一两银子，来年要还三两。"

刘墉气愤地说："真是阎王爷不嫌鬼瘦，从灾民身上也要剥下一张皮来。实在可恶！"

巡抚周秉衡坐在山东巡抚后衙书房的书案前，手把鼻烟壶漫不经心地坐在太师椅上。刘墉一派真诚地坐在对面，茶几上放着茶盏。

刘墉："抚台大人，非是我刘某爱管闲事，这莱州灾民实在可怜！苍天有好生之德，朝廷有怜恤民众之意，拨下赈粮赈款，不成想都被地方官从中克扣下来，使灾民无以为生，只好流离失所，逃荒在外。抚台乃一省之宰，定然不会眼望百姓坐困于水深火热之中。"

周巡抚："天大的笑话！本宪乃一省之宰，焉有眼望和坐视之理？只是近日政务实在繁忙，实无他顾之力呀！"

刘墉："大人正忙于何事？"

周巡抚："正向朝廷解缴库款。户部催得紧，为此事我正日夜睡不着觉呢！"

刘墉："既然大人政务如此繁忙，本官倒有个主意：本官愿去莱州，代大人视察莱州赈灾情况。"

周巡抚不悦地说："刘大人，你未免过于越俎代庖了吧！我山东之事，自有我山东的官员去处理，何劳你的大驾！"

刘墉："抚台大人，话不能这么说！拯民于水火，为官者人人有责。我见路上流民遍野，实在可怜，才主动向抚台请缨。"

周巡抚："刘大人，你听我说，你就别满河里赶鸭子——管得宽了！你是河运按察，就管你的河运去吧！至多是皇上的恩典，让你过问一下沿河一带的吏治。这莱州地处胶东,离开运河十万八千里,你就不怕别人说你把手伸得太长吗?"

刘墉气得两眼冒火,但仍忍住气说:"抚台大人,望你看在嗷嗷待哺的灾民份上……"

周巡抚一拂袍袖说:"好了,别说了! 来人呀! 送客!"

掌灯时分,窗外昏暝黯淡,暮霭苍茫,归巢的昏鸦啼叫着,成群地从檐前飞过。刘墉在济南驿馆的住屋里走来走去,不时来到案头,抓起一把铁蚕豆,又无心地丢放回去,然后走到窗前,无可奈何地望着窗外逐渐模糊的景色。

张承擎着点燃的蜡烛进来,放到案头上,见老爷无动于衷地伫立在窗前,便轻声地说:"老爷! 陈勇、楚雄来了,见还是不见?"

刘墉猛然一惊说:"什么? 陈勇、楚雄来了? 见! 让他们马上进来!"

陈、楚进来打千说:"参见按察大人。"

刘墉:"你二人来了几时了?"

陈勇:"已有两个时辰了。"

刘墉:"为何不早进来?"

陈勇:"听说大人正为莱州赈粮之事烦恼。大人何不向朝廷参奏一本,亟请朝廷赶快派大员来清理此案呢?"

刘墉:"我何曾没有这么想过? 只是这灾情过于严重,等到奏本上去皇帝批复下来,至少要有月余,莱州饥民恐怕不是饿死,就是逃光了!"

陈、楚皆点头说:"大人所虑极是。"

刘墉:"我问你们,淮安那边的事情怎么样了?"

楚雄:"回禀大人,自从大人奏本朝廷之后,很快就有了批复。皇上下旨撤了梁上钧的官,并派来新任知府。运河疏浚工程已经接近完工,现在上下漕船,通行无阻。"

刘墉高兴地拍案说:"好!好!你二人办得不错,本院理应酬劳,只是……"

陈、楚笑说:"只是宦囊羞涩。"

三人同时大笑。

周巡抚气急败坏地在巡抚后衙书房里来回走动,马书办诚惶诚恐地垂立在一旁。

周巡抚:"怎么会丢了一块金砖?你没问问押运差官?把他抓起来!还有那些驮运的民伕!"

马书办:"已经抓起来了。差官说,他一路上一直跟随着驮子,须臾未曾离开。他也说不清驮包里的金砖怎地会有一块变成了石头。"

周巡抚:"一定是有人给偷着换了!"

马书办:"换是肯定换了,只是查不出是何人所为。"

周巡抚:"那还有谁?少不了就是那些押运的差官和民伕。马书办,传下我的命令,把他们都给我吊起来拷打!我不信,就能让他们把金砖给弄跑了?"

审讯室里,十几个民伕和两个差官被吊在房梁上,巡捕官用鞭子蘸了凉水噼啪地猛抽他们,一阵阵凄惨的号叫之声不绝于耳。周巡抚怒冲冲地从外面走进来,马书办和巡捕官等立刻停下来,垂立在两侧。

周巡抚:"怎么样,掏出点儿口供来了吗?"

马书办:"大人,毫无办法。"

周巡抚:"岂有此理!马书办,你知道这金砖是做什么用的吗?这是解缴朝廷的库款,是万万丢失不得的啊!来人呀!"

众巡捕:"小的们在。"

　　周巡抚:"你们给我往死里打,打死勿论! 告诉你们,找不出这金砖来,别说是他们这些人,我们谁也别想有好日子过!"

　　马书办:"大人,皮鞭已经打断两根了!"

　　周巡抚:"再换,给我再换!"

　　一民伕在梁上有气无力地说:"大人,你就是把我们都打死了,也赔不出一块金砖来!"

　　周巡抚抬眼望了望那民伕,像被蝎子给猛蜇了一下似的,蔫蔫地走了出去。马书办随后悄悄地也跟了出去,他看见巡抚在院子里踟蹰地停下脚步,便紧赶几步来到跟前,说:"抚台大人!"

　　周巡抚抬眼望了望马书办,没有说话,只无可奈何地摇了摇头。

　　马书办:"抚台大人,此案十分棘手,一时恐怕难以破案。卑职倒有一个主意,不知大人肯采纳否?"

　　周巡抚:"什么主意! 有话快说!"

　　马书办:"听人传说,刘墉断案如神,莫如请他出来帮助侦破此案。"

　　周巡抚有些为难地说:"这,这,恐怕不好开口呀! 前次他来请命,要求去莱州视察赈灾情况,被我冷言冷语拒绝了。现在有事又来求他,不是太……"

　　马书办:"可是朝廷期限马上就要到了! 让我找他去说。"周抚台点点头,允诺了。

　　刘墉坐在济南驿馆的案前,稳重地不动声色,马书办心急火燎地站在案前。

　　马书办:"刘大人,金砖乃是朝廷库款,今在我山东地面上丢失,不但我家抚台大人干系重大,就是刘大人来山东地段按察,面子上怕是也有所挂碍的。"

　　刘墉冷笑地说:"马书办,话从哪里说来! 库款是抚台大人派人押解的,自然是他抚台的事,我刘某人的差事就是河运,至多不过是过问过问沿河一带的吏治。我怎敢满河里赶鸭子——管得那么宽呢!"

　　马书办:"刘大人不必介意,这正是所谓'东家失火,西邻不安'的时刻。刘大人总不能眼望着朝廷库款受到损失,我家大人受到查办吧?"

　　刘墉:"抚台大人既然不会眼望和坐视莱州灾民坐困于水火,我刘某人当然也不会眼望和坐视朝廷库款受到损失。只是你山东地面宽广,自有精明干练官员无数,何用我这过路人来越俎代庖呢!"

　　马书办连连作揖说:"刘大人,我家抚台前日说话是有些失于检点,卑职来时抚台已向卑职交待过,务请刘大人宽宏大量,不记前嫌。明日抚台还要亲自来请罪,望刘大人以朝廷国事为重,伸手相援才是!"

　　刘墉:"河道管起失盗,漕运插手地方,恐怕有些不便,未免有碍官场的体面吧,人家不会说我刘某人把手伸得太长了?"

　　马书办:"刘大人,你是宰相肚里能撑船! 不是卑职说句恭维的话,你刘大人现在虽然只是按察,但从你雄才大略、顾全大局的肚量来看,他日定会入阁拜相的!"

　　刘墉:"马书办,你可千万别恭维我! 你山东人杰地灵,何愁没有能人破案?"

　　马书办:"天下谁人不知刘大人断案如神,足智多谋。此案只有你刘大人出马,方能弄得个水落石出。再说,刘大人祖籍也是咱山东人呀!"

　　刘墉哈哈大笑道:"马书办,我刘墉是山东人不假,不过,我可没学过奇门遁甲,没有手到擒来的本领啊。"

张承走进来说："回禀老爷,抚台周大人来见!"

马书办："我家抚台大人亲自来恳求刘大人来了。"

刘墉："有请!"

刘墉带朱文、赵武走进审讯室。众巡捕官迎了上来打躬说："刘大人!"

刘墉望了望房梁上吊着的人说："放下,统统放下来!"

巡捕："是!"走上前七手八脚将差官和民伕都放下来。众人齐声说："多谢刘大人!"

刘墉望着众民伕说："你们都是久做拉驮子生意的?"

民伕："回大人,小的们差不多都是祖祖辈辈吃这碗饭的。"

刘墉："既是久为驮工,定会知道码驮子最重要的一点是什么?"

民伕："两边要均匀,左右要平衡。"

刘墉："这就对了! 我想,你们码放金砖时也一定会注意两边匀称,不能一轻一重吧?"

民伕："看大人说的,实实在在都是些内行的话。小的们焉有不注意到这一点的?"

刘墉："金子重,石头轻,你们可知道? 你们可注意到,从什么时候起驮子有些倾斜了?"

众民伕都恍然醒悟,相互议论。一民伕大声回禀道："回大人,据小的们回想,好像就是在兖州客栈住宿后,便觉到了有点儿倾斜。再赶路时,就要不断地去扶正它了。"

刘墉点点头："这就是了!"又向巡捕官说："你把那块偷换的石头拿过来!"

巡捕取出一块暗红色的花岗岩石头呈上。

刘墉仔细地审视那块石头,只见石上有许多坑坑洼洼之处,坑洼里面生满青苔。他又取过一块金砖，一手托石，一手托金，左右倒手地掂量。然后微微笑道："你们试试，孰轻孰重？"

巡捕接过来掂量后说："很明显，金子重，石头轻。"

刘墉与张承两人又骑着毛驴，一前一后地行走在官道上。

张承："老爷，此去兖州还有多少里路？"

刘墉："至少也还有三百多里。张承，你停一下，你下去把路边那块石头捡过来！"

张承："是！"跳下毛驴，从路边捡过石头呈上。刘墉仔细瞧那石头，半晌后说："你把这块石头收下！"

张承："是！"接过石头，放到驴背上的褡裢里。

黄昏日落，飞鸟归巢，古道依然漫漫。

张承："老爷，我们得快些走，不然，天黑之前就投不到客店了。"

刘墉："说得是。"说罢，向驴背上猛拍一掌，小驴笃笃笃地紧跑起来。突然间，刘墉又大声说："张承，快停下！你看路边那块石头！对，对，就是那块！把它捡来！"

张承下驴捡起石头递给刘墉。刘墉瞧了半天说："张承，把它装起来！"

张承："老爷，一路上你捡了多少石头了？再多，这小毛驴就驮不动了，还怎么赶路？"

刘墉："张承，莫要着急！前面不远就有村镇了。"说着，伸手向前一指。

刘墉坐在巡抚衙门正堂上，马书办站立一旁，陈勇、楚雄、朱文、赵武等差役侍立两旁。

刘墉一拍惊堂木喝道："带押运差官和民伕上！"

众差役:"带差官和民伕上!"

众差官和民伕等走上跪倒说:"小的们参见按察大人!"

刘墉:"带兖州客栈店主程运涛!"

众差役:"带兖州客栈店主程运涛!"

一个四十多岁留着两撇黑胡子,身穿黑绸子裤褂的中年汉子走上叩头说:"兖州客栈店家程运涛拜见按察大人。"

刘墉:"尔等听真,本院奉命审判盗窃金砖一案。此事皆因石头引起,故本院决定先从石头审起。尔等有关人员都要实话实说,不得有半点儿隐瞒,咱们是只认石头不认人!"

民伕等:"听候大人明断!"

刘墉:"好,来人呀,把石头都摆上来!"

朱文:"是!"走下,同张承一起,抬上十几块方石来,一一摆列到桌上。

刘墉拿起一块石头,向下展示一遍说:"尔等皆看清楚,这是驮子里的那块石头,就是有人用它调换了那块金砖。现在,我把它摆到这一边。"说着,他用手指了指摆在另一边的十几块石头说:"这是本院一路上捡到的石头,尔等挨个儿地走过来看看,有哪一块石头与驮子里的石头相似?"

众人挨个儿走上前,一一细辨,皆都摇头说:"没有相似的,没有!"

刘墉:"程店东,你也上来辨认辨认!"

程运涛走上前去仔细地看了一会儿,摇头说:"不像,没有一块相似的!"

刘墉:"来人呀,把最后一块石头摆上来!"

张承走上,将一块暗红色、坑洼处生有青苔的花岗岩石头摆到桌上。

刘墉:"尔等再上来辨认一下,这块石头可否相似?"

众人又挨个儿走上前,仔细辨认后都说:"这块像!""很相似!"

刘墉:"程店东,你也上来看看,相似不相似?"

程运涛走上前仔细看了看,说:"相似!"

刘墉:"相似?"

程运涛:"很相似。"

刘墉一拍惊堂木:"程店东,你知道这块石头是从哪里捡来的吗?"

程运涛:"小民不知。"

刘墉:"大胆刁民,就是从你家院内倒塌的夹道墙跟前捡到的!你胆敢偷天换日,以石代金,盗窃朝廷的库款,该当何罪?"

程运涛立即汗如雨下,脸色如土。叩头如捣蒜地说:"小民一时糊涂,见财起意,用院里的石头偷换了金砖。"

刘墉:"金砖现在何处?"

程运涛:"藏在小店的地窖子里。"

刘墉:"陈勇、楚雄! 命你二人押解程运涛,去他店里把金砖取回,一路上不得有误!"

陈、楚:"遵命!"押解程运涛走下。

刘墉坐在济南驿馆案前,周巡抚坐在对面太师椅上,身旁有茶几,上边放着茶盏。

周巡抚端起茶盏口吹茶沫说:"刘大人果然是名不虚传,断案如神!"

刘墉:"抚台大人过奖了!"

周巡抚:"非是本宪过奖,刘大人确实是足智多谋,神算过人。此次若非刘大人神助,几使本宪贻误限期,不仅老夫干系重大,而且耽误了朝廷大事。我今要向朝廷奏本,保举刘大人迁升重任。"

刘墉:"向朝廷保举之事,我看就不必了!下官只有一项小小请求,不知大人肯不肯赏脸?"

周巡抚略微吃惊:"刘大人请讲!"

刘墉:"还是日前提请的那件事,请准允下官去莱州视察赈灾情况。"

周巡抚松了口气,笑道:"刘大人,世上真难得见有你这样认真的人!好,本宪就委你去莱州视察,乘坐本宪轿子,代本宪行事!"

刘墉:"多谢抚台恩准。只是。这轿子和执杖就免了,我还是和家人两个……"

刘墉与张承两人骑着毛驴,行走在黄尘古道上。刘墉身穿月白色汗褂,头戴草帽,足登皱鞋,腰里系着褡包,是个买卖人打扮,张承扮作随从紧跟其后。

张承:"老爷,你每天骑着毛驴累不累?"

刘墉:"张承,你可记得人们常说的那句话:人家骑马我骑驴,向上看看我不如;回头看看推车汉,比上不足比下有余!"

张承笑笑不语,低头望望那四条瘦瘦的驴腿,无可奈何地摇了摇头。

前面是一座集镇,道路两旁是一排排青砖亮瓦的铺面店坊,行过了一段,远远地便见路边挑出一个店幌子来。

刘墉:"张承,这儿离莱州不远了。"

张承:"这是李家集,听说离莱州只有二十里了。"

刘墉:"行了,咱爷俩今天就住在这里吧。"二人向店门走去。

清晨,旭日东升,街头上人出人进,一片做买做卖之声。刘墉拉着毛驴走出店门,张承跟在身后。刘墉回身说:"张承,你就留在店里看守东西，老爷今天一个人先到莱州察看察看，过晌就回。"说着，他翻身上驴，笃笃笃地走出集镇。

眼前是一座打石子山，只见一群民工拿着凿和斧，将白石头敲成一堆堆碎粒。刘墉跳下驴背，走近跟前问："请问，你们敲碎这些白石子干啥？"

一民工抬头望望刘墉，见是个商人打扮，便说："客官，你要问这白石子？这正是给你们买卖人预备的。"

刘墉："老丈，莫要取笑！买卖人要这石子干啥？"

民工："好往米里掺假呀！"

刘墉："什么？往米里掺白石头子？什么人想出这馊主意！"

民工："谁想出来的，除了知州大人，谁还能想得出？"

刘墉大吃一惊："知州要往米里掺石子？真是不可思议！但不知知州为何要弄这些石子掺米？"

民工："客官，看来你不是此地人。"

刘墉："说得对，我是从外省来的。"

民工："客官，说句不好听的话，这就叫蝎子屁股——毒门。知州大人把赈粮都偷运私卖了，但为了装点门面，又在城里开设了几个施粥棚，但是又怕饥民喝多了，便让人往粥里掺石子。"

刘墉切齿痛恨地说："这可真应了那句老话，只许州官放火，不许百姓点灯了！州官如此胡作非为，难道就不怕省里有人来查问？"

民工："唉，省里来人又怎么的了！就是朝廷来了人，还不是瞎子点灯，白白做个样子。反正都是官官相护嘛！"

刘墉："怎么，朝廷里派人来了？"

民工："可不是，一个左都御史已经来了半个多月了。"

刘墉连忙惊问："左都御史，但不知姓甚名谁？"

民工："听说是姓曹，名叫曹征。"

刘墉大吃一惊说:"啊,曹征,是他……"

天近中午,红日当空,晒得空气着火,地上冒烟。刘墉来到莱州城里,果然见路边有几处施粥棚,一些面黄肌瘦的饥民排着长队领粥。有人站在路边,一边喝粥一边往外吐石子;有人破口大骂:"这是什么王法?把人当牲口看待!"另一个说:"牲口也要喂草喂料,没听说有喂石头子的!"

刘墉眼望着这凄惨景象,紧皱双眉,顺街来到了五龙河畔。只见民工从官仓里将赈粮一袋袋装到货船上,挂着风帆的货船泊成一排,都已装了满船的米袋子。

刘墉向路边一位行路老汉问:"这些米都运往何处?"

老汉四周望望,见无人注意,悄声说:"都运往外地私卖去了。"

刘墉:"怎不就地私卖?"

老汉:"受灾之年,谁买得起?"

刘墉:"这真是砒霜拌辣椒——又毒又辣!"

路边一座小酒铺,挂着"醉刘伶酒馆"的牌子。又饥又渴的刘墉将驴拴到店前,走进屋内找到一个空位坐下。跑堂儿走过来说:"客官,你是喝黄酒还是烧酒?"

刘墉:"喝烧酒吧,来十个大钱的。"

跑堂儿的瞧了刘墉一眼说:"老爷子,瞧你土头土脑的,还净说京城里的话。我们这儿不论几个大钱,只论两,你说要几两吧?六个大钱一两,至少得买二两。"

刘墉:"那就来二两吧!再要一碗小豆腐!"

跑堂儿:"老爷子,我说你这不是过年穿破鞋——穷搅(脚)嘛!我们这里不卖小豆腐。这么着吧,那边有卖油炸糕的,你就买几个油炸糕就酒吧!又当菜又当饭。"

刘墉:"行,就给我来四个吧!"

跑堂儿的走到对面铺子里端过四个炸糕来，刘墉自斟自饮地就酒吃油炸糕。

跑堂儿的过来收拾杯盘："二两酒是十二个大钱，四块油炸糕是六个大钱，一共是十八个大钱。"

刘墉摸了摸腰包，只找出十五个大钱，一时发窘说："哎，小哥！我出门一时匆忙，没带足了钱，你看咋好？要不，你先给我记上账，一两天路过时我再来还你。"

跑堂儿："哎，客官！我们这是个小本营生，赊不得账。再者说了，我们又不认得你老大贵姓，这账，可怎么个记法？"

刘墉："说得也是！小店里是赊不得账的。小哥，这样吧！你就把我这个月白汗褂给当了，补还你那三个大钱。"说着脱下汗褂，递过去。

跑堂儿接过来说："行，我就给你送进当铺里。"说着，走到街对面的"海仁当铺"，将汗褂往柜台上一丢说："田掌柜的，你看这汗褂能当多少钱？"

田掌柜接过看了看说："能当二百钱。你当不当？"

跑堂儿："当吧，二百钱就二百钱！"

田掌柜："账房记上：八成新的月白汗褂一件，当钱二百！"

账房先生："月白汗褂一件，当钱二百。跑堂儿小哥，请你拿好，这是二百大钱。"

跑堂儿接过当票和二百大钱，回到酒馆，把当票和钱交给刘墉。刘墉看了看当票，满意地从钱串上抽出三个大钱，交给跑堂儿说："小哥，你收好，这是欠你的三个大钱！"

跑堂儿刚接过来钱，酒馆郝掌柜走过来，看见了桌上的当票和跑堂儿手中的大钱，便明白了。他不安地说："跑堂儿哥，你怎好为着三个钱的事儿，逼着客官当了汗褂？知道的呢，说是客官过意不去，自己脱了衣服；不知道的呢，还只当是我们把客官的衣服给剥下来了。"郝掌柜说着,从怀里掏出三个大钱串到钱串上,说:"跑堂儿哥,你再到对面当铺去一下。喏,这是当票和两吊大钱,再把你手里的三个大钱做利息,去把客官汗褂赎回来!"

跑堂儿接过钱和当票,又跑到"海仁当铺",说:"田掌柜,这是方才在你处当的当票,这是你交给我的二百钱,这是三个大钱的利息。你数一数,数清了就把汗褂还给我!"

田掌柜接过来仔细地数着钱串上的大钱,数着数着拽下四个小钱说:"喂,跑堂儿哥! 这两吊大钱里你怎么给换上四个小钱了?"

跑堂儿:"没有的事! 我们连钱串都没解开,怎么会给你换上四个小钱? 若有,也是你们自家放上的!"

田掌柜:"原来串上没有小钱,你是过了手的。现在出现了小钱,自然是你们的事。你给换成大钱吧!"说着,把四个小钱扔过来。

跑堂儿:"这小钱明明是你们串上的,赖得着我吗? 想叫我换,那是万万不能的!"当铺伙计:"你过了手,就是你换的,还想要抵赖?"

跑堂:"明明是你们串上的,反过来赖我! 若是我换上的,天打五雷轰死我;若是你们串上的,让天火把你们当铺烧个精光!"

田掌柜听得此言大怒,吩咐两个小伙计:"你们出去,给我打! 完了,再把他送到州官衙门,敲他几十大板。"

两个小伙计立时蹿出柜台,朝着跑堂儿就要动手。跑堂儿一面骂不绝口一面往后退,说:"你们仗着当铺字号大,就来欺侮人! 叫你们都不得好死!"

刘墉听到外面吵吵嚷嚷,走过来问:"老掌柜的,跑堂儿哥,为着何事吵起来? 说一说,我来给评评理。"

田掌柜恶人先告状地说:"他拿汗褂来,当给他两吊钱。他回来赎当时,还是两吊钱,可是中间串上了几个小钱。让他换,他不给换,还口出恶语伤人,这岂不是无理取闹,扰乱市井吗?"

跑堂儿见到了刘墉,有了仗恃地说:"好,正是这位客官的事。他让我当汗褂,后来我们掌柜的心好,花了利钱把褂子赎回来,两吊钱原样送给当铺。我们连扣都没解开,那几个小钱是鬼给串上去的? 回过头来赖我们!"

刘墉:"当铺掌柜的! 方才跑堂儿小哥拿来的两吊钱是串着的呢,还是散着的?"

田掌柜:"是串着的。"

刘墉:"那事情就很明白了! 小钱是当铺的。方才跑堂儿小哥从当铺一回来就把两吊钱交到我手上了。"

田掌柜:"嗬,你这个老爷子也跟着跑堂儿来瞎说,来讹我们当铺!"

伙计:"掌柜的,你没听方才跑堂儿的讲话的口气? 他这个屯旧老头跟这个跑堂儿的,是一伙的,他们一起来讹诈我们。"

田掌柜:"怪不得呢! 原来是蝎子和蜈蚣——都是一路货。你们给我一起打!"

伙计们过来举拳就打。酒馆郝掌柜闻声过来上前拦住,说:"别打! 别打! 有话好好说,都是为了何事?"

跑堂儿:"就是方才赎当的事。两吊钱没解扣就还给了他们,他们从里面找出了四个小钱,说是我们给换上去的,让我们赔。这不是讹人吗!"

郝掌柜:"好说! 好说! 不就是四个大钱的事吗? 我来给补上!"说着,他掏出四个大钱递给田掌柜。

田掌柜用手掂着四个大钱,说:"既然郝掌柜给换了,就算了!"说着先走进当铺,伙计也跟着走了进去。

郝掌柜扶起刘墉,先后走回酒馆。他让刘墉坐下,又送上一杯茶来,说:"这当铺仗着同州官有些交情,便时常地坑害当户,仗势欺人。客官,以后只管当心些就是了!"

刘墉听罢点点头,说:"想不到同一条街上,竟有你这样的好人和那样的恶人!"

眼前是一座朱漆门楼,上书"莱州驿馆"四字。刘墉在馆前下驴,将驴拴在树上,走进院内。有家人迎上来,刘墉说:"请向京城里来的左都御史曹征曹大人通禀一下,就说有故人刘墉求见。"

家人答应,走进屋内。很快曹征迎了出来,满脸带笑地说:"哎呀,我的老朋友,是什么风把你吹到这里来了? 快请屋里坐,屋里坐!"

客厅里面,分宾主坐定,家人献上茶来。

刘墉手托茶盏,眼望着曹征迟迟不语,最后终于说:"曹大人,莱州饥民如坐水火,赈粮赈款全部被地方官私卖瓜分,你可知道?"

曹征点头说:"我眼又不瞎,怎会不知道?"

刘墉:"曹大人,你身为左都御史,又奉命来此督察赈灾,既然耳闻目睹有此贪赃枉法之事,为何完全无动于衷? 你知道这样坐视一天,就有多少人饿死,有多少人离散逃亡? 这岂不是上负圣命,下违民心吗?"

曹征:"咳,刘大人,刘贤弟,快别说了!"

刘墉:"正因为你我关系不错,我才不能不说!"

曹征:"咳,刘贤弟! 我现在是如坐针毡,进退两难呀!"

刘墉一怔,说:"曹大人,你遇到了什么难处? 我这次来,可是带来了巡抚大人的命令,定要将这里的赈情……"

曹征:"咳,一言难尽呀! 这事,唉!"欲言又止。

刘墉："曹世兄,你有话但讲不妨!"

曹征向左右望了望,见厅内外无人,这才羞涩地说:"都怪我一时糊涂,色迷心窍。我刚一来到莱州,知州许图就派来他的爱姬私来驿馆陪宿。黑夜之中,她偷着把我的官印盗走了。"说着,曹征从抽屉里将空印盒子取出,打开给刘墉看,接着又说道:"此事不好声张出来公开讨要,而无官印,也就无令可施了!"

刘墉气岔地说:"曹大人,你,你,你……"

曹征:"咳,别说了! 悔死我了!"

刘墉怒视着曹征不语,屋内沉寂良久。

曹征站起身来,双手作揖道:"刘大人,刘贤弟! 请想想办法,搭救我这一步!"

刘墉不语。

曹征:"只要想法讨回官印,愚兄一定痛改前非! 一定!"

刘墉想了想,叹口气说:"既然如此,我就帮你一把。但有一件……"

曹征:"贤弟只管说,十件也成!"

刘墉:"得到官印到手之后,立即行令,严查私卖瓜分赈粮赈款之事!"

曹征:"一定! 一定!"

刘墉:"好,那你就听着,把那空印盒子拿来!"

曹征递过印盒,刘墉接过来看了看,又递给曹征说:"今天夜晚,你……"他的声音越来越小,曹征边听边点头。

深夜,驿馆中一片火光,御史的客舍和花厅里浓烟滚滚,火苗直蹿。家人大声呼叫:"失火了! 失火了!"院里的更夫和差役们也都大声呼叫:"御史大人客厅里失火了!"

一群人跑过来救火,浇水的浇水,运物的运物。知州和一些官员也都跑来护佑御史。

曹征在屋内喊："许知州，快来帮我抢救这些贵重物品！"官员们闻声赶进屋内。

知州："大人莫惊！有卑职等在此侍候！"

曹征："众贤契来得正好！快快帮我把几件贵重物品抢救出去，最为紧要！"

许知州："是！是！先抢救那些贵重物品！"

曹征将一件件物品各交给一个个官员，说："快抢运出去，妥为保管！"官员们接过后急跑出去。曹征最后将印盒交给许知州说："许大人，快把官印保管好！"

许知州一时未加思索，抱着印盒子匆匆跑出。

第二天，曹征在驿馆客厅里高兴地打开官印盒子，从里面取出金灿灿的官印，乐呵呵地捧到刘墉跟前说："送回来了！送回来了！果然不出你的所料。"

刘墉笑着接过官印看了看，又还给曹征。曹征珍贵地将印放到盒子里，然后存入柜中锁好。

曹征："刘大人，你的神机妙算、良策奇谋，真是精彩绝伦！精彩绝伦呀！汉之张良、韩信，明之刘基、宋濂，也不过如此呀！"

刘墉："不必过奖了！小小计谋，不过是趁着混乱之际，让人来不及思索，使其自己走进圈套之中。"

曹征："这一招是绝，真是绝！那许图一接过空印盒子，我就知道事成了。果然，天亮之后他就捧着官印盒子来了，里面装着官印，恭恭敬敬地递上来。他如果不把官印放回盒子里，就要落得个私留官印的把柄。那时，我就可以名正言顺地到他家里查抄。待到查出来，那个罪名可就大了！"

刘墉："这就叫火盆里放泥鳅——看它往哪里钻？他一提走印盒子，就好比狐狸钻进套子里，越挣扎就拴得越紧了。因此他莫如就坡下驴,干脆把偷来的印给放回去。"

曹征:"出神入化,可真有你的!"

刘、曹哈哈大笑。笑过,刘墉严肃地说:"曹大人,你的官印有了,情况也搞清楚了,该你……"

曹征:"明天,我就下令先把他们的账簿封了,然后派人详细审查。"

刘墉:"不!首先把官仓封起来,不准一粒粮食私运出去。然后让各村造出灾民花名册,对照花名册发放赈粮。"

曹征:"好,就照刘大人的意思办。"

官仓门前,灾民排成长队,差役对照花名册发放赈粮。

在莱州驿馆,刘墉坐在书房里查阅赈灾案卷,不时地用朱笔在上面勾画一下,抬头问站在案前的知州。知州支支吾吾,满脸淌汗。

门外一阵鸣锣开道之声和迎宾鼓乐声响。张承从外面跑进来说:"老爷,快出去迎接圣旨,现有圣上的钦差驾到。"

刘墉一惊,外面果然传出叫喊之声:"刘墉快来迎接圣旨!"

刘墉赶忙走出到门外,跪倒叩头道:"刘墉恭候皇帝圣旨。"

钦差官在马上宣读圣旨曰:"奉天承运,皇帝诏曰:现今山东、直隶一带灾情严重,地方不宁。朕念黎庶乃国家之本,民安是本固之基,因此现由江南各道征调粮米北运至德州,以赈济直鲁两省灾民。为保赈灾之事妥善进行,现委任刘墉为漕运总督,总管南粮北调和赈救两省灾民之一切事宜,望尔夙夜匪懈,恪尽职守,务将两省灾民安抚就绪。钦此。"

刘墉:"谢主隆恩!"站起来双手接过圣旨,复又向钦差说:"钦差大人远途劳累,请进驿馆歇息!"

钦差:"刘大人,救灾火急,事不宜迟,圣上命你速去德州署事,本官也要进京复命去了。"

刘墉乘坐八抬大轿,沿着莱济官道而行。走到街上,店铺之人都出来观看新任的漕运总督。郝掌柜、田掌柜、跑堂儿、伙计也夹在人群之中。刘墉眼尖,在轿子中老远地就看到了两个掌柜,连忙下令:"停轿!"轿子停下后,刘墉喊:"来人呀!"

张承跑过来:"老爷!"

刘墉:"取出十两银子,赏与路边站着的那位酒馆掌柜。告诉他以后多行善事,必有好报!"

张承走到人前说:"哪位是酒馆掌柜的? 我家老爷赏你白银十两,并告诉你以后要多行善事,必有好报!"

郝掌柜连连叩头说:"多谢总督大人恩赐,小民实在不敢承受!"

刘墉:"张承,你再去把当铺掌柜的叫来!"

田掌柜战战兢兢走到轿前跪下说:"小民拜见总督大人!"

刘墉:"田掌柜,前天你为何让伙计们将我打了一顿?"

田掌柜:"总督大人,小民就是借来十个胆子,也不敢叫人殴打大人。"

刘墉:"还说没有殴打? 只为四个小钱的事,你还说要把我拉到州官那里去呢!"

田掌柜:"那是个不讲理的屯旧老头,怎么是大人呢? 那人我是认得的,有个罗锅子在背后。"

刘墉:"好说,你过来看看我的背后!"

田掌柜走过去看看刘墉的后背,吓得叫了一声娘说:"总督大人,小民有眼无珠,冒犯天颜,望大人不见小人怪。小人日后一定改过向善。"

刘墉:"我问你,那四个小钱是我和跑堂儿串上的,还是你串上的?"

田掌柜:"是小民串上的。是小的贪财忘义,在每吊钱里都掺上两个小钱。谁若是过手时查出来,当场就给他换了,若是没有查出,出门后就不管换了。这样下来,一天到晚能花出去百十来个小钱。"

刘墉:"本督问你,这小钱你是从哪里弄来的?"

田掌柜:"是南方一带造的假钱,小民在德州花钱买的。"

刘墉:"真是无法无天了,竟敢不顾国家王法,伪造假钱!正巧本督就要去德州署事,一定要仔细稽查此案。田掌柜!你诈用假钱,欺骗顾客,还要殴打本督,你说,该当何罪呀?你是愿打呢,还是愿罚?"

田掌柜:"小民罪该万死,只求总督大人开恩!"

刘墉:"愿打,就打你四十大板,然后发配到苦役房里劳作两年;愿罚就罚你开设施粥棚半个月。"

田掌柜思忖了一阵之后说:"小民还是愿罚吧!"

刘墉:"不过,粥里可不能掺白石子呀! 如有此事,本督可就定斩不饶了!"

田掌柜:"小民就是长了豹子胆,也不敢干那伤天害理的事了!"

刘墉哈哈大笑。

德州漕运总督行辕的高大辕门,上书"漕运总督行辕"六个大字。行辕门口有一排兵丁守卫。

刘墉坐在正堂上,陈勇、楚雄、朱文、赵武等差役两旁侍立。

何英呈上一沓案卷,说:"回禀总督大人,江南各道调运来的赈粮基本到齐,这是全部账目。"

刘墉接过账目翻看了一下,说:"好! 现在亟须各州府县将应受赈济的灾民花名册,具实地呈报上来,然后好按数核实,将赈粮拨发下去!"

何英:"大人,山东地面不太平,近两年来又啸聚了一伙强盗,为首的名叫王老铁,有千把人马,打家劫舍,抢掠客商,很是厉害。如今德州调运来这么多粮食,他们难免不出来抢劫,大人当早加严防才是!"

刘墉:"何书办所言极是! 防贼如防火,一刻也迟缓不得。陈勇、楚雄二位参将!"

陈、楚:"末将在。"

刘墉:"命你二人各带本部兵丁,昼夜严加防守,不得有误! 何书办! 你马上发下调令,征调青、莱、济、曹各州兵马,速来德州护粮。"

两狼山聚义厅内明烛高烧,厅外燃着火把,贼首王老铁坐在中间虎皮椅上,副贼江龙、原虎坐在两边,下边两侧依八字形排开一溜座位,坐着山寨中的大小头目。

王老铁:"众家兄弟,昨天派人出去已经探明,朝廷在德州设立了漕运总督衙门,从江南各道调运来了大量的粮米,由总督负责赈放给山东、直隶两省的灾民。现在粮米都已调齐,堆积如山,不下几十万石。明天夜里,咱们就开出全部人马,去到德州抢粮。"

江龙:"弟兄们,明天我们分三路:由东、南、北三个方向杀进总督衙门,留下西面一路,由大王率领一百辆大车打进官仓,往回抢运粮食。"

原虎:"各路人马杀进行辕后,一齐奔向西路去护送粮食。"

众头目:"愿听大王们调遣!"

当天深夜,漕运总督行辕衙门的角楼上,传出更鼓声声。月牙隐退,灯火阑珊,远近一片漆黑。忽然,一片呐喊之声惊天动地,几路强盗一齐杀奔衙门里来。

江龙领着二百多个强盗直向正门冲来,几个兵丁已被砍倒,眼看他们贴近了辕门,这时大门砰地一声打开,陈勇率领几十名兵丁冲杀出来。因为出击力猛,一下子就把贼兵压回百十余步。江龙毫不示弱,赶忙策马过来举刀相迎,与陈勇二马盘旋打斗起来,已经退下去的贼兵又一步步地紧逼上来。

在后门,原虎带领二百贼兵呼喊着冲杀过来。原虎骑着黑马,手使一双狼牙棒,在阵后督促贼兵前冲。突然,一声号响辕门大开,楚雄策马带头冲杀出来,身后紧随着几十名兵丁。贼兵后退,原虎兜马迎了上来,举起狼牙棒就向楚雄头上砍去。楚雄举刀相迎,二马错镫,左右盘旋地厮杀起来。

在东角门外,朱文、赵武带领几十名官兵与贼兵交战,两个小头目于六、于七各使一柄梨花枪,死死地将朱文、赵武缠住。

在官仓门前,王老铁一纵铁青烈马蹿到门前,举起双斧打开仓门,回身大喊一声:"弟兄们,快来抢运粮食,越快越好。"众贼将一袋袋粮食往大车上装,赶车的人见车装满了,一甩鞭子,叭地一声就将车子赶走,一辆接着一辆。

陈勇一把大刀越杀越勇,江龙两鬓见汗,刀法渐渐散乱起来,开始步步后退。这时,角楼上的守军射来一箭,正中江龙左臂。江龙一个闪失,陈勇赶上去一刀,将其砍死马下。陈勇向后一招手说:"快快冲杀过去,杀退贼兵!"官兵一齐杀奔过去,强盗四散逃走,陈勇等猛追猛打。

陈勇策马来到东角门,两个小头目于六、于七正与朱文、赵武厮杀。听到身后有援兵的杀声,贼兵开始慌乱。陈勇一马当先,杀散贼兵,从身后接近了于家二贼。于六心中一慌,被陈勇一刀砍死,于七见势不好,撒腿逃跑,众贼兵一哄而散。

陈勇高声喊:"朱文、赵武,快去援助后门! 其余的,跟我去保护官仓!"说罢,带领一伙官兵直向西边奔去。

官仓门前,王老铁拦住陈勇,回身大喊道:"弟兄们赶车快走,我来阻挡追兵!"说罢,举斧就向陈勇头上砍去。陈勇闪身躲过,从斜刺里劈进一刀。王老铁用斧一挡,兵刃相碰,当啷啷直响。陈勇震得虎口发麻,知道王老铁很有些臂力,进刀便格外小心。

楚雄与原虎杀得难解难分。朱文、赵武赶到,斜刺里从两面杀过来。三个战一个,原虎全无惧色,而且越战越勇。正在这时,忽听后面有人喊道:"三大王! 大王爷已经撤走了,命你赶快后撤,保护运粮车去。"

原虎:"好,弟兄们,跟我撤!"说罢挥动一双狼牙棒,左冲右突,带领着贼兵向后撤去。

楚雄:"二位贤弟在此护住衙门,我去追赶贼兵!"说罢,一抖马缰追赶过去。

原虎退到王老铁跟前,说:"大哥,你保护车辆先撤,我来阻挡官兵!"说罢,举起狼牙棒直奔陈勇杀来。

王老铁一挥手说:"弟兄们,护住车辆,快快后撤!"

楚雄策马赶到,与陈勇一起双战原虎。原虎逐渐不敌,被陈勇在臂上砍了一刀。原虎大叫一声:"不好!"拨过马头率领贼兵向后退去。

陈勇、楚雄趁势追杀来,渐渐赶上了运粮的车辆。陈勇纵马急行,越过几十辆大车,将车队从中间一截两断。

陈勇横刀勒马大声喝道:"都听清楚! 赶快掉过车头,将粮食运回官仓里去! 违者,定杀不赦!"

刘墉坐在总督衙门正堂,何书办站立一侧,朱文、赵武等差役侍立两旁。

陈勇、楚雄走进来说:"禀报大人,末将有罪,官仓粮食被强

409

盗抢走百十来车。吾等奋力追杀，截回来一半，还有一半被运到山寨里去了。"

刘墉："这班强盗，如此猖獗！不荡平山寨，擒住匪首，地面上哪得安宁？陈勇！你速往黑山口去迎候青州发来的救兵，然后与青州守备合力，带领兵马从左路杀进两狼山寨！"

陈勇："末将得令！"说罢急速走下。

刘墉："楚雄！你速到西沙渡去等候莱州发来的救兵，然后与莱州守备合力，带领兵马从右路杀进两狼山寨！"

楚雄："末将得令！"说罢急速走下。

刘墉："朱文、赵武，命你二人带领官兵看守行辕大营，不得再有差失！"

朱、赵："卑职遵命！"

刘墉："何书办！你我速往省垣官道，去迎候济州和曹州发来的兵马，然后从正面杀进两狼山寨。"

何英："遵命！"

山下旌旗招展，官兵从四面八方将两狼山团团围住。王老铁和原虎坐在聚义厅正中的虎皮椅上。喽啰喘吁吁地走进来说："禀报大王，我等抵挡不住官兵追赶，马车又被他们给截回去二十多辆。现在，山下四面八方都被官兵团团围住了！"

王老铁大吃一惊："什么，官兵来得这么快当整齐？过去总是东路进西路退，文齐武不齐的，从未见过有今日这样的举动。"

原虎："听说这个刘罗锅子非同寻常之辈，胸中很有点儿韬略。今天，我们算是撞到硬碴子上去了！"

王老铁："休要胡言乱语，长他人之志气，灭自己的威风，一个刘罗锅子有什么要紧的！"

有探马进来报告说："禀报大王，左右两翼的官兵已经登上山来,接近寨门了!"

又有喽啰走进来报说:"禀报大王,正面的官兵也举起火把仰攻上来了。"

王老铁一拍椅子扶手说:"弟兄们,休要惊慌! 任他们几路杀上山来。我只保持一路,大家跟着我一齐冲下山去!"

原虎:"大王,事已紧急,鲁莽不得! 如果大家伙儿一忽隆朝一个方向往下冲,势必闪开两厢,让敌兵抄袭我们的后路,然后前后夹攻,左右受敌,那就将不堪收拾了。"

王老铁:"依你之见?"

原虎:"我带一支人马从左路杀出去,让于七、于八弟兄两个带一支人马从右路杀出去。大王自带一支人马从正面杀出去。杀出后,三路人马到王家宅子会齐。"

于七、于八:"三大王说得对。我们弟兄愿意拼死杀条血路出去,左右策应,努力将官兵都吸引过来,给大王减轻压力。只要保住了大王,山寨的大旗就能够最终保住。"

王老铁:"好,就照众家弟兄说的,兵分三路冲杀出去! 你们先选精兵快马,剩下的人我带着!"

原虎:"愿大王多多保重!"

一声炮响,原虎带领一支人马,向山左侧冲下去。一出寨门,他们就遇见陈勇和青州兵马。一场格杀肉搏,鏖战得十分激烈。陈勇与原虎,一个使刀,一个使狼牙棒,两股旋风似的打斗在一起,棋逢对手,苦战方酣。

在右侧,于七、于八率领一伙强盗刚出寨门,就遇见楚雄和莱州人马。两下里犹如洪水冲坝,狂风吹沙,呼啦啦地猛冲上去,捉对地厮杀起来。楚雄操动长刀,力战于家二贼毫无惧色,于七、于八各使亮银枪,围着楚雄厮打。

王老铁带领一帮强盗,一窝蜂似的向山下冲去,走出里许,周围全无动静。王老铁:"他娘的,老天保佑,让我杀了个空当!这也是天火烧了鸡巴毛——活该着!"说着,将手中的大斧插到背后。贼兵也都懈怠了,边走边叽叽喳喳地说着话。

忽然一声炮响,从道路两旁的青纱帐里,杀出济、曹二州的兵马,薛、滕二位总兵冲在头里,一下子将贼兵杀得一团混乱。许多贼兵猝不及防地被砍倒在地,一时间丢盔卸甲,旗倒兵散。王老铁在混乱中落荒而逃,骑着一匹黄骠马,拼命地飞驰而去。薛、滕二位总兵在后边紧紧追赶。

陈勇与原虎杀得难解难分,但陈勇毕竟技高一筹,他趁原虎狼牙棒出现一个空当之际,疾进一刀。原虎大叫一声不好,刀已砍到他的肋下,接着他哎呀一声跌到马下,官兵上前将他捆住。

楚雄与于七、八大战,旗鼓相当。他东砍西杀,虽然使尽全身解数,但却不占半点儿便宜。正在苦战之际,只听得身后叫喊:"楚雄贤弟,我来助你!"随着声音,陈勇跃马急冲过来。

陈勇战于八,楚雄战于七,不到几个回合,早已疲惫的于八被陈勇斩首马下,于七一惊,也被楚雄砍伤,跌于马下,官兵上前将其擒住。

刘墉坐在山寨聚义厅大厅正中的虎皮椅上,差役两旁侍立。陈勇推着被捆的原虎,楚雄推着于七走上。

陈、楚:"禀报总督,末将已经除尽左右两翼贼兵,提得贼首原虎、于七在此。"

刘墉:"二位功劳不小。先将二贼好生看押住,待捉得王老铁后,一并押进京城。"

薛、滕二位总兵走上,打躬道:"回禀总督大人,众贼皆被铲除,独独跑了贼首王老铁。末将向北追赶数十里后,不见踪影,只好回来向大人禀告。"

原虎、于七听说后哈哈大笑:"我家大王有救了! 你们休想拿住他!"

刘墉一拍椅子扶手:"休得猖狂,本督决不会放过这个恶贼的!尔等快快从实招来,王老铁逃往哪里去了?"

原虎:"刘罗锅子,你休想从我们嘴里讨得半点儿消息!"

于七:"只要我家大王还在,早晚他还会招兵买马,重新树立起山头来的。"

刘墉:"住嘴!本督不怕他逃到天涯海角,也定会将他捉回来归案。陈勇、楚雄!命你两个各带几十名官兵,向北一路追查,务必查出王老铁的下落来!"

刘墉坐在总督后衙书房案前,桌上放着一盘铁蚕豆。何书办拿着几份状子走进来,说:"启禀大人,昨天陈勇、楚雄回来了。他们一路上追查,已经找到王老铁的下落。他现在皇粮庄定亲王爷的内弟耆仕宗亲的家里。一路上,这贼又作案多起。抢劫了几家的民女和一些珠宝玉翠,都送给了耆宗亲。这是那些被劫民户呈告王老铁的状子!"说过,将状子呈上。

刘墉接过状子翻看一遍,气忿地说:"简直是无法无天,罪大恶极!像这样的恶人不抓来惩办,国法何在?天理何容?"

何英:"只是投鼠忌器呀!这位耆宗亲怕是很难应付的。他要一味包庇王老铁,又将如何?"

刘墉思忖了一下,说:"既是宗亲,就当以国法为重,焉能无故包庇恶人呢?何书办,你马上修下书信,同陈勇一起去皇粮庄,找到耆宗亲,晓以大义,让他将贼首王老铁交出来。"

何英:"是。"

皇粮庄是一座宽阔宏大的庄园,黄琉璃瓦的屋顶,朱漆的大门,门口有擎天明柱,重檐兽脊。院门外一对大石狮子,口衔石球，气势雄伟。门前站着几个差役，虎背熊腰，挺胸凹肚。何英与陈勇来到门前下马，向差人拱手说："有劳各位，请向耆宗亲禀报一声，说有总督衙门来人下书。"

差人虎视眈眈地望了两人一眼，说："稍候一下，我去禀报老爷。"

差人进去不大工夫，回来说："老爷吩咐，只准下书人进去一个。"

何英望了望陈勇，说："陈参将，你就在外等候，我去去就来。"说着随同差人进得大门，绕过影壁墙，穿过假山花园，走进正堂。

耆宗亲坐在高背太师椅上，两旁有几个家人侍候。

何英："参见宗亲耆老爷！我家大人只为贼首王老铁作恶多端，侵害良民，特来恳请耆宗亲将此贼交出，绳之国法，实乃朝廷幸甚，天下幸甚！"

耆宗亲："你怎知王老铁在我庄园里？"

何英："有许多良民状子，告到总督衙门，说是此贼带着被抢的民女，躲藏到宗亲府内。"

耆宗亲："一派胡言！想我庄园乃皇亲国戚之地，怎能容纳强盗！你栽赃陷害到皇家头上，真是狗胆包天。来人呀！将这狗官给我吊到马棚里面，痛打五十大板，三天不给他饭吃，看他还敢不敢再嚼舌头！"

一群恶奴上前将何英倒剪两臂押解出去。

陈勇乘马疾驰，一路尘土飞扬，马背汗水淋漓，他来到总督衙门前下马，急匆匆走进后衙。刘墉坐在书桌案前，正在翻看那些呈状。

陈勇走进打躬说："禀报大人，事情紧急。耆宗亲不但不交出王老铁，还把何书办吊到马棚里去了！"

刘墉急忙站起身来，气得发颤地说："这还了得！待我亲自去见这位宗亲老爷！"

陈勇："大人，身为总督千金贵体，焉能亲赴虎狼之窝，如有差池，使末将等陷于何地！大人还是三思而后行！"

刘墉："他是皇亲国戚，总该念念朝廷纲纪，焉能如此胡作非为？不用说了，我意已决，下去通知差人备轿。"

陈勇："末将等愿意陪同前往。"

八抬大轿停于皇粮庄耆宗亲的庄园门前，刘墉下轿，陈勇、楚雄也从马上下来。陈勇向门上差役道："漕运总督刘大人求见耆宗亲。"

少顷差人出来说："我家老爷有请。"刘墉在陈勇陪同下，走进院内。

耆仕坐在太师椅上，刘墉坐在对面，陈勇、楚雄站立在刘墉的身旁。

刘墉："耆宗亲，前日何书办来下书，言语不当，多有冒犯，还请耆宗亲海量，将他放出如何？"

耆宗亲："哼，这种瞎眼的狗官，竟敢到我宗亲府上满嘴喷粪，胡说我收留了江洋大盗和窝藏了美女赃物，岂有此理！今天，如若不是看在你刘大人的面上，我非把他两个狗眼抠下来。来人呀，去把那狗官放下来！"

差役："是。"走下。

刘墉："根据百姓呈递的状子，抢劫民女的王老铁确实窝藏在耆宗亲府上！而且不是一户两户，而是十几份状子。"

耆宗亲："哪个刁民如此胆大，竟敢诬告到皇亲国戚身上？"

刘墉："望耆宗亲以朝廷为重，国法为重，将贼首王老铁交出，将抢劫的民女交出！"

耆宗亲："岂有此理！别说我没有窝藏盗贼，就是窝藏了，你能把我耆宗亲怎么着？真是猫爪子伸到养鱼缸里，竟然想到这里来捞一把？"

刘墉："耆宗亲，话不能这么说。国有国法，店有店规。按大清律条文，窝藏盗贼者坐连其罪。"

耆宗亲："那条法律是冲着谁的？"

刘墉："大清律自然是对大清国全体官民的。有道是：'王子犯法，与民同罪'呀！"

耆宗亲："嘿，你说这话的意思，是直冲着我来了！我跟你说，你可别搬起碾盘打月亮——不知高低轻重！我不信，你凭着那几张状子，就能够把我告倒！"

刘墉："耆宗亲，大概你也听说过我刘某人，办事从来都一是一，二是二。既然有大清律条文在那，我也就决不会放手的！"

耆宗亲："不放手你又能怎样，还敢来太岁头上动土，自找没趣？我劝你还是早早打道回府吧。"

刘墉："我也跟你说：我就是手握着蒺藜死不丢开的人——不怕扎手货。你今天不把王老铁交出来，我就不走！"

耆宗亲："嘿，你真是买咸鱼放生——不知死活了！来人呀，给我打出去！"

众差役如同一群恶狼似的围过来，操动棍棒就要动手，陈勇走上前去挡住。

刘墉："耆宗亲，你可不要做得太过格了，竟敢动手打朝廷命官？"

耆宗亲："你还知道你是朝廷封的命官，而不是别的什么人给你封的官？哼，就看在你是朝廷命官的份上，不来打你。来人，都给我轰赶出去！"

众差役："是！"一哄而上，将刘墉等轰走，陈勇、楚雄等紧紧护在刘墉身前身后。

刘墉踉踉跄跄地趺出大门外,何英搀扶坐进轿里,陈勇、楚雄围在跟前。

刘墉:"陈勇、楚雄! 你二人带领几个官兵,仔细看好宗亲府,万万不能让王老铁偷着跑掉!"

陈、楚:"遵命。"

刘墉:"何书办! 你速到县衙里去,调本县官兵来将宗亲府给我团团围住。"

何英:"遵命。"骑上骏马飞驰而去。

刘墉坐在庄外破土地庙神坛前的座位上,何英与县城里的孙守备走进。

孙守备:"卑职县衙守备孙伟光参见总督大人。"

刘墉:"孙守备,这次你带来多少人马?"

孙守备:"二百多人。"

刘墉:"很好,你就把这二百人四面撒开,将宗亲府团团围住,不准漏掉一人,特别是那贼首王老铁!"

孙守备:"卑职愿听大人调遣!"

刘墉:"唤陈勇、楚雄进来。"不一会儿,陈、楚走上。

刘墉:"现在命你三人齐心协力攻打宗亲府! 你们只管高喊捉拿逃犯王老铁,如遇抵抗,该动刀的动刀,该动枪的动枪,关键是要捉住逃犯!"

宗亲府大门前,孙守备骑在马上高喊:"城门楼上的人听着,我等奉总督大人之令,前来捉拿逃犯王老铁。告诉你家老爷,速把贼首交出,不然就要攻进府内。"

城门楼上的教师爷丁令威哈哈大笑道:"你等好大的胆子,还想攻打宗亲府? 如有人敢上前一步,我定叫他有来无回。"

孙守备:"你等敢抗拒王法? 众兵丁们听令,立即攻进宗亲府,擒拿盗贼!"

众兵丁呐喊一声，一齐向正门冲去。城门楼上的丁令威喊："放箭！丢滚木檑石！"门楼上的箭矢如同飞蝗，滚木檑石乒乒滚下，官兵进攻被击退。不久，官兵又反攻过来，但大门硬攻不破。

陈勇对孙守备、楚雄说："你们两位带领官兵从正门奋力攻打，我翻墙而过，从里面杀过去，将门打开，你们带兵冲进！"

陈勇说完，选无人处一个雀跃，飞身到城墙上，随后如燕子抄水一般轻轻地落地。大门里面，有七八个兵丁守卫，陈勇一把朴刀上下翻飞，转眼之间已砍倒几个。眼看着他来到门闩前，刚要动手拔门闩，丁令威大喝一声："哪来的盗贼，敢来偷袭我门户！"说罢嗖的一声从门楼上跳下，举手与陈勇交战起来。

外面孙、楚趁势攻打前门更紧。丁令威督促家丁作战，不提防被陈勇一刀击伤左肋翻身倒地。陈勇第二次夺到门前，砍散家丁，将大门打开，高喊："孙守备，快快冲进来！"

孙、楚带兵一拥而进。

漕运总督后衙书房，刘墉坐在案前，何英将一份份状子要点，向他简述。

刘墉："何书办，根据这些状子，你草拟一份奏折，呈报朝廷，然后将耆仕和王老铁等一伙人押解京城，听候朝廷发落！"

张承走上说："老爷，老王爷派贝勒绍英前来求见。"

刘墉大吃一惊地问："谁？贝勒绍英绍老爷？他显然是来说情的，来得好快呀！还没等我们奏本朝廷，皇家就已派来了说客。张承，下去请。"

张承："是。"走下。刘墉也从座位走下，在门前迎候。

绍英走上，刘墉躬身道："给贝勒老爷请安！"

绍英："免礼！免礼！"傲然走进屋内，在书案对面太师椅上坐下。刘墉坐在对面，何英站立一旁，张承献茶。

刘墉："贝勒爷是从京城里来的,不知京城里近来有何要闻?"

绍英："满朝的人都在议论,说刘墉刘大人竟然将耆宗亲给抓起来了,还要押解京城。不知可有此事?"

刘墉："不敢相瞒,确有此事。"

绍英："刘大人,不是我说句不好听的,你这是包子没吃到嘴里——还不知道是啥馅呀!难道你不知道耆仕是谁的亲戚吗?"

刘墉："贝勒爷,看你说的,我刘墉再无知,这个事总还知道的。那是老王爷的嫡亲呀。"

绍英："这不就得了嘛!老王爷的嫡亲你也敢逮捕和押解进京呀!"

刘墉："不敢!不敢!刘墉怎敢与皇亲作对!只不过是民间上告的状子太多,我不能不应付一下,当面审一审,为宗亲老爷开脱开脱,也就把他放了。"

绍英："那好!你就升堂审一审,为耆宗亲开脱开脱,早早把他放了!"

刘墉望望何英,互相对视一会儿。刘墉说："好!何书办,传令击鼓升堂!"

总督衙门大堂门外击鼓声咚咚山响,差人一齐吆喝。刘墉坐在正堂,何英站在一侧,陈勇、楚雄及差役们两旁侍立。

刘墉："来人呀!带罪犯耆仕、王老铁!"

差人将耆仕和王老铁押上,王老铁跪倒在地,耆仕立而不跪。

刘墉不作理会,高喊："将告状的人带进来!"十余名乡民装束的人走上,口中不断高喊："冤枉!"

刘墉："你等有何冤枉?——从实讲来!"

王老汉："老汉名叫王宗,家住乐陵县土桥村。十余天前夜

419

间,贼首王老铁带几个土匪闯进民宅,将我家中细软全部劫掠一空还不算,临走还把老汉膝前唯一的小女抢走。老汉和我家老太婆跪在地上苦苦哀求,求他把人留下,东西都可以拿走。可是那贼首却把我家老太婆一脚踢翻在地,说是来的目的就是要给耆宗亲选个美女。放了她,拿什么进贡去?"

孙老汉:"老汉我名叫孙德才。老伴早亡,家里只有两个女儿,侍候我老汉不能自理的晚年生活。谁知那天夜里贼首王老铁闯进民宅,将两个女儿一起掠走,至今音信皆无,听说都送进耆宗亲的府上。"

和尚:"贫僧法名普净,是法源寺的方丈。寺里有一尊几代相传的金佛,高二尺有余,向来就是镇寺的一宝,为远近所闻名,朝拜者人数不少。不成想那天夜里被强贼抢走,听说也孝敬给了耆宗亲。"

老妪:"老妇赵孙氏……"

妇女:"民女孙彩凤……"

刘墉一拍惊堂木,大喝一声:"大胆的强贼王老铁,青天白日,朗朗乾坤,你竟敢如此藐视王法,胡作非为!烧杀掳掠,抢男霸女,实属罪恶滔天,来人呀,将王老铁打进死牢,待来日押解进京!"

众差役:"遵命!"

刘墉:"耆仕窝藏强盗,坐地分赃,祸害民女,抢劫财物,其罪与贼首王老铁相等,来人呀,将耆仕也押下去,来日一起押解进京。"

众差役:"遵命!"上去将王、耆二人押解出去。

绍英大吃一惊,开始时他不知刘墉的真实意图,只当审一审就将耆仕放出去,谁知刘墉最后竟把耆仕也抓起来了。他一甩袍袖气忿地说:"刘墉你真正可以!你原来不是说审一审,就把耆仕放了吗?"

刘墉:"我原来是打算审一审就将耆仕放了,可是越审越生气,越审越憋不住火。耆、王二人合伙干了这么多的坏事,难道还不应当惩办吗?"

绍英尴尬地说:"这,这……哼!"最后终于一甩袍袖疾步走出去了。

四辆囚车在黄尘古道上碾过,车上押解着耆仕、王老铁、原虎、于七等。刘墉乘坐轿子走在囚车的前边,身边有陈勇、楚雄等护卫。

远处驰过来三匹骏马,居中的一人身着黄马褂,是御前太监。三匹马来到刘墉轿前停下,有一名小太监传话:"刘墉接旨!"

刘墉从轿里走出,跪在地上,说:"臣刘墉恭候皇帝圣旨!"

御前太监:"刘墉听旨:奉天承运,皇帝诏曰:朕阅漕运总督刘墉奏本,知尔拘捕江洋大盗王老铁、原虎等三人,并以窝主罪名牵连到宗亲耆仕,现一并押往京城。朕念耆仕系受人蒙蔽,不明真相,并非有意窝藏歹人,更无互相勾结之事,因此宽免其罪,立即释放,不予惩罚。王老铁等三人也不必押解京城,就地正法可也。钦此。"

刘墉:"臣刘墉遵旨!"太监将圣旨递给刘墉,随后拨马扬鞭而去。

刘墉站起,两眼痴呆地望着渐渐消失的滚滚灰尘,仰天喟然长叹曰:"都道是捉不败的虱子,拿不败的贼。如此这般,如何能捉得净、拿得败?只怕是国之蟊贼,会因此而越来越多了!"

陈勇走过来说:"禀大人,耆仕家人已来,要求当场放人,怎么办?"

刘墉无可奈何地挥挥手说:"放!"

421

囚车打开，耆仕走出，家人早已备马侍候。

耆仕骑马走到刘墉轿前说："刘大人，有劳你，多费一道手续了。"

刘墉："不敢！不敢！"

耆仕："你还有什么不敢的，就差没有把万岁爷的皇冠给摘下来了！刘罗锅子，你就骑毛驴看唱本——走着瞧吧！明天，我就是用头拱地，也要把你总督的乌纱帽给拱掉！"说罢，一拍马屁股，纵马扬鞭而去，几个家人紧跟其身后，扬起一阵灰尘。

刘墉两眼圆睁，睥睨地望着逝去的耆仕，然后一挥手说："将王老铁等贼首，就地正法！"

几声咚咚的炮响过后，大地上一片爆竹的残屑和猩红的血水。